Después
del abismo

· **Edición:** Florencia Cardoso
· **Coordinación de diseño:** Marianela Acuña
· **Diseño de portada:** Carlos Bongiovanni
· **Armado de interior:** Tomás Caramella

© 2015 Laura G. Miranda
Publicado originalmente bajo el título *Volver del abismo*.

© 2019 VR Editoras, S. A. de C. V.
www.vreditoras.com

México: Dakota 274, colonia Nápoles - C. P. 03810
Del. Benito Juárez, Ciudad de México
Tel.: 55-5220-6620 • 800-543-4995
e-mail: editoras@vreditoras.com.mx

Argentina: Florida 833, piso 2, of. 203 (C1005AAQ), Buenos Aires
Tel.: (54-11) 5352-9444
e-mail: editorial@vreditoras.com

Primera edición: noviembre de 2019

*Todos los derechos reservados. Prohibidos, dentro de los límites establecidos
por la ley, la reproducción total o parcial de esta obra, el almacenamiento o
transmisión por medios electrónicos o mecánicos, las fotocopias o cualquier otra
forma de cesión de la misma, sin previa autorización escrita de las editoras.*

ISBN: 978-607-8712-05-2

Impreso en México en Grupo Imprime México S. A. de C. V.
Antiguo camino a Culhuacán No. 87, Colonia Santa Isabel Industrial,
C. P. 09820, Delegación Iztapalapa, Ciudad de México, México.

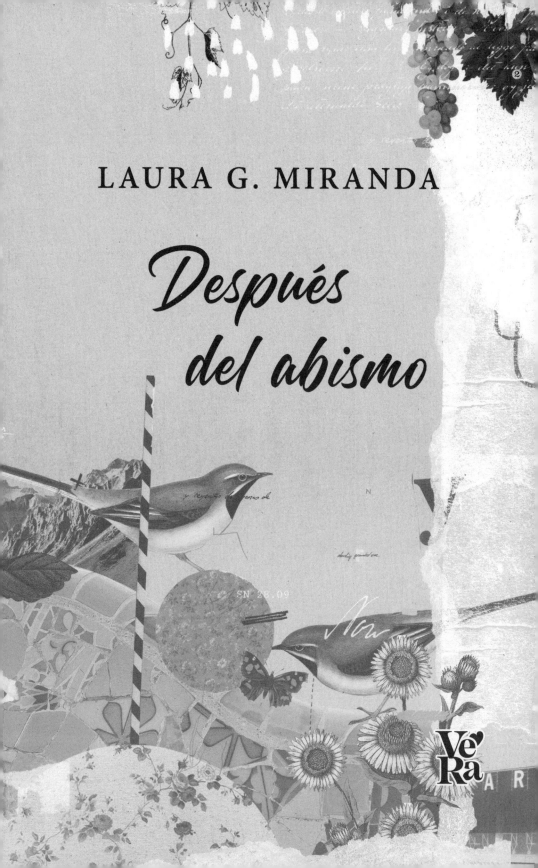

LAURA G. MIRANDA

Después del abismo

Para mis hijos, Miranda y Lorenzo,
porque el después de lo vivido es nuestro "aquí y ahora"
y siempre nos da la oportunidad de ser felices.

Para Marcelo Peralta, el amor de mi vida,
porque no hay abismo que juntos
no podamos convertir en pasado.

Los amo.

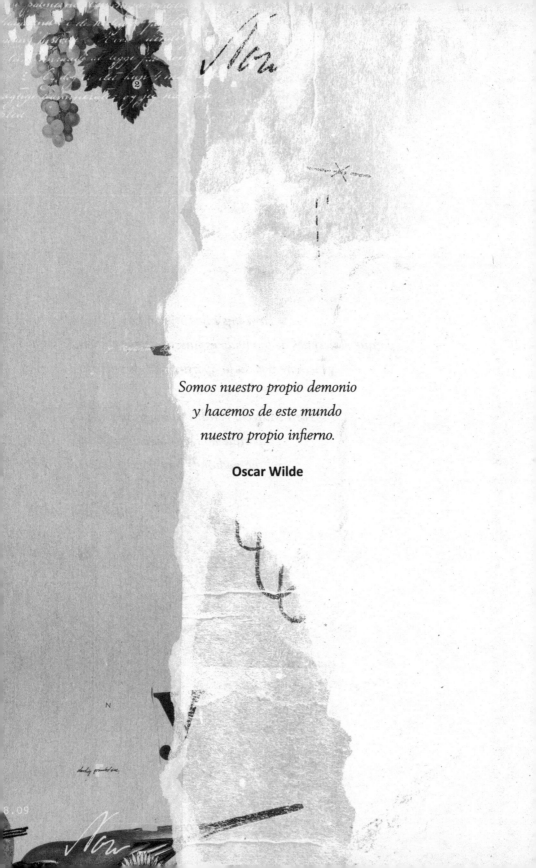

Somos nuestro propio demonio
y hacemos de este mundo
nuestro propio infierno.

Oscar Wilde

Los recuerdos se les derritieron en el alma del engaño. Bajo sus pies, el dolor ardía su fuerza y era más fuerte que la venganza. Sobre ese dolor caminaban hacia un destino incierto. La mentira los hería de muerte, de olvido y de sinsabores. Comenzaron a hundirse en el vacío que los acompañaría por mucho tiempo. Quizá los venciera el sarcasmo con que la injusticia se burlaba de ellos. Tal vez sus ojos sangraran para siempre las imágenes de la traición. Los brazos de la seguridad estaban cerrados. Se sentían grises y no podían soslayar la perfidia que había atravesado con su flecha el límite de sus resistencias. Caían de la montaña rusa de la vida intentando devorar el vértigo que les producía no saber dónde terminaba el abismo. Volver de allí era un desafío que no podían enfrentar en soledad.

Laura G. Miranda

Capítulo 1

LOS NORIEGA

*Su presente se sostenía por el delgado hilo
de un conformismo atroz y el miedo a una autoridad
que nunca debieron reconocer.*

San Rafael, Mendoza, junio de 1993

El sol se escondía en el horizonte y una humedad gris y densa anunciaba una inminente lluvia. Lucio Noriega trabajaba en la bodega perteneciente a Esteban Madison, dedicada por cinco generaciones a la producción de vino.

Era un hombre introvertido y dominante, aferrado a estructuras añejas, reacio a las cuestiones que imponía el transcurso del tiempo en la sociedad. Se conformaba con su suerte. No tenía grandes ambiciones. Deseaba que cada una de sus hijas fueran amas de casa y que su hijo trabajara como él. Lucio creía que era un exceso que las mujeres estudiaran, así como también consideraba desagradecidos a los hijos varones que no continuaban el trabajo de su padre.

No se adaptaba a los cambios que no fueran consecuencia de sus propias decisiones. Noches atrás, su esposa, Salvadora, le había dicho que condenaba a los hijos de ambos a un retroceso al pretender condicionar sus destinos a la medida de sus deseos. Él, enfurecido, le había respondido que solo sobre su cadáver permitiría algo diferente.

La mujer había nacido para criar hijos y esperar a su hombre en la casa. Eso era exactamente lo que harían sus hijas. Luego, le había retirado la palabra y había dejado de amarla por las noches. Ese era el formato de su enojo, su esposa lo sabía bien. Desde que se casaron, cuando algo lo fastidiaba, manifestaba una indiferencia letal hacia ella hasta hacerla ceder. La mujer, sedienta de él, había sostenido su postura hasta que el deseo fue más fuerte. Entonces, la noche anterior, lo había acariciado vencida bajo las sábanas.

—Necesito que me hagas el amor —le había suplicado.

—Júrame que jamás inculcarás tus ideas a nuestros hijos o no volveré a tocarte —la había amenazado en la oscuridad de la habitación. Sus palabras sonaron en la penumbra perforando con su eco las ilusiones de su mujer. Hablaba en serio. Lucio no mentía.

—Lo juro —había respondido Salvadora sabiendo que debía cumplir.

De ese modo había satisfecho sus más bajas pasiones. Como era habitual, la obligó a darle más placer que el que él mismo

le brindaba. Salvadora era sumisa y leal, solo sus ilusiones desamarraban las palabras de la cotidianidad de su vida, hasta que Lucio la sometía nuevamente. Era una mujer que necesitaba en forma permanente un abrazo que le diera seguridad y un lugar donde pertenecer. A veces, sentía que no se conocía. Y así vivía, en la búsqueda de razones y respuestas, de motivos y encuentros. Soñaba con tener amigas y acceder a una vida social prohibida por su esposo. Soñaba también con un pasado verdadero, aunque solo fuera para añorarlo.

Se había criado en un orfanato, ignorando su origen. Todavía no se había caído su ombligo cuando unas manos heladas la entregaron en ese lugar. Las monjas se habían compadecido de esa criatura inocente. Habían puesto la niña a disposición de un juez de menores al constatar que nadie reclamaba por ella y se ocuparon de realizar los trámites judiciales para darle el nombre que la supuesta tía había referido.

Nadie había solicitado su adopción tampoco, por lo que la mayoría de edad la encontró en el orfanato. Reiteradas veces el recuerdo del modo en que fue abandonada allí se reproducía en su mente con los diálogos textuales que las monjas le habían contado. Quedaba entonces sumida en las palabras de esa escena, ausente del presente.

–¿Cómo se llama? –había preguntado la hermana Ema mientras acariciaba con piedad a la bebé, aquella mañana en que la conocieron.

–Salvadora –había respondido la mujer sin pensárlo, mientras ocultaba la huella interna que las mentiras dibujan detrás del sonido de las palabras–. Salvadora Quinteros. Debe llevar el apellido de mi hermana fallecida. No sé quién es su padre.

–¿Dónde vive, señora? ¿Cuál es su nombre? –le había preguntado la hermana Milagros.

–No tengo casa. Me llamo… María es mi nombre. Debo irme ahora. Regresaré mañana –había dicho.

–Debemos saber dónde ubicarla, no podemos quedarnos con la niña sin más. Comprenda –agregó la religiosa.

–Sí, entiendo, pero no puedo llevármela. Mi hermana vino a buscarme a punto de dar a luz. Vivo en un prostíbulo… Allí ocurrió el parto el mismo día de ayer y… Ella murió. El dueño fue claro: o me llevaba la niña o me quedaba sin traba-jo ni lugar donde vivir. Pueden imaginar por qué estoy aquí. Vendré a verla, lo prometo; pero necesito que me ayuden y se hagan cargo ahora –suplicó.

–Está bien. Puede mudarse aquí y trabajar en el orfanato, si desea cambiar de vida –agregó la hermana Amparo.

–Mi vida no cambiará nunca. Les agradezco pero solo vol-veré a visitarla. Pueden criarla o darla en adopción, lo que quieran. Perdón, lo que sea mejor para ella –corrigió frente a la expresión de horror de las monjas.

La hermana Ema era muy intuitiva y desconfiada. Algo no le gustaba del asunto. La mujer no era honesta, y no se refería a su pureza. Evadiendo la respuesta, la joven había partido apresurada minutos después, sin siquiera besar a la pequeña, para jamás volver. Las otras monjas, distraídas con la niña que había comenzado a llorar, no la retuvieron.

—Esa joven nunca volverá —había sentenciado sor Ema.

Y había tenido razón. Los días, los meses y los años pasaron sin que nadie más que esas tres monjas se interesaran por la bebé.

Mucho tiempo había transcurrido desde ese suceso. Ni siquiera el destino había recordado la identidad de esa pequeña abandonada al olvido de sus orígenes, a la suerte de una congregación religiosa que tenía a su cargo un orfanato. Todas las hermanas cumplían con sus obligaciones espirituales y eran buenas con la niña. Sin embargo, nada podía suplir la necesidad de una madre.

Un diario en el que desahogaba sus emociones y sus carencias desde los tiempos del orfanato había sido aliado y cómplice de Salvadora. Desde que supo que a nadie en el mundo le importaba, a excepción de a esas monjas, buscó consuelo en las palabras que ella misma elegía para sanar su dolor. Escribir secretamente su desdicha aliviaba su continua sensación de abandono. La hermana Ema percibía su vacío, pero poco podía hacer para llenarlo más que darle cariño.

Salvadora solía imaginar su origen dándole forma de historias dramáticas en las cuales alguna circunstancia extrema justificaba su soledad. Adivinaba que el alejamiento de sus padres había sido un sacrificio para darle una vida mejor. Que su madre no había muerto en el parto sino que, presa del dolor, había preferido que le dijeran eso para que no la buscara; o quizá la había besado con devoción antes de partir prometiéndole que la cuidaría siempre desde la eternidad.

Quería ponerle palabras a lo que no sabía, como si con ello mágicamente recobrara su pasado, como si fuera posible conocer la verdad a fuerza de sufrir las razones de su soledad. No dejaba de preguntarse por qué no tenía ni un familiar que la buscara. Al final, y frente a las múltiples suposiciones que la llevaban a una gran conclusión vacía, prefería pensar que sus padres estaban muertos, fatalmente muertos y que por ese motivo no habían regresado por ella.

Así, en medio de la nada que circundaba sus días y su desconsuelo, colaboraba con las tareas del orfanato. Luego, a sus veintitrés años, las monjas le habían conseguido trabajo en San Rafael, en una bodega. Los dueños realizaban donaciones y la directora había hablado con ellos por su caso, no deseaban que se convirtiera en religiosa sin conocer otras opciones. Viviría en una pensión. Salvadora había aceptado y recién llegada a su nueva vida conoció a Lucio en la bodega Madison, donde se desempeñó como empleada administrativa.

A los seis meses se habían casado y él le había dicho que la quería en el hogar. Por ese motivo había dejado su trabajo. Virgen y sin experiencia, relacionada toda su vida con la distancia y el abandono, estaba deslumbrada con ese hombre que la cuidaba y la quería solo para él. Había aceptado convencida de que eso era amor. Finalmente alguien iba a necesitarla en su vida. Se había aferrado a la primera sensación de reciprocidad afectiva con tanta intensidad, que sin darse cuenta había perdido su independencia. No había logrado quedar embarazada durante los primeros años del matrimonio, quizá estaba demasiado pendiente de ello. Pero era feliz junto a Lucio, quien no le exigía nada en ese sentido. Luego, quedó embarazada de su primera hija y sintió que el mundo estaba a sus pies. Dos embarazos más llegaron a su vida durante los años siguientes.

Su vida, con hijos y esposo, guardaba un espacio vacío: el de su pasado. Nunca quiso regresar a Tunuyán, al hogar Casa del Niño. Al principio, llamaba por teléfono pero luego dejó de hacerlo. Sentía culpa por eso pero el lugar le recordaba que no sabía quién era en realidad y no podía manejar ese sentimiento. Lucio tampoco quería que fuera allí.

Sus años habían transcurrido sin excesos ni grandes emociones. Solo sus hijos le habían brindado un sentido diferente a sus días. Amaba a los tres, pero en su interior sentía que Solana era quien iba a redimirla. Su hija mayor lograría todo lo que a ella le había sido negado. Estaba segura de eso.

Solana tenía doce años. Era una niña de una belleza poética. Su mirada profunda era más intensa que sus ojos azules. Su cabello lacio y rubio caía sobre sus hombros enmarcando un rostro suave y angelical.

Si bien aceptaba las órdenes sin cuestionamientos, atravesaba esa edad en la que definiría su carácter para siempre. Soñaba con abandonar el lugar en el que vivía, deseaba estudiar y conocer el mundo. No le interesaba convertirse en ama de casa. Tan solo con mirar a su madre confirmaba que era justamente eso lo que no quería para ella.

Salvadora era una buena mujer. Sí, lo era. Pero así como

el destino le había arrebatado el pasado, ella había permitido que un hombre le robara el futuro condenándola al ostracismo de un matrimonio insoportable. Su presente se sostenía por el delgado hilo de un conformismo atroz y el miedo a una autoridad que nunca debió reconocer. Se había convertido en una esposa débil y sumisa. Guardaba en su mirada la intensidad de las heridas abiertas y las lágrimas derramadas en un lugar desierto de su alma. Para ella, el telón había caído sobre sus ilusiones; la vida había vencido sus intentos en cada pulseada perdida frente a la soledad, primero, y frente a Lucio Noriega, su esposo, después.

Solana pensaba que su madre era una mujer hermosa, escondida bajo el yugo de un hombre tirano. No podía cambiar esa historia pero decididamente no la repetiría.

Alondra tenía once años. Su cabello rubio y ondulado caía graciosamente sobre su espalda. Sus ojos eran azules como los de su hermana, pero su mirada era fría. Por ellos asomaban señales de maldad. Aun así era objetivamente una beldad. Era tenaz al momento de obtener lo que deseaba. Para ella, todo valía sin medir consecuencias. Ese rasgo inherente a su personalidad había sido evidente desde pequeña y se profundizaba intensamente en la etapa de la preadolescencia. Era la consentida de su padre. En medio de besos y zalamerías dolosas conseguía siempre lo que se le antojaba. Muchas veces sus hermanos eran castigados por hechos que eran su exclusiva responsabilidad. Era manipuladora y mentirosa. Enredaba a su padre hábilmente. Era falsa y sus discursos siempre escondían un ardid pero Lucio estaba ciego cuando de Alondra se trataba.

Salvadora había criado a sus dos hijas por igual, con el mismo amor y la misma dedicación, pero la menor de ellas no había sido permeable a ninguno de los valores que tanto le había enseñado.

Wenceslao, llamado así por decisión de Lucio, tenía nueve años. Toda la familia le decía Wen. Era un niño muy sensible pero ocultaba ese rasgo. Por mandato paterno, no debía llorar: "¡Sea hombre!", le decía su padre; lo demás era "mariconear". Rubio y de ojos negros como Lucio, era físicamente diferente a sus hermanas. Crecía sabiendo que su padre tenía decidido su futuro y le tenía tanto temor a él como a ese macabro porvenir que había diseñado para su vida de modo obligatorio. Era cariñoso y apegado a su madre cuando Lucio no podía verlo. Adoraba a su hermana mayor y lamentaba tener que convivir con Alondra. Se devoraba su dolor, crecía amontonando ilusiones mudas que unas contra otras se golpeaban en el intento de ser liberadas.

Hasta ese momento, dados sus escasos años, solo disfrutaba de la amistad que lo unía, desde que tenía memoria, a Beltrán Madison Uribe, un niño que habían adoptado los dueños de la bodega. Lo único que sabía era que los padres biológicos habían muerto. Beltrán era un Madison más.

A Wenceslao le encantaban los aviones, pero callaba su sueño de ser piloto algún día. La única vez que lo había dicho, su padre, con una mirada amenazante, le había presionado con fuerza el brazo hasta marcarlo mientras le decía que debía olvidarse de eso pues su obligación era trabajar junto a él. Salvadora le había dado consuelo asegurando que faltaba mucho todavía para tomar esas decisiones y Wen había optado por hacerle caso abrigando su deseo en silencio.

Los Madison fueron la huella indeleble de un apellido que marcó la crianza de los niños Noriega. Desde lejos eran observadores del fatal opuesto de sus realidades. Mientras que ellos crecían con dos mudas de ropa, un padre inflexible y una madre sumisa; los "chicos Madi", como solían referirse a ellos, tenían todo lo que deseaban. Eran dueños de una vida perfecta. Practicaban deportes, viajaban por el mundo e invitaban amigos a su casa a divertirse y a disfrutar de sus posesiones. Vestían prendas de marca y, además, eran lindos. Wenceslao solía pensar que no era justo que lo tuvieran todo, al menos debían ser medianamente feos para que él pudiera creer que Dios equilibraba sus designios, pero no era así. A su modo, todos ellos llamaban la atención desde una belleza excesiva.

Sumida siempre en un silencio neutral y reflexivo, Solana había sido testigo de la manera en que, frente a sus ojos, Octavio Madison se había convertido en el adolescente más hermoso y sensual que ella hubiera visto jamás. Para su pena, él ignoraba la presencia de ella en el mundo. Nunca la había mirado a los ojos ni siquiera como un acto reflejo, como una actitud involuntaria, como se mira a un desconocido al pasar. En las ocasiones en que el destino los había ubicado a pocos pasos, ella sentía que su corazón iba explotar a fuerza de latir desmesuradamente y que él iba a darse cuenta. Pero no ocurría nada. Octavio Madison nunca había registrado su existencia ni la de ningún miembro de su familia.

Diferente era Beltrán Madison Uribe. A él le gustaba caminar sin rumbo, una suerte de paseos de alma en los que se encontraba a sí mismo. Fue en uno de esos paseos que había llegado a la casa de los Noriega. Un niño jugaba en la puerta con un avión de papel imitando sonidos y vuelos con destinos imaginarios. Beltrán lo observó largo rato haciendo un gran esfuerzo por comprender la simpleza de su diversión y la alegría de su rostro. Solo tenía una hoja sucia doblada en los laterales y la lanzaba como si con ese gesto dirigiera un vuelo de primera clase. Observaba absorto ascender la imaginaria nave de papel mientras imitaba la voz del piloto hablándoles a los pasajeros. Les informaba el tiempo aproximado de vuelo y las condiciones del clima. *¿Cómo alguien podía ser feliz con tan poco?*, se preguntaba azorado. Si así era, él debía conocerlo y saber cómo lo lograba.

Se habían hecho secretamente amigos dado que Wenceslao Noriega tenía expresa prohibición de su padre de vincularse con los patrones y el mismo Beltrán tenía igual límite respecto de extraños.

Alondra sabía de esos encuentros y amenazaba a su hermano con hacérselo saber a su padre si no le realizaba las tareas escolares o domésticas. El pobre Wenceslao accedía con tal de evitar enfrentamientos con su progenitor. Alondra no tardó en sentirse atraída por el joven Beltrán, un moreno de cuerpo fuerte y rasgos varoniles, mirada de color miel y manos seductoras. En las puertas de una adolescencia precoz que alteraba sus hormonas, Alondra fantaseaba con Beltrán. Una tarde, luego de mirarlo por largo rato, se había atrevido a acercarse y a besarlo en la boca sin más, dejándolo sorprendido y excitado, sin poder entender por qué, cuando había querido ir por más, ella le había dado una bofetada y había huido como la víctima que, claramente, no había sido. Wen se había disculpado con su amigo, dado que se sentía muy avergonzado por lo que había hecho su hermana.

Capítulo 2

LOS MADISON

Su presente se sostenía por el delgado hilo
que unía su vida segura y los sucesos que por imprevisibles
no podían evitar.

Sin duda alguna, la familia Madison era una prueba evidente de que la vida era más generosa con algunos que con otros. Cuando Esteban nació, sus padres vieron realizado su amor y se convirtieron en una pareja más fortalecida aún, si ello era posible.

Esteban fue un hijo feliz y sin preocupaciones. Sin embargo, a la hora del amor, sus debilidades eran evidentes, se enamoraba con facilidad de mujeres equivocadas que buscaban en él su fortuna, y no su corazón. Se brindaba rápidamente, les hacía regalos costosos y eso le había generado una fama inconveniente al momento de hallar sinceridad.

Luego de varios desaciertos amorosos, su amigo, Roberto

Uribe, más experimentado en materia de mujeres, logró que entendiera que debía divertirse sin involucrar sus sentimientos, que debía aprender mucho sobre cómo actuar con una chica antes de reconocer a la indicada. Lo llevó a una casa de citas. A pesar de su resistencia inicial, Esteban venció los prejuicios y condicionamientos sociales y quizá ese fue el principio de un giro feroz en su actitud frente al sexo opuesto. Se volvió un amante irresistible, pues aprendió, de cada prostituta que llevó a su cama, todos los detalles que harían estallar de placer a quien eligiera para casarse. Fue un plan trazado sobre el mapa de una vida sostenida por el delgado límite que separa el miedo de los sueños y el peligro de la osadía. Se había jurado que la mujer que tuviera a su lado podría vivir sin su dinero pero no sin su cuerpo. El desafío era muy difícil, puesto que cualquier dama sucumbía ante su posición económica y social.

Cualquiera, pero no Victoria Lynch, al menos no al principio. Él la deseaba y era con ella con quien se uniría en matrimonio, con ella o con nadie.

Victoria era una joven rodeada de misterio. Hija única de Bautista Lynch quien, ya pasados los sesenta y cinco años, la había concebido con Oriana Nizza, una veinteañera que había decidido seducirlo para asegurarse su futuro económico. Una joven de origen pobre que estaba sola en el mundo y solo contaba con su lindo cuerpo y actitud para superarse.

Bautista había gozado con Oriana pensando que bien valía la pena mantenerle los gustos a cambio de un placer intenso e inesperado. Ella era apasionada, hábil en los métodos de seducción, fingía todo lo necesario del modo más vehemente mientras su plan progresaba a la par de un engaño feroz. Cuando le dijo que estaba embarazada y le exigió que se casaran, él se había asegurado de que fuera cierto y había confirmado su paternidad al verificar que la concepción había ocurrido durante un viaje en el que la joven no había tenido espacio para engañarlo. Siendo suyo el bebé, accedió. Era un buen hombre.

Oriana había detestado el embarazo desde el inicio y había sido hostil con el padre de su hija desde la confirmación de su estado de gravidez. El objetivo estaba cumplido y ya no debía acostarse con él para logar sus fines, como tampoco fingir un interés que no tenía.

Ni siquiera había dado a luz junto a su esposo, puesto que en las vísperas del parto había viajado a casa de su íntima amiga, Erika, en un pueblo cercano a San Rafael, para que la acompañara en ese momento. Lo había llamado al llegar para decirle que era su deseo que él no estuviese allí, que necesitaba estar tranquila.

Oriana y Erika eran amigas desde la infancia y como era habitual, se habían unido como tantas otras personas por afinidad, en este caso la perfidia, el egoísmo, la comodidad y el deseo de vivir bien y sin sacrificio. Erika era hija única de una madre soltera que limpiaba casas. Nada le había hecho faltar pero había sido imposible conformarla y mucho menos persuadirla de estudiar o trabajar. Ella también había optado por la vida fácil, se había casado con un hombre viudo que podía mantenerla y hacerla vivir una vida placentera. Oriana Nizza y Erika Bloon eran muy parecidas. No conocían los límites, ni la moral. Todo tenía un precio, solo había que decidir cómo pagarlo.

A su regreso con la niña, Oriana no le había puesto ni nombre. Entonces, fue Bautista quien decidió llamarla Victoria. La madre se negó a amamantar a la bebé y se mantuvo al margen dejando todo en manos del padre y la niñera contratada. Bautista y Victoria generaron un vínculo profundo y sincero. Ninguno de los dos deseaba compartir momentos con Oriana. Ella era arrogante y siempre estaba de mal humor o alegaba dolor de cabeza para evitar compartir almuerzos, cenas o salidas. Hasta dormía en una confortable habitación separada.

Bautista Lynch advertía que el comportamiento de su esposa sugería que mantenía encuentros con otro hombre, pero prefirió vivir dedicado a la pequeña. Oriana había sido un cuerpo joven que se le había entregado cuando no lo esperaba y había gozado de ello. Una bella mujer cuando ya era mayor, y lo había aprovechado. Jamás había creído que ella lo amara, y no le importaba. Tampoco él sentía algo profundo por ella.

Luego del nacimiento, su única preocupación era esa hija que llegó sin ser buscada por él. Lo desvelaba el hecho de pensar qué pasaría con ella si algo le ocurriera, era una pequeña inocente en quien se reconocía. Bautista estaba seguro

de que Oriana había buscado el embarazo para garantizarse una vida sin trabajar. Sin embargo, no había podido prevenirlo pues no lo sospechó a tiempo. No la había creído capaz de tanto.

El hombre murió de un infarto cuando Victoria tenía apenas siete años, pero ella lo recordaba como un padre cariñoso con quien compartía juegos, meriendas y paseos. La pérdida había sido un duro golpe para la pequeña, quien se preservó como pudo. Su madre era sinónimo de separación y distancia. No la cuestionaba en nada, no la castigaba, no existía para ella. Había crecido triste, la mayor parte del tiempo sumida en una lejanía que todo lo aceptaba. Oriana Nizza, ocurrida su viudez, sin demoras contrajo matrimonio con un hombre de su edad dedicado a las finanzas, Igor Vanhawer, su amante desde tiempo atrás. Igor era el típico modelo de mantenido, siempre grandes negocios lo involucraban pero nunca lograban concretarse. Sus proyectos gigantes eran arena en el viento, puras palabras que Oriana sostenía con el dinero heredado. Finalmente estaba siendo víctima de sus propios ardides. Igor la superaba en engaños y deslealtades. Oriana se había enamorado de él y toleraba todo. Por suerte, las sociedades que Bautista había dejado funcionaban y daban ganancias que ella recibía de sus socios mensualmente sin preguntar.

Nunca fue una madre amorosa. Consideraba la maternidad como un eslabón insoslayable de un plan diseñado para vivir cómodamente a cualquier precio.

Victoria rechazaba al nuevo esposo de su madre. Le parecía un parásito, un tipo desagradable y sin dignidad. Nada más alejado de la figura de su padre. Ajena al amor en cualquiera de sus formas desde la muerte de Bautista pero emparentada siempre con la buena vida, Victoria creció sin aspiraciones ni deseos y con el dolor de la separación dibujado en un rincón de su alma. Recordaba que siempre huía de Oriana y de Igor. No estaba cómoda con ellos. Se sentía observada por el esposo de su madre; seguramente él presentía su rechazo pues ella no lo disimulaba. Se dormía poniendo llave a la puerta de su habitación por temor a que Igor ingresara por la noche. Los años pasaron para la niña sin que el escenario de su vida se modificara.

Con el tiempo, Victoria se convirtió en una bella joven de cabello negro ondulado y claros ojos verdes. Su cuerpo de formas redondeadas y atractivas más su actitud sugerente pero altiva le habían posibilitado entablar algunas relaciones, pero ningún hombre había provocado en ella una sensación diferente. *Más de lo mismo*, solía pensar antes de dejarlos.

Tampoco hallaba atracción alguna en Esteban Madison. Le parecía un hombre fuerte, y nada más. Era caprichosa y no sabía lo que quería en ninguno de los órdenes de su vida. Frente a la ausencia de exigencia alguna por parte de su madre, quien solo pretendía que no la molestara, su vida transcurría sumergida la mayoría del tiempo en distracciones efímeras rodeada de soledad.

En una fiesta en casa de los Madison, Esteban decidió

seducirla. Le encantaba y la conquistaría sin importar cuánto le costara.

–Déjame darte un beso y te prometo que me pedirás otro –la había abordado, Esteban, con un piropo encantador.

–Eso jamás ocurrirá. Tengo en ti el mismo interés que siento por repetir mis peores momentos –le había respondido ella simple y arrogante.

–Te aseguro que nada tengo en común con tus peores momentos, al contrario, te daré momentos que necesitarás repetir –había agregado con tono seductor. Antes de que Victoria pudiera reaccionar, había apoyado firmemente la mano sobre su cintura para acercarla a su cuerpo y la había besado en los labios con maestría demostrándole quién controlaba la situación. Venció la resistencia de ella atropellando de placer su lengua y desapareció antes de que pudiera evitar corresponderlo.

Así, sin pedir permiso y con ese gesto de seducción, había logrado generar en ella un interés que la superó, un poco por curiosidad y otro poco por rebelde apatía. Ella mandaba, ¿quién era él para controlar su boca? Por otro lado, ese sabor mentolado y fresco mezclado con el olor propio de la piel de un hombre, que además usaba un perfume fuerte, se le había instalado en sus sentidos.

Esteban se ocupó de seducirla evitándola en la reunión siguiente que compartieron para invitarla a salir a los pocos días. Ella lo rechazó primero y así estuvieron en idas y vueltas, marcando territorio, hasta que finalmente ella aceptó un noviazgo breve y un matrimonio después. No amaba a Esteban, no al principio; él, en cambio, se había enamorado de ella. En dos meses era la señora Madison oficialmente y continuaba sin ser feliz. Solo era una mujer sexualmente satisfecha y por allí había venido su decisión. Le gustaba acostarse con Esteban, no era virgen y podía reconocer el placer. Además, la encantaba saber que él se moría por ella.

El matrimonio atravesó una fuerte crisis cuando Esteban le confesó que una mujer de mala vida, con quien solía acostarse antes de iniciar con ella una relación, le había hecho saber que tendría un hijo de él. La mujer no lo quería y le había pedido dinero o abortaría. Esteban, había decidido que si realmente era el padre, deseaba hacerse cargo. Victoria enfureció como nunca, se negó rotundamente a conocer a ese niño. Sostenía que no quería vínculo alguno con el hijo de una puta que él había metido en su cama sin recaudos. No había querido ni siquiera conocer su nombre al principio, después lo supo. Para ella igual sería siempre "la puta". La situación la enfurecía y le despertaba unos celos feroces. Además, ni siquiera había certezas de que fuera hijo de su esposo, aunque había dicho que se ocuparía de eso luego del nacimiento.

La discusión por este tema fue desgastante. Esteban, seguro de ser el padre, utilizó sus mejores palabras y, seduciendo a Victoria de manera perfecta, le propuso inventar un embarazo y hacer pasar al niño por el hijo de ambos. Logró hacerle entender que más allá de la madre, ese bebé era suyo también. Ella

no quería eso, quería hijos propios. Él era un manipulador
muy hábil y le aseguraba que por supuesto también los tendrían. Tanto insistió, que logró convencerla. La cama que
compartían fue el escenario donde Victoria por fin aceptó la
simulación. Acordaron anunciar un embarazo reciente que
aún no denotaba cambios físicos, y viajar a Europa para
que nadie pudiera ser testigo de la farsa. Cuando la madre
del niño hubiera cumplido los siete meses de gestación, viajaría a Barcelona donde ocurriría el nacimiento y se realizaría el ADN. Comprobada la paternidad se inscribiría al bebé
como hijo del matrimonio, ya que en esa ciudad Esteban
tenía los contactos necesarios para eso. La madre del niño
cobraría una suma importante al llegar y otra, al entregar el
hijo. Eso aseguraría que cumpliera con lo pactado.

Todo sucedió conforme lo planearon. Al nacer el bebé,
Esteban se encargó inmediatamente de hacer el examen de
ADN que confirmó su paternidad y de inscribir el nacimiento. Entregó su hijo a Victoria, quien lo recibió emocionada
y supo, al verlo, que lo amaría como si fuera su sangre. No
quiso conocer a la mujer que lo había gestado, sentía un profundo rechazo hacia ella. De ese modo, Octavio llegó a su
vida como su primogénito junto al secreto que jamás debía
develar.

Poco tiempo después del regreso de Europa, un íntimo
amigo de Esteban murió en un escandaloso episodio, dejando huérfano a su hijo recién nacido.

Roberto Uribe, su leal amigo desde la juventud, había

fallecido en una pelea en un prostíbulo. Había resultado herido con un disparo en el pecho que le había provocado la muerte horas después. Su hijo, Beltrán, era apenas un bebé en ese momento, fruto de la unión con Gina Malón, una joven maestra con quien se había casado muy enamorado un año antes y que había fallecido al dar a luz.

Roberto no había podido aceptar la desgracia, amaba al bebé pero se hallaba extraviado en la peor desolación. Su esposa era su mundo y ya no estaba a su lado. Había vuelto a frecuentar El Templo y otros prostíbulos, siempre caros y con cierto nivel. Su estado de angustia, la bebida y la codicia habían desencadenado una discusión que lo había llevado al final de su vida.

Así, ocurrido el deceso de su amigo, Esteban se había hecho cargo del niño como si fuera un hijo y lo había criado junto a Octavio, su primogénito. Ambos eran muy diferentes en algunos aspectos, pero tenían en común un entrañable afecto. Eran hermanos del alma.

Victoria había estado de acuerdo y se había encariñado de inmediato con el pequeño. Dado que no existía familia materna o paterna que se interesara en él, el matrimonio había iniciado los trámites de adopción. No deseaban que nadie pudiera quitárselo. Además, estaban seguros de que ellos eran la mejor opción para el niño. Aproximadamente un año después, se convirtieron legalmente en los padres adoptivos de Beltrán Uribe y, en consecuencia, Octavio era su hermano. Decidieron, por respeto a su amigo Roberto, que el menor

conservara su apellido, solo que debió quedar en segundo lugar según dicta la ley. El juez de la causa aceptó los argumentos y así lo permitió.

Victoria estaba muy ocupada con ambos niños. Octavio y Beltrán se habían convertido en su mundo. Se había enamorado de Esteban como nunca se creyó capaz.

Cuando ya no pensaba en tener hijos propios y los varones habían cumplido sus doce años, un embarazo la sorprendió y coronó esa dimensión de amor. Su hija Sara se anunciaba inundando su existencia de una sensación de plenitud desconocida e indescriptible.

Sara nació en el año 1992 y la felicidad llevaba el nombre de Victoria, quien no aparentaba sus flamantes cuarenta años. Se reconocía en algunos rasgos físicos y en parte del carácter que su hija mostraba. Era evidente que la pequeña era hija de ambos, tenía lo mejor y lo peor de los dos. Era una niña astuta y brillante. Era físicamente parecida a su medio hermano Octavio. De Victoria, tenía los ojos verdes, la nariz y una personalidad que la definía, lo que podía afirmarse desde pequeña. Victoria cambió aún más con la maternidad y su vida en pareja con Esteban pudo más que cualquier discusión. Ambos lograron una meridiana armonía. Eran un matrimonio que se sostenía en el amor y las diferencias. No todo era fácil, pero juntos era todo posible.

Beltrán Uribe era para ella un hijo más. El pequeño nunca había querido conocer con detalles su pasado. Era feliz y reflexivo. Creció siendo parte de la familia, disfrutando la vida y manifestando en palabras y acciones su gratitud hacia esos seres que eran todo para él. Amaba a sus hermanos y su expresión no mostraba heridas abiertas.

Octavio era encantador. Cariñoso con su hermana, generoso y confidente con Beltrán. Adoraba a su madre. Para él, Victoria era sinónimo de todo lo bueno que la vida le había dado. Su cabello era castaño oscuro y grueso. Lo usaba bien corto y en su rostro, de piel mate, brillaban como aguas marinas sus ojos de un celeste tan intenso que parecía turquesa. Esteban reconocía en ellos a los de su verdadera madre. El profundo vínculo que se generó entre Victoria y Octavio le dio gran tranquilidad pues al comienzo temía que su esposa nunca lo aceptara del todo. Afortunadamente el niño era un sol. Imposible no caer preso de sus encantos.

Octavio no discutía. Nunca lo hacía. Las veces que por alguna razón su madre o su padre lo cuestionaban, él se iba alejando del sonido de la afrenta hasta desaparecer y dejarlos hablando solos. Su vida era demasiado valiosa para perder momentos en peleas. Si Victoria lo perseguía hambrienta de una respuesta que le posibilitara desahogar su enojo, él seguía con lo que estaba haciendo, ignorando portazos y amenazas. Victoria comprendió que debía aceptar la personalidad de su hijo y evitar enfrentamientos. Esteban, en el fondo lo consentía y solo decía: "Déjalo. Es un buen chico. No quiere discutir".

A pesar de esas peleas en las que él no participaba, la devoción con que trataba a su madre había sido suficiente para

que Victoria lo uniera a su ser como un hijo propio. Tanto
fue así que un día abordó a su esposo diciéndole:

–Esteban, sabes bien que nunca me ha interesado la puta con quien engendraste a Octavio –los celos no le permitían referirse a ella sin descalificarla–, pero debes asegurarte de que, así como se deshizo de él al nacer, jamás regrese a buscarlo, porque si intenta acercársele, la mato –sus palabras firmes y la expresión de su rostro le indicaron a Esteban que hablaba en serio.

–No vendrá. Solo quería dinero y ya se lo di. Así que despreocúpate.

–Volverá por más, los chantajes no tienen límites. Temo que un día le cuente la verdad. Me da miedo pensar que eso pase y él se sienta traicionado por nosotros con razón, por ocultarle su origen. Quizá deberíamos contarle... –dijo pensativa.

–Si regresa, yo sabré qué hacer. No es momento de revelar a Octavio su historia. Nunca lo será. ¿Cuál sería la ventaja de hacerle saber que su madre fue una puta que lo vendió?

–La verdad es siempre una ventaja, Esteban. Octavio es mi hijo, tan hijo como Sara. Por favor, no permitas que nadie se interponga, soy tan capaz de matar como de morir por cualquiera de ellos –dijo en un tono que mezclaba angustia y miedo con amor.

Esteban, absolutamente enternecido por el modo en que su esposa amaba a sus hijos, la tranquilizó:

–Nadie jamás interferirá entre ustedes. Octavio Madison

Lynch es nuestro hijo, esa es la única verdad y no existe quien pueda desvirtuar esa certeza. Te amo –dijo y la besó. Las caricias sumadas a la profundidad del intenso momento los llevaron a hacer el amor una vez más. Victoria era rehén de esa pasión y protagonista de esa desmesurada entrega. Confiaba en su esposo y él en ella.

La pareja se había afianzado con ese secreto. Victoria había vencido el egoísmo de sentirse el centro del mundo y había ubicado a su familia en el centro de sus sentimientos y emociones. Ocupaban su corazón y su razón, su pasado y su presente. Sus sueños y su futuro. No había nada en la faz de la tierra que no fuera capaz de hacer por ellos. Había encontrado el sentido real a su vida.

Su madre y Vanhawer casi no la visitaban y la indiferencia de Oriana continuaba siendo una constante. Ahora, que tenía sus propios hijos, los cuestionamientos no cesaban. ¿Cómo podía una madre alejarse de una hija? Pensaba en Sara, era imposible vivir sin estar pendiente de ella. No existía en el universo una razón que pudiera justificar esa actitud. ¿Por qué Oriana era distante no solo con ella sino también con sus nietos? Era cierto que su madre rechazaba los signos de la edad y luchaba contra el tiempo. La intervención quirúrgica en torno a sus ojos para quitar arrugas y el modo de vestirse lo demostraban, pero no podía ser esa la causa de no querer ser abuela, tampoco había querido ser madre.

La distancia que Oriana imponía era algo que no podía entender y aunque lo ocultara y pretendiera lo contrario, le dolía. Siempre le había dolido, era la tristeza que sangraba silenciosa desde que podía recordar, peor aún desde la muerte de su padre. La separación en cualquiera de sus formas era algo que no sabía manejar. Tenía la huella del dolor que haberse separado de su padre le había causado, tenía la herida abierta de la separación impuesta por su madre y tal vez por eso, el concepto mismo le lastimaba la existencia. Separar era sinónimo de dolor para ella.

Desde la llegada de Octavio y de Beltrán, profundizado con Sara, el espejo devolvía a Victoria la estampa de una mujer plena, feliz, enamorada. Se había convertido en lo que deseaba ser, aun sin haberlo sabido nunca.

Solo un rencor quedaba escondido en su alma y era contra su madre. No podía comprender ni mucho menos perdonar su desinterés. Aunque ella no supiera la razón, tenía que existir una explicación. Quizá no le perdonaba su desprecio hacia Igor. Su memoria la traicionaba. Algo latía en su cabeza y no estaba segura de querer saberlo. Siempre había sentido rechazo por Vanhawer, estaba segura de que había sido amante de Oriana aún en vida de su padre. De modo que las pocas veces que pensaba ir a buscar respuestas, la detenía saber que debería encontrar al esposo también, un ser que le era repulsivo.

En cambio, lamentaba mucho la falta de su padre. Bautista hubiera sido un gran abuelo de haber tenido la oportunidad de continuar viviendo. Una foto de él la ayudaba a mantener su rostro con la familiaridad de aquellos días, la misma foto que les había mostrado a sus hijos.

Los abuelos paternos, Héctor y Susana, estaban muy presentes en la vida familiar. Se reunían con frecuencia y siempre estaban pendientes de sus nietos. Les gustaba mucho viajar y al regresar, la mayoría de los regalos eran para ellos.

La bodega era una empresa familiar muy bien posicionada en el mercado. La casa era muy cómoda, acorde al buen pasar económico de la familia. Si bien no eran ricos, vivían sin privarse de nada. No había sirvientes a excepción de Lupita, quien era incondicional con todos. Lupita había querido a Victoria desde la que la había visto por primera vez. Esteban la había elegido y, para la leal mujer, eso era suficiente.

Capítulo 3

No digas de ningún sentimiento que es pequeño o indigno.
No vivimos de otra cosa que de nuestros pobres,
hermosos y magníficos sentimientos,
y cada uno de ellos contra el que cometemos una injusticia
es una estrella que apagamos.

Hermann Hesse

San Rafael, Mendoza, diciembre 1998

Los años transcurrieron en los mismos escenarios. Los Madison, la cara feliz de la moneda de la vida; y los Noriega, el otro lado, la cruz, la que al salir al azar implica esfuerzo y paga. No fue fácil para Solana tolerar en silencio las imposiciones de su padre, que cada vez se le hacían más difíciles de comprender. Mientras ella maduraba y afirmaba sus convicciones respecto de su futuro, sentía que Lucio Noriega retrocedía en el tiempo. La relación con su hermana era insoportable; con su hermano, en cambio, se había afianzado al límite de un amor que los rescataba recíprocamente de todo aquello que ambos detestaban de la familia que en suerte les había tocado. Solana deseaba estudiar para convertirse en profesional. Había optado por no decirle a su padre nada de eso para lograr una convivencia armoniosa dado que sabía cómo reaccionaría. Prudentemente había decidido callar hasta que llegara el momento, solo Wen conocía sus proyectos y la apoyaba. Con su madre no hablaba para no correr el riesgo de que se lo contara a su padre y precipitara los acontecimientos.

Con sus dieciocho años cumplidos en vísperas de las fiestas navideñas, habiendo concluido sus estudios secundarios, Solana eligió una sobremesa para manifestar sus deseos. Decidió, así, cortar el eslabón de la cadena que la sujetaba a un presente en el que su padre pretendía pisar su destino.

—Quisiera hablar con ustedes sobre mi futuro… —comenzó a decir Solana. Era formal en extremo porque sabía que eso predisponía bien a su padre. Sabía que en un hogar normal la charla hubiera comenzado con un "Quiero ser médica", pero no era su caso.

—¡Bien! Infiero que deseas iniciar un noviazgo, me parece correcto —interrumpió Lucio.

—No, papá, nada de eso. No conocí a nadie, no estoy enamorada, ni me interesa eso por ahora. Lo que quiero es estudiar Medicina. Deseo ayudar a traer vida al mundo y atender a las mujeres en los temas de salud relacionados con los embarazos —miró a su alrededor para medir el efecto que sus palabras habían producido en sus interlocutores y la foto de la escena familiar se grabó en su memoria para siempre junto al salvaje episodio que ocurrió como consecuencia.

Fue esa quizá la oportunidad en que más violento vio a su padre y más sumisa a su madre. La indignación en su máxima expresión le recorrió todos los sentidos. Salvadora, su madre, miraba para abajo como si entre sus zapatos se hallara un manual escrito por Lucio Noriega que indicara qué debía hacer o decir con exactitud. Alondra, sentada a la derecha de su padre, la observaba con la misma expresión de furia que él aunque por diferentes razones, y Lucio, ruborizado de ira y con un latido en su sien que podía advertirse desde lejos, dio un puñetazo a la mesa cuyo estruendo movió de lugar los platos unos centímetros.

—¿Qué dices? ¿Te volviste loca? Los médicos son hombres y tú no lo eres. Además, tampoco eres capaz de semejante proeza —gritó descalificándola.

—No es cierto, papá. Tuve excelentes calificaciones, solo que nunca te interesaste en eso. Mis profesores creen que la decisión que tomé es muy buena y... —antes de que pudiera terminar la frase, una bofetada veloz como un rayo y dura como una roca se estampó en su mejilla ladeando su rostro. Sentía dolor físico, su alma sangraba injusticia, quería estudiar y recibía un golpe brutal en respuesta. Sintió que su padre era una bestia—. Mamá, por favor, dile... —suplicó. Pero Salvadora no sostenía la mirada en alto, continuaba escondida detrás de su cobardía, como si Lucio Noriega dirigiera sus convicciones. Wenceslao se había puesto de pie e intentaba apartarla de su padre.

—Tú, niño inservible, sal de aquí antes de que te pegue.

Wenceslao era un adolescente fuerte, que no le había perdido el miedo a su padre, pero que amaba a su hermana mayor con devoción. Además, defendía el sueño de ella como haría con el suyo cuando llegara el momento de convertirse en piloto de avión.

—Eres una ingrata, no tienes necesidad alguna de dar a papá un disgusto. Bien sabes que debemos casarnos vírgenes y traerle nietos, no diplomas —vociferó su hermana generando con su vil discurso más indignación en sus hermanos, si es que eso era posible. Salvadora lloraba en silencio y, sin levantar la vista, permanecía inmóvil en su asiento. Rezaba mentalmente para que sus hijos tuvieran la fuerza de sostener sus ideales, pedía a Dios con desesperación que les diera el valor que ella misma no tenía. Por un instante pensó en apoyarlos, pero al observar la mirada de Lucio, el terror le recorrió el cuerpo, le sudaban las manos y detuvo su llanto por temor a la reacción de su esposo. Se le paralizaron las plegarias. Odió la dependencia y el miedo que la unían a él. Recordó las veces que le había hecho jurar que jamás inculcaría esas ideas en sus hijos. La angustia de pensar que si lo contradecía sería sometida a su implacable indiferencia pudo más que la voluntad de ayudar a sus hijos.

Solana apoyó la mano sobre su mejilla ardiendo donde los dedos de su padre habían dejado una marca. Meditaba, al ritmo de su acelerado corazón, qué podía hacer.

—¡Cállate, Alondra! Eres una mentirosa. Un ser bajo y miserable. ¡Cállate! No me obligues a quitarte la máscara

—respondió Wen levantando la voz–. Y tú, papá, tienes que saber que no soy un inservible. Solo tú crees que no tenemos potencial, pero te equivocas. O quizá tengas miedo de que logremos ser mejores que tú, exitosos e inteligentes, ¿es eso? ¿Por fin Lucio Noriega confiesa sus miedos? –gritó Wen con tono provocador.

—¡Cállate, imbécil, no le contestes! –gritó Alondra enfurecida.

—No soy imbécil, hermanita. Me cansaste. Eres una puta para todos menos para papá, que es el único que se cree el cuento de tu virginidad y sueños de ama de casa. ¡Nunca serás nadie por tus propios logros! Solana y yo, sí. Aprovecho para decirte –comenzó a hablar en voz alta mirando fijo a los ojos a su padre– que jamás trabajaré en la bodega. ¡Me importa un carajo lo que tienes pensado para mí! Voy a ser piloto de avión, te guste o no –gritó protegiendo a su hermana en un abrazo.

Lucio Noriega se levantó como un demonio, le profirió un puñetazo que erró pues el joven lo esquivó hábilmente, pero al tratar de cubrir a Solana del siguiente golpe, su padre le dio justo en el mentón, cayó al suelo desplomado y con él, Solana. Lucio comenzó a patearlos a los dos tan rudamente que no podían incorporarse. Ambos, indefensos, se cubrían el abdomen y tosían como consecuencia de la falta de aire. Salvadora lloraba y suplicaba:

—Lucio, déjalos. ¡Basta! Los matarás. ¡Por favor!

—¡Dales lo que merecen, papá! Wenceslao me ofendió con

mentiras y ella es una basura, una desagradecida, siempre lo será —arengaba Alondra.

—Eres egoísta. Mala. Una fracasada, Alondra. Eres como él —gritaba Solana fuera de sí y desde el suelo.

—Una fracasada que va a arruinarte la vida —respondió con un odio fulminante en sus palabras.

De pronto Lucio vio que sus hijos yacían en el suelo quejándose, entonces volvió como de un trance y notó un hilo de sangre en la comisura del labio de Solana y un corte en el pómulo de Wenceslao sobre quien se había ubicado a horcajadas para pegarle. En ese instante sintió en su interior el exceso de su acción, se puso de pie y se apartó en silencio. Prefería morir antes que reconocer su falta. Miró a su esposa que continuaba llorando y procuraba asistir a sus hijos arrodillada en el suelo. Alondra los observaba expectante.

El mundo, su mundo, lo avasallaba y se le caía encima como una estruendosa demolición de ideas. Su hija médica, su hijo piloto, nadie se quedaría trabajando a su lado. Su otra hija, ¿puta? ¿Eso habían dicho? ¿Había entendido bien? ¿Acaso no era virgen? ¿Qué estaba sucediendo? Había golpeado a sus hijos a fuerza de puños y patadas, él que siempre los había doblegado con solo mirarlos pero jamás les había puesto una mano encima. Ahora había perdido el control porque lo habían enfrentado. No le gustó darse cuenta de que su autoridad se evaporaba y de que no había sabido controlarse para imponer su poder. Empujó a Alondra de su lado diciéndole:

–Contigo hablaré después y a estos dos no los quiero en la casa a mi regreso. ¿Está claro, Salvadora? –amenazó.

–No estaremos aquí, puedes estar seguro. ¿Quién quiere vivir con una bestia retrógrada como tú? ¡Te odio! –se desahogó Solana mientras se incorporaba.

–Ni cuando regreses, ni nunca más. ¡Te odio también! Eres un resentido, un cobarde. Una mierda –agregó Wenceslao.

–¿Entendiste, Salvadora? –volvió a interrogarla ignorando las palabras de sus hijos. Necesitaba dominar, ejercer su poder y solo su esposa podía satisfacerlo. Internamente deseaba continuar golpeándolos hasta hacerlos pedir perdón pero sabía que no lo lograría y que podía matarlos esperando que eso pasara. Después de todo eran sus hijos y habían heredado su dureza a la hora de sostener convicciones.

–Así será, Lucio –respondió la mujer llorando desconsoladamente. Lucio Noriega salió de la casa y dio un portazo.

–Esto no queda acá. Me las van a pagar. ¡Voy a destruirte Solana! –fueron las palabras que Alondra pronunció con odio y deseo de venganza antes de salir detrás de su padre.

Todo estaba roto en esa familia. Hay palabras de las que no es posible regresar, hay sucesos que no admiten vuelta atrás y lo ocurrido esa noche era la clara confirmación de ello.

Solana y Wenceslao tomaron sus pocas pertenencias, que entraron en una sola maleta, y cargaron sobre sus espaldas lo que en ella no pudieron guardar. No había envase para tanto dolor. La indignación ocupaba el aire que respiraban y el enojo les aplastaba los hombros y empalidecía sus sueños.

Le pidieron a su madre que se fuera con ellos, ignorando su sumisión, pero Salvadora no aceptó.

–Mamá, no puedes quedarte con esa bestia, no tiene razón y lo sabes. Por favor, ven con nosotros –suplicó Solana.

–Mamá, no eres feliz con él. No tienes vida propia. Basta, ven con nosotros –pidió su hijo varón.

–No puedo hacerlo, él me necesita y Alondra es mi hija, a pesar de todo no soy capaz de abandonarlos –respondió llorando–. Sé que no pueden entenderlo ahora, pero cuando tengan sus propios hijos, tal vez. Yo deseo que cumplan sus sueños. Aquí está mi ayuda, toda la que puedo darles –continuó diciendo mientras les entregaba suficiente dinero como para vivir unos meses sin trabajar–. Traten de avisarme de algún modo dónde están. Los amo hijos míos, con todo mi corazón pero como madre debo quedarme al lado de la hija que más me necesita, la más débil. Ustedes saben lo que quieren y han tomado el camino correcto. Ella, en cambio, está muy lejos de eso.

Salvadora rompió en un llanto sin consuelo mientras limpiaba la sangre seca de los rostros de sus hijos. Eso los confundió. Minutos antes, víctimas de la conmoción vivida, habían querido llevarla con ellos, luego esas palabras corrieron los ejes de la razón y ya no sabían si debían insistir, solo querían irse de ese lugar. ¿Por qué priorizaba a la peor hija y al hombre que los maltrataba injustamente? No había tiempo para respuestas, no había ganas de comprender. Ambos pensaban lo mismo sin hablar.

Un abrazo casi obligatorio se impuso. Entre esos brazos, Salvadora sintió el error y la culpa. Wen estaba consternado y Solana cerraba un capítulo.

Partieron de allí. Los sentimientos hacia ella eran contradictorios. No comprendían sus razones pero todo era tan reciente que postergaron sin saberlo el hecho de juzgarla en ese momento. El sufrimiento agitaba sus sentidos, no podían pensar con claridad. Hacía frío, la desolación gobernaba un clima de afrentas donde el viento lastimaba como un latigazo el eco de la injusticia y les golpeaba el pecho en el exacto lugar donde el corazón memorizaba la angustia y el vacío.

Lo último que Solana vio al salir de la casa fue el rostro de Octavio Madison, quien pasó por delante de ambos en un automóvil nuevo. Ella se quedó parada, quieta, observando el recorrido del vehículo hasta que desapareció. *Es hermoso*, pensó.

—Nunca será equilibrado el reparto, Dios no es para nada justo. Dios no sabe de equidad. Vamos, Solana, sé adónde podemos ir —dijo Wen al ver hacia donde se dirigía la mirada de su hermana. Con una mano sostenía la maleta y pasó la otra por detrás del hombro de Solana acercándola a su cuerpo para hacerla caminar.

Ella lo siguió pero sus ideas oscilaban confundidas prendadas del rostro más bello que había conocido en su vida. No la sorprendió que aun en momentos extremos como ese, el nombre de Octavio Madison Lynch abriera las puertas de una fantasía imposible que desplazaba la realidad de ese lugar por breves instantes.

Capítulo 4

La injusticia podía tomar dimensiones increíbles
y causar heridas imposibles de sanar.
Siempre juntos antes que nada.

De San Rafael a Luján de Cuyo, diciembre 1998

Ambos pasaron esa noche en un hotel de la ciudad que pagaron con el dinero que les había dado su madre. Wenceslao llamó a Beltrán y le contó lo sucedido. Le indicó dónde se hospedaban y su amigo rápidamente le respondió que él mismo les conseguiría un lugar para que vivieran y trabajo para los dos.

—Solana, quédate tranquila. Beltrán nos ayudará. Recién hablé con él. De momento tenemos dinero para pasar aquí el tiempo necesario —dijo besando a su hermana en la frente.

—Gracias, Wen, no habría podido resistir la discusión si no hubieras estado allí apoyándome. Pero creo que no voy a poder estudiar. Debemos trabajar y...

–¡Sí vas a poder! Serás médica. La mejor. Yo voy a trabajar todo el día y la noche si es necesario para que lo hagas. Después, cuando te gradúes, me ayudarás a convertirme en piloto –dijo eufórico y convencido.

–Debes terminar el secundario, no podrás trabajar...

–Muchos estudiantes tienen empleo, seré uno de ellos. Me quedan dos años. Terminaré el secundario y trabajaré más para ayudarte. Rendiré libre las asignaturas, estudiaré por la noche. Viviremos tranquilos, ya verás –dijo. Solana lloraba. La emocionaba la generosidad de su hermano, se había convertido en un hombre frente a sus ojos.

–No lo sé. No quiero que te sacrifiques por mi causa.

–Hagamos un pacto: todo el trabajo y esfuerzo que haré para que cumplas tu sueño me lo devolverás a partir del momento en que puedas. Entonces, comenzaré mi carrera de piloto. Mientras tanto, los dos daremos lo mejor para ser felices y para que llegues a obtener tu título universitario. Deberás estudiar en una universidad pública, no podremos afrontar los costos de una privada, pero si estás decidida, lo haremos –era sincero. Amaba a su hermana y haría todo por ella.

–Wen... –lo abrazó fuertemente y dejó caer sobre sus hombros todas las lágrimas que la pena arrojaba sobre la injusticia de la que eran víctimas.

–Vamos, no llores. Lo lograremos. Te lo prometo. Yo estoy feliz a pesar de todo. Solo lo lamento por mamá, pero es su elección –sus ojos vidriosos contenían el llanto que por hombre no tenía derecho a derramar. La huella de Noriega era evidente. Wen había acentuado ese mandato de no llorar, como si exteriorizar dolor fuera una vergüenza. Su padre se había encargado de que encerrara en su interior cualquier desahogo.

Solana ignoró la referencia a su madre, meditó sus palabras y respondió:

—Está bien, pero terminarás el secundario a la par de tu trabajo. También trabajaré, al menos medio día. Y debes prometerme que nadie se interpondrá en nuestros planes.

—Lo prometo hermana. Siempre juntos antes que nada. Es un pacto.

—Siempre juntos antes que nada. Es un pacto, sí —repitió—. Seré médica y tú, piloto. Te amo, Wen, jamás podré agradecerte lo que haces por mí —dijo con ternura acariciando el rostro de su hermano con cuidado para no provocar dolor en el corte en su pómulo—. Nuestro padre es una bestia y Alondra, Dios, no puedo concebir su maldad.

—Es cierto, pero ya no debemos preocuparnos por ellos —respondió.

—Juró venganza, me dio miedo la furia de su mirada. Dijo que me arruinará la vida. La creo capaz de cualquier cosa. Le dijiste a papá que era una puta.

—¿No lo es acaso? Que haga lo que quiera. No tengo miedo. Tampoco tú lo tengas. Yo voy a protegerte —aseguró.

⁎ ⁎ ⁎

A la mañana siguiente Beltrán Uribe fue a ver a Wenceslao al hotel y tomaron un café allí. Le llevó dinero y aunque Wenceslao no quiso aceptarlo al principio y lo justificó diciendo que su madre les había dado unos ahorros, su amigo lo persuadió después. Además, le indicó que debían abandonar San Rafael y viajar a Luján de Cuyo, allí contactarían a Humberto Cáseres, dueño de una inmobiliaria que manejaba algunas de las propiedades de la familia. Esteban Madison, a pedido de Beltrán, había hablado la noche anterior con Cáseres por teléfono. A los dos les darían trabajo ahí. Quedaba cerca de la Facultad de Ciencias Médicas de la Universidad Nacional de Cuyo. También había una escuela cerca donde Wen podría finalizar su secundario.

–¿Le hablaste a tu papá de nosotros? Él sabe bien quién es mi padre y…

–¡No! No mencioné sus nombres, solo que eras un amigo que necesitaba ayuda. Nada más. Dije que yo mismo daba fe de la calidad de persona que eres. Que los recomendara con tranquilidad. Mi padre maneja códigos y no pregunta, confía en mí.

–Justo lo contrario del mío… –dijo sin meditarlo–. Pensaste en todo, ¿verdad? –continuó.

–Intenté hacerlo –respondió sinceramente.

–Gracias, Beltrán. Te devolveré este favor. Un día podré hacerlo –pronunció con solemnidad.

–Nada tienes que agradecerme. Muchas veces hablamos sobre el deseo de tu hermana mayor de ser médica. De manera que busqué el modo más simple. Cuando hablé con mi papá, le indiqué que tratara de que los empleos fueran en Luján de Cuyo, así tomaban distancia de tu padre y estaban cerca de Humberto, que es una gran persona, pero no tan lejos como para que se me complicara ir a verte. Actué rápido y mi familia tiene los contactos necesarios.

–No tengo palabras para agradecerte… –insistió.

–No me agradezcas, tú me ayudarías si fuera necesario, ¿no? –interrogó.

–Por supuesto –respondió.

–Además, el agradecido soy yo. Tú me enseñaste lo que era la capacidad de disfrutar y la generosidad hace años. No olvido eso. Me regalaste tu avioncito de papel siendo lo único que tenías y fuiste mi amigo. Siempre estaré para ti y los tuyos –dijo–. Aún conservo aquel avioncito de papel sucio –agregó con cierta nostalgia en la mirada.

–¡No puedo creer eso! –expresó sorprendido.

–Es la verdad. Lo guardo dentro de un libro que Esteban me dio. Una novela que fue de mi madre. Es fácil regalar cuando se tiene mucho pero en tu caso no fue así. Me diste sin meditarlo lo único que tenías.

–Gracias por darle valor… ¿Quieres ver a Solana? –preguntó cambiando el tema de la conversación para evitar que lo venciera la emoción–. Al menos para que puedas ver en su rostro lo que representa tu ayuda –agregó.

–No necesito ver en su cara lo que mi ayuda significa. Es tu hermana, la conozco y tú eres mi amigo. Son iguales por dentro. Déjala descansar. Ha tenido una jornada difícil

ayer. Dale mis saludos y cuéntale que tienen mi apoyo. Dile que deberá asistir a la que sea mi esposa cuando nazcan mis hijos –agregó con tono cómplice. Beltrán pensó que en nada se parecían ellos a Alondra, a quien sabía ventajera y despiadada. Si no fuera por el parecido físico hubiera jurado que no eran hijos de los mismos padres.

–Lo haré –sabía que su amigo le daba aliento. El comentario era pensando en ellos, en hacerlos sentir no solo que lo lograrían, sino también que había algo que podría hacer Solana por él en el futuro.

–Me despido, amigo. Espero tus novedades. El dinero que te dejo es suficiente para el viaje y varios días en hotel. Aunque yo estaré en contacto te pido que me llames si me necesitas o si les falta más dinero –dijo mientras abrazaba a Wenceslao. Le guiñó un ojo y se dirigió a la puerta de salida del hotel.

–¡Beltrán! –lo llamó en voz alta. Este giró sobre sus pasos y lo miró–. ¡Gracias! –gritó Wen una vez más. Los latidos de su corazón se habían acelerado. La emoción le había ganado la partida pero estaba bien guardada entre su hombría y sus posibilidades de expresarla.

–¡Adiós! –respondió con un ademán cálido y desinteresado.

* * *

Ese mismo día viajaron a Cuyo en ómnibus. Al llegar se comunicaron con el señor Humberto Cáseres quien les indicó que fueran a verlo enseguida.

Se alojaron en un hostel económico, y fueron a la inmobiliaria. Caminaron en silencio. Las casas decoradas con luces y coronas anunciando las fiestas no pasaban inadvertidas. Los árboles navideños, tampoco. Ninguno de los dos hizo ningún comentario. Sin embargo, ambos sentían que sería una rara Navidad, aunque no podían dar paso a la nostalgia.

Al llegar a la inmobiliaria, los recibió Humberto Cáseres en persona. Un hombre canoso, de facciones armoniosas y barba. Estaba vestido con un traje azul oscuro, camisa blanca y corbata en tonos grises. Era distinguido, su presencia así lo imponía. Vieron varios escritorios, computadoras, teléfonos, sillones y empleados trabajando. Todos bien vestidos atendían mediante correcto lenguaje las demandas diarias.

–¡Bienvenidos! Los estaba esperando –saludó Cáseres–. Vengan por aquí –continuó. Se dirigió a un despacho privado seguido por Solana y Wenceslao. Allí, ordenó café para todos y les pidió que le contaran su historia. Era evidente que sabía de ellos pues mencionó que si Esteban los recomendaba, haría por ellos todo lo que tuviera a su alcance.

La conversación resultó amena. Los hermanos le contaron sin demasiado detalle que deseaban estudiar y que su padre se oponía. Por esa razón debían abordar sus proyectos solos y necesitaban trabajar para sostenerse. La generosidad de Wen, quien deseaba trabajar para financiar la carrera de su hermana, lo conmovió. Supo que era un ser valioso. Solana hablaba menos que su hermano, pero Cáseres advirtió en sus pocas palabras la firme determinación de convertirse en médica.

Mientras conversaban recordó que una vez, muchos años atrás, había querido estudiar y ser abogado pero su familia de escasos recursos no había podido ayudarlo. Siendo hijo único había desistido de esa idea para ayudar a procurar el sustento. Era martillero público, pero había obtenido ese título recién a los cuarenta años. Primero había trabajado intensamente durante mucho tiempo hasta hallar una posición en el mercado de propiedades. Tenía sesenta años y disfrutaba de un buen pasar. Había quedado atrás, un tiempo irrecuperable en la cárcel y le debía a Esteban que la pesadilla hubiera terminado antes del plazo que la justicia había dispuesto en el primer fallo. Aquellos recuerdos eran una esquirla en su memoria. Siempre estaría en deuda con Esteban Madison, su amigo desde la juventud. Cáseres arrastraba su propia historia personal, no se había casado ni había tenido hijos.

De inmediato simpatizó con los jóvenes. Estaba no solo conforme sino contento de incorporarlos a su negocio. Le ofreció a Wenceslao un trabajo de ocho horas y una paga superior a la que se abonaba en plaza por la misma tarea. Además, prometió una comisión por cada propiedad que lograra vender. A Solana, le dijo que podía comenzar como recepcionista durante ocho horas y cuando iniciara sus estudios adecuarían los horarios y reducirían su jornada si fuera necesario. Iba a enseñarles el oficio de vender propiedades. La inmobiliaria era grande y él se ocupaba de organizar todas las tareas de los empleados y de controlar la actividad.

Cáseres también les ofreció en alquiler una vivienda cerca

del negocio que era de su propiedad. Les descontaría el valor de la renta de sus salarios para facilitarles las cosas. Eran cuarenta metros cuadrados, decorados y amueblados con gusto. El espacio era reducido pero agradable, según sus propios dichos. Los jóvenes aceptaron la propuesta sin ir a visitar el lugar. No solo porque no tenían demasiadas opciones sino porque el hombre les había caído muy bien y era evidente que quería ayudarlos.

* * *

Habían transcurrido algunos días desde la discusión de los Noriega y en esa casa, nadie los nombraba. Fueron largas jornadas de noticias mudas. Tampoco Salvadora se animaba a mencionarlos. Lucio había estado de peor humor que el habitual y había querido sexo con ella cada noche. Un claro modo de marcar territorio, él mandaba. Al menos eso creía.

Alondra lo había envuelto habilidosamente con mentiras diciendo que Wenceslao solo quería lastimarlo y perjudicarla. Sostenía que sus hermanos tenían celos del vínculo que ella tenía con él. El hombre dejó pasar la cuestión pero la duda se arraigó a sus pensamientos y se expandía dentro de sí como los comentarios mal habidos en un pueblo pequeño.

Una noche el teléfono sonó y, como era costumbre, Salvadora se levantó a atender.

—Mamá, soy Wen. ¿Puedes hablar?

—No. No es aquí la parroquia. ¿Cómo dice? No puedo oírlo

bien… –respondió. En clave Wenceslao supo que su padre estaba cerca pero su madre necesitaba que le dijera algo más. Aunque no fuera capaz de preguntar, ella había encontrado el modo de darle tiempo para que pudiera decirle cómo estaban. No pudo enojarse por su cobardía, era su madre, era una víctima. Él la amaba tanto como la compadecía.

–Entiendo. Estamos en Cuyo, aquí nos quedaremos. No tenemos teléfono pero ya conseguimos trabajo. Solana estudiará en la Universidad Nacional. Yo terminaré el secundario rindiendo libre las asignaturas. Te llamaremos –pronunció.

Se escuchó de fondo el grito de Lucio:

–¿Quién es, Salvadora?

–No se disculpe, ha sido un error –agregó Salvadora simulando indicar a su interlocutor que no era necesario que se disculpara por haber marcado mal el número–. Alguien que deseaba hablar con la parroquia –respondió.

En su interior Salvadora Quinteros agradeció a Dios que sus hijos estuvieran bien. Supo que lo lograrían. Un orgullo silencioso la recorrió. Tuvo la precaución de no cambiar su actitud ni su estado de ánimo para que Lucio no adivinara que los chicos se habían comunicado.

Cuando Wen le contó a Solana la conversación con su madre, la joven se enfureció.

–No la justifico, Wen. ¿Una parroquia? ¿Número equivocado? –había repetido furiosa.

–Sí… así dijo. Papá estaba cerca. Intentó escucharme sin delatar que era yo –agregó defendiendo la actitud de su madre.

–¡Somos sus hijos! Los que nunca le hemos dado trabajo, los que deseamos estudiar. Los que como ella misma dijo, elegimos el camino correcto ¿y no tiene el valor de, al menos, atendernos por teléfono, de pedirnos una dirección, de venir a vernos? ¡Nos fuimos golpeados y como delincuentes huyendo de su culpa! –dijo enojada–. Salimos de su vida por la puerta de atrás.

–Nos dio dinero, Solana. Dijo que… –intentó contar pero su hermana lo interrumpió.

–Lo primero que haremos será hacerle llegar ese dinero de vuelta en cuanto podamos juntarlo. No deseo deberle nada. En lo que mí respecta, no la llames nunca más. Yo no voy a hacerlo. Si tú decides lo contrario, no le hables de mí. Si quiere saber cómo estoy, que se ocupe de averiguarlo de mi boca… –sentenció– si se atreve a enfrentarme –agregó con ironía. Una sonrisa nutrida de sarcasmo que no era habitual en ella destacaba su expresión. El dolor había hecho su trabajo y ese era el modo involuntario en que sangraba su herida más profunda. Hablaba en serio. Al rememorar lo sucedido, no encontraba el modo de disculpar la inacción de su madre, se había sentido abandonada y la sensación de que nunca podría perdonárselo se había adueñado de todo su ser. Dejaría su familia atrás. Solo tenía a Wen, el resto para ella ya no contaba. En lo único en que era igual a su padre, era en la fuerza con que sostenía sus convicciones, solo que en su caso eran razonables la mayoría de las veces.

–No es bueno tanto rencor, hermana, ella tiene miedo.

–¡Me importa una mierda si tiene miedo o no! ¿Acaso crees que yo no lo tuve y no lo tengo todavía? Se terminó para mí, Wen. No quiero hablar más de este tema. Si estás arrepentido y quieres regresar, no te juzgo –dijo ofreciéndole la alternativa de volver atrás.

–¿Qué dices? "Siempre juntos antes que nada". Hicimos un pacto ¿Lo recuerdas? –interrogó.

–"Siempre juntos antes que nada" –repitió–. Sí, lo recuerdo bien, pero te doy la chance de dejar sin efecto ese acuerdo si lo deseas. Haz lo que gustes pero no quiero que le digas dónde estoy, ni nada sobre mí –agregó.

–No quiero hacerlo. Tenemos un pacto y quiero cumplirlo –respondió. La conversación entre ambos concluyó.

Wenceslao no decidió en ese momento qué haría al respecto, pero luego de meditarlo optó por apoyar a su hermana. Por nada ni por nadie la traicionaría. Después de todo, y pensándolo bien, Solana tenía razón en sus fuertes argumentos. El miedo no justificaba a su madre. Eran sus hijos, instintivamente debió haberlos defendido.

Además, y aun teniendo deseos de llamar a su madre, no sería capaz de negarle información sobre dónde estaba y hacerlo involucraba a Solana, quien definitivamente no tenía voluntad alguna de facilitarle las cosas. Había sido muy clara con él. Fue una decisión difícil pero estarían más tranquilos, lejos del pasado abrumador que los había empujado a irse de la casa en San Rafael.

Capítulo 5

Lo realmente importante es
luchar para vivir la vida,
para sufrirla y para gozarla, perder
con dignidad y atreverse de nuevo.
La vida es maravillosa si no se le tiene miedo.
Charles Chaplin

San Rafael, Mendoza, diciembre de 1999

Como cada año, Victoria había hecho decorar con luces la vivienda. La casa iluminada con gran estilo y el pino en el parque daban un aspecto festivo y alegre a la propiedad. Las vísperas de Navidad se anunciaban con gran entusiasmo. La vida les sonreía. Octavio había decidido estudiar Medicina pero como no deseaba alejarse de su casa, había iniciado la carrera en una universidad privada y había concluido el primer año lectivo. El costo era alto, pero sus padres podían pagarlo sin dificultad alguna y preferían que su primogénito estuviera cerca de ellos. Beltrán se había decidido por la carrera de Contador Público Nacional.

Sara aún cursaba sus estudios primarios sin problemas

en su rendimiento, tenía muy buenas calificaciones y había demostrado interés en el deporte desde pequeña. Jugaba al hockey desde los seis años, su habilidad y destreza para esa actividad eran innegables.

Tenía una madurez inusual para sus años. Quizá porque estaba criada entre hermanos más grandes y tenía mucho trato con adultos. Sus padres y abuelos siempre la habían tratado como a una más cuando compartía conversaciones o cuando hacía preguntas de tipo "complejo", por decirlo usando palabras de su padre, referidas a la muerte, el alma y el origen del mundo.

Definitivamente era Esteban su debilidad, lo adoraba más allá de toda razón y era recíproca esa devoción, aunque solían enfrentarse cuando la corregía en algo. No pasaba mucho tiempo antes de que volvieran a fundirse en un único abrazo que representaba el todo que cada uno significaba para el otro.

Victoria era feliz, amaba a su esposo y él a ella. La pasión no se les había escapado entre el tiempo y la rutina, como suele ocurrir muchas veces, sino por el contrario habían hallado espacios para disfrutar del amor que ambos se profesaban. Solían viajar solos a exóticos destinos y regresaban felices, llenos de obsequios para sus hijos. Confirmaban que estar enamorados y demostrarlo no era algo privativo de veinteañeros.

Oriana Nizza, la madre de Victoria, e Igor Vanhawer, su esposo, vivían en el centro de San Rafael, en la provincia de Mendoza, pero habían interrumpido casi toda comunicación con la familia Madison sin causa aparente. Ese hecho profundizó el dolor que a Victoria le provocaba la distancia materna. Tanto que había comenzado terapia para superar el reproche latente y silencioso hacia esa actitud desaprensiva. Algunos desagradables recuerdos sobre Igor surgieron de las sesiones. Victoria estaba bloqueada, intentaba avanzar a veces desde la razón pero inmediatamente se detenía su memoria. Elegía no profundizar en la escoria que representaba ese personaje. Solía pensar que algo en ella lo responsabilizaba de que su madre nunca la hubiera querido. Oriana no tenía tiempo para ella porque él ocupaba su vida. Había recordado en terapia que su madre le había pegado una vez y le había causado un corte a la mitad del mentón, del cual tenía una pequeña cicatriz, pero no lograba refrescar en su memoria las causas de aquella discusión.

Su terapeuta le había sugerido una sesión de hipnosis para averiguar si había algo que su mente guardaba con candado, pero ella le temía a ese método. Sentía que era exponer su alma ante una desconocida. Darle la llave de su mente a una extraña que pudiera indagar en ella sin reservas no era un hecho que le agradaba, sentía que era como dejar que la desnudara y se quedara con su ropa sin permitirle decidir cuándo vestirse. Quizá en un rincón de su conciencia no estaba segura de querer enfrentar esa etapa de su vida. Suponía que solo hallaría más dolor. Por momentos quería recordar, probablemente para tomar represalias contra su madre, pero, al mismo tiempo, el temor a enfrentar la frialdad de Oriana la paralizaba. Había desechado ese método y había decidido buscar otra alternativa.

De su pasado solo guardaba las fotos y las vivencias con su padre Bautista Lynch. El resto, por el momento, prefería que muriera en el olvido. Lo único claro era que su corazón no perdonaba a su madre.

Victoria era celosa, muy celosa, pero Esteban no le daba motivos de qué preocuparse. Discutían como todos los matrimonios por cuestiones cotidianas. En general ella defendía siempre a sus hijos y Esteban la contradecía en eso. Él era un buen padre, justo siempre. Lo que le parecía mal lo decía y a veces no tenía las mejores formas. Peleaba con Sara casi siempre por ese motivo. Es que en verdad eran muy parecidos. La misma sangre, las mismas verdades, la misma intensidad corría por las venas que los unían y se notaba a pesar de la corta edad de la niña.

Durante la etapa de la adolescencia de sus hijos varones, Victoria comenzó a sufrir celos desmesurados respecto de las jóvenes que se acercaban a ellos. Le había costado un gran esfuerzo aceptar que se pondrían de novio o se casarían un día. Sus hijos eran hermosos, una verdadera tentación para las chicas, que ella no podía controlar.

Con Sara era diferente, nunca había sentido celos. Todo a su alrededor era orgullo. Cuando su preciosa hija creció tuvo la certeza de que llegado el momento sería muy difícil que sus pretendientes lograran conformarla con facilidad. Las amigas de su hija suspiraban por sus hijos, pero eso no llegaba a preocuparla porque ninguno de ellos se había fijado en ellas. Eran muy chicas. Doce años a esa edad eran un abismo.

Octavio fue el primero en presentarle una novia, era una compañera de la escuela. Desde luego no pudo sentir nada positivo al verla. No le pareció simpática y como no podía negar su belleza la calificó como "inexpresiva". Se llamaba Nadia Bianchi. Era hija de una familia adinerada de San Rafael. La joven no se llevaba bien con sus padres, decía que eran antiguos y que no la comprendían. Sostenía que nunca trabajaría en la empresa familiar, eran también dueños de una bodega. Tenía el cabello negro y los ojos verdes. Era delgada y su estilo era casual. Sin embargo, se destacaba. No podía determinar muy bien por qué, pues nada de ella era tan distinguido, pero lo cierto era que, en conjunto, la joven era muy atractiva y tenía en un puño a Octavio. Salieron por más de un año, el peor en la vida de Victoria pues, por causa de esa relación, las peleas con su hijo eran recurrentes igual que con Esteban, quien minimizaba la cuestión. En verdad, Octavio no discutía pero se alejaba. Ella temía que la seudonuera quedara embarazada adrede para lograr una unión. Algo en Nadia no le gustaba, su sexto sentido de mujer y madre le indicaban un alerta cada vez que la pensaba. Tenía la certeza de que lastimaría a su hijo, y no eran celos.

Esteban restaba importancia a su preocupación diciéndole que era la primera de muchas otras mujeres. Sabía por sus charlas con Octavio que era seductor pero no tonto, como él había sido en sus comienzos. Estaba tranquilo respecto de su hijo, nadie le echaría una cuerda al cuello. Más allá de todo lo que le dijera, Victoria no descansaba sabiéndola cerca.

Tampoco Nadia la quería a ella, el rechazo era recíproco, como si además de la evidente cuestión de piel, compitieran por el cariño de Octavio. Se detestaban mutuamente.

Por fin, ese año, se habían distanciado. Octavio solo había dicho que las cosas no estaban bien entre ellos. Victoria, feliz, había optado por no interrogarlo al respecto. La relación de ambos volvió a ser la de siempre, incluso en esa Navidad, al saludar a su madre, le había susurrado al oído: "Perdóname, mamá. Te amo. No quise que discutieras tanto por Nadia". Victoria sonrió, era evidente que solo ella peleaba en esas discusiones, le dio un beso y solo agregó: "Hijo, quiero que seas feliz y formes una pareja pero no es ella la mujer indicada. Créeme, con el tiempo vas a darme la razón".

La fiesta de Año Nuevo fue una gran celebración, la familia brillaba de felicidad esa noche. Compartieron proyectos y anécdotas. Risas y recuerdos. Bromas y gratitud. Todos recibieron el nuevo milenio con gran expectativa.

La familia Madison disfrutó de tiempos felices. La relación de Octavio y Nadia fue intermitente, se unieron y separaron muchas veces en aquel tiempo. Cuando estaban alejados, Octavio salía con otras chicas pero después volvían. Eso molestaba a Victoria que sabía disimularlo por el bien de la relación que mantenía con su amado hijo. Ninguna persona, ni siquiera Nadia, iba a separarla de él.

Beltrán nunca presentó una novia oficial. Era el tipo de joven discreto. No se sabía con quién se relacionaba, aunque había sido siempre evidente que al regresar de madrugada venía de estar con alguien. Cuando Victoria lo interrogaba solo respondía: "Cuando sea la elegida te la presento. Pero aún no conocí al amor de mi vida. ¡Por ahora, sigues siendo tú, mamá!", y la besaba en la frente.

Victoria se sentía plena y feliz. El espejo de la vida devolvía a los Madison una imagen familiar que llevaba el nombre de la felicidad y el brillo de los sueños cumplidos. Eran lo que deseaban ser, estaban unidos por un infranqueable amor y lo disfrutaban.

Capítulo 6

¿Pensamos en alguien que está ausente? ¿Buscamos
en nuestra memoria un recuerdo perdido? En todo
caso, nuestra atención se encuentra en todas partes
y en ninguna, hasta que de repente advertimos un
estremecimiento en nuestros pies, y al averiguar de qué
proviene, nos encontramos con nuestra sombra.

Oliverio Girondo

Salvadora Quinteros vivía secuestrada por sus emociones silenciosas. Continuaba escribiendo sus diarios y
los guardaba secretamente. En realidad los escondía
del alcance de Lucio, pues en ellos desahogaba los sinsabores de su matrimonio, el fracaso de sus sueños rotos y las ilusiones secretas que encendían sus deseos. Cuando acababa
sus páginas y comenzaba otro, colocaba el anterior, ordenado
por fecha junto a los demás, en una caja ubicada en la parte
alta del armario, al fondo. Nadie jamás revisaba ese sector
del mueble. Nunca había vuelto a leerlos, le faltaba coraje,
pero sabía que en ellos estaba escrita la historia de su vida, la
que había vivido y las que había imaginado cuando prefería

pensar en situaciones extremas y fatales, como la causa de su abandono, y no en el desamor de unos padres que jamás regresaron por ella. Había escrito también la versión de los hechos que le habían contado y el modo en que ella había sentido la orfandad que llevaba escrita como una señal en su alma.

Los días pasaron y con ellos los meses. Imaginaba que Wen estaría trabajando y que Solana ya habría terminado el primer año de la carrera de medicina en la universidad pero la realidad la enfrentaba a una dura cotidianeidad. Lucio parecía leer sus pensamientos y en reiteradas oportunidades la amedrentaba, enterrando en el miedo las ideas de acercarse a sus hijos.

Una tarde de tantas al volver del trabajo la intimidó al advertir su mirada distante.

—¿En qué piensas?

—En Solana y en Wen —se había animado a responder.

—Creo que he sido claro respecto de esos ingratos, ¿no?

—Sí —respondió temerosa.

—¡Olvídalos! Te prohíbo que los busques o intentes comunicarte con ellos. Si te llaman por teléfono les cuelgas o doy de baja la línea. Son unos desagradecidos —la amenazó.

—¡Son nuestros hijos! —respondió indignada. No podía creer lo que escuchaba.

—Solo tenemos una hija ¡y es Alondra! ¿Te queda claro? Ellos eligieron traicionarme y si los apoyas, tú lo haces también. Si es así, dímelo ya y te vas de esta casa ahora —la intimidó.

—¡Yo los amo! ¡Solo quieren estudiar! ¡Eres un retrógrado! —replicó gritando.

Por primera vez cuestionaba su posición y lo insultaba. Lo hizo instintivamente. Una acción impensada que le provocó un miedo irrefrenable cuando al instante de escuchar sus propias palabras sintió una bofetada feroz en el rostro.

–¡Vete con ellos! ¿Cómo puedes defender a esos malditos ingratos? –gritó al tiempo que la golpeaba. Salvadora llevó su mano hacia la mejilla marcada y comenzó a llorar. Lucio jamás le había pegado. ¿Qué pasaba con él? Lo desconocía. Alondra observaba con una sarcástica expresión de placer en su rostro. ¿Acaso le gustaba lo que veía?

Se disculpó acercándose a ella.

–¡Perdóname! No es contigo mi enojo… –su reacción fue inmediata pero su arrepentimiento no era convincente. Ella no hablaba–. Mira, mujer, sigamos con nuestra vida. Prometiste no apoyar estas ideas hace muchos años. Respeta y cumple tu promesa. Te pido perdón por golpearte, me sacaste de las casillas. No me enfrentes y todo estará bien –agregó. Le dio un beso en la frente y se fue. Antes de partir miró a Alondra–: Hija, prepárale un té a tu madre –pidió, como si una infusión cambiara algún aspecto de lo que había acontecido.

La joven, que en presencia de su padre se cuidaba de no evidenciar la violencia con que se dirigía a su madre habitualmente, solo respondió:

–Sí, enseguida –pero al partir Lucio, se acercó a su madre y susurró–: Si quieres algo tendrás que hacerlo tú misma o llamar a tus hijitos. ¡Oh perdón, cierto que te han olvidado! –sus palabras buscaban herir y su tono irónico infundía temor.

La estocada final hizo estallar en sollozos a Salvadora que se quedó largo rato intentando reunir fuerzas para enfrentar su agonía devastadora. Resistir era la única solución que le venía a la mente.

Permanecer allí era su deber de madre y esposa pero le resultaba cada vez más difícil. Luego de la escena en que Lucio la había golpeado, él regresó a la casa como si nada inusual hubiese ocurrido. Salvadora estaba distante, la herida sangraba los trozos de sus sueños y la desmitificación de su esposo. A pesar de las enormes diferencias respecto de lo que cada uno quería para el futuro de sus hijos, jamás había dudado de los sentimientos de Lucio, de su manera egoísta de amarla. Siempre había sentido que era única para él.

Sin embargo, junto con el dolor de la bofetada la atropellaron la desilusión y el descrédito. Repentinamente sus ojos vieron con claridad. No creía que fuera capaz de perdonarlo. Tuvo miedo de los tiempos futuros y se le congeló el deseo que la amarraba desde su juventud a ese hombre. Algo se había subvertido en ella.

Sentía por momentos que no volvería a ver a sus hijos mayores, que estaban enojados con ella, y en otras oportunidades, soñaba con escaparse a la ciudad de Luján de Cuyo a buscarlos y que la estuvieran esperando. De algo estaba segura, no deseaba que se acercaran a la casa; no solo por temor a los enfrentamientos con Lucio sino también porque no quería que supieran que la había golpeado y estaba claro que sería eso lo primero que Alondra les haría saber.

Alondra sabía que su madre lloraba por la ausencia de sus hermanos y su gran complejo de inferioridad respecto de ellos la había vuelto más hostil y agresiva. La trataba como a una basura que ocasionalmente se patea sin atención al caminar.

—Alondra, debes estudiar, ocuparte de tus calificaciones en la escuela, ir pensando en una ocupación para el año próximo. Eres muy capaz, hija... —comenzó a decirle una tarde.

—No me hagas reír. No simules una confianza en mí que no tienes. No soy tu "Solanita" —agredió.

—Hija no te refieras así despectivamente a tu hermana. Trato de aconsejarte —respondió.

—¿Y qué hiciste tú? ¿Estudiaste acaso, tienes alguna habilidad además de ser un títere de tu esposo? Ahora además te pega y ni siquiera reaccionas. ¿Qué crees que dirán tus hijos favoritos cuando lo sepan? ¡No quiero tus consejos! —dijo punzante.

Salvadora sabía que, más allá del maltrato, Alondra no mentía. Nada bueno había hecho ella con su vida a excepción de criar sus hijos. A la luz de los hechos, ni siquiera eso había hecho bien porque dos de sus hijos no estaban y la otra la odiaba. Aun así siguió intentando.

—Hija, ¿por qué tienes tanto odio dentro de ti? Habla conmigo. Quiero ayudarte. Te amo... —pronunció con dulzura.

—¡No seas mentirosa! —gritó y se fue cerrando la puerta con dureza.

Alondra era su eterna preocupación, era imposible llegar a su corazón y eso le dolía más que su presente triste, solitario y culposo.

En el último año, el alejamiento de su hija menor había ido creciendo a diario junto con el denigrante trato que le prodigaba. Mientras, Salvadora había esperado, solo había esperado. El tiempo se había detenido en las últimas palabras de Wen: "Te llamaremos". Pero no lo habían hecho. ¿Por qué no la habían llamado? Tendrían que haberlo hecho por la mañana, que era el horario en que Alondra estaba en la escuela. Ellos lo sabían pero no se habían comunicado. Salvadora había aguardado en forma continua. Sin importar qué hubiera estado haciendo, la tarea primera e ininterrumpida había sido esperar noticias. Su reloj se había demorado en la angustia de no saber de ellos, en no poder hablarles, en el desahogo que no podía permitirse. ¡Si al menos le hubieran dado un teléfono! Todo alrededor era sinónimo de su espera implacable. Maduraban las uvas del dolor y luego caían sobre el recuerdo cada vez más distante de los tiempos felices. Añejaba su esperanza como el vino, en la equivocada expectativa de que cuanto más tiempo transcurriera, mejor sería para todos. Mentiras. Puras mentiras. ¿A quién engañaba? Para ella, aguardar reunirse con sus hijos era una agonía inmóvil en el centro de su corazón. Una llaga en el alma. Cada noche se había dormido pidiéndole a Dios que al día siguiente le llegaran novedades, pero eso no había ocurrido. Amanecía la ausencia y reinaba su espera. Dios la había puesto a prueba enviándole silencio como respuesta a sus plegarias. A veces, mientras estaba realizando sus tareas diarias, los ojos se le llenaban de lágrimas frente a sus pensamientos. La congoja aguda derribaba las resistencias de su fe y quería llorar hasta secar su pena o dormir para no sentir la angustia como una flecha de fracaso que le atravesaba el cuerpo. Esperar era un castigo, una condena. Solo el que espera sabe que la falta de respuestas puede herir de muerte las perspectivas del futuro. Cuando confirmaba que otra mañana más había transcurrido sin que se comunicaran, sentía la desolación en el rostro. Estaba condenada a esperar. Sentía que podía morirse víctima de una espera.

Alondra había regresado cada día de la escuela y con su indiferencia había vencido una nueva jornada sin noticias. Esperar se había convertido en un modo de envejecer los sueños que apagaba las luces de su esperanza. Se había preguntado si era posible que hubieran cambiado tanto de idea, habían partido despidiéndose con un abrazo y luego de la llamada de Wen, solo un silencio sepulcral. Era evidente que habían decidido no contactarla. La castigaban, quizá, y tenían derecho a hacerlo. El tiempo había transcurrido con sabor a eternidad para Salvadora. Su realidad había sido esperar y resistir.

* * *

Cumplido un año de la partida de sus hijos y en vísperas de una nueva navidad alguien golpeó a su puerta.

–¿Señora Noriega? –la interrogó un joven de unos veinte o veintidós años, vestido cuidadosamente con unos jeans y una camiseta roja con cuello polo.

—Sí, soy yo. ¿Qué necesitas?

—Tengo que entregarle esto –dijo al tiempo que le daba un sobre abultado sin ninguna inscripción–. Se lo mandan sus hijos –agregó.

El corazón de Salvadora dio un vuelco, sintió que el alma se le paralizaba. Su espera había concluido.

—¿Eres amigo de ellos? ¿Cómo están? ¿Cómo le va a Solana en la facultad? –preguntó sonriendo y con lágrimas en los ojos. Las preguntas se le enredaban en los labios, quería saberlo todo. De pronto la mirada del joven la preocupó y en un instante supo con claridad que no traía las noticias que ella esperaba. No imaginó qué contenía el sobre pero adivinó el dolor que se aproximaba. La voz del joven sonaba como un eco lejano.

—Disculpe señora, pero nada puedo decirle sobre ellos. Me han pedido que entregue el sobre y me retire. Discúlpeme.

— No, por favor… Ten piedad de mí. Dime cómo están –suplicó. Lloraba su pena de manera evidente. La piel de su rostro se arrugaba tomando la forma de su herida. Sus ojos latían angustia y arrepentimiento–. ¿Cómo te llamas? –interrogó.

—Mi nombre es Gonzalo Navarro –respondió.

—Por favor, Gonzalo, jamás diré a nadie que hablaste conmigo pero cuéntame, por favor, te lo suplico –hablaba claramente a pesar de los sollozos.

Gonzalo Navarro era un compañero de facultad de Solana, y estaba muy interesado en ella. Era también amigo de Wen y conocía la historia sobre lo ocurrido. Sintió pena por Salvadora, pero si Solana se enteraba que él no había cumplido con

su palabra de callar todo sobre ellos, no se lo perdonaría. Sin embargo, su humanidad pudo más.

—Solo le diré que están muy bien. Solana es una excelente estudiante, ha rendido todas las asignaturas de primer año. Wen la cuida. Los dos trabajan. No me pregunte más. Ahora soy yo quien le pide por favor que no me coloque en situación de no cumplir con lo que les he prometido a ambos.

—¿Prometido a ambos? —repitió.

—Sí. Yo no soy quién para inmiscuirme en cuestiones de su familia pero están dolidos y quizá tengan algo de razón —se arrepintió de sus palabras en el mismo instante en que las dijo. No era su tema. Él era muy respetuoso de la privacidad ajena. Sin embargo se trataba de Solana, de su Solana.

—Veo que estás al tanto de lo ocurrido. Tal vez tengan razón… me avergüenzo de no haberlos defendido, lo que sucedió fue que… —intentó en vano una justificación que no pudo ser.

—Disculpe, señora —interrumpió para que no continuara—. Por favor, no quiero ser parte de esta conversación. No es a mí a quien le debe una explicación.

—Tienes razón. Perdóname. Te agradezco, Gonzalo, que me hayas contado que están bien. No voy a insistir, me pongo en tu lugar pero me atrevo a pedirte un último favor —no dejaba de llorar. Gonzalo no pudo negarse.

—Dígame qué desea y haré lo que pueda.

—Diles que los amo. Que lamento lo ocurrido. Pídeles que me llamen. Diles que traten de comprender que no puedo irme de aquí —su tono era suave y triste. Su expresión, desesperada.

—Discúlpeme, señora, debo irme.

—¿Les darás mi mensaje? —inquirió.

—Sí. Lo haré —respondió mientras se retiraba.

Salvadora ingresó llorando desconsoladamente a la sala de su hogar. Abrió el sobre. Había dinero. La misma cantidad que les había dado al partir. Una nota de seis líneas con letra de Wen rezaba:

"Gracias, mamá. Hemos trabajado ambos para devolverte el dinero. De corazón deseo que estés bien. Espero comprendas que así como tú decidiste permanecer junto a Alondra y a tu esposo, yo he decidido que mi lugar es al lado de mi hermana. Nuestras elecciones nos colocan en caminos paralelos. Solana no puede perdonarte… no puedo juzgarla por eso. Te quiero. Wen".

Salvadora se apoyó sobre la pared como si un terremoto le hubiera movido los cimientos. Sufría su cobardía, padecía la instintiva maternidad que la obligaba a quedarse cerca de una hija que la odiaba solo por sentir que debía ayudarla. ¿Y sus otros hijos? ¿Por qué la misma maternidad no la empujaba hacia los brazos de sus otros dos hijos, los hijos buenos, los que habían tomado el camino adecuado, los que no le habían dado jamás de qué preocuparse? Repudió la respuesta que la verdad reveló delante de sus ojos. No era una cuestión de instinto maternal, era debilidad, era temor, era dependencia.

Descubrió que todo lo que deseaba estaba justo al otro lado de sus miedos y supo también que era incapaz de cruzar la distancia que la separaba de ese otro lado.

Amaba a Alondra, sí, pero en su más íntima certeza sabía

que soltarla y dejarla que creciera a fuerza de sus equivocaciones también podía ayudarla a madurar.

Sin embargo, no podía cortar las cadenas que la unían a Lucio. No conocía una vida sin él. Más allá de todos sus sueños rotos, aún convencida de saber que él no tenía razón, más allá de la bofetada que había recibido al enfrentarlo, no deseaba abandonarlo. Lo quería a su lado. Se sintió todavía peor al comprobar que no era Alondra lo que la retenía, sino la dependencia a su esposo. ¿Era posible que eligiera el sexo que ese matrimonio le aseguraba cada noche en lugar de su rol de madre? ¿Podían las marcas de su soledad de siempre ser tan fuertes que para no volver a ellas soportaba lo que fuera? ¿Amaba a su esposo? No pudo ni siquiera plantearse ese interrogante. Se juzgó una mala persona. Ya no lo idealizaba. Desde que la había golpeado, algo en su interior se había modificado. Sabía que Lucio no era quien ella creía, ni su amor por ella era como había imaginado. Más indigna se sentía por elegirlo a pesar de todo.

Algo se enredó dentro de sí, se dirigió al baño a lavar su cara con el deseo de que el agua corriera por su rostro sucio de culpa y se llevara la pesada carga que su conciencia descargaba en lágrimas. Al mirar el espejo no reconoció a la mujer que la observaba. Releyó la nota de Wen hasta aprenderla de memoria. "Caminos paralelos... Solana no puede perdonarte... no puedo juzgarla por eso", le parecía escucharlo pronunciando esas palabras. Repitió mentalmente la última línea una vez más "...no puedo juzgarla por eso". Entonces vio con claridad, su hijo había encontrado un modo suave de decirle "eres culpable, ella tiene razón". Pensó en su hija mayor. Intentó imaginar cuánto rencor y sufrimiento había en su corazón. Amaba a Solana, ella había sido y era el motivo principal de su orgullo. Sin embargo, la había decepcionado al extremo de perderla y lo que era peor aún, no se sentía ni capaz ni convencida de revertir su actitud.

Rememoró miles de veces lo ocurrido desde que Gonzalo llamó a su puerta, se detuvo en cada palabra y en cada gesto. Adivinó entonces en la mirada de Gonzalo Navarro al mencionar a Solana, que el joven era algo más que un amigo o al menos deseaba serlo. La expresión de sus ojos delataba más que el mandato de callar, denunciaba un inevitable sentimiento. Había en él entrega y sensibilidad.

Esa noche Salvadora estuvo lejos de su cuerpo. No reaccionó frente a las provocaciones de Alondra intentando hablar con ella como siempre. Fue testigo muda del placer que entregó a su esposo y cómplice de la satisfacción que de él recibió.

Cuando Lucio se quedó dormido, se levantó tomó su diario y sentada en el baño, casi en penumbras para no ser descubierta, escribió:

"No sé quién soy, nunca lo supe. No entiendo por qué hago lo que estoy haciendo. Siento rechazo por mí misma, sé que soy igual de mala que mi madre. Abandoné a mis hijos buenos como ella me dejó a mí que también era buena".

Capítulo 7

La verdad en un tiempo
es error en otro.
Montesquieu

Luján de Cuyo, Mendoza, diciembre 1999

Gonzalo Navarro volvió a Cuyo tras cumplir con el encargo de los hermanos Noriega. Durante el camino de regreso recordó la expresión de dolor de esa pobre mujer. Se preguntaba si sus amigos no estaban siendo demasiado duros con la madre. No lograba comprender esas afrentas. Los distanciamientos familiares en términos rigurosos y extremistas eran un lenguaje desconocido para él. No podía tan siquiera pensar en pelear con sus padres o hermanos y sentenciarlos al olvido. Esos modos de condena definitiva que algunos hijos aplicaban a sus progenitores escapaban, a su criterio, de toda lógica.

Era evidente que sus convicciones en temas de vínculos

encontraban apoyo en la familia en la que había crecido. Sus padres habían estado y estaban siempre disponibles para cada uno de sus hijos. Les habían inculcado valores desde pequeños y, demostrándoles un amor incondicional, habían aprendido de ellos desde atarse las agujetas y andar en bicicleta sin rueditas hasta resolver conflictos de manera inteligente y adulta; así como también perseguir los sueños hasta alcanzarlos, concretar proyectos y hacer el bien, y jamás olvidar las palabras mágicas *por favor*, *gracias* y *perdón*. Esos eran los pilares de la familia Navarro. Al comparar la realidad de Solana, la mujer que amaba, con la suya no hallaba espacios comunes.

Por otra parte, ¿quién podía quedar exento de cometer errores? La señora no le había dado la impresión de ser una mala mujer, mucho menos ser alguien desinteresada de sus hijos. Sabía que estaba destrozada. Quizá le tenía miedo a su esposo y por ese motivo no había defendido a Solana y a Wen, tal vez resultaba víctima también. Todas suposiciones que se tragaba la nada. La única verdad era que él se había apiadado en parte de Salvadora pero no tanto como para traicionar lo que Solana le había indicado. El amor cambiaba los ejes de todo, pues si no hubiera estado enamorado de ella, otra hubiera sido su actitud con esa pobre señora.

Pensó que quizá Solana podía cambiar de opinión respecto de su madre, él mismo intentaría persuadirla, pero antes tenía que lograr un lugar en su corazón, ser más que el amigo que era. El amor que sentía por ella se sumaba a un deseo que hasta había reducido su interés por el placer sin compromiso. Un simple beso en la mejilla al saludarla le erizaba los sentidos. Tenía que decírselo o sus sentimientos acorralados de silencio terminarían asfixiándolo. Tenía miedo pero estaba convencido de que solo necesitaba un minuto de coraje. Sesenta segundos donde el eco de un "te amo" dicho desde el alma saliera de su encierro y fuera directo al corazón de ella. Lo haría al llegar a Cuyo. Por primera vez se puso en el lugar de los corazones rotos por su culpa. Sintió escalofrío al recordar momentos en que le habían dicho "te amo", quizá sintiendo lo que él experimentaba en ese momento, y él había permanecido callado.

La urgencia se impuso frente al tiempo de espera, la ansiedad le ganó a las dudas sobre si sería correspondido. Ya no tenía reserva anímica para seguir aguardando una señal que le permitiera avanzar. Ya era tiempo. Vivía las vísperas de su decisión más importante.

Al llegar a Luján de Cuyo y detener el motor de su automóvil en la puerta de su casa, estaba exaltado. Lo gobernaba la expectativa, esa sensación de euforia y miedo que suele acorralar los sinsabores cuando no se contempla el fracaso como una posibilidad. Por su sangre se apresuraba el beso que había escapado de su imaginación para encontrarse con la boca de Solana y así adelantarle la felicidad que deseaba.

Después de darse un baño y cambiarse, fue a la inmobiliaria a buscarla. Hablaría con ella, el amor erosionaba sus sentidos. Ese viaje al pasado de Solana había acelerado su necesidad de estar con ella, de incorporarla a su vida como pareja, de darle contención, de demostrarle que no estaba sola luchando por sus sueños. Había llegado su momento de sentir y dar algo más que sexo. No lo asustaba la fidelidad, aunque sí, por un instante, había pensado si su debilidad por las mujeres podría traicionarlo.

A Gonzalo le gustaban mucho las mujeres. En verdad era una suerte de mujeriego discreto. Cuanta falda que le resultaba atractiva se cruzaba en su camino era víctima de su red de diversión. Había tenido muchas relaciones sin importancia afectiva hasta que había conocido a Solana. Ella despertaba en él sentimientos profundos. La había elegido para compartir su vida, aunque aún mantenía vínculos diversos con señoritas que llevaba a la cama sin promesas ni engaños. Era su debilidad el placer en sí mismo, sin cuestionamientos de ninguna clase.

Su temor a que Solana solo lo quisiera como amigo lo paralizaba.

Al llegar, la vio. Sublime, hermosa, perfecta. Trabajaba en su escritorio y no advirtió su presencia. A corta distancia, Cáseres controlaba visualmente la escena.

–Hola, Solana –dijo con un tono diferente que ella advirtió de inmediato al oírlo. Se sentó en una de las dos sillas ubicadas delante del escritorio que los separaba.

–¡Hola, Gonzalo! ¿Cómo te fue? ¿Pudiste hacer lo que te pedí? –preguntó mientras levantaba la mirada y enfrentaba sus ojos. Un extraño brillo latía dentro de la mirada de él.

Solana pensó que tal vez algo no estaba bien con su madre,
pero el orgullo que la dominaba no le permitió preguntar.

–Sí. Entregué el sobre con el dinero –respondió.

–¿Hablaste acerca de nosotros o ni siquiera te preguntó? –inquirió. Su voz delataba dolor y resentimiento. Había interrumpido sus tareas y toda su atención se centraba en Gonzalo.

–No hablé sobre ustedes, cumplí mi palabra. Pero sí me preguntó. Insistió hasta el llanto y… –Solana hizo un gesto con su mano derecha para indicarle que no prosiguiera.

–No quiero saber nada de ella. No deseo que me cuentes –interrumpió–. ¿Por qué tienes esa cara entonces? –continuó preguntando mientras se pasaba la mano por el cabello rubio y lo retiraba de su rostro. Era un gesto reflejo que solía hacer cuando estaba preocupada. Sus ojos azules irradiaban un inusual fulgor.

–Necesito hablar contigo. Es importante –respondió Gonzalo. Le dolía el estómago. Sentía que una mano le apretaba las entrañas. Sudaba el miedo al rechazo y lo empujaba la convicción de que no tenía alternativa. No había elección posible: o confesaba su amor asumiendo los riesgos de no ser aceptado o se convertiría en su mejor amigo y la vería enamorarse de otro en algún momento, idea que detestaba de solo pensarla y para la cual carecía de fuerzas. Al mismo tiempo imaginaba el beso que le daría, estaba confundido. Decidió que en otro momento le haría saber el mensaje de su madre o tal vez le dijera a Wen o quizá no cumpliría su palabra. Eso había pasado a un segundo plano en el mismo instante en que la vio.

–¿Qué pasa? No vas a persuadirme de cambiar de opinión respecto de mi madre. Ni lo intentes –amenazó.

–No es sobre eso que quiero que hablemos –respondió de inmediato sin dejar de mirarla.

Solana lo observó desconcertada. Gonzalo era para ella un ser especial, lo quería mucho. Lo conocía bien. No podía decirse que fuera lindo, pero era interesante. Usaba el cabello corto y peinado. Era morocho y sus ojos color café transmitían una expresión que no podía definir pero que le gustaba. No era sencillo adivinar sus estados de ánimo y él no hablaba mucho de sí mismo. Era un hombre espontáneo y había sabido ganarse su confianza. Le daba seguridad, siempre estaba para ella y se divertían juntos pero nunca le había insinuado nada. Solana sabía que él era mujeriego pero era un caballero, nunca hablaba de sus experiencias, solo sonreía si ella o Wen bromeaban en ese sentido.

Al principio se había sentido atraída por él pero enseguida había decidido postergar esas sensaciones, no solo porque creía que él no tenía interés en ella como mujer sino también porque no quería que cuestiones sentimentales afectaran sus proyectos. No deseaba enamorarse, en algún rincón de su ser se había instalado la idea de que el amor dañaba. Sin embargo, la actitud de Gonzalo la puso nerviosa.

–¿De qué quieres que hablemos? –preguntó interesada en oír la respuesta. Mientras repasaba mentalmente que no había cuestiones de la facultad pendientes y que aunque las hubiera, no eran razones para esa expresión.

–De nosotros. Pero no es este el lugar ni el momento. Paso a buscarte a las ocho cuando termines de trabajar –respondió con una solvencia en sus palabras que la dejó muda.

–¿"Nosotros"? Bueno… –titubeó.

Él se puso de pie y se acercó para darle un beso en la mejilla justo cuando ella repetía el gesto de retirarse el cabello del rostro. El movimiento hizo que los labios de Gonzalo se posaran en su boca dejando próxima y ardiendo una mejilla sorprendida. El contacto de sus labios duró unos cuantos segundos. Solana se puso de pie perturbada. Luego, por primera vez se miraron en silencio, tan cerca estaban que podían percibirse, recíprocamente, el ritmo acelerado de sus latidos. Gonzalo tomó el rostro de Solana con sus dos manos y la besó deliberadamente en la boca. Ella no lo rechazó pero no pudo disfrutar como él, estaba confundida.

A unos metros Humberto Cáseres observaba la escena. Vio a Gonzalo partir y lo escuchó decirle: "Te paso a buscar a las ocho".

Solana miró a su alrededor queriendo constatar si sus compañeros la habían visto y halló los ojos de Cáseres que la enfrentaron. Bajó la vista y se sentó en su lugar nuevamente. Él se acercó. Ella sintió el peso del aire que se cortaba con su pudor.

–No sientas vergüenza por ese beso, Solana. Te confieso que quererte como a una hija me hace sentir algo celoso –agregó sonriendo cómplice– pero está muy bien que te permitas un novio.

–No es mi novio, Humberto. No sé por qué me besó –agregó con honestidad.

–Quizá sea lo que quiere decirte. Solo quiero que sepas que me alegra por ti –se acercó y le dio un beso en la frente de manera fraternal. Solana sintió el cariño de Humberto como una caricia. Era lo más parecido a un padre que había tenido jamás.

–Gracias, Humberto. Ojalá hubieras sido mi padre –dijo Solana conmovida, sintiendo todo el peso que esas palabras dejaban entrever. Su dolor fue más fuerte, bajó la mirada y volvió al trabajo.

Capítulo 8

Cuando te vi me enamoré
y tu sonreíste porque lo sabías.
William Shakespeare

Luján de Cuyo, Mendoza, enero 2006

Los años habían pasado. Esa mañana Wen había salido a correr. Además de ir al gimnasio, le gustaba mantenerse en estado. La vida en Luján de Cuyo junto a su hermana, sosteniendo sus estudios, lo había hecho feliz. Era bueno y generoso. Había terminado el secundario en una escuela nocturna. Luego de eso había trabajado intensamente todo el día para que ella pudiera estudiar. Estaba absolutamente convencido de haber hecho lo correcto. Su hermana merecía cada tramo de su esfuerzo. Cursaba ya su última asignatura y eso era prueba evidente de que nada de lo ocurrido desde que estaban allí había sido en vano.

Le gustaba el oficio que había aprendido de Humberto

Cáseres. Vender propiedades le permitía relacionarse con personas y al ser una actividad en buena medida librada a la suerte, sus posibilidades económicas podían cambiar de la noche a la mañana si lograba la venta de un inmueble costoso. Se había convertido en la mano derecha de Humberto, lo sentía un padre, de esos que la vida da como recompensa, un modo de neutralizar la ausencia del verdadero. Sabía que ser piloto era un sueño caro. Demasiado caro para alguien como él. Las probabilidades de conseguirlo eran mínimas si no lograba una megaventa. El pacto con su hermana era ilusorio, ella no podría en sus inicios, por muy bien que le fuera, costear ese sueño. Wen no se lo decía pero había decidido, llegado el momento, sostener que había cambiado su vocación antes que hacerla sentir culpable por no poder cumplir el acuerdo que ambos tenían. No se engañaba, aún le faltaba hacer la residencia y los años pasaban también para él. Su sueño de ser piloto se había perdido entre la realidad y la entrega. No estaba amargado por eso, aceptaba la vida como se presentaba día a día.

Durante todo ese tiempo había estado comunicado con Beltrán. Su amigo viajaba cada tanto a verlo y hablaban por teléfono.

La generosidad definía a Wen. Si bien era menor que Solana, siempre había sentido que era su obligación protegerla y apoyarla en su sueño de ser profesional. Nunca había querido que se convirtiera en ama de casa y repitiera la historia de dependencia de su madre. Su hermana valía lo que proyectaban

sus deseos de progreso. Ella era el esfuerzo por lograr aquello en lo que creía fervientemente. En todos esos años no se había corrido nunca de su objetivo.

Le costaba el tiempo transcurrido distanciado de su madre pero no volvería sobre sus pasos en ese sentido. Sabía que Solana tenía razón, nada justificaba la actitud de Salvadora ni el día de la discusión que los hizo partir ni durante todo ese tiempo de silencio. De todas formas él sabía que era capaz de ser tan duro solo por su hermana mayor. Si ella cambiara de idea, él se sentiría contento.

Se había convertido en un hombre. Tenía veintidós años. El cabello rubio de su adolescencia se había oscurecido y su mirada era una mezcla de vigor y ternura. No guardaba rencor respecto de su pasado. Siempre estaba de buen humor y, salvo por sus ojos negros y por su incapacidad de llorar, en nada se parecía a su padre, Lucio Noriega.

Llegó al apartamento y lo primero que hizo fue darse una ducha. Estaba transpirado y debía ir a trabajar. No advirtió que sobre en la mesa había una nota, solían dejarse mensajes cuando no les coincidían sus horarios. Eran cerca de las nueve de la mañana y su hermana ya no estaba allí. Había estudiado toda la noche, preparaba la última asignatura y, sin dormir, se había ido a cursar.

Él dormía en la sala y su ropa, que no era mucha, estaba guardada en un mueble al lado del sofá cama. Preparó lo que iba a ponerse y se metió en la ducha, el agua lo energizó y no pensaba en nada cuando abrió la cortina para tomar la toalla.

Con cara de sueño y en pijama, Delfina Soler abrió la puerta del baño en ese mismo momento. La imagen de Wen completamente desnudo y mojado la despertó de golpe, abrió sus ojos color miel tan grande como fue capaz. Él, por su parte, solo atinó a sonreírle. Se cruzaron los pensamientos atrevidos con las miradas, y la situación, que pudo darles vergüenza desde el inicio, los dejó mudos observándose por unos instantes eternos hasta que pudieron reaccionar. Él, sin borrar su sonrisa y ella, con la expresión de sorpresa y pudor dibujada en el rostro.

—Wen, ¡perdón! —dijo Delfina dándose vuelta para que él pudiera cubrirse—. No te escuché regresar. Debí estar profundamente dormida.

—No hay problema, no te preocupes. Creí que estaba solo —respondió ya envuelto en una toalla azul que lo cubría desde la cintura para abajo.

Su torso radiante y musculoso era una tentación latente. Un silencio que se llenaba con las palabras que no decían le aceleró a Delfina los latidos de su corazón. Para ella, era realmente hermoso. ¡Qué pena que fuera mayor que él! ¡Qué lamentable que catorce años los separaran! Una mujer de treinta y seis no podía involucrarse con alguien de veintidós sin arriesgar su vida emocional a una muerte súbita. Ella no podía permitirse mirarlo. Era demasiado joven además del hermano menor y adorado de su amiga. Wen no era lindo, tenía facciones bien varoniles, casi rudas, pómulos bien marcados igual que su mandíbula. Su físico evidenciaba el tiempo dedicado a trabajarlo. Se preguntaba cómo haría para olvidar ese cuerpo desnudo después de haberlo visto. ¿Cómo no quedar prendada de esa sonrisa mezcla de ángel y hombre irresistible? Detestó estar en pijama y sin maquillaje, se sentía un espanto cuando recién se levantaba. ¿Por qué no lo había escuchado llegar? Al menos hubiera podido presentarse de manera decente, ordenar la imagen de sus treinta y seis años para que resultara agradable. Una cosa era que él estuviera prohibido para ella y otra, muy distinta, que la viera hecha un desastre. Delfina era fiel a su convicción de que debía estar siempre deseable.

Wen, por su parte, se divertía con la situación. No había reparado nunca en Delfina en esos años. No del modo en que esa mañana la había mirado. La expresión de su rostro al verlo totalmente desnudo le había gustado, y estar sin ropa delante de ella, había inducido sus pensamientos por el camino del deseo. Sabía que era bastante mayor que él, pero no pensó en nada de eso. Solo sintió que estaba desnudo delante de una mujer que le había gustado. Lo demás era evidente.

—Siento muchísima vergüenza. Solana me dijo que podía quedarme durmiendo y estaba tan cansada después de ayudarla a estudiar toda la noche, que acepté. Ella dijo que te dejaría una nota para avisarte… —sonrió. Estaba nerviosa. Él no pudo evitar detenerse en la magia de su sonrisa.

—Delfina, ya está. Olvídate del asunto —dijo en tono natural.

Como si fuera tan fácil olvidar lo que vi, pensó mientras se dirigía al dormitorio a vestirse.

–Está bien, te pido disculpas otra vez. Debí golpear –susurró.

Me gustó que no lo hicieras, pensó Wen sorprendiéndose a sí mismo.

–Absolutamente disculpada. Me visto y desayunamos, ¿quieres? –sugirió.

–Te agradezco, hoy no –respondió mientras se odiaba por haber dicho exactamente lo contrario de lo que deseaba. En todos esos años era la primera vez que estaba a solas con él.

–Como prefieras –respondió. Se daba cuenta de que algo en él la intimidaba y no era el hecho de haberlo visto desnudo–. Tú te lo pierdes –agregó jocoso para alivianar la situación–. Nadie prepara pan tostado mejor que yo –añadió para dar por terminado el tema de su salida del baño.

–No lo dudo. Solana siempre lo dice –dijo de pie en la puerta del dormitorio.

Al ver que ella no entraba a la habitación insistió:

–¿Estás segura de que no puedes desayunar conmigo? No tardaremos mucho, tengo que ir a la inmobiliaria.

A ella se le enredaron las ideas y las lealtades. Sabía que conocerlo más, intimar con él de cualquier modo que fuera le iba a gustar. ¿Era eso traicionar a su amiga? Solana le hablaba mucho de su hermano y, a través de ella, lo conocía muy bien. Eso le daba una ventaja respecto de otras mujeres. Wen no era un enigma para ella. Su experiencia le indicaba que debía negarse e irse del apartamento para evitar tentaciones, pero sus impulsos no entendían razones y fueron los que precipitaron una respuesta.

–Bueno, está bien. Me visto y desayunamos –dijo y lo miró. Él le guiñó un ojo y ella entró en el dormitorio, cerró la puerta y se apoyó de espaldas sobre ella. Desde allí lo escuchó decir:

–¡Genial!

Le latían a la vez la culpa y las ganas. En diez minutos, una Delfina vestida con jeans, camiseta roja con una estampa y sandalias altas al tono se sentó en la butaca de la cocina. Estaba maquillada levemente y su sensualidad no pasaba inadvertida.

–Bueno, ahora me siento más presentable –fue lo primero que dijo.

Wen, de espaldas, preparaba café y pan tostado en la encimera pequeña. Había una barra para dos personas, donde eventualmente podían ubicarse tres. El ambiente olía a desayuno humeante y él, recién bañado, a perfume. Una mezcla irresistible. La fantasía de una pareja ideal la recorrió entera. Wen se dio vuelta y la miró.

–Yo no te describiría como una mujer "más presentable", me gusta también tu pijama –respondió y se dio vuelta para continuar con lo que estaba haciendo.

Delfina no era tonta, el juego de seducción había comenzado. Ese "me gusta también tu pijama" era una clara señal, una sutileza de seductor que, sin decirlo, le hacía saber que le gustaba algo más. Era una luz verde. Moría por seducirlo, por continuar la sagaz charla pero la cara de su amiga se le presentaba. De sus labios sabía que a él le gustaban las mujeres inteligentes, que lo excitaba la previa de conocer a alguien que entendiera sus deseos sin regalarse, que lo atraía seducir y dejar que lo sedujeran. Se sentía terrible porque sabía exactamente qué hacer para que él no dejara de pensar en ella, para que la descubriera como mujer, además de amiga de su hermana. Pero era justo él, alguien prohibido por donde lo analizara. Las ideas se amontonaban en su cabeza. Quería definir y no podía.

—No voy a preguntarte cómo me describirías. Te llevo muchos años y no quiero asumir el riesgo —respondió.

Hablaba casi en broma pero atacaba en serio, de manera encubierta, el punto central de diferencia que la colocaba en inferioridad de condiciones frente a él. Quería saber qué pensaba de eso. Aunque lo más probable era que no lo dijera. A la vez lo provocaba y lo sabía.

—¿Qué son cuatro o cinco años? ¡Nada! Si lo preguntaras no asumirías ningún riesgo. No al menos en el sentido que tú dices —agregó.

Otra vez la seducía. ¿Qué riesgo asumía entonces? ¿Se estaba burlando? No eran cuatro o cinco años. ¿Acaso no sabía que era más grande? Mientras en segundos decidía qué responder, él cambió de tema radicalmente, demostrando que dominaba la conversación.

—¿Mermelada o mantequilla? —preguntó.

La edad había quedado atrás. Estaba claro que Wen sabía lo que hacía. A ella le quedaba muy claro.

—Mermelada, gracias —respondió.

Compartieron un desayuno rápido y lleno de sutilezas.

Luego él se fue a trabajar y Delfina volvió a su casa recordando cada palabra, cada mirada y cada silencio. Sabía que estaba en problemas, pero no lo había podido evitar.

* * *

Delfina Soler era profesora adjunta de una de las primeras asignaturas que Solana había cursado y vivía sola en Luján de Cuyo, donde se había recibido. Cuando se conocieron, se formaron los cimientos de una amistad verdadera. Solana confiaba en ella. Era como la hermana mayor que le hubiese gustado tener.

Era una mujer interesante. Usaba el cabello largo, vestía jeans y un estilo casual, además del ambo en el trabajo. Era muy inteligente y sagaz. Ni delgada ni gorda, de proporciones justas, mantenía sus curvas en un gimnasio. Había tenido una vida social agitada mientras estudiaba. Varios hombres habían pasado por su cama, pero ninguno había permanecido en su vida. Ella misma se encargaba de no enamorarse. Quería que la dejasen ser y los vínculos ataban sus ambiciones a una cadena de estructuras que no deseaba.

Delfina era víctima de la soledad que había forjado justificándola bajo el rótulo de libertad y profesión. Ella había puesto un bloque enorme sobre el edificio de la independencia. Era médica, lo había logrado. Sin embargo, se encontraba completamente sola en Navidad y no tenía a quién arropar por las noches. No sabía lo que era un collar de fideos en el día de la madre, ni un dibujo en la puerta del refrigerador que con letras irregulares dijera "Te quiero, mami, te quiero". No conocía el abrazo de un hombre que secara sus lágrimas o la acompañara frente a la adversidad.

Si hubiera podido volver el tiempo atrás, otra habría sido su elección de vida. Pero era tarde ya y el almanaque no admitía reclamos. No había empleados en el mostrador de la experiencia vivida a quienes cambiarle una decisión incorrecta por otra oportunidad. No existía la posibilidad de canjear la soledad por la porción de pasado que se había llevado la chance perdida. No se podía reescribir la historia.

Le había confesado a Solana el gran vacío que sentía por haber tomado la decisión de priorizar su carrera y la había aconsejado siempre en sentido contrario.

* * *

Wen, por su parte, llegó a la inmobiliaria recordando la escena de su salida de la ducha, el rostro de Delfina mirándolo desnudo y la vergüenza que sabía había sentido. La sonrisa de ella durante el desayuno le había gustado. Era fresca y sensual. Segura de sí misma, el tipo de mujer que se arriesgaba por lo que quería. Lo atraía el hecho de que hubiera captado de inmediato las sutilezas de la conversación en la que sin decir nada había sugerido que ella le gustaba. Era evidente que a Delfina le preocupaba ser más grande, pero ese era un tema que él ni se planteaba. Le había gustado mucho y avanzaría.

Capítulo 9

El amor verdadero no espera a ser invitado,
antes él se invita y se ofrece primero.

Fray Luis de León

San Rafael, Mendoza, año 2006

Durante el mes de febrero del año 2006, los Madison sufrieron un duro golpe que dio un giro a la alegría que compartían habitualmente.

Beltrán comenzó a tener problemas de salud, no muy definidos al principio. Padecía síntomas digestivos, acumulación de líquido en los tejidos, fatiga intensa y había perdido peso. Fue claro y unánime el diagnóstico de una insuficiencia renal avanzada, sus riñones habían dejado de funcionar repentinamente. Debía someterse a diálisis, quizá también a un trasplante.

Los médicos determinaron que la insuficiencia renal era del tipo aguda mecánica. Se debía a la presencia de un obstáculo en las vías urinarias, en este caso en la uretra, lo que impedía la emisión de orina. Las unidades de filtración del riñón eran incapaces de depurar la sangre, pero dejaban pasar el agua, por lo que la orina tenía una composición alterada. Era imperioso realizar una intervención quirúrgica mayor para extirparle el riñón dañado y luego, evaluar cómo funcionaba el que quedaba.

Frente a esta situación Victoria y Esteban reaccionaron con desesperación. Buscaron las opiniones de los mejores especialistas en Buenos Aires, pero todos fueron coincidentes en el diagnóstico.

Mientras Octavio hacía su residencia de médico, Beltrán, ya recibido de contador público nacional, sufría las consecuencias de su enfermedad. Había tenido que dejar su trabajo en la administración de la bodega. Se lo veía desmejorado y cansado. No tenía ánimo para nada. El veinte de marzo del año 2006 se realizó la intervención quirúrgica en la que le extrajeron un riñón. Las posibilidades de que el otro órgano cumpliera su función eran pocas. Si efectivamente el riñón restante no funcionaba, el camino era diálisis hasta poder efectuar un trasplante.

La familia Madison estaba consternada. Victoria no lograba controlar su angustia. Lo cuidaba con devoción, lo acompañaba al médico, compartía películas y a veces, cuando él tenía ganas, le leía tramos de algún libro de su interés.

Amaba a Beltrán Uribe como a Octavio y a su propia hija, nada los diferenciaba. La idea de que pudiera morir esperando un donante le quitaba la respiración. Ella, que pocas veces rezaba, se había convertido en una mujer de fe infinita. Había contratado una señora que le daba reiki por recomendación de una conocida. Le parecía verlo más tranquilo cuando culminaban las sesiones y él no se negaba a ninguno de sus métodos con tal de que estuviera menos preocupada. Lamentaba tremendamente causar, a quienes lo habían criado, un dolor tan grande; eran su familia, eran lo único que tenía en el mundo, además de su amigo Wenceslao Noriega.

Victoria había comenzado a leer libros de metafísica como un modo de hallar las razones y la manera de conducir sus acciones desde la energía y la palabra para ayudarlo. Todos los recursos que se presentaban como una posible ayuda para Beltrán los tomaba. Incluso, perdiendo la cordura en el intento de mejorar su estado de salud, había ido a visitar a una mujer que tiraba las cartas y hacía "trabajos de ayuda".

El lugar la amedrentaba. Era una casa pequeña ubicada al fondo de un pasillo en medio de un barrio pobre. Había varios perros sueltos en la calle de tierra. La vivienda no tenía puertas, cortinas hechas con sábanas sostenidas de los extremos separaban los ambientes. La habitación en que la recibió olía a sahumerio, había imágenes de santos que no conocía, o tal vez eran brujos, ¡cómo saberlo! Velas con forma de personas de color blanco, negro y rojo ardían sobre una mesa cercana a la pared y la mujer, de nombre Eularia, estaba sentada con su tarot en las manos, apoyada sobre una precaria mesa cubierta con un paño de color bordó y muchos anillos en los dedos. Hacía ruidos, aunque sus movimientos

eran leves, pues llevaba muchos dijes, colgantes y brazaletes que tenían pequeños cascabeles o algo parecido.

Le pidió que cortara en tres el mazo de cartas que le ofreció y le preguntó por qué estaba allí. Victoria solo dijo que por la salud de su hijo. El tarot se sentía grueso en sus bordes al tacto, consecuencia del uso. Las figuras le daban escalofrío.

—Mire, señora, yo no me equivoco. Su hijo se salva pero algo malo ocurrirá después en su familia y él mismo deseará morir. Se lo aseguro. Venga a verme entonces. No puedo evitar que pase lo que dicen las cartas, pero podré, quizá, ayudar a suavizar las cosas cuando todo haya sucedido. Me necesitará. Se sumarán otros dolores. ¿Tiene una hija? —preguntó.

Victoria estaba confundida y el miedo comenzó a recorrer sus venas. ¿Qué hacía allí? ¿Cómo podía pensar que esa mujer tendría soluciones que no hallaban los médicos? Si Esteban se enteraba que había ido, se enojaría mucho. Él no creía en supersticiones. En verdad, ella tampoco pero la desesperación corría hacia delante los límites de la razón. Le había contado cuál era el problema de salud en concreto y le había dado el nombre completo de Beltrán y su fecha de nacimiento.

—¿Algo malo? ¿A qué se refiere? ¿Más dolores? ¿Qué tiene que ver mi hija? —el corazón aceleraba sus latidos y sentía un vacío nervioso en su estómago.

—De a una pregunta, señora. Traición. La traición se meterá en su casa. No puedo ver con claridad pero puedo asegurarle que habrá duras peleas entre los integrantes de su familia y que este hijo, por el que me vino a ver, querrá morir. Su hija...

–continuó diciendo pero Victoria la hizo callar. Decidió que no quería saber más. Al escuchar a la mujer referirse a Sara, la paralizó el temor. Iría directo al punto para luego marcharse de allí cuanto antes.

–Mi hija está fuera de esto, está sana y feliz –respondió cerrando toda posibilidad de hablar al respecto–. ¿Puede usted hacer algo para que aparezca un donante para Beltrán? –interrogó algo escéptica, ignorando todo lo demás que la mujer repetía y cambiando de tema abruptamente.

–Sí. Sí, puedo. Haré el trabajo. Deme a cambio el dinero que a voluntad considere que merezco. Insisto en que sus cartas dicen más… –reiteró la mujer que pretendía explayarse.

–No deseo saber nada, señora. He venido solo por mi hijo –respondió nerviosa. Sentía que la mujer desnudaba su vida.

–Como quiera, de todas formas sé que usted querrá saber más. No puedo asegurar en qué fecha porque las cartas confunden los tiempos –afirmó.

Victoria miró las velas que crepitaban de modo anunciatorio, procurando no hacer caso a su vaticinio.

–Son trabajos –dijo Eularia, que adivinó sus pensamientos.

Sin decir una palabra más, Victoria tomó dinero de su bolso, y lo dejó sobre la mesa. Era mucho dinero, por las dudas. La mujer de unos sesenta y cinco años más o menos, no se inmutó. Era difícil calcular su edad porque su apariencia era rara y tenía maquillaje en exceso cubriendo su cutis. Sus manos mostraban algunos signos de arrugas, las uñas largas y pintadas de rojo furioso ponían nerviosa a Victoria.

Luego de haber dejado el dinero, se dispuso a irse de ese lugar lo más rápido posible. Cuando llegó a la cortina que debía correr para atravesar la cocina y salir de allí, los olores mezclados le provocaron náuseas al tiempo que Eularia repitió:

–Se salvará pero regrese cuando la culpa lo esté matando y verá que tengo razón. Hay más…

Victoria partió de allí corriendo. Se sentó en su automóvil y puso en marcha el motor al ritmo de los latidos de su corazón confundido y asustado. Al llegar a su casa, se dio un baño porque sentía impregnados en su cuerpo y en su ropa los olores de ese lugar.

Pasó varios días analizando las posibilidades de que esa extraña mujer pudiera estar en lo cierto con sus presagios, hasta que finalmente se obligó a descartar toda posibilidad de verdad en el asunto y se consideró ignorante por haber ido allí en busca de auxilio. Conversó con Sara como al pasar para saber si algo la preocupaba pero todo estaba en orden. La adolescente estaba metida en sus cosas.

–¿Qué pasa, mamá? Deja de interrogarme. Estoy bien –le había dicho de mala manera.

Sara era brillante en todo lo que emprendía, aunque su carácter no era precisamente angelical, solía responder de mal modo y podía causar heridas definitivas con solo pronunciar pocas palabras. Ella sabía que no era fácil su temperamento, aunque lo reconocía pocas veces. Le costaba pedir perdón, pero lo hacía si estaba convencida de su error. Era arrogante y caprichosa a veces, tanto como Victoria lo había sido de joven. Crecía sin querer depender de nada ni de nadie. No le gustaba necesitar algo que no pudiera procurarse ella misma, no le resultaba fácil pedir ayuda y prefería llevar al límite sus esfuerzos pero lograr sola sus objetivos. Su entorno la veía infranqueable, insensible, el claro ejemplo de quien se lleva el mundo puesto al hombro y puede hacerlo. Sin embargo, Sara era mucho más de lo que dejaba ver.

Se llevaba bien con Victoria, aunque en algunas oportunidades solían discutir. Ella sabía que su madre podía equivocarse en su afán de protegerla o aconsejarla pero jamás hacía nada con intención de fastidiarla. Tenía ya catorce años, practicaba hockey todos los días, y dividía su actividad entre complemento en gimnasio, correr y palo con el equipo. Jugaba los fines de semana para su club de liga. Era deportista por definición, cuidaba su alimentación, jamás faltaba a un entrenamiento y los compromisos con su disciplina eran insoslayables. Aunque, diferente a la creencia popular, ella afirmaba que las lealtades no eran hacia los colores de una camiseta sino a las personas que le habían enseñado cuanto sabía, y se refería a sus entrenadores siempre que existiera reciprocidad en la entrega.

Continuaba admirando a su padre, pero también eran igual de intensos sus enfrentamientos. La rebeldía propia de su edad no cedía ante nada y su carácter no ayudaba a aminorar las consecuencias que no evitaba cuando discutía. Victoria estaba siempre en el medio, tratando de que no peleara con Esteban y recibiendo las malas contestaciones como bofetadas no merecidas.

Cuando Sara ingresaba en un lugar, no pasaba inadvertida. Su encanto era natural, su estilo, espontáneo y su belleza, diferente. Sus convicciones eran firmes, el éxito estaba escrito en su ADN como lo estaba también el alto precio que debía pagar en ocasiones simplemente por ser ella misma.

Victoria le mencionó a su hija lo ocurrido.

–¡Estás loca, mamá! Papá te mata si sabe que fuiste a ver a una bruja y que encima le dejaste dinero. Hubiéramos ido de compras –agregó. Su equivalente de todos los gastos eran las prendas de indumentaria deportiva.

–¡Hija! Como si no tuvieras suficiente ropa. Te digo que estoy preocupada por lo que esa mujer me dijo.

–Olvídate, mamá. Tonterías. Solo te dijo tonterías. Los chicos no van a pelearse. Nadie en esta familia va a pelearse, no sabemos lo que es la traición. Para conocerla hacen falta los de afuera y lo único que vendrá de afuera es un riñón para Beltrán –aseguró.

–Puede que tengas razón –respondió.

A Sara le dio pena que su madre fuera débil en algún sentido. Se puso de pie y la abrazó fuerte.

–Dale, ma, la próxima yo te adivino la suerte por la mitad del dinero que le dejaste a la bruja esa, pero ahora deja el tema de lado y no le cuentes a nadie. Menos a papá.

–Sabe Lupita… ella me dio la dirección –respondió.

–Lupita es de confianza. Igual que cierre la boca. Tranquila, después hablo con ella –agregó.

Lupita, la mucama que vivía con ellos, atendía a Esteban

desde que era chico. Se había convertido en una madre del alma para Victoria. Pero no tenía demasiada preparación y creía ciegamente en Eularia. Victoria le dijo al regresar que era un error creer en esas cosas y Lupita solo le había dicho: "No le restes importancia, Victoria. Eularia nunca se equivoca. Yo prenderé velas de todas maneras".

A pesar de la conversación con Sara, las palabras de Lupita sumadas a la "traición" que había presagiado la adivina le quitaban el sueño algunas noches. Se preguntaba quiénes podrían enfrentarse dentro de su familia y por qué motivo. No podía ni siquiera imaginar que alguien pudiera separarlos, ellos eran un clan. Luego, prefería evitar pensar en eso. La ponía muy nerviosa esa posibilidad, aunque la creyera casi imposible. Sarita tenía razón: en su familia no había espacio para eso y terceros no entrarían para generar malos momentos.

Una tarde, semanas después del episodio con Eularia, Esteban la halló pensativa, llorando en silencio mientras observaba a través de la ventana de su dormitorio.

–¿Qué sucede, mi amor? –le preguntó con tono cariñoso y preocupado. Conocía la respuesta.

–No puedo soportarlo… no soy capaz de aceptar que pueda ocurrirle algo malo a Beltrán. Las sesiones de diálisis lo están consumiendo y no estoy dispuesta a esperar un donante mientras lo veo morir de a poco frente a mis ojos –respondió con lágrimas espesas colmadas de sal e indignación rodando por su rostro.

–Hemos hecho todo a nuestro alcance, Victoria, no hay otro

modo. Debemos tener fe –agregó. Su tono había cambiado. El consuelo había dado paso a la voz que pone orden en las ideas confusas–. ¿Me escuchas? –interrogó. Ella estaba lejana, sumida en sus propios pensamientos.

–No. Te equivocas, no lo hemos hecho todo. Quiero donarle mi riñón o que tú le des el tuyo. Debemos hacerlo, somos sus padres. Decidí que hoy mismo iré a ver al especialista para que realice los estudios de compatibilidad y ruego a Dios que den positivo –manifestó.

–¿Te volviste loca? Tenemos dos hijos más, esa operación es muy riesgosa y bien sabemos que el trasplante puede no ser exitoso. No voy a dejar que arriesgues tu vida. Además, no puedes hacerlo tan fácilmente, hay que requerir una autorización judicial.

–No mientas para persuadirme. Lo hemos adoptado, para la ley es nuestro hijo. ¡No debo pedir autorización a nadie! –refutó.

–Está bien, es cierto. No a un juez pero sí a mí y no te la doy. ¡No lo apruebo!

–¿Por qué no?

–Porque no deseo que asumas riesgos. No quiero que te sometas a los exámenes para enfrentar células de donante y receptor y descartar reacciones. No quiero…

–¿Cómo sabes en qué consisten las pruebas? –interrumpió.

Esteban se acercó y la rodeó con sus brazos, amaba a esa mujer más de lo que era capaz de expresar y no permitiría que corriera riesgo alguno.

–Lo sé porque yo mismo lo he averiguado. Mi riñón no es compatible –le dio un beso en la frente y bebió las lágrimas desesperadas que descansaban sobre su bello rostro expresando su dolor.

–Mi vida… ¡Tú también lo pensaste! –exclamó.

Amaba a Esteban pero esa tarde sintió que tanto amor no le cabía en el cuerpo ni en el alma. Su hombre defendía la vida de sus hijos tanto como ella y eso la enamoraba más que cualquier otro acto de seducción.

Esteban, por primera vez desde que la enfermedad de Beltrán se anunciara, lloró. Lloró desconsoladamente. La pena le atravesaba los sentidos. Lloraba su corazón desgarrado. Lloraba su cuerpo adulto que sentía culpa por no haber sido él quien enfermara. Lloraba su espíritu enojado por la injusticia. Lloraba su amistad con Roberto Uribe por no poder salvarle la vida a su hijo. Lloraba el recuerdo de Gina Malón, quien si viviera seguro sería compatible. Lloraba lo que sucedía. Lloraba el pasado, el presente y el futuro con igual triste intensidad.

Victoria no lo había visto derramar una sola lágrima desde que lo conocía y se desmoronó frente a la debilidad que le dejaba ver su esposo. Esteban Madison estaba devastado.

–Yo lo haré. Lo salvaremos, mi amor –dijo secándole el rostro. Ambos se sentaron sobre la cama.

–No, no quiero que algo pueda ocurrirte. No hay seguridad en esas intervenciones. No podría vivir sin ti –Esteban se sentía egoísta pero Victoria era su mundo.

–Tampoco podremos vivir sin él. ¿Lo pensaste así, cariño?

–Yo te amo, Victoria. No sé lo que son las pérdidas, ni siquiera soy capaz de imaginarlas. No lo soporto –respondió. Estaba orgulloso de la valentía y de la generosidad de su esposa pero no le permitiría avanzar en esa idea. También él la amó más esa tarde, si es que ello era posible.

–Lo sé, cariño, pero nada me ocurrirá. Haría lo mismo por Octavio o por Sara. Lo recibimos huérfano, siendo un bebé inocente e indefenso. Nos hicimos cargo de su vida. Lo adoptamos. Lo amamos. Es parte de nuestra familia. Tiene un futuro por delante y debemos hacer lo que sea.

–No lo sé... Si fuera yo, estoy de acuerdo, pero no soy compatible. En cambio tú... eres frágil. Tengo miedo –era sincero en sus palabras. No le gustaba negarle nada, pero permitir que arriesgara su vida era algo que no resistía.

–Iremos a hacer las pruebas, si soy compatible, lo haré. No voy a discutir esto contigo, mi amor. Tomé una decisión –dijo mientras lo besaba en la boca. De pronto, el momento los unió en el deseo impostergable que recíprocamente sentían y los llevó a amarse con desmesura. La entrega y seguridad de Victoria convenció a Esteban.

* * *

Días después, cuando los resultados revelaron que Victoria no era compatible, Esteban se sintió aliviado.

Capítulo 10

Los hermanos sean unidos,
Porque esa es la ley primera;
Tengan unión verdadera
En cualquier tiempo que sea,
Porque si entre ellos pelean,
Los devoran los de ajuera.
José Hernández

San Rafael, Mendoza, año 2007

Poco más de un año había transcurrido a la espera de un donante que no llegaba, cuando Octavio sorprendió a sus padres con la decisión que había tomado. Él le daría uno de sus riñones a Beltrán. Múltiples preocupaciones invadieron a Victoria y a Esteban, pero no pudieron persuadirlo para que desistiera de la idea. Los vínculos del alma trascendían los lazos de sangre que no eran comunes entre ellos pero que el destino había puesto al servicio de una chance concreta de cambiar el rumbo de sus vidas: Octavio Madison podía salvar la vida de Beltrán Madison Uribe porque eran compatibles.

Una tarde, mientras Beltrán descansaba en su dormitorio

luego de una de las cuatro sesiones de diálisis que realizaba por semana, Octavio ingresó en la habitación.

—¿Cómo estás, Beltrán? —quiso saber.

—Mejor de lo que se ve. No te preocupes por mí —respondió. Lucía pálido. La diálisis le provocaba mareos, cefalea y vómitos. Por esas razones casi no salía de su habitación donde era asistido por Victoria de manera continua.

—Sí, me preocupo y mucho. Eres mi hermano y te quiero. Te dije que haría lo que fuera para que estés mejor… —comenzó diciendo.

—Sí, lo sé. ¿Qué sucede? Te conozco y no viniste solo a verme —lo interrumpió.

—Es cierto. Está bien, seré claro y directo. Voy a darte uno de mis riñones. Somos compatibles. Me sometí a todas las pruebas. Estoy absolutamente informado de todo lo atinente a la intervención. Quiero hacerlo —suspiró aliviado al decirlo. Sus palabras sonaron seguras y el eco de la esperanza danzaba en el aire. En verdad el único temor era que Beltrán negara su conformidad, pues si eso ocurría no podría obligarlo.

—Finalmente ocurrió, tanto estudiaste que eres víctima de un efecto no buscado. ¡Te volviste loco! —respondió con ironía. Octavio había sido un excelente alumno y se había recibido de médico con un promedio alto. Se encontraba haciendo su residencia en obstetricia en un hospital de San Rafael y también trabajaba en una clínica. Toda la familia bromeaba con orgullo acerca de su dedicación.

—No. Hablo en serio. No es momento de bromas, Beltrán. Estoy más cuerdo que nunca en toda mi vida —aseguró.

—¡No permitiré que lo hagas! Prefiero morir —respondió con firmeza.

—¿Por qué? —interrogó indignado.

—Porque esta familia me ha dado todo lo que tiene para dar. Solo tengo respecto de ella amor y gratitud. Me recibieron cuando quedé huérfano, me criaron. Pude estudiar por ustedes. Me quieren y me han querido siempre como si la sangre Madison corriera por la mía… pero no es así —la congoja avanzaba sobre sus palabras—. Jamás permitiré que algo pueda sucederle a ninguno de ustedes por mi causa. Los amo demasiado.

—¿Es que no entiendes? Primero que nada ya deberías saber que "esta familia" como dices, es "tu familia". Desde que enfermaste todos enfermamos contigo. Durante la intervención en la que te extirparon el riñón, creímos morir en la sala de espera. Cada vez que sufres los efectos del tratamiento, una parte de mamá se derrama y muere. Papá llora a escondidas por no ser compatible contigo. Tus dolores de cabeza y tu fatiga no dejan dormir a Sara que no dice nada, porque sabemos bien que se traga sus angustias con tal de no pedir ayuda o reconocer una debilidad, pero no por eso deja de sufrirlas. Tus sesiones de diálisis me descomponen mientras trabajo. Si no hay pacientes en las guardias, solo pienso en cómo terminar con este tema. Todos somos parte de lo que te sucede ¿o acaso piensas que porque no puedes vernos no

estamos donde sea que tú estés? Si algo te ocurriera, cada uno de nosotros perdería algo sagrado y único. ¿Comprendes lo que digo? –Octavio era sincero y las lágrimas comenzaron a caer por su rostro dignamente, mientras observaba a su hermano.

–Octavio, hermano, te adoro también y sabes cuánto amo a todos pero lo que me pedís... no puedo aceptarlo. Es un exceso.

–Decime la verdad, ¿me darías tu riñón si fuera al revés? –preguntó.

–¡Claro que sí! –respondió sin dudar.

–Bueno, de eso se trata. Somos una familia. "Hoy por ti, mañana por mí", como dice el refrán. Además, no miento. Somos compatibles, por lo que quizá en el futuro yo pueda necesitarte. Si accedes, toda esta pesadilla pasará pronto. Los Madison no sabemos de pérdidas y no deseamos aprenderlo ahora. Por favor, eres uno de nosotros, te mueres y nos moriremos todos. Es tu decisión –la habilidad de su oratoria había colocado a Beltrán en una encrucijada. Todo lo que decía era verdad. El modo en que lo manifestaba sostenía con firmeza el valor de su discurso.

–No sé... –dudó. Beltrán sentía que la vida era generosa con él una vez más. Su hermano tenía razón cuando decía que su enfermedad había afectado a toda la familia y era cierto también que él habría obrado igual respecto de cualquiera de ellos, pero no sabía qué hacer. Estaba cansado, quería recuperar su vida de antes o morir pero definitivamente no deseaba continuar en el mismo estado de espera y debilidad–. Tengo miedo –dijo luego de unos instantes.

Octavio se acercó y lo abrazó. Ambos lloraron.

–Todo estará bien. Sé lo que hago y estaremos en manos de los mejores especialistas. No tengas miedo –agregó con certeza.

–Gracias, toda mi vida estaré en deuda contigo –dijo.

–¡Nada tienes que agradecerme! Deja de llorar que es buena noticia lo que ocurre –refirió sonriendo.

–¿No pensaste en ser abogado además de médico? –preguntó bromeando–. Tu capacidad para persuadir es única.

–¡Lo voy a considerar! –respondió comprendiendo el chiste.

Victoria ingresó en la habitación. La escena la sorprendió. Ambos reían pero tenían lágrimas en los ojos.

–¿Qué pasa aquí? –preguntó con curiosidad.

–Sucede que se acabaron las angustias en esta familia. Mi hermano aceptó que le dé uno de mis riñones. Así recuperaremos la felicidad de siempre –dijo Octavio. Victoria miró a Beltrán directamente.

–Es cierto, mamá. No quería aceptar pero hablamos y no puedo negar que mi problema los ha afectado a todos. Dice que sabe lo que hace, que somos compatibles… –indicó mirando a su hermano con complicidad–. Así que lo haremos. Pienso que está loco, pero aun así debo confiar en él, es el médico de la familia, ¿no es así?

Victoria comenzó a llorar. Abrazó a sus hijos y no pudo pronunciar palabra. El corazón le golpeaba el cuerpo. Era una locura que para salvar a uno de sus hijos debiera apoyar que se arriesgaran los dos pero no había opciones.

–Octavio, hijo, eres tan bueno, tan generoso. Ambos lo son –dijo sumergida en una gran emoción.

No podía negar el miedo que sentía, pero no podía juzgar a Octavio cuando ella misma y Esteban habían querido hacer lo mismo. Tampoco podía oponerse, habría sido como elegir un hijo por sobre otro. Paradójicamente por ninguno de los dos corría su sangre. La vida ponía a prueba sus convicciones.

Esteban se sintió orgulloso de su hijo Octavio, pero al instante siguiente sintió pánico pues la definición de miedo no resultaba suficiente para evidenciar su sentimiento. Los interrogantes se abalanzaron sobre su alma y su corazón comenzó a latir el ritmo sinuoso de las dudas. ¿Si la operación salía mal? ¿Si la vida de sus hijos estaba en peligro? ¿Si no era la decisión acertada? ¿Si los perdía a ambos? Los dos eran mayores de edad, nada podía hacer frente a una decisión tomada, pero la paternidad era otra cosa. El amor de padre lo ubicaba de lado de los que hacen lo correcto pero padecen las sombras de las consecuencias que no pueden evitar. El amor de padre era esa línea que había marcado un antes y un después en las prioridades de su existencia.

Sara, en plena adolescencia, vivió la situación familiar demostrando una tranquilidad impune que a veces perdía en silencio. No obstante, estaba segura de que por fin se terminaría esa angustia latente en su corazón. Amaba a sus hermanos y confiaba en ellos. Si la amenazaba una preocupación derivada de la operación, entonces entrenaba más duro. Correr anegaba sus inquietudes. Sus piernas firmes la sostenían en cuerpo y alma. Pensaba que todo estaría bien y la intervención sería un éxito. Se convencía de que todo el dolor terminaría justo a la salida del quirófano. Sara era práctica, detestaba enredarse en suposiciones. La vida era más simple que eso pero como su padre era un desastre a la hora de los miedos y su madre, aunque un poco mejor, no manejaba del todo las emociones, sabía que sobre su espalda había quedado determinada la responsabilidad de contenerlos a todos, sumados los abuelos paternos que, ya grandes y sin saber de pérdidas tampoco, estaban sumergidos en la preocupación y el temor.

Octavio avanzó en todo lo relativo a la donación de un riñón a su hermano Beltrán. Si bien él sabía, como todos en la familia, que Beltrán era hijo de Gina Malón y Roberto Uribe, para él, como para el resto de los integrantes del clan Madison, Beltrán era un hermano. Un Madison más.

Octavio había leído la Ley Nacional de Trasplante de Órganos y sabía que el caso se ajustaba a sus previsiones. Había realizado todos los exámenes y controles médicos para determinar la compatibilidad y evitar el rechazo. Su situación era permitida por la legislación considerando la adopción y ratificó cada vez que le fue solicitado, su voluntad de donar uno de sus riñones a Beltrán Madison Uribe. Manifestó además que estaba plenamente informado respecto de que su salud y su vida no corrían peligro más allá de los riesgos lógicos y habituales de una intervención quirúrgica con anestesia general.

Nadia fue a verlo en cuanto se enteró de lo planeado.
Habían reiniciado la relación unos meses y habían durado
hasta que Octavio inició la residencia. Hacía ya varios meses de eso. Si bien los integrantes de la familia Madison
eran herméticos en el modo de tratar cuestiones íntimas,
la cuestión se filtró irremediablemente. Nadia había estudiado, como Beltrán, Ciencias Económicas pero le faltaban
algunas pocas asignaturas para terminar la carrera.

–Hola, Victoria. Necesito ver a Octavio –dijo con esa forma gélida y distante que ponía de pésimo humor a la dueña
de casa.

–Hola, Nadia. Ha pasado tiempo sin verte. ¿Qué haces
aquí hoy? –interrogó sin dedicar ni un sonido de sus palabras
a ser cordial, solo era respetuosa mientras pensaba: *No me
gusta esta chica, no me gusta para nada*. Era un mal anuncio
su presencia.

–No tengo razones que darte. Quiero ver a Octavio. Pero
ya que preguntas voy a decírtelo. Le vine a pedir a Oti –así
lo llamaba– que desista de esa locura de donarle un riñón a
Beltrán. Haré lo que sea para evitarlo.

–Pierdes tu tiempo y no tienes, además, derecho alguno
a inmiscuirte en temas de estricto orden familiar, querida
–respondió con estilo.

El aire se cortaba entre miradas cruzadas. Era evidente el
disgusto que ambas sentían. Si bien sus afrentas nunca habían sido directas o groseras, no se toleraban, solo resistían
por Octavio. Victoria temía que Nadia intentara regresar

con su hijo. Se la veía radiante, la joven era atractiva. Olía a fragancias costosas, vestía bien y ese algo que la destacaba era un peligro al momento de obviar sus maniobras de seducción. Su hijo era hombre, básico en ese escenario, era fácil adivinar a qué había venido ella y qué haría él.

Mientras se batían en ese duelo simbólico, Octavio bajó las escaleras y las vio. ¡Un ring en la entrada de su casa! De un lado, su madre con el cabello oscuro peinado de modo impecable enmarcando su hermoso rostro. Sus ojos verdes emitían destellos de poder, era la dueña de la casa y defendía todo lo que en ella había. Tenía puesto un pantalón negro, una camisa roja y botas del mismo tono. Era elegante y distinguida. Tener más de cincuenta años parecía hacerla más bella. Enfrente, Nadia, luciendo su cuerpo joven y espectacular dentro de un jean, botas altas color marfil, camisa blanca y abrigo de cuero claro. Las observó y le causó gracia la ironía de confirmar que ambas tenían cabello negro y ojos verdes. Que ambas llamaban a su modo la atención y que ambas, lo sabía bien, peleaban por él. Conciliador como era, se incorporó a la nada amena conversación. Debía convertirse en la campana que finalizara el round.

—¡Hola, Nadia! ¿Sucedió algo o solamente nos visitas? Pasa —indicó, pues todavía estaban en la entrada de la casa.

—Necesito hablar contigo, Oti. Estaba saludando a tu mamá, que por cierto es justo que lo diga, siempre se ve como si fuera tu hermana mayor —agregó, mostrándose simpática delante de él.

Victoria se retorcía de bronca en su interior. La manipulación de Nadia le daba náuseas. Era una manifestación diabólica su presencia.

–¡Es verdad! –respondió guiñando un ojo a su madre.

–Los dejo solos. Lupita les traerá café. Adiós, Nadia. Envía mis saludos a tu familia –indicó con porte de reina y se retiró con su furia oculta debajo de la piel del alma. Habría problemas, podía presentirlo.

Nadia se abrazó a Octavio cuando estuvieron solos.

–¡Octavio, te extraño! Supe que quieres donarle un riñón a tu hermano, vengo a suplicarte que no lo hagas. Además, quiero volver contigo. No puedo soportar la idea de que algo pueda sucederte –dijo al tiempo que lo besaba en los labios.

Octavio se dejó besar y la sensación de placer fue inevitable. La deseó.

–Nadia, terminamos debido a nuestras diferencias y no creo que las mismas hayan dejado de existir. Tú misma me dejaste. ¿Recuerdas? Es más, ayudar a mi hermano es lo que más deseo en la vida y vienes a pedirme que no lo haga. Eso muestra que el acuerdo entre nosotros es imposible –Octavio había aceptado terminar sin reclamos. Él no le rogaba nada a ninguna mujer, solo le había dicho que se iba a arrepentir y en su interior ya estaba aburrido de tantas idas y vueltas en esa relación. Había tenido razón una vez más en cuanto a que ella se arrepentiría pero su cansancio quizá no era tan fuerte como para rechazarla.

–Es que no soporto la idea de que pueda ocurrirte algo.

Este tiempo sin ti fue insoportable… Todo acuerdo es posible. Quiero intentarlo. Quiero ser tuya y cuidarte.

–No me buscaste antes de hoy y supe que no estuviste sola –agregó certero.

–Tú tampoco estuviste solo. Pero eso no significa nada. Ambos lo sabemos. Te necesito –le susurró al oído mientras buscaba su boca otra vez y sus manos descendían por la espalda de él de manera sugerente. Sabía lo que hacía y con qué finalidad actuaba, conocía cada centímetro del cuerpo de Octavio. Deslizarle sus manos por la espalda era un lenguaje corporal que a él lo seducía.

–Nadia… este no es el momento ni el lugar… –alcanzó a decir procurando controlar la excitación que su cuerpo resistía sin lograrlo.

–Está bien. Entonces, invítame a salir esta noche –dijo apartándose de manera sensual–. Y hablaremos y… –detuvo su discurso adrede.

–Basta, Nadia. No es un juego –dijo convencido.

–No estoy jugando. Salgamos esta noche o prefieres que hablemos acá sobre lo que quiero –lo provocaba continuamente desde los gestos y las palabras. Octavio sabía que el hecho de estar en la sala de su casa no era un límite para Nadia.

–Paso a buscarte esta noche a las diez, pero olvida el tema de Beltrán porque no cambiaré de idea y me molestará que intentes persuadirme –accedió no del todo seguro pero sabiendo que, al menos, evitaría una escena en su casa y el eventual desastre de que su madre pudiera sorprenderlos.

Octavio la quería. No sabía si estaba enamorado pero tenía la absoluta certeza de que sus encantos eran una debilidad que no sabía controlar. En todo ese tiempo que habían estado separados le hubiera gustado tenerla en su cama pero no había llorado por ella. Sin embargo, no era menos verdad que de todas las mujeres que había conocido hasta entonces, era la única que lograba seducirlo. Era inteligente y no le tenía miedo a nada, eso le gustaba y mucho. De las otras, ninguna había significado una diferencia para él.

–Te espero entonces –respondió victoriosa. Sabía que volvía a tenerlo en un puño.

Esa noche Nadia y Octavio volvieron a estar juntos. Ella le hizo creer que él tomaba las decisiones pero en verdad la pasión y sus habilidades femeninas hicieron que sucumbiera, convencido, a una última oportunidad que nunca buscó, pero halló entre sus sábanas y proyectos. Eran oficialmente novios de nuevo. Nadia apoyaría el trasplante, en verdad esa causa había sido una excusa ideal para volver a buscarlo en medio de un escenario confuso en el que la barrera de su sensibilidad sería fácil de derribar. A Nadia no le gustaba perder y no hubiera aceptado un no por respuesta. Hacía tiempo que esperaba el momento adecuado, las demoras se debían exclusivamente a su orgullo.

Por la mañana Octavio le contó a su madre, quien se tragó el odio que le provocaba la situación. No podía hacer nada si se alejaba de su hijo. Además, lo más importante era la operación y que todo saliera del mejor modo. Luego, se ocuparía del

Demonio Bianchi, apodo que secretamente le había puesto tiempo después de conocerla. Solo Esteban sabía que así la nombraba. Su esposo se reía, pero ella estaba convencida de que el apodo evidenciaba la realidad. Nadia era un demonio.

Capítulo 11

Es difícil creer en finales felices
cuando se sabe que las previsiones se rompen,
el futuro se oscurece y todo, en segundos,
puede reducirse a nada.

Finalmente llegó la fecha prevista para el trasplante. Toda la familia Madison estaba presente en la afamada Clínica de San Rafael, en la provincia de Mendoza.

Beltrán y Octavio fueron internados y conversaban en la misma habitación que compartían en la víspera de la operación.

–¿Estás seguro de esto? –interrogó Beltrán.

–Absolutamente seguro. Somos hermanos y sé que harías lo mismo por mí. Lo dijiste ¿o te arrepentiste de eso? –respondió en broma con la clara intención de distender la situación.

Octavio estaba sumamente tranquilo, sabía que estaba en las mejores manos y vestía su conciencia la certeza de sentir que estaba tomando la decisión correcta. La ventaja de quienes no han perdido nunca nada en la vida es que no conocen el miedo, no les arrebata el oxígeno que respiran la sensación de pensar que algo puede salir mal. Para Octavio, todo estaría bien, simplemente porque no había otra posibilidad, su realidad era una suma de aciertos. Al menos, la realidad que él conocía.

Beltrán, en cambio, llevaba puesta la cicatriz de haber perdido a su madre al nacer y a su padre días después, su ADN no era Madison. No era la misma cepa. Él sí sabía bien que las previsiones se rompen, el futuro se oscurece y todo, en segundos, puede reducirse a nada.

–No, claro que no me arrepentí –respondió Beltrán–. ¿Tienes miedo? –agregó.

–No. No conozco el miedo. Todo está bien. Quédate tranquilo –respondió Octavio absolutamente sereno.

Beltrán se incorporó y apoyándose sobre su codo lo observaba desde la cama de al lado. Era un hombre sonriente que parecía más bien acabar de despertarse en la mañana del día más feliz de su vida, antes que estar en las vísperas de ingresar en un quirófano para donar un riñón.

–En estos momentos es evidente que soy Uribe, hermano. Yo sí tengo miedo –agregó.

–¡Hola, bellos hombres! –Nadia entró en la habitación e interrumpió con un tono protagónico.

Quería llamar la atención y lo había logrado. Ambos la miraron. Estaba hermosa. Más hermosa que nunca. Vestía jeans y botas de caña alta de color negro, abrigo a tono y un suéter de cuello alto rojo que le quedaba de maravilla. Su cabello suelto destellaba lujuria. Se acercó, besó a Octavio en la boca y luego a Beltrán en la mejilla. Al apartarse de él, le guiñó un ojo de manera cómplice. Le gustaba gustar y hacía sutilmente todo lo necesario para conseguirlo.

Beltrán nunca había respondido a su juego, ni siquiera con un solo gesto, no por falta de deseo sino por su hermano. Era la mujer de Octavio. Históricamente lo era. Además, era demasiado ambiciosa para aceptar un adoptado. Ella usaba joyas originales, marcas caras y todo a estrenar. Un cuasi Madison no era uno de verdad. No obstante, en un rincón de su memoria guardaba un sueño erótico en el que ella lo había hecho desbordar de placer. Cada vez que la veía no podía, aunque quería, evitar recordarlo. Quizá por miedo a que se descubrieran sus pensamientos, era distante al momento de tratarla.

—Hola, Nadia. ¿Todo bien? Te dejaría sola con Octavio pero no puedo salir al pasillo con esta horrible bata prequirúrgica —dijo amablemente.

—No hace falta, Beltrán, tengo toda la vida para estar a solas con Oti. ¿No es así, mi amor?

—Es relativamente así.

—¿Relativamente? —preguntó jocosa.

—Sí. No voy a dedicarte mi vida entera en forma exclusiva, cariño. Soy médico, ¿recuerdas? —su tono de voz era el de siempre. Ella sabía que su carrera era una prioridad.

—Cómo olvidarlo... Si dentro de poco voy a tener que ganarles a los pacientes, a las guardias y a los libros tu atención

–dijo irónica. Odiaba no poder distraerlo de su vocación. Era el límite que no había podido vencer. No desistía. No era amor o mayor necesidad de él, era poder, territorio, egoísmo. Enseguida cambió el tono. No deseaba que Beltrán le leyera la mente o peor aún que Octavio se diera cuenta de lo que estaba pensando–. No importa, cielo, ya te dije que seré la orgullosa esposa del doctor Madison y que voy a apoyarte en tu carrera siempre.

–¿Lo dijiste? –preguntó en broma, fingiendo no tener presente esa promesa.

Los dos rieron aliados de la misma imagen que recordaban. Nadia le había dicho eso entre sábanas húmedas de placer dos noches antes. Beltrán disimuló no darse cuenta de nada, aunque para él era evidente que reían de modo cómplice.

–Sí, lo dije –respondió seductora mientras se sacaba el abrigo–. Hace calor acá –agregó.

Ambos la miraron, sus senos firmes deslumbraban bajo la lana de su suéter. Era imposible no reparar en ellos. *Nunca le pedí que nos casemos pero adoro su cuerpo. Ya veré*, pensó Octavio. Beltrán fue discreto y desvió su mirada hacia la puerta que se abría en ese instante.

Victoria había virado la manija justo a tiempo para escuchar la última parte de la conversación "...ya te dije que seré la orgullosa esposa del doctor Madison y que voy a apoyarte en tu carrera siempre". Sintió una bofetada helada en medio del rostro, un puñal salado en las heridas abiertas de su memoria, pero pudo ocultarlo. Era una dama. Era inteligente.

Sabía desde la razón que evidenciar su rechazo hacia Nadia la alejaría de Octavio y no iba a permitir que eso ocurriera.

–¡Hola, hijos! ¿Cómo están? Nadia… –agregó dirigiéndole una mirada que funcionó como un saludo formal. Un *Hola, te veo, te saludo, te detesto* que no dijo, fue su pensamiento.

–Hola, querida Victoria, un placer verte –respondió la joven que parecía haber leído su mente. Mientras pensaba: *Esta vieja de mierda, qué fastidio que siempre esté impecable la hija de puta.*

–Me imagino, querida. Igual que el mío –respondió sonriente.

Octavio decidió interrumpir la situación.

–Mamá, ¿te dijeron a qué hora será la operación? –preguntó cambiando el rumbo de la conversación. Era increíble que la rivalidad entre ambas fuera insostenible apenas ocurrido un saludo.

–Sí, hijo. Enseguida. Se suspendió una intervención y adelantaron la de ustedes. Quiero darles un beso. La enfermera viene en camino a prepararlos. Nadia, ¿me dejarías un momento a solas con mis hijos? –preguntó con una actitud respetuosa que escondía el rechazo que sabía disimular a la perfección.

–Claro –respondió. *Los dejo con la reina madre*, pensó. Odiaba a su futura suegra. Era una cuestión de piel.

La joven no tuvo más remedio que despedirse rápidamente y salir de la habitación. Al besar a Beltrán en la mejilla, percibió su perfume y le gustó.

–Cuñadito, vas a enamorar a las enfermeras con ese perfume. Es arriesgado que las distraigas –le susurró tan cerca de su rostro que él no pudo evitar sentir la provocación de su actitud. No respondió. Octavio y su madre no lo percibieron.

–¿Están bien? –preguntó Victoria con la ternura habitual con que se dirigía a ellos siempre.

–Nunca mejor –respondió Octavio. Beltrán suspiró.

–Llevando a cabo las locuras de tu hijo, mamá.

Victoria sentía el corazón ahogado de miedo, dos tercios de su vida estaban entre esas paredes.

–Quiero que sepan que estoy orgullosa de los dos. La vida me premió con ustedes. No voy a negarles que tengo miedo, no puedo imaginar qué sería de mí si algo les sucediera –empezó a decir.

–Basta, mamá. En solo unas horas todo habrá pasado –interrumpió Octavio.

–Sí. Sé que así será. Pero necesito pedirles algo.

–Lo que sea, mamá, yo te entiendo. Octavio es inconsciente, lo sabemos –agregó Beltrán. Le daba a la conversación la seriedad que su madre pretendía.

–Quiero que me prometan que se mantendrán más unidos que nunca. Esta operación hará que haya un antes y un después en sus vidas. No quiero que nada ni nadie pueda interponerse entre ustedes –pidió con ternura y seriedad.

Victoria tenía esa oscura sensación que la recorría desde que esa mujer, Eularia, le había dicho que Beltrán podía morir de culpa. "Se salvará pero regrese cuando la culpa lo esté matando". Había pensado que si algo salía mal respecto de Octavio, entonces la culpa podía ciertamente afectar a Beltrán y

quería prevenirlo, aunque la traición no tenía nada que ver con eso. Sentía dudas. Solo dudas y arrepentimiento por haber ido a ver a esa mujer. Ni siquiera la convicción firme de Sara había alcanzado para darle tranquilidad.

–Quédate tranquila, mamá. Estaremos más unidos que nunca. Sangre Madison correrá por mis venas. Seré, ahora sí, ¡un casi verdadero Madison! Y nadie se enfrenta en nuestro clan –expresó Beltrán convencido, tratando de dar seguridad a su madre.

–Así será –agregó Octavio para quien no existía posibilidad alguna de alejamiento o discusión con su hermano.

La enfermera y los camilleros ingresaron en la habitación y le pidieron a Victoria que saliera. Afuera, Esteban hablaba por teléfono. Le sorprendió que en un momento como ese atendiera una llamada. Se acercó y pudo escuchar:

–Estoy muy ocupado ahora. Espera mi llamado –dijo. Luego guardó el teléfono celular en su bolsillo y la abrazó.

–¿Quién era? –interrogó Victoria.

–Trabajo. Nada importante –respondió–. ¿Cómo los viste? –preguntó cambiando de tema.

–Octavio estaba feliz, es un Madison de pura cepa. Beltrán estaba asustado y la verdad yo también. Detesto los riesgos –respondió Victoria. Las lágrimas rodaron inevitablemente por su expresión dejando surcos de esperanza y desesperación en su rostro.

–Cuando yo estuve con ellos noté exactamente lo mismo. No te preocupes, mi amor, todo estará bien –le dijo.

128   Por dentro, Esteban estaba muerto de miedo. Además, sabía que aun confiando en que la operación saliera bien, se anunciaban tiempos muy difíciles en los que debería tomar decisiones extremas.

Capítulo 12

La verdad se corrompe tanto con la mentira
como con el silencio.
Cicerón

La familia Noriega reducida a Salvadora, Lucio y Alondra era una evidente manifestación de una paz armada, de silencios conciliados con indiferencia, de ocultamientos sitiados por el miedo, de placeres cercados por la dependencia.

Mientras Salvadora añoraba a sus hijos mayores y sentía la culpa arañándole la piel, no lograba quitar de esa misma piel la necesidad de su esposo o la consecuente incapacidad de enfrentar la soledad. Esto la convertía en un ser desdichado que cargaba el peso de un error comprendido e imperdonable sin actuar en consecuencia. Se había convertido en la abanderada de su equivocación al decidir sostenerla a pesar de entender que no debía hacerlo.

Lucio, por su parte, había logrado abstraerse de Solana y de Wen, consideraba que eran grandes y debían arreglárselas solos. Si habían tenido el descaro de enfrentarlo, debían asumir la lejanía del hogar y de su ayuda. En algún rincón de su alma, que sus pensamientos evitaban, sentía que el único exceso había sido golpearlos pero aun así, lo justificaba con la ingratitud que les atribuía.

Lo único de todo lo ocurrido que le hacía ruido en la memoria y lo sumergía en una duda que le quitaba el sueño eran las palabras de Wen: "No soy imbécil, hermanita. Me cansaste. Eres una puta para todos menos para el ciego de papá, que es el único que se cree el cuento de tu virginidad y sueños de ama de casa. ¡Nunca serás nadie por tus propios logros! Solana y yo, sí". ¿Era posible que Alondra no fuera virgen? ¿Por qué su hijo afirmaba con ese nivel de certeza que era una puta? ¿Lo era? Las preguntas lo desgastaban. A partir de aquella pelea había comenzado a observar a su hija menor con los ojos de la duda. Lo enfurecía confirmar que sus movimientos, cuando creía que no la veían, no eran santos ni puros. Hablaba casi en secreto por teléfono y a veces llegaba directo a bañarse. Sus sospechas lo obligaban a pensar mal.

En una oportunidad, Lucio había regresado al hogar más temprano de manera inesperada, pues no se sentía bien. Salvadora estaba en la iglesia y su hija se suponía que ayudando con los quehaceres de la casa. Desde que había concluido el secundario no hacía nada, a excepción de mantener su amistad con Clara Dubra. Lucio se había asomado sigilosamente por la puerta entornada de su dormitorio, ella no se había percatado de su presencia y pudo verla ensayando poses obscenas frente al espejo, mientras la cámara digital, colocada en un trípode a ese fin, le tomaba fotos de manera automática. Su ropa interior era costosa, de color negro y con puntillas. ¿Dónde la había conseguido? Si bien él siempre culpaba a su esposa de todo, estaba seguro de que nada tenía ella que ver con eso. No era el estilo de su mujer. La joven era osada, su cuerpo era un pecado latente y confirmó entonces que su hijo, quizá, estaba en lo cierto. No pudo afrontar el tamaño de la verdad que acaba de descubrir, sus sospechas lo recorrieron convirtiéndose en vergüenza y tuvo que huir de allí incapaz de actuar.

Esas fotos eran para alguien, ¿para quién? ¿Realmente quería saberlo? ¿Qué oscura vida escondía Alondra? Esa noche bebió de más y obligó a su esposa a que le practicara sexo oral. Se derramó en su boca a sabiendas de que a ella no le gustaba eso y la dejó con deseos de lograr su propio momento de placer. Luego, se dio vuelta y se durmió profundamente. Salvadora se sintió literalmente una prostituta.

Esa madrugada escribió:

"Tengo deseos de morir. Creo que es la única manera en que podré dejar a Lucio. No es amor lo que me une a él, creo que es terror a volver a vivir sin ser necesitada o deseada por alguien".

* * *

A la mañana siguiente, Alondra se dirigió con la memoria de la cámara a una casa de fotografía donde pudo imprimir varias de las tomas del día anterior. Con ellas en un sobre, fue a un apartamento ubicado en el centro de la ciudad. Abrió la puerta con su llave e ingresó mientras consultaba el reloj. Él llegaría en quince minutos, si es que era puntual. Si no, debería esperarlo como otras veces.

Se preparó para recibirlo, se quitó toda la ropa y se puso un camisón de raso negro. Dejó el sobre con las fotos sobre la mesa de noche. Alondra era bella, su cabello rubio ondulado y sus ojos azules completaban la armonía de su cuerpo. No era delgada, siempre cuidaba no excederse de peso, pero sus curvas pronunciadas eran sensuales. Tenía un busto firme y exuberante en proporción con el resto de su cuerpo. Su mirada era gélida, inexpresiva, sus ojos eran como un hielo azul profundo que no dejaba ver sentimientos, quizá, porque no los tenía. Eran una muralla que asemejaba un glaciar de ese tono que la convertía en cazadora permanente de cuanto observaba. Siempre estaba al acecho de las ventajas de cualquier situación.

Al escuchar el ruido de la cerradura y confirmar que Martín Dubra llegaba, se recostó en la cama en una sugerente posición con las piernas cruzadas y un brazo sobre su cabeza. Él se dirigió directamente a la habitación, ingresó desanudando la corbata. Su prisa era evidente.

–Hola, preciosa, veo que me estás esperando –dijo acercándose a ella. Alondra humedeció adrede sus labios con la lengua, sabía lo que eso provocaba en su amante.

—Siempre estoy esperándote —respondió.

Martín se desnudó por completo de manera apresurada y subió sobre ella. Sin quitarle la única prenda que la vestía, Alondra recibió besos y caricias. El preludio intenso pudo menos que su deseo y la penetró poniendo fin al sabor previo del encuentro. Martín siempre estaba apresurado dado que mentía en uno u otro lugar para ir a estar con ella.

—Dime que te gusta —exigió él mientras se movía dentro de ella. La joven jadeaba sin responder—. Decime que te gusta, ¡ahora! —repitió en un tono más exigente.

—¡Me gusta mi amor, me vuelve loca! —gritó sin dejar de emitir sonidos de comprometido deseo. Falsos sonidos. No estaba gozando. Podía calcular cada tramo de su plan.

—Así me gusta, que seas obediente —susurró él.

El teléfono de Martín comenzó a sonar y apareció la foto de Vivian en la pantalla. Él se desconcentró por un instante. Alondra advirtió la preocupación de su amante y giró sobre su cuerpo.

—No atiendas. Eres mío ahora —sentenció y comenzó a moverse al ritmo de sus humedades sobre él. Ella dominaba la situación. Martín, entregado a sus bajas pasiones, la dejó controlarlo y olvidó la insistente llamada. Ya vería qué decir después.

—Ahora tú dime que te gusta y que eres capaz de todo por mí —exigió mientras se tocaba los senos para provocarlo.

—¡Alondra, por Dios, no hagas eso! —suplicó—. Sabes bien que me enloquece.

Ella fue por más asumiendo el riesgo de quedarse sin nada.

—Dime que vas a dejar a tu mujer, que vas a hacerlo hoy mismo y voy a darte tanto gozo que vas a suplicar que me detenga… —dijo mientras succionaba su deseo tras haberse retirado de él. Martín perdió la dimensión de la realidad, olvidó sus prioridades mezclado entre el desmesurado placer y la lujuria de tener su sexo en la boca de una mujer mucho más joven que desbordaba excitación. Como Martín no respondía, ella alejó sus labios pero se mantuvo cerca sabiendo que interrumpía el momento culminante.

—¡No dejes de hacerlo, por favor, Alondra! —pudo responder con dificultad.

Ella continuó por unos segundos.

—¿Cuándo vas a dejarla? —preguntó concentrada en su objetivo.

—Pronto —pudo responder.

Alondra se ubicó a horcajadas cuando supo que el estallido era inminente, fingió un orgasmo feroz y él se derramó en ella en un instante.

Cuando se le aquietaron las pulsaciones, Martín le dijo que debía irse. Ella lo retuvo en la cama y le dio las fotografías. Verla en esas posiciones sugerentes lo excitaba. Antes de que pudiera reaccionar, Alondra avanzó sobre sus planes.

—Quiero que las tengas contigo. Tengo una fantasía.

—¿Cuál?

—Voy a llamarte y hablarte, entonces mirándolas, quiero que te toques y quiero escucharte llegar al máximo placer

pensando en mí. Así voy a extrañarte menos —pidió. Su
expresión de deseo y ardor lo volvía loco.

—Estás loca, Alondra. No puedo hacer eso.

—¿Por qué no? Tu casa es grande. Puedes ir al baño de abajo por la noche, o en tu oficina o en donde quieras pero vas a hacerlo. Es mi fantasía y si no la cumples… ¿qué tengo que entender, que no puedes satisfacerme? —preguntó punzante. Luego lo besó en la boca.

—Está bien. Voy a hacerlo —respondió para complacerla. Luego se levantó y comenzó a vestirse para partir.

—Amor, quiero que vivamos juntos. Prometiste hablar con Vivian. Por favor… Si no voy a hacerlo yo —su tono no era amenazante pero el contenido de sus palabras lo paralizó.

—Basta, Alondra. Necesito tiempo —respondió.

—Ya te di mucho tiempo. El tiempo se acaba tanto como el interés —respondió.

—¿Me estás amenazando?

—Digamos que te estoy advirtiendo que estoy cansada de esperar —dijo. Enseguida cambió radicalmente de rol y se puso a llorar. Él no soportaba ver sus lágrimas. Se acercó y la abrazó.

—No llores. No me gusta que lo hagas —pidió con ternura.

—Me enamoré de ti. Tengo miedo de que nunca dejes a Vivian y no sé qué hacer. Perdóname. Estoy dispuesta a todo, a cumplirte cualquier fantasía pero no me postergues más —suplicó y comenzó a besarlo entregada a ese papel de víctima que él le creía.

–No lo haré. No voy a dejarte –respondió.

Estaba conmovido, sentirse amado por esa hermosa joven elevaba su ego hacia límites inalcanzables.

* * *

Martín Dubra tenía casi cincuenta y cinco años. Era dueño de un hotel en la ciudad de San Rafael, tenía una hija y un matrimonio feliz. No era rico pero su trabajo le permitía un pasar cómodo. Alondra lo había conocido pues era el padre de Clara, una compañera de secundario, la única con quien continuaba tratándose. La joven era demasiado inocente para sospechar que, delante de sus narices, su supuesta amiga había seducido a su padre. Clara la quería y le creía el personaje que ella desplegaba ante sus ojos. Era esa amiga que le daba ideas y agallas para superar su timidez. Desde temprana edad, Alondra se había puesto el objetivo de conquistar a Martín Dubra. Primero porque le gustaba, era atractivo a pesar de ser más grande, y después porque tenerlo era la llave para una vida cómoda que no implicaba enredarse con viejos decrépitos que normalmente eran los que tenían dinero para mantener una mujer más joven. Alondra no quería ni estudiar ni trabajar. Solo deseaba vivir bien, irse de su casa cuanto antes y disfrutar de lo que se le diera la gana. Tenía muy claro que los chicos de su edad nada podían ofrecerle y el camino de la lucha no era su deseo, ni siquiera era una opción para ella. Además, Lucio era una limitación a las salidas comunes por lo que eligiendo a Martín no había tenido que lidiar con permisos, ni justificaciones, ni mentiras.

Había trazado el plan con detalles y una evolución progresiva. El hecho de que sus padres la dejaran frecuentar a Clara a su gusto le había dado las posibilidades necesarias. Por otro lado, se había ganado la confianza de Vivian, la madre de Clara, pues desde siempre había ayudado a su hija a relacionarse en la escuela y la había defendido de dos arpías del curso que la hostigaban desde pequeña, sin más causa que un odio infundado y envidia. Al principio, solo por simpatía hacia Clara, tiempo después con un objetivo definido. Concluido el secundario mantenían esa amistad sincera por parte de Clara y ya, dolosa por parte de Alondra.

En casa de la familia Dubra, Alondra había desempeñado el rol de adolescente confiable, de valores anticuados, deseosa de conformar a su padre con un buen matrimonio. Una virgen de otros tiempos caída por error en la actualidad, pero a la vez lo suficientemente despierta como para adecuarse a su presente sin traicionar sus convicciones.

Una noche en que se había quedado a dormir en la casa de Clara, escuchó la puerta del dormitorio de sus padres abrirse y los pasos de él por el pasillo de las habitaciones. Supuso que habría ido a la cocina y supo que era el momento de avanzar. Se levantó sigilosa y, luego de verificar que su amiga dormía profundamente, salió de la habitación y se dirigió a la planta baja.

Martín Dubra se preparaba un café cuando ella lo sorprendió. El hombre se sintió incómodo pues la joven llevaba puesto un brevísimo short y una camiseta blanca sin sostén, sus pezones se dibujaban en el algodón. Intentó que su mirada no se detuviera en el cuerpo de la chica.

—Hola, Alondra, ¿no puedes dormir? —le había preguntado de manera paternal.

—No.

—¿Quieres un té? No te ofrezco café porque va a desvelarte aún más —agregó.

—Quiero lo que quieras darme —respondió sin dejar de mirarlo directamente a los ojos y con un evidente doble sentido en sus palabras.

—Te preparo un té entonces —respondió eludiendo la provocación a sus instintos.

—No. Prefiero leche y que sea tibia. Me gusta la leche tibia —insistió.

—Está bien —respondió mientras colocaba un vaso de leche en el microondas deseando irse de allí. La provocación de la joven lo excitó aunque quiso evitarlo.

En ese instante Martín supo que la chica quería otra cosa y aunque no podía dar crédito a sus sospechas, con el tiempo las confirmó. Desde esa noche y en adelante, el modo en que la amiga de su hija buscaba momentos para estar a solas con él o lo seducía de manera silenciosa y desprejuiciada fue cada vez más insostenible.

Comenzó a fantasear con ella, al extremo de imaginarla en

la intimidad que mantenía con su esposa. Se estaba volviendo
loco. Él tenía más del doble de su edad, podía ser su hija, sin embargo no podía controlar el deseo que sentía por ella. Había despertado en él sensaciones que se habían perdido en la rutina de su matrimonio.

Finalmente una madrugada en que no podía dormir pensando en Alondra acostada en la habitación de al lado, se había levantado sin intenciones de ir a buscarla pero sabiendo que ocurriría lo irremediable. Volviendo realidad sus deseos, la joven lo había abordado directamente sin que él fuera capaz de resistirse, la había tomado en la sala de su casa, cometiendo la peor locura de toda su vida, arriesgándolo todo sin pensar.

La chica no era virgen y eso lo había desbordado puesto que, lejos de ser angelical e inocente, lo había seducido sin contemplaciones. Su cuerpo joven lo extasiaba y no había hallado el modo de alejarla.

Hacía un año que Martín Dubra había dispuesto ese apartamento para encontrarse con ella. Era de su propiedad pero su esposa creía que estaba alquilado. Alondra presionaba para que dejara a Vivian, y la confianza adquirida en todo ese tiempo con la familia era utilizada para presentarse en su casa y obligarlo a vivir situaciones de adrenalina pura.

Cuando él pensaba con frialdad la situación, sentía que no quería dejar a su esposa, ni romper la seguridad de su hogar. Sin embargo, con Alondra entre sus sábanas, dudaba de todo. Era adicto al placer que esa joven le daba, estaba perdiendo un tramo más de razón con cada orgasmo. Lo sabía, pero no podía evitarlo. Le gustaba sentirse joven y deseado. Cuando lograba retirar la lujuria de sus pensamientos, una tremenda culpa lo embargaba.

Martín sabía que había hablado de más, ese "Pronto", pronunciado en medio de un éxtasis demoledor, le traería muchos problemas.

Capítulo 13

Amor y deseo son dos cosas diferentes;
que no todo lo que se ama se desea,
ni todo lo que se desea se ama.

Miguel de Cervantes Saavedra

Vivian Dubra ingresó a la sala de guardia de la clínica más importante de San Rafael con Clara, su hija. La joven tenía una fiebre altísima que su madre no había conseguido bajar, la tos no había cedido y el dolor en su espalda tampoco. Las atendió el médico de guardia, quien rápidamente ordenó una radiografía y diagnosticó una infección en el pulmón. Vivian había intentado comunicarse con Martín varias veces, pero él no había respondido el teléfono. En el hotel le habían dicho que había salido y, si bien no solía controlarlo, estaba muy molesta por necesitar de él y no haber podido ubicarlo.

Luego de unas diez llamadas en que entró el contestador, decidió no insistir. Esperaría el momento para decirle lo que sentía y descargar su rabia. No había dejado mensajes. Odiaba eso. Sabía que iban a discutir y no deseaba evitarlo, quería que se sintiera culpable porque en verdad lo era. Su hija lo necesitaba y él no estaba.

Cuando Martín miró su teléfono y certificó la cantidad de comunicaciones perdidas, sin pensarlo la llamó saliendo del apartamento en el que Alondra se había quedado un rato más.

–Hola, Vivian, me llamaste pero estaba en una reunión. ¿Qué pasa? –preguntó sin siquiera imaginar el desborde que se anunciaba.

–En una reunión… ¿Con quién?

–Con una agente de turismo que quiere contratar el hotel para una delegación –mintió improvisando mientras pretendía resultar creíble.

–¿En el hotel? –interrogó. No le creyó. Su voz sonaba diferente.

–Sí –respondió.

Vivian supo de inmediato que algo no estaba bien. Un alerta rojo se escribió en su corazón y decidió actuar racionalmente. Lo importante era la salud de Clara. Ella misma se sorprendió al darse cuenta de con qué frialdad podía pensar. Le seguiría los pasos a su mentira y a las causas, pero era mejor que él no lo supiera. Actuó naturalmente.

–Estoy regresando a casa. Tuve que llevar a Clara a la guardia. La fiebre altísima que tiene desde anoche no cedió. Le hicieron una placa, y tiene neumonía. Me dieron una cantidad de medicación que debo comprar y tengo que ocuparme

minuciosamente de su cuidado, caso contrario la hubiesen internado. ¿Puedes ir para casa? Llego en diez minutos, así tú vas a la farmacia.

–Sí, mi amor, sí. Dame con Clara –pidió preocupado. Su tono evidenciaba la necesidad de escuchar a su hija. La joven dormitaba en el asiento del acompañante del automóvil y su madre respondió sin consultar.

–Está dormida. Te corto, el tránsito está difícil.

–Está bien –respondió, pero la llamada ya había sido interrumpida.

Martín se sintió literalmente una mierda. Mientras él disfrutaba engañando a su esposa, ella y su hija pasaban por un mal momento. Aunque no fuera de vida o muerte, eso estaba fuera de discusión, requería su presencia. Llegó a su casa rápidamente y quitó a Alondra de sus pensamientos mientras pudo.

Besó a Vivian pero la notó esquiva al saludo.

–¿Pasa algo?

–Estoy preocupada por Clara. Se acostó y está durmiendo. Por favor compra todos estos medicamentos enseguida –respondió mientras pensaba *Tú dime qué pasa*.

–Ya voy. Le doy un beso a Clara y voy –respondió.

Al regresar de la farmacia, le preguntó a su esposa si necesitaba algo más y ella lo liberó. Entonces, fue un rato al hotel a dejar todo en orden y regresó a su casa preso de una intensa culpa. Alondra lo llamó varias veces pero él no respondió. Solo le mandó un mensaje de texto que decía: "Estoy complicado. Yo te llamo".

Vivian no se movió de al lado de su hija hasta que la fiebre bajó, luego la ayudó a darse un baño y la joven se acostó nuevamente y se quedó dormida.

Martín se daba una ducha cuando ella ingresó a la habitación de ambos. *¿Por qué se da una ducha a esta hora?*, se preguntó. Su esposo lo hacía todas las mañanas, nunca antes de cenar. Todo le era sospechoso, empezando por la mentira de la reunión en el hotel. Ella sabía bien que no había estado allí y si había mentido, era porque había razones para ocultar. De pronto, el enorme telón que cubría sus ojos se había corrido. No era la primera vez que no atendía sus llamadas. A veces estaba ausente mientras ella le hablaba. Había sentido perfume de mujer en su saco y él había dicho que seguro era de una clienta que lo había saludado. En la intimidad estaba distinto, más exigente o distante. Supo que la ecuación era muy simple: había otra mujer.

Entonces, no muy convencida de querer comprobar lo que intuía, tomó su teléfono. Revisó las llamadas y los mensajes. No había nada raro, el último era para un empleado del hotel que decía: "Estoy complicado. Yo te llamo" y ese número correspondía a las últimas llamadas que no había atendido.

Fue por más y tomó su saco. Nunca antes le había revisado sus bolsillos. Encontró un sobre doblado en los costados para que entrara en el bolsillo interno, era de una casa de fotografías. Cuando estaba por abrirlo, escuchó que Martín había cerrado la ducha y entonces lo dejó en su lugar. Su esposo salió de allí con su bata de toalla y la miró.

–¿Está todo bien?

–Sí. Estoy algo cansada. Sabes que anoche no descansé nada cuidando a Clara y estoy preocupada por ella –respondió.

La culpa guio a Martín hacia Vivian. Su esposa no era joven ni era tan atractiva como su amante pero tenía una historia vivida a su lado. Ella le había dado lo que más amaba en el mundo que era su hija, y era una mujer fiel. Sintió que la amaba. ¿Podía amarlas a las dos?

–¿Clara duerme?

–Sí –respondió.

Tomándola de sorpresa, la abrazó y la besó en la boca. Desató su bata y la condujo hacia la cama. A Vivian no le quedaron dudas, la estaba engañando. Sin embargo, lo dejó hacer. No tenía decidido qué posición iba a tomar cuando tuviera pruebas de su infidelidad. En horas había pasado de una vida feliz y tranquila al fondo de un pozo sin luz. Mientras él se hundía en ella, ella no podía dejar de pensar *¿Qué hago si lo dejo? ¿Cómo sigo sin él? ¿Soy capaz de callar y mirar hacia otro lado, mientras me engaña?* El timbre la sacó de sus pensamientos, ni siquiera fingió un orgasmo cuando él lograba el suyo. Se acomodó la ropa y bajó a atender.

–Hola, Vivian. Clara no me responde el celular. ¿Está bien?

–Sí, Alondra. Pasa, te preparo un café mientras te explico. Ella duerme.

Cuando Martín entró en la cocina comenzó a sudar, no podía soportar la presencia de Alondra en su casa ese día.

–¡Hola, Martín! –saludó naturalmente–. ¿Quieren que me quede a dormir? Así ayudo con Clara y tú, Vivian, puedes dormir un poco –propuso.

–No, Alondra. Hoy no –respondió él sin darle tiempo a su esposa a responder.

–Como prefieran. Ya terminé el café, los dejo descansar entonces. ¿Me abres, Martín?

–Sí, claro –respondió.

En la puerta le dio un beso en la mejilla y le susurró al oído:

–No quisiste que me quede. Te llamo para mi fantasía en un rato –y se fue.

Capítulo 14

Somos, pero aún no sabemos
lo que podemos llegar a ser.
William Shakespeare

Luján de Cuyo, Mendoza, año 2007

Aquella tarde, hacía más de siete años, Cáseres le había dado a Solana menos trabajo que el habitual posibilitando que tuviera tiempo para ir a arreglarse antes de que Gonzalo la pasara a buscar. Estaba feliz de que ella hubiera encontrado a alguien para iniciar una relación. Muchas veces le había preocupado el hecho de que su responsabilidad para con su carrera la alejara de la idea de formar un hogar.

Solana había trabajado desconcentrada. Intuía que tal vez Humberto tuviera razón y Gonzalo quisiera algo con ella, pero ¿qué sentía por Gonzalo? ¿Acaso sabía lo que era amar, más allá de a su hermano Wen? Solo había tenido dos relaciones de noviazgo breve en la facultad. Se había acostado con ellos pero no había logrado sentir nada especial.

En verdad no sabía mucho respecto de cómo relacionarse con los hombres. Su vida amorosa era nefasta.

Gonzalo la había pasado a buscar y en el automóvil había hablado sin rodeos.

–Solana, no te siento mi amiga. Estoy enamorado de ti y ya no soporto que estés a mi lado sin poder tocarte. Este tenerte y no, me está lastimando. Quiero que seas parte de mi vida, que estemos juntos –le había dicho y sin esperar respuesta la había besado. Ella había disfrutado temblorosa de ese beso.

–Gonzalo, yo no sé qué decir... No sé lo que siento por ti. No puedo responderte ahora –le había respondido sorprendida por su modo directo de abordarla. Era sincera. Se sentía atraída por él pero no podía descubrir con claridad un sentimiento.

–No pienses, Solana. Por primera vez en tu vida te pido que no racionalices tus palabras. Entrégate a lo que sientes. Tu beso no mintió.

–Gonzalo, soy solo un montón de dudas. Tú mereces más que eso. Lo único cierto para mí es que quiero graduarme. Cumplir el sueño por el que se sacrifica mi hermano y por el que me alejé de mi pasado.

–Lo único cierto para mí eres tú. Yo te quiero, eres lo único que quiero. Conocer a tu mamá, viajar a tu pasado me hizo dar cuenta de que ya no puedo esperar para cuidarte. Imagino todo contigo y nada va a cambiar eso. Déjame hacerlo. Amo también tus dudas porque ellas definen tu honestidad.

Solana había pasado la mano por su cabello en ese gesto habitual que se imponía involuntariamente cuando estaba nerviosa. Él había sentido que no podía quererla más.

—Dame tiempo.

—Tengo toda la vida para esperarte —le había respondido él con ternura.

—Vayamos despacio. Quiero ser honesta contigo y descubrir qué siento. No sé cómo actuar. Me dan miedo las relaciones. Me recuerdan el fracaso de mi madre. No quiero eso para mí —había dicho mientras una lágrima confusa se mezclaba con sus dudas.

—Te prometo que serás feliz. Yo voy a ocuparme de que así sea —la había tranquilizado él.

Esa noche cenaron y luego fueron al apartamento. Estaban solos. La entrega había superado las palabras. Algo dentro de ella había derribado sus propias resistencias. Sus temores se apoyaron en los hombros de esa persona que le hablaba de amor y seguridad. Le había gustado quitarse la presión de hacer todo a la perfección. Había sido la primera vez en su vida que alguien, distinto de su hermano, le ofrecía ocuparse de todo para que ella solo pudiera disfrutar. Se había entregado entera a la sensación de ser cuidada por él. Un incipiente deseo comenzó a recorrerla y terminaron haciendo el amor inmersos en la sorpresa y la dulzura de dos seres que llegan a una cama, conociéndose el alma.

Gonzalo tuvo entre sus brazos no solo a la mujer sino también a sus prejuicios y temores cuidadosamente adheridos a su piel. El miedo acorralaba la respuesta que los hechos habían adelantado. Cuando ella se durmió, se deleitó observándola. Se sintió seguro de que era suya y le susurró al oído:

–Te amo y soy quien va a sanar cada herida de tu alma. Voy a curar tu corazón con mis propias manos y voy a hacerte olvidar, con mis palabras, cada parte de tu memoria que te lastime.

Ella había sonreído dormida como si su inconsciente hubiera abierto las compuertas del temor y se hubiera liberado de un pasado abrumador. Así, las paredes fueron testigos del modo en que él, muy despacio, retiró el peso de una cruz que la injusticia había colocado sobre la espalda de Solana.

* * *

El tiempo había transcurrido desde esa primera vez juntos. Una tarde estaban solos en el apartamento, Wen había salido y Gonzalo preparaba la cena mientras ella se daba una ducha. Eran una pareja que no había puesto nombre a esa relación. Respetaban los espacios de cada uno y si bien él había tenido varios deslices sentimentales clandestinos, estaba convencido de que podía controlarlo y de que no significaban nada. Le gustaban mucho las mujeres pero solo amaba a Solana. En su modo de amar, la infidelidad, si no aparejaba compromisos o sentimientos y si no era con una misma persona más de una vez, no era algo para tener en cuenta. En el caso de los hombres, desde luego. Era machista en extremo.

Solana cerró el grifo, abrió la cortina lo suficiente y a tientas tomó la toalla con la que se secó el rostro. Al salir quiso mirarse en el espejo pero el vapor lo había empañado. Había escrito algo sobre la superficie. Las letras marcadas la dejaban observarse parcialmente pero antes de hacerlo no pudo evitar leer el mensaje que sudaba ilusión: "¿Nos casamos? Te amo. G". Sonrió y se sintió tan fresca y liviana como feliz. Envuelta en la toalla se quedó observando su destino. Como si por ese espejo hubiera podido ver el futuro, permaneció quieta disfrutando el simple hecho de sentirse amada. Gonzalo golpeó la puerta:

–¿Estás bien, mi amor? –preguntó debido a la demora.

–Mejor que nunca –respondió al tiempo que salía del baño y lo abrazaba–. Sí. Nos casamos cuando quieras, también te amo –dijo con una sencillez conmovedora.

La toalla no tardó en caer al suelo al tiempo que los besos se mezclaban con las manos de Solana mientras lo desvestía. Las caricias de Gonzalo la transportaban a un paraíso que exigía la presencia urgente de ese hombre dentro de su cuerpo. Se amaron una vez más descubriendo en el éxtasis que compartían que el amor unía sus vidas.

Capítulo 15

Sin el tiempo, esa invención de Satanás,
el mundo perdería la angustia de la espera
y el consuelo de la esperanza.
Antonio Machado

San Rafael, Mendoza, año 2007

La sala de espera de la clínica parecía tener paredes pintadas de infinito. El reloj, ubicado justo arriba de las puertas del quirófano, no avanzaba. El miedo, como una plegaria muda, arbitraba la espera. Cada silencio escribía una historia imaginaria distinta en el futuro que todos ansiaban ver llegar.

Victoria estaba nerviosísima, sentada en un rincón en el pasillo que daba al quirófano. No deseaba hablar con nadie, sentía que una presión en el pecho la ahogaba y la agonía profana de sus peores presagios le ganaba un lugar a su voluntad de pensar que todo sucedería conforme lo previsto.

Sara estaba preocupada, pero había optado por conectarse

a su mundo. Con los auriculares puestos se había sentado en el suelo del pasillo, contra la pared, y elegía de su teléfono los temas que deseaba escuchar. Cada tanto levantaba la vista para asegurarse que sus padres estuvieran allí y que no se quebraran. Había decidido que no iría a entrenar ese día, todo un acto de postergación que señalaba la importancia que sus hermanos tenían para ella. Uno de sus amigos había pasado por la clínica para estar junto a ella un rato pero de manera directa le había pedido que se fuera. Para Sara superar momentos difíciles imponía la necesidad de soledad. Ella era el tamaño de sus problemas y también de sus drásticas soluciones. Estar acompañada en esos momentos siempre complicaba las cosas.

Esteban se sentía nauseoso. Su preocupación era tremenda. Sus pensamientos iban de un extremo a otro. Recordó a su amigo Roberto y a Gina, los padres biológicos de Beltrán, una fe que no profesaba lo había vuelto devoto a todo y a nada a la vez. No sabía rezar, quizá porque nunca había tenido que pedir nada. La vida le había facilitado las cosas siempre.

De pronto, la muerte de su amigo Roberto se le vino a la memoria. Pensó cuál hubiera sido la suerte de Beltrán si aquel episodio trágico no hubiera ocurrido. Una vez más se preguntó por qué Roberto no había priorizado a su hijo por sobre la muerte de su esposa, Gina. Se reprochó no haber estado allí aquella noche. Otra hubiera sido la historia de sus dos amigos si él hubiera podido actuar en el momento, pero él ya estaba casado con Victoria y había dejado los prostíbulos hacía mucho tiempo. Pensar en eso lo distrajo. Sin embargo, cuando consultó su reloj, habían pasado solo cinco minutos. ¿Por qué esperar a que esa operación terminara tenía sabor a eternidad? No soportaba estar allí. Le ofreció a su esposa ir a tomar un café, pero ella se negó. Sara era su única posibilidad de obtener oxígeno. Sabían por los médicos que la intervención llevaría no menos de tres horas, por lo tanto podía salir un rato de ese lugar.

—Hija, ¿vamos a tomar un café enfrente? —dijo. No lo escuchó por sus auriculares. Le acarició la cabeza, ella lo miró y se quitó un auricular—. Te preguntaba si no quieres ir conmigo a tomar un café enfrente —repitió.

Ella recorrió visualmente el pasillo. Su madre seguía en el mismo lugar, con la misma expresión de miedo con que había salido de la habitación de sus hermanos. Nadia hablaba por teléfono con alguien, absolutamente distendida justo en el lado opuesto. En la banca del medio, sentados como dos soldados en plena batalla silenciosa, sus abuelos paternos acompañaban la situación, siempre presentes y dispuestos a todo por ellos. Evaluó que dejar a su madre ahí con Nadia no era lo ideal, esa perra era capaz de cualquier maldad.

—Pa... no sé. Dejar a mamá acá con esta... —dijo observando a Nadia.

—Habla bien. No le digas "esta", es la novia de tu hermano —corrigió—. Pero mamá no quiere venir y yo necesito salir de acá. Deja, voy solo —agregó.

—No, no. Espera, dame un minuto —respondió. Se acercó

adonde la joven estaba hablando y, con una mirada fija que
reclamaba atención, la obligó a cortar.

–¿Qué pasa, Sarita? ¿Qué necesitas?

–Nadia, ¿puedo pedirte algo? –preguntó mientras pensó cómo detestaba que le dijera "Sarita".

–Sí, claro que sí –nunca enfrentaba ni contradecía a Sara, no solo porque sabía que era la debilidad de sus hermanos, sino también porque algo en ella le daba miedo. No sabía cómo iba a actuar.

–¿Puedes irte y regresar cuando la operación esté por terminar? Los médicos dijeron que no serán menos de tres horas y, la verdad, a nosotros nos gusta superar las cuestiones en familia. Todavía no estás casada con mi hermano. Espero que lo entiendas y lo respetes –concluyó, su tono era tan respetuoso como cortante.

No dejaba opciones. Había sido tan directa que Nadia no supo cómo reaccionar. Por un lado le venía bien irse, no soportaba estar entre ellos, pero Sara la sacaba de quicio. Era irritante. ¿Quién se creía que era para indicarle qué hacer? Se las iba a pagar. Algún día lo haría. La maldijo en silencio.

–¿Te parece? Yo quería acompañar… Estoy tan preocupada –mintió.

–Sí, me parece. Sé lo preocupada que estás, por eso es mejor que te despejes y regreses después –completó. Su ironía era tan sutil que Nadia no la captó.

A corta distancia Esteban las veía hablar, aunque no escuchaba qué decían. Enseguida observó que la joven se retiraba saludando con un gesto al que respondió. Sara le dio un beso en la mejilla, pues la situación no le permitía evitarlo y se dirigió hacia donde estaban sus abuelos.

–Abuela, ¿pueden cuidar a mamá? Yo voy con papá a tomar un café enfrente. Ya no soporta estar acá.

–Claro, Sarita, ve tranquila –respondió la abuela Susana con el afecto de siempre. Amaba a esa nieta por sobre todas las cosas. Admiraba su temple. Le hubiera gustado ser así de joven.

–Voy con ustedes –agregó el abuelo.

La mirada de la abuela lo fulminó pero no lo detuvo. Después de tantos años juntos, Susana sabía que él estaba como un gato encerrado allí. Siempre hacía lo mismo, huía de velatorios, sanatorios y reuniones fastidiosas. En verdad huía de momentos en los que no sabía cómo actuar.

Los hombres Madison no estaban hechos para esperar ni sufrir. Cuando la abuela se sentó junto a Victoria, y Sara vio que todo estaba como ella quería, salió de allí con sus queridos hombres, su abuelo y su padre. Los amaba pero sabía perfectamente que no era momento para dejar en manos de ellos ninguna cuestión. Ella era la única que podía pensar en frío y protegerlos a todos.

–¿Qué le dijiste a Nadia, hija? –preguntó Esteban en el ascensor.

–Que se fuera.

–¿Cómo? –preguntó preocupado.

–Sutilmente, papá. No podía dejarla cerca de mamá y tampoco retenerte a ti en ese pasillo –respondió de manera práctica.

–¡Echaste al Demonio Bianchi! Tu mamá estará feliz –agregó.

–¿A quién? –interrogo sorprendida.

–Al Demonio Bianchi. Es el apodo que le puso tu madre hace años, pero no digan que les conté –pidió.

–Ja, ja. ¡Es perfecto! –respondió Sara–. Abuelo... no vayas a contarlo. Que quede entre nosotros –agregó mirando al abuelo.

–Por supuesto, yo no hablo del tema –agregó–. ¿A la abuela tampoco le puedo contar? –preguntó de inmediato.

Los tres rieron en simultáneo. Enseguida Sara les dio detalles exactos de la conversación. Esteban y Héctor estaban sorprendidos de lo brutalmente directa que había sido. Coincidieron en que era única. Estuvieron en el café cerca de una hora y la bella Sara logró hacerlos relajar. ¡Cómo los amaba! El abuelo la hacía reír mucho con sus historias y sus salidas en cada charla. Ella disfrutaba tenerlos. Su padre, además, era el centro de su vida. Cuando regresaron, el tiempo pareció tomar un ritmo algo más veloz.

Casi cuatro horas después, el médico salió del quirófano. Su rostro no expresaba ni triunfo ni derrota, solo cansancio. Todos se acercaron a él.

–Todo salió bien. Ahora debemos esperar que no surja ninguna complicación y que Beltrán no rechace el órgano.

–¿Están fuera de peligro? –preguntó Victoria.

–Están conforme lo previsto. Octavio, sí. Respecto de Beltrán debemos esperar cuarenta y ocho horas y controlar su evolución.

–¿Podemos verlos? –interrogó Sara.

–Pasarán por aquí las camillas pero quedarán en la unidad de cuidados intensivos –respondió–. Sugiero que vayan a descansar –agregó el médico.

Efectivamente los camilleros los trasladaron por ese pasillo. Los dos estaban adormecidos pero sonrieron a su familia. En el momento en que ingresaron en el ascensor y la puerta automática se cerró, regresó Nadia. Fue tarde. No alcanzó a verlos.

Capítulo 16

La vida no se mide por las veces que respiras...
sino por los momentos que te dejaron sin aliento.

Kevin Bisch

Luján de Cuyo, Mendoza, año 2008

Siete meses después, Gonzalo y Solana estaban a punto de contraer matrimonio. Solana le había pedido a Cáseres que fuera el padrino y la llevara al altar. Él se había sentido muy honrado, pues esos jóvenes le habían dado otro sentido a su vida, pero no había aceptado. Ese era un derecho que nadie podía quitarle a Wen.

La iglesia estaba preparada con jazmines. Wen, de pie afuera, vestía un traje negro, camisa blanca y corbata en tonos de azules. Esperaba el momento con una inusitada emoción. De pronto la vio bajar del auto. Una rara mezcla de sensaciones contradictorias lo atravesó. En pocos minutos, solo él y ella estarían frente a muchísimas personas que poco sabían sobre sus vidas. Ella, el ser más preciado que había tenido a su lado, iniciaría un camino donde él ya no sería lo único ni lo principal.

–Estás preciosa –dijo al tomarle la mano para ayudarla a bajar.

Ella no quería llorar para evitar que las lágrimas corrieran su maquillaje. Estaba emocionada pero también nostálgica. Su vestido era simple, no había querido grandes detalles. Su belleza era ideal, esa que se percibe en la mirada, en las facciones plenas por haber logrado que la realidad superara sus mejores sueños. Su peinado era alto con breves mechas rubias enmarcando su rostro y abrazando esa expresión de dulzura que había desplazado a sus carencias. No tenía más familia que su hermano y Cáseres, y eso le dolía en un rincón muy oculto de sus sentimientos. Sentimientos que no permitiría que salieran. No ese día.

–Gracias. ¿Tú también crees que hago lo correcto? –preguntó Solana mirándolo directamente a los ojos.

–Estás enamorada de él. Es un buen tipo. Ya eres la doctora Noriega, lo lograste y es perfecto que formes una familia como la que nunca antes tuviste –respondió su hermano.

Wen omitió sus dudas respecto de si Gonzalo sería un buen esposo, él sabía que era buena persona pero también conocía su debilidad por el sexo femenino. Suponía que, si su cuñado cometía un error, tarde o temprano lo pagaría. Era mejor pensar así que preocuparse en vano basándose en suposiciones.

—Lo logramos los dos, no habría sido posible sin tu apoyo incondicional.

—Me hacen muy feliz las decisiones que tomé. No me arrepiento de nada. Volvería a ayudarte sin pensarlo.

—Te quiero, Wen —dijo acariciando su rostro.

—Y yo a ti —respondió.

Cuando estuvieron listos para entrar en la iglesia, Wen la tomó del brazo y ella no pudo evitar repetir:

—Te quiero, Wen. Gracias por todo lo que hiciste por mí durante todo estos años. Nunca podré devolvértelo.

—Sé feliz y es suficiente para mí —respondió.

Entraron en la iglesia y vieron a muchas personas observándolos. Solana solo tenía ojos para Gonzalo que aguardaba en el altar junto a su madre. Su futura suegra era muy buena y la quería. Los Navarro la habían incorporado sin limitaciones a su familia. Caminaron hacia el Cristo mientras sonaba *Let There Be Love*, de Oasis.

En la primera banca, Delfina observaba la escena. Llevaba puesto un vestido negro de noche, con la espalda descubierta y zapatos *stiletto*. Se la veía producida, como a todas las mujeres allí presentes, pero ella se destacaba entre todas y brillaba como nadie ante los ojos de Wen.

Delfina odiaba las bodas, había ido a demasiadas. Detestaba todo el ritual, las fotos, el vals y, definitivamente, decidía desaparecer en cualquier rincón en el momento en que la novia arrojaba el ramo. Toda una humillación a su edad. Sin embargo, soportaría por Solana. Además, estaba Wen, allí, divino, mirándola, y no tenía reserva de voluntad para negarse a su presencia.

Ni siquiera el disgusto que le provocaba saber que estaría sentada a la mesa con los pocos solteros que quedaban o imaginar el tradicional trencito de la fiesta al momento de bailar resultaba suficiente para que se fuera de allí. Por Wen era capaz de disfrutar hasta del insoportable cotillón. Las fiestas eran un desenfreno de ridiculeces para ella. Aun así, allí estaba esperando que sucediera cada parte del ritual con una espléndida sonrisa. Solo si Wen estaba acompañado fingiría un ineludible malestar.

La ceremonia fue breve pero emotiva. Desde el fondo, Cáseres observaba con emoción. Una lágrima cayó por dentro de su cuerpo y le inundó el corazón de nostalgia. Recordó cuando los chicos Noriega llegaron a su inmobiliaria. Sentía un nudo en el estómago y cuando los recién casados iniciaron la salida, él se adelantó para perderse entre la multitud. No quería que Solana lo viera derramando alguna lágrima, aunque fuera por el gran cariño que sentía por ella. Eran reglas de la vida pero la quería muchísimo, no ignoraba que casada y con su profesión, poco la vería aunque ella deseara lo contrario. El resto se lo atribuía a sus dudas acerca del esposo que al principio le caía bien y después no tanto.

Lo sorprendió hallar fuera a una mujer llorando que se le había adelantado solo unos metros. La había visto de espaldas delante de él caminar hacia la salida, cuando él mismo abandonaba el lugar. La tristeza era evidente en su rostro.

–Perdón ¿se siente bien? –interrogó.

–Sí... gracias, me sentí mareada y me retiré –mintió.

–Le sugiero que se aparte de aquí. Ya comenzaron a salir los novios y le faltará el aire en este lugar –agregó.

La mujer le llamaba la atención. Era delicadamente humilde. Debía tener su edad y estaba abatida. Tenía una belleza triste en la mirada y hubiera jurado que el dolor era una señal en su destino.

–¿Conoce a los recién casados? –preguntó sin esperar respuesta–. Soy... –dudó– soy la madre de Solana –dijo asumiendo las consecuencias de que fuera alguien que pudiera juzgarla. Estaba tan orgullosa de su hija que quería decir que era suya como si eso le permitiera recuperar alguno de todos los derechos perdidos.

Cáseres quedó impresionado, conocía la historia y sabía que no habían tenido noticias de ella durante todos esos años. Salvadora continuó:

–¿Quién es usted? ¿Los conoce?

–Sí. Ella y Wen trabajaron conmigo desde que llegaron a Luján de Cuyo. Wen es mi mano derecha ahora, pertenece a mi empresa. Adoro a sus hijos, señora.

Era indudable que ese señor sabía todo lo que ella quería saber. Supuso que quizá por sus años no se formaría una opinión apresurada sobre ella. No sin escucharla. Tenía que hablar con él.

A pesar de que Gonzalo le había avisado del casamiento sin que Solana lo supiera, ella no era capaz de enfrentarla.

Tampoco a Wen. Se avergonzaba de su accionar. Los había mirado de lejos, escondida detrás de sus equivocaciones. Estaba convencida de que no había perdón posible. Sintió que podía arruinar la armonía que habían logrado sus hijos y creyó que no era justo. Por eso había salido llorando de la iglesia, empujada por un gran dolor que era su exclusiva responsabilidad. Sin embargo, Dios había atendido su plegaria. Minutos antes se había preguntado cómo habría sido la vida para ellos durante esos años y ahora ese hombre que le hablaba tenía todas las respuestas. La observaba como un aliado de su dolor y, por el modo en que la miraba, pensó que quizá pudiera comprenderla porque no dudaba que ese extraño conocía la historia de su familia. En verdad, de inmediato dejó de interesarle por qué razón el hombre era amable con ella. Un pudor helado le paralizó la vergüenza y se animó a decir lo que jamás imaginó que era capaz.

—¿Puede sacarme de aquí? ¿Puede llevarme a tomar un café donde no puedan verme?

Las mejillas irradiaban un fulgor rojo extraordinario. Cáseres se sorprendió. Por un minuto imaginó que los chicos iban a fastidiarse con él, sobre todo Solana, pero se trataba de la madre de ambos, no podía negarse. Era un caballero y no dejaría que una mujer débil por las emociones, que le pedía resguardo, quedara desamparada en la noche. Alguna explicación habría para ese encuentro. El tiempo se la daría en su oportunidad.

—Desde luego. Sí. Venga conmigo —respondió con respeto y curiosidad.

Ambos subieron a su auto, la situación era incómoda para los dos. Se alejaron de la iglesia buscando un bar. Cáseres podía llegar un poco más tarde a la fiesta.

Capítulo 17

Habla para que yo te conozca.

Sócrates

El silencio en el automóvil de Cáseres parecía soportar el peso de los pensamientos que ninguno de los dos se atrevía a convertir en palabras. A ese denso ambiente se sumaba la vergüenza de Salvadora, quien se sabía en falta frente a un extraño que no tardaría en preguntarle por qué no había defendido a sus hijos.

Ambos estaban unidos por una cuestión común, no se debían explicaciones y nada los había obligado a compartir ese espacio. Eran libres. Podían hablar o no.

–¿Cómo es su nombre? –preguntó Humberto iniciando una conversación con la intención de romper el mutismo que los unía y los separaba a la vez.

—Salvadora. ¿Y el suyo?

—Humberto. Humberto Cáseres.

—¿Tiene frío? —interrogó debido a que había encendido sin consultar el aire acondicionado.

—No. Estoy bien —hizo una pausa breve—. Mire, Humberto, no es mi costumbre subir a autos ajenos, ni pedirle a ningún hombre que me lleve a tomar un café. Si mi esposo supiera que lo hice, es probable que me mate —continuó.

—No se preocupe, Salvadora. No tiene nada que explicarme —respondió mientras estacionaba el vehículo en la puerta de un bar.

—Sí, tengo que explicarle para que pueda entender por qué lo hice. Necesito saber y usted puede ayudarme.

—¿Ayudarla?

—Sí, a ponerle hechos al gran vacío que dejé que crezca entre mis hijos y yo. ¿Está dispuesto a contarme qué fue de sus vidas, qué hicieron durante el tiempo que compartió con ellos? Necesito recuperar la historia de ellos. ¿Cree que podrá asignarle palabras a la distancia que no supe evitar? Para que me sienta menos culpable, para que pueda imaginar y construir un recuerdo —concluyó Salvadora. No pudo detener las lágrimas. Eran sollozos de arrepentimiento. Era como si la mujer pensara en voz alta, sonaba a una pregunta retórica, de esas que no se espera respuesta.

—Por supuesto. ¿Cree que podremos tutearnos para hacer esta charla más cercana? —preguntó galante.

—Sí, claro —dijo—. Cuénteme… perdón, cuéntame de mis

168 hijos. Todo lo que recuerdes desde que llegaron aquí –pidió Salvadora.

Ambos bajaron del automóvil y ocuparon una mesa. Humberto pidió café y casi sin darse cuenta comenzaron una conversación como no habían tenido otra antes ninguno de los dos. Quizá porque los cimientos de esa charla eran sus angustiantes sentimientos de siempre: soledad, dolor y pérdida, a lo que se sumaba una apertura de corazón que no podía justificarse desde la razón.

Los dos habían escapado de una situación que les costaba enfrentar, él porque no deseaba evidenciar su emoción y ella, por miedo a enfrentar a sus hijos. Eran dos desconocidos que se veían reflejados en el desierto afectivo del otro y solo pretendían apaciguar el ritmo de la desolación que los acompañaba. No se habían mirado como hombre y mujer, simplemente se habían aceptado como dos seres humanos unidos por los designios del destino.

–Hace algunos años, en vísperas de las fiestas, un amigo, a quien además de un profundo cariño me une la historia de mi vida, me llamó por teléfono desde la ciudad de San Rafael y me pidió que ayudara a dos hermanos, amigos de su hijo, que estaban en problemas. Por supuesto, supe que no era dinero el tema, pues a mi amigo le sobra. Cuando pregunté en qué quería que los ayudara me respondió que les diera trabajo y apoyo para que pudieran estudiar.

–¿Quién es tu amigo? –preguntó con curiosidad. No imaginaba por qué relación sus hijos podían tener contactos.

–No lo tomes a mal pero soy muy reservado respecto a quien le hago favores. Eso que te lo cuenten los chicos.

–Está bien. Entiendo tu discreción. Continúa, por favor.

–Así, al día siguiente, Wen y Solana llegaron a mi inmobiliaria. Yo mismo los recibí –se detuvo. En su mirada la imagen de aquel recuerdo dibujó una expresión de emoción–. Solana me contó las razones por las que necesitaba empleo. Se notaba la solvencia de su decisión. Wen era un adolescente convertido en hombre a fuerza de la responsabilidad que cargaba de cuidar a su hermana. Su decisión de trabajar todo lo que fuera necesario para ayudarla a convertirse en médica me hizo vislumbrar su generosidad. Supe que era un joven muy valioso y que estaban unidos más allá de toda adversidad. Me conmovió eso de inmediato.

–Pobre mi querido Wen… –sollozó mientras escuchaba.

–Les ofrecí trabajo y un lugar donde vivir cuyo alquiler les descontaría de la paga. Estuvieron de acuerdo. Era fácil reconocer en ellos valores, más allá del miedo a enfrentar la vida contra el que luchaban en silencio. Simpatizamos. Yo estaba no solo conforme sino también contento de incorporarlos a mi negocio. Les ofrecí una paga superior a la que se abonaba en plaza por las mismas tareas y prometí una comisión por cada propiedad que lograran vender. Iba a enseñarles este oficio. Sobre todo a Wen, lo de Solana era una transición. Su determinación en el deseo de ser médica estaba tallada en su ADN. Jamás dudé que lo lograría.

–Fuiste muy bueno con ellos, gracias.

—Ellos de algún modo llenaron mi vida, Salvadora. La inmobiliaria era grande y yo me ocupaba de todo. Pude delegar en Wen mucha actividad.

—Y después, ¿qué sucedió?

—Luego la vida fue diciendo y ellos, ganándose un lugar. Wen, en el negocio y en mi corazón, los dos. Solana demostró que los estudios eran su prioridad, así que hacía tareas administrativas y nunca le exigí que cumpliera un horario estricto. Wen aprendió rápidamente el oficio. He tratado de aconsejarlos y de estar para ellos. Wen deseaba ser piloto al principio pero ha desistido de eso. Lo hemos hablado, cuando me retire, deseo dejar todo en sus manos. Me gustaría que sea martillero. Él será mi heredero del alma. No he tenido hijos pero créeme que si los hubiera tenido, hubiera deseado que fueran como ellos.

Había nostalgia en su mirada. Era un momento en que las imágenes de los recuerdos mandaban en la expresión de sus ojos. Salvadora se quebró al oír esas palabras y comenzó a contar su parte de la historia.

—¿Sabes? Una noche, Wen me llamó y yo fingí que era una llamada equivocada. Mi esposo estaba cerca y tuve miedo. Wen me dijo que estaban en Cuyo, que ya tenían trabajo y que Solana empezaría a estudiar. Me sentí feliz por ellos, pero no demostré ningún cambio de humor para que Lucio, mi esposo, no se diera cuenta que se habían comunicado. Un año después recibí un sobre. Gonzalo lo llevó a mi casa. Contenía el dinero que les había dado al partir y una nota que puedo repetir de memoria: "Gracias, mamá. Hemos trabajado ambos para devolverte el dinero. De corazón deseo que estés bien. Espero comprendas que así como tú decidiste permanecer junto a Alondra y a tu esposo, yo he decidido que mi lugar es al lado de mi hermana. Nuestras elecciones nos colocan en caminos paralelos. Solana no puede perdonarte... no puedo juzgarla por eso. Te quiero. Wen" –Salvadora rompió en llanto con el recuerdo latiendo en sus entrañas. Humberto intentó consolarla apretando su mano–. No te aflijas por mí, Humberto, merezco cada milímetro de mi pena. Después solo recibí algunos llamados de Gonzalo, cada tanto, indicándome que estaban bien hasta que en el último me avisó de la boda. Inventé una excusa y viajé. El resto ya lo sabes.

Era una rara sensación la de conocerse con alguien cuando se tenían más de cincuenta años ella, y más de sesenta él. No había vértigo en el estómago, en su lugar había honestidad en las palabras y poco tiempo en los relojes. Era un estado de permanencia que dependía de lo bueno que brindara la charla. Con el paso del tiempo se suma experiencia y se pierde tolerancia. Eso otorga ciertas licencias a la hora de compartir momentos con lo cual era fácil levantarse de una mesa y simplemente partir si no estaban a gusto. Ninguno de los dos compartiría nada que no quisiera. La obligación de soportar y la de explicar, habían sido tragadas con creces por las décadas anteriores. Solo renacían, a veces, frente a las personas del pasado pero no delante de las nuevas.

Una energía diferente los recorría. Ella percibía que tenía

un hombre delante que la comprendía y un velo de protección inexplicable le llegaba como una caricia. Pensaba que, quizá, lo estaba imaginando pero le gustaba la sensación relajada de mantener una charla adulta en la que podía abrir su alma. Imaginó que si se hubiera casado con un hombre como ese, tal vez, nunca hubiera escrito sus diarios. Él la escuchaba y no la sometía. El contacto con su mano le había gustado. Por un instante le hubiera pedido que la abrazara también. No lo hizo. Humberto por su parte, sintió, al tocarla, que su piel pedía a gritos que la preservara de todos y de ella misma.

–¿Por qué no vienes a la fiesta conmigo y los enfrentas?

–¡No! No soy capaz de hacerlo. No tengo derecho a arruinarles la dicha que han logrado.

–Pero eres su madre, quizá recuperarte sea más importante para ellos que toda esa dicha –insistió.

–No, Humberto, no insistas. ¿Crees que han sido felices? –preguntó con ansias.

–Sí, creo que sí. Aunque han pasado años conviviendo con la ausencia de su familia y sin encontrar explicación a la falta de apoyo de su padre para que estudien y... –dudó en decir lo que había pensado. Ser sincero podía ser letal a veces y no quería lastimar sin necesidad alguna de hacerlo.

–Y... ¿qué? –interrogó.

–Y no han podido comprender, sobre todo Solana, por qué no los defendiste durante aquella pelea con el padre. Dijeron que viste cómo los golpeaba y...

–Es verdad. Quedé paralizada. Estoy atada a mi esposo

y ni siquiera sé por qué. No conozco una vida sin él. Sé que es difícil de entender pero es así. Me planteo si es amor. Perdón, no sé por qué te cuento todo esto. Discúlpame –volvió a llorar con amargura como si la escena transcurriera otra vez.

En ese instante Humberto vio a la mujer que había en Salvadora, una imagen de Solana proyectada al tiempo de la edad de su madre. Advirtió en su expresión una actitud de desamparo, vergüenza y miedo. Recordó sus días en la cárcel… él también se había sentido así.

Pensó que tener a Salvadora allí era un modo de darle a la soledad la oportunidad de que se fuera de su lado. La inexplicable compañía de esa mujer, paradójicamente desconocida pero tan cercana a sus pocos afectos, lo entusiasmó. Ella era acorde a su edad y a su experiencia. ¿Sería también a la medida de sus sueños no soñados todavía?

–No me pidas perdón, ni disculpas. Yo no sé por qué estamos acá hablando en estos términos pero me siento cómodo. Disfruto de tu presencia y me importa lo que te suceda. Eres la madre de los chicos y yo los adoro –respondió. Era absolutamente franco y espontáneo. No ignoraba que ella estaba casada, que había mentido para estar allí y que su esposo era una persona violenta. No le importó.

–Gracias, Humberto. Yo también me siento bien. Tengo una tranquilidad que no conocía. Pero sé que es una ilusión para mí. En un rato debo regresar y tendré problemas seguramente –comentó.

Salvadora adivinaba que la cuestión de la obra de caridad

con las monjas era una excusa bien pensada pero su desgano al regresar y la falta de voluntad de tener sexo con Lucio, serían una dificultad. A la distancia y en compañía de Cáseres, podía desprenderse de su dependencia para mirar a su esposo con ojos críticos.

—Lamento eso. ¿Quieres contarme sobre tu vida? —se animó como un adolescente descubriendo sus primeras verdades.

Ella sonrió con ternura. Él supo de dónde provenía la expresión de Solana y la calidez de Wenceslao. Le gustaba. Estaba pasando. Tenía sesenta y siete años y le gustaba una dama de algunos años menos, no sabía cuántos y no quería preguntar. Era un caballero y eso hubiera sido ofensivo, aunque a juzgar por lo poco que sabía, esa mujer estaba acostumbrada a malos tratos en serio.

—No, Humberto, prefiero no hablar de mi vida —consultó su reloj y se asombró al ver que habían pasado más de dos horas conversando. ¡Es tarde! Debes regresar a la fiesta o mis hijos van a preocuparse —pidió.

Le daba angustia alejarse de la seguridad que sentía a su lado, pero nada podía hacer. Su suerte estaba echada. Él calculó que la cena debía estar por comenzar, ya que entre la iglesia y la llegada al salón había una sesión de fotos prevista. Estaba dividido. Quería retenerla pero no deseaba fallarle a Solana.

—¿Te llevo a la terminal? —preguntó.

—Sí, por favor.

Humberto pidió la cuenta. Pagó y salieron en silencio los dos del bar.

–¿Puedo pedirte algo? –le preguntó Salvadora ya en el vehículo.

–Sí, claro.

–¿Puedo llamarte para saber de mis hijos?

–¡Por supuesto! Iba a pedirte lo mismo. Quisiera poder conversar contigo –detuvo el automóvil al llegar y le dio una tarjeta con sus teléfonos. Además, tomó nota del de ella.

–Si corto… es porque no puedo hablar –dijo sin necesidad de más explicaciones.

–Entiendo. No te preocupes –respondió.

Humberto sintió pena de que viviera tan sometida. Se saludaron con un beso en la mejilla que les provocó a los dos un temblor silencioso. Ella dijo "Gracias por todo" y se fue. Dejó en el asiento del acompañante la sombra de un deseo que quería emerger del encierro y en el alma de Cáseres, una esperanza con su nombre.

Capítulo 18

*Cuando te acaricié, me di cuenta de que había vivido
toda mi vida con las manos vacías.*
Alejandro Jodorowsky

Durante la boda de Solana y de Gonzalo, Wen había aprovechado la complicidad, que en apariencia une a los invitados, para mantenerse cerca de Delfina. En ese tipo de eventos se impone una camaradería que no es real. Él estaba en la mesa principal al lado de su hermana. Como la había visto realmente incómoda en su mesa, en la que había otros tres médicos y tres mujeres más, Wen había ido en su auxilio. Ninguna era tan hermosa como ella pero todas eran solteras en plena búsqueda; los hombres, supuso, divorciados o solteros también.

–Disculpen –dijo interrumpiendo una conversación de esas en las que nada se dice–. Delfina, Solana me pide que vayas.

–Sí, claro, ya mismo. Disculpen pero la novia me reclama –dijo mientras se ponía de pie.

Internamente dudaba de que fuera cierto pero también dudaba de que Wen fuera a rescatarla como un príncipe a la medida de sus sueños. Cuando estuvieron alejados de su lugar, lo observó esperando algún comentario. Él solo la miró directo a los ojos y sonrió por unos segundos. Las luces del amanecer se anticiparon a la noche recién iniciada. Wen iluminó la vida de los presentes con su sonrisa aunque solo ella pudo darse cuenta de eso.

–Quise sacarte de ahí, me di cuenta que no estabas cómoda. Así que, solo para guardar las formas, pasemos cerca de mi hermana, dile algo al oído por si nos miran "tus colegas solteros" y vamos afuera –se refería al jardín. Era una reunión en un salón de fiesta que tenía un gran parque habilitado a los invitados considerando la cantidad de personas y el clima favorable.

–¡Estás loco! Pero te lo agradezco –respondió riendo–. Detesto la cuestión de que me ubiquen con "colegas solteros" en la mesa –agregó cómplice de la situación que él claramente había advertido. Era muy obvio.

Wen la tomó de la mano y ella sintió que era una adolescente otra vez. Se le enredó el estómago con las sensaciones tan olvidadas que le atravesaban la inocencia perdida hacía tanto tiempo. Mientras intentaba que los acelerados latidos de su corazón no se notaran en el palpitar de su escote, caminaba junto a él, se dejaba llevar, tropezando con sus dudas, con sus arraigados conceptos de lealtad y traición, oportunidad y conveniencia, imposible y evitable. *¿Qué hago tomada de su mano? ¿Qué hace tomando mi mano y apartándome de esa mesa donde la oferta y demanda de estados civiles se contrapone con la espontaneidad de un encuentro sincero? ¿Por qué él? ¿Por qué a mí? ¿Por qué tengo treinta y ocho años? ¿Por qué tiene veinticuatro?* Y hubiera seguido con las infinitas preguntas en su mente si no hubiera sido interrumpida por él.

–Acá está –dijo. A corta distancia Solana conversaba con un matrimonio–. Dile algo y nos vamos. Mantengo esta forma porque sé que trabajas con los que estaban en tu mesa –agregó.

–¡Wen! Son buena gente.

–No lo dudo. Pero tampoco dudo que no querías estar allí y que yo soy mejor –agregó. El juego de seducción reiniciaba su camino al objetivo. Delfina no pudo responder. Al levantar su vista, Solana radiante se acercaba a ellos.

–¡Delfi, estás divina! ¿Cómo la estás pasando? –le preguntó ajena a lo que se estaba gestando delante de ella. De pronto la vio de la mano de Wen–. ¡Wen, suéltale la mano! Creerán que está contigo y la idea es que Delfina conozca por fin a alguien –agregó sonriendo.

Llevaba en su discurso esas palabras que parecen adherirse a las novias, la idea indefectible de que todas sus amigas deben casarse como ellas lo hicieron. Delfina sintió un golpe helado en la cara que, paradójicamente, se le ruborizó. De inmediato y sin pensarlo soltó la mano de Wen. Al hacerlo tuvo frío, el mismo frío que conllevan los sueños rotos.

–¿Lo viste a Adrián? –le preguntó Solana ignorando a su hermano. Wen se dio cuenta de que compartían información respecto de algún hipotético candidato que él desconocía. Solana se refería al doctor Adrián Colomba, un médico que estaba interesado en Delfina. Tenía cuarenta y nueve años y estaba recién divorciado, era amigo de la familia de Gonzalo y por eso estaba allí.

–Sí, lo vi en la iglesia. Se sentó a mi lado –respondió. No podía disimular su rostro de preocupación y su amiga lo advirtió.

–¡Buenísimo! ¿Qué pasa? ¿Estás bien? Te veo pálida de repente.

–Sí, sí, quédate tranquila, estoy bien. El calor… quizá me bajó la presión –respondió para justificar su reacción. Y entonces, ocurrió lo que no debía suceder.

–Wen, acompáñala afuera y si no se repone llévala a su casa –pidió. Antes de que pudiera responder, Gonzalo los interrumpió.

–Perdón, me llevo a mi esposa –dijo feliz.

Ambos sonrieron y se fueron perdiéndose entre la gente. Solo las palabras de Solana quedaron allí, entrampadas con la culpa de Delfina que confirmaba que su amiga ni sospechaba que entre ellos crecía un interés que no podían evitar.

Desde el desayuno que habían compartido, la relación de ambos había forjado una confianza que se había profundizado. Habían intercambiado sus números de teléfono y Wen la llamaba cada tanto o le mandaba algún mensaje de texto. Nada directo, solo la continua manifestación en los hechos de que estaba ahí pendiente de ella de un modo discreto durante muchos meses.

Sin embargo, la seducía todo el tiempo, tanto desde lo que decía como a través de lo que callaba. Cuando la miraba y cuando le daba la espalda. Sus charlas eran sagaces y ella nunca se había podido negar a responder de manera habilidosa y estratégica a sus insinuaciones, pero nunca habían llegado a ponerle nombre a lo que les estaba pasando. Solana se había enterado del episodio de la ducha por la misma Delfina y había reído mucho. Sabía que desayunaban a veces y que se trataban pero nunca juzgó eso desde otro lugar. Su hermano era un chico. Ni siquiera por un momento se le cruzó la posibilidad de que pudiera ocurrir algo entre ellos. Habían pasado dos años desde que lo viera desnudo.

Habían pasado también amantes por la cama de ella y por la de él, pero nadie había podido hacerles olvidar que tenían pendiente un sentimiento postergado.

Wen la tomó de la mano otra vez y salieron. El contacto les electrizaba el cuerpo. *¿Qué hago? Ya no puedo soportar lo que me gusta*, pensaba ella. La música se oía como si estuvieran en el salón. Él, que era todo un seductor, adivinó sus inquietudes. Estaban en un sector del parque donde no había gente. Una arboleda variada creaba una especie de bosque pequeño dentro del terreno. Habían caminado hasta allí. Él se sentó en el suelo y apoyó su espalda contra el tronco ancho de uno de los árboles, la invitó a sentarse también, ella dudó.

–Dale, Delfina, siéntate. Es perfecto este lugar, lejos de la fiesta, sin habernos ido –agregó.

–No me gustan las fiestas de casamiento, Wen. Si no fuera Solana, no habría venido –dijo sinceramente.

–Tampoco a mí me gustan –respondió–. Pero es mi hermana, ¿no?

Ella se sentó algo tiesa a su lado, él la abrazó y la atrajo hacia su cuerpo. No pudieron evitar mirarse y, algo incómodo por la posición, la invitó a acomodarse recostada sobre su brazo izquierdo. Así, como en una foto ideal, se observaron en silencio unos instantes. La noche se filtró en el escenario. Las estrellas se cayeron del cielo anunciando el beso que sin más demoras los unió. Sin explicaciones, sin edades. Solo un hombre y una mujer. Sus bocas desesperadas se abrieron al tiempo que habían esperado sentir el contacto de esas lenguas que se habían soñado sin tregua, una y otra vez. Podían respirar el deseo que los atravesaba enteros. Wen sintió que estaba listo para amarla en el mismo momento en que ella acariciaba su nuca al ritmo de los besos. Sin alejarse de su boca interrumpió la pasión.

–Eres hermosa. Me gustas. Me gustas muchísimo –le susurró.

–Y tú a mí –pudo responder ella.

El cuerpo le pedía más, él comenzó a llenar su rostro de besos dulces que escribían sobre su piel la única verdad que podía sentir, la necesidad de poseerla. Las caricias se sumaban al calor del roce de sus cuerpos. Delfina moría de placer con solo sentirlo cerca. Ella intentó poner fin al contacto refugiándose sobre su pecho pero fue peor, el olor que percibió la excitó más aún, levantó su mirada y recibió el mejor beso que le habían dado en su vida. La lengua de Wen recorrió su experiencia y absurdamente les dio sentido a sus años vacíos. Ardían los besos y las caricias quemaban cuando él fue por más. La recostó sobre el césped y sin dejar de besarla se quitó la camisa y le quitó el vestido. Nadie podía verlos ni escucharlos además de la noche.

—Esto está mal, Wen, eres el hermano de… —intentó decir.

—Shhh… —y tapó sus palabras con otro beso que se derretía entre sus humedades y las ganas contenidas. El deseo peleaba contra el candado de los prejuicios que bloqueaba el acceso a su corazón—. Déjame hacerte el amor… solo hoy, solo esta noche. Déjame darte lo que guardo para ti desde hace tiempo —pidió—. Después, si no logro que sientas lo mismo que yo, te prometo que me aparto de tu vida y nadie sabrá jamás que estuvimos juntos —agregó.

—Wen…

Su nombre fue lo único que pudo decir antes de que un suspiro se enredara con sus piernas y la hiciera temblar amoldándose al cuerpo de ese hombre joven que parecía ser a su medida. La penetró despacio, saboreando cada segundo dentro de ella. Mientras lo hacía, le corría el cabello del rostro para verla bien y la besaba. Ella se estremecía al borde del límite y gozaba de esa locura que no había querido evitar. No podía pensar.

–¿Estás bien? –preguntó mientras se movía hundido en ella controlando su propio éxtasis, la acariciaba con suavidad como si pudiera romperse.

–Sí...

–No pienses... estar juntos ahora es todo lo que importa. Mañana no existe –le dijo al oído.

Entonces comenzó a poseerla con vigor, sus caricias abandonaron la suavidad para dar lugar a la fuerza, a la intensidad de presionar con sus manos ese cuerpo sobre el que dominaba. Quería borrar su pasado con la certeza de su decisión. Quería que ella sintiera que la elegía. La elegía entre todas las mujeres que conocía.

Delfina se entregó al placer, él le hacía el amor con el cuerpo y con las palabras. Sentía que el hombre más lindo que hubiera visto jamás le estaba enamorando la fibra más íntima de su presente y se dejó llevar. Lo besó con desenfreno, ambos giraron unidos por el placer y ella ubicada a horcajadas disfrutó sentirlo dentro de sí. Fue tan hondo el sentimiento, cuando recorrió su pecho con las manos y sus ojos tocaron en detalle ese torso que había despertado sus fantasías al salir de la ducha, que un orgasmo se precipitó empapando su gozo y provocando a Wen, quien le colocó sus manos sobre la cintura y comenzó a presionarla hacia abajo. Ella se volvió a estremecer y, buscando vaciarlo de plenitud, se sorprendió en un nuevo estallido. Wen emitió un sonido gutural en el exacto momento en que supo que Delfina llevaba el nombre del futuro que quería para él. Todo se redujo a ella, solo a ella. Se había enamorado. Palpitaba ese amor desde sus entrañas.

Permanecieron un rato en silencio, abrazados, aquietando latidos, rememorando caricias y olvidando el mundo. Después, se vistieron entre risas, completamente entregados a la aventura. Ella sabía que el amanecer arruinaría la magia y había decidido no pensar en eso. Regresaron a la fiesta cómplices y aliados. Bailaron, bebieron y se divirtieron. Cuando terminó la celebración, se fueron al apartamento. Delfina había bebido lo suficiente como para vencer sus pudores. Entraron besándose como si fuera impostergable volver a hacer el amor. Lo era en realidad. Él apoyó contra la pared de la sala sus brazos dejando a Delfina encerrada en el hueco, la besó con desenfado; ella lo provocaba con sus manos mientras lo desnudaba. El preludio era la aceleración de sus ganas.

—Quiero que nos duchemos juntos —pidió ella que quería verlo desnudo bajo el agua y ser la dueña de lo que viera.

—Me encanta pero primero tendrás que resolver esto —dijo mirando su sexo listo para invadirla.

—Con gusto —respondió. Entonces se colgó de su cuello y le abrazó la cintura con las piernas permitiendo que él se amoldara a su forma.

Sonidos de puro gozo se chocaban contra los cuerpos cansados pero satisfechos que no resignaban ni un solo minuto de pasión. El tiempo era valioso para ambos. Cuando Wen sintió que su momento era inminente, ya había mirado extasiado a Delfina explotar dos veces.

–Juntos, quiero que acabemos juntos –murmuró. Ella sintió
la humedad mezclada del placer de ambos dentro suyo y ja-
deó, tanto lo sentía que sus uñas marcaron la enorme espalda
que abrazaba, en el instante que los alcanzó la euforia de la
entrega mutua.

Después Wen la llevó alzada a la cama y allí se desploma-
ron. Sin darse cuenta, se quedaron dormidos.

* * *

Ella despertó antes que él. Aún le ardían los labios de tanto
besarlo y sentía entre sus piernas la sensación de que él todavía estaba allí. Observó todo su entorno sin moverse. Wen,
apenas tapado hasta la cintura, dormía boca arriba sosteniendo el abrazo que la mantenía sobre su pecho.

La realidad le azotó la culpa. Se levantó sigilosa y se vistió
para irse de allí. Todo había sido un gran error, no podía sostener esa relación. Era una idiota, se había enamorado de un chico de veinticuatro años. ¿En qué pensaba? Le daría una patada
cuando saciara su gusto por acostarse con ella y continuaría con
su vida, mientras nadie se ocuparía de juntar los trozos de su
corazón, pues ni siquiera estaría Solana. ¿Y el hijo que deseaba?
¿La familia que imaginaba desde que había pasado los treinta
y tres? Todo era imposible con él. Se sentía mal, agobiada y no
podía mirarlo sin desear que le hiciera el amor otra vez.

De pronto él despertó y la vio vestida como la noche anterior dispuesta a irse. Se levantó de golpe y la detuvo.

–¿A dónde vas? ¿Por qué estás vestida?

–Me voy, Wen. Me voy adonde no pueda verte. Todo fue un error –dijo con las pocas fuerzas que le quedaban.

–¿Un error? ¿Te olvidaste de lo que compartimos? –preguntó asombrado.

–No. Y es muy probable que nunca lo haga, pero no puedo con esto. Déjame ir –pidió.

–Sé que sientes lo mismo que yo. No busqué enamorarme de ti pero ocurrió y no quiero que te vayas. Te quiero conmigo –dijo acercándose a ella–. Quiero todo lo que eres –agregó.

–No importa lo que siento. No soy para ti. No podemos estar juntos. Sumo todo lo que no necesitas –insistió.

–¿Por qué?

–Porque estoy muy lejos de ser ideal. No impongo ninguna urgencia en mostrar algo que no soy. No elijo ser débil ante ti pero lo soy. ¿Puedes entenderlo? Tengo miedo. No puedo enfrentar todas las contras.

–No te quiero ideal, te quiero mía –respondió.

–Te llevo catorce años, es una eternidad. ¿Qué va a pasar cuando te apremien las ganas de un cuerpo joven, cuando yo me acerque a los cincuenta?

–Me importa un carajo cuántos años tienes. Le doy un valor igual a cero al hecho de que el futuro pueda imponerse con sus planes. Lo planeado no funciona para mí. La vida dice,

Delfina, y estamos ahí para escucharla y arriesgarnos o nos vamos por la puerta de atrás –dijo. Había sabiduría y rencor en el tono de su voz. De pronto era mucho más adulto que ella. Delfina lloraba. En verdad estaba consternada, se había enamorado de él. Lo sentía por todo el cuerpo, sus palabras caminaban su alma y se adherían a las sombras de sus dudas.

–No entiendes nada –dijo ella casi gritando, al ritmo de una discusión acalorada que elevaba los límites de las razones hasta donde empujan los riesgos.

–¿Yo no entiendo? –la desesperación de perderla después de haberla tenido lo volvía irónico.

–Sí, tú. ¡No piensas en tu hermana tampoco! Ella quiere lo mejor para ti y claramente no soy yo. Me apremia el reloj para tener el hijo que deseo y tú no solo no tienes prisa sino que además te sobran relojes –respondió ella gritando su preocupación mayor.

–¿Y qué vas a hacer? ¿Escapar de lo que sentimos para tener un hijo con el primero que se cruce o con Adrián Colomba que ya tiene varios? –inquirió furioso. Los celos marcaron territorio, ella había creído que Wen ni se había dado cuenta de que Solana lo había nombrado.

–No digas tonterías –respondió angustiada.

Wen no podía hacer eco de sus palabras. No había sido capaz de despertar a su lado sin conflictos, solo disfrutando la noche inolvidable que habían compartido. Ella no se animaba a iniciar algo con él pero le hablaba de la necesidad de tener un hijo de inmediato. Todo era una real locura.

–¿Te parece que podemos estar hablando de un hijo? ¿Qué me perdí? –agregó.

–No hablamos de un hijo nuestro, hablamos de mi necesidad de ser madre. Otra de las razones que nos impide estar juntos. Piensa en Solana, piensa en todo. Por favor, te lo pido, déjame ir… –suplicó intentando trasladarle sus preocupaciones.

–¿Eres capaz de decirme en serio que no pienso en mi hermana? Hice por ella todo lo que fui capaz, hasta resigné mi deseo de ser piloto para que ella sea la médica que es. ¿De verdad crees que ella puede oponerse o generarme la más mínima cuestión porque te elijo como la mujer con la que quiero estar? –respondió con vehemencia. Estaba realmente convencido de que Solana lo apoyaría.

Delfina lo pensó de ese modo y tenía toda la razón. Pudo ser sincera con ella misma en ese instante. El problema con Solana no lo tendría Wen sino ella. Era otro de sus grandes miedos que no sabía cómo enfrentar. Ni siquiera sabía si quería hacerlo. Tener un hijo no era un tema para arrojar al abismo como lo había hecho. Se sintió una idiota pero había pensado en voz alta. Ella no podía esperar que la relación funcionara para luego tener un bebé. No tenía tiempo. Acercándose a los cuarenta los riesgos se multiplicaban y la fertilidad disminuía considerablemente. Todo se mezclaba en su cabeza. Ella quería ser madre, era cierto, pero no sabía si podía renunciar a eso para estar con él. Por otra parte él no se había negado. Quería irse de allí para ordenar sus ideas. Dejarlo tampoco le aseguraba un futuro con hijos. ¿Con quién iba a tenerlos?

Wen se acercó, le tomó los brazos con sus manos como si fuera a sacudirla en busca de una reacción. Ella se quedó esperando una actitud violenta, consecuencia de la discusión, de la que no iba a defenderse. Sentía que le había arruinado el futuro a Wen. Lo miró a los ojos y antes de que pudiera darse cuenta un beso incendió las respuestas. La lengua de Wen rodeaba el sabor de ese amor difícil y prohibido. Los labios unidos de manera irrefrenable señalaban lo inevitable. Delfina respondió al beso con la misma entrega con que lo sentía. Sin embargo, la razón venció su cuerpo, se apartó bruscamente de él y lo miró, las lágrimas nublaban su vista, eran el telón que los separaba.

–No puedo, Wen. No puedo con esto –dijo. Y se fue corriendo del apartamento.

Wen no la siguió. Estaba herido. No podía entender por qué ella había llegado a su vida. Qué razones había tenido el destino para castigarlo de ese modo, para mostrarle que podía ser feliz para luego arrebatarle lo único que le había importado. Solo por Delfina había pensado en él. Su vida era una sumatoria de entrega, siempre había pensado en los demás: en su madre, en su hermana, en sus obligaciones, en ser responsable, en cumplir con Cáseres. Había sido un pequeño gran hombre desde que habían partido de San Rafael. Había hecho todo como decía el código de una vida correcta. ¿De qué le servía ahora? Volvió sobre la cuestión miles de veces. Era verdad que catorce años eran muchos. Calculó en su mente que si tenían un hijo, al momento de llevarlo al kinder ella podría ser una abuela joven y él un padre habitual. No le importaba eso. No quería pensar en el futuro. Darse cuenta de que la amaba y no la tenía le dolía en ese momento. El mañana era como siempre había sido, incierto. De lo único que estaba seguro era que él no tendría un hijo para luego rifar su crianza a la suerte de un destino que, con o sin él, pudiera arrebatárselo. Sabía mejor que nadie lo que era crecer sin padre.

Sonó su teléfono. Era Delfina pero prefirió no atender. Estaba cansado. Doblemente agotado: su cuerpo, por la noche anterior, y su alma, por la vida misma. No pudo llorar, solo sentía la presión de la ausencia entre su memoria y las entrañas. No sabía cómo quitar de su piel, el dolor; y de su alma, la necesidad de ella.

Se puso ropa deportiva y salió a correr para descargar su bronca. Por primera vez en su vida se sintió absolutamente solo. La soledad le recorrió el cuerpo y se instaló en su corazón, mientras repetía en su mente con un tono ácido que erosionaba sus fuerzas: *Nadie se ha jugado nunca por mí. Delfina tampoco lo hará.*

Capítulo 19

Y para estar total, completa, absolutamente enamorado,
hay que tener plena conciencia de que uno también
es querido, que uno también inspira amor.

Mario Benedetti

México, año 2008

Solana era feliz. Por fin la vida le había dado una tregua a sus esfuerzos. Le gustaba ser Solana Noriega de Navarro y si bien no había adoptado el apellido de casada para ejercer su profesión había tenido para ella una implicancia muy favorable y silenciosa. Era la protección de su alma. Era sinónimo de seguridad. Ser la esposa de Gonzalo definía su existencia. Lo amaba y lo necesitaba, lo uno por lo otro. Sin darse cuenta y deseando alejarse del modelo de su madre, había creado uno propio que guardaba similitudes considerando la dependencia afectiva de su esposo pero había una diferencia determinante dada por el carácter del hombre elegido y el modo en que la trataba.

Estaban de luna de miel en México, regalo de sus suegros. Felices compartían la emoción de haber conocido juntos lugares inolvidables. Solana se había enamorado de las playas y había sido inmensamente feliz en una posada en Tasco donde ya habían pasado tres días. Era una ciudad colonial, con una belleza muñida de misterio y tiempo en sus calles. Allí, había comprado bisutería de plata y había elegido un anillo especial para su amiga Delfina. Se dio cuenta de que, salvo a Wen y a Cáseres, no tenía a quien llevarle obsequios, quizá por eso aceptó tan abiertamente a toda la familia de Gonzalo. Eran un antídoto contra la soledad familiar.

Una noche en que estaban desvelados, salieron a caminar por la playa del hotel en Acapulco. Tomados de la mano, con ropa liviana, sentían cómo la brisa marina acariciaba sus almas. Ella, de pronto, se puso a llorar y lo abrazó fuerte. Él la abrazó más fuerte todavía.

–¿Qué pasa, mi amor? ¿Por qué lloras? –preguntó víctima de la angustia que ella le transmitía.

–Porque tengo miedo de que todo esto termine –murmuró entre sollozos.

–¿Por qué tendría que terminar?

–Porque es demasiado perfecto y yo no tuve nada perfecto en mi vida a excepción de la lealtad y el cariño de mi hermano –respondió convencida de lo que decía.

–Amor, yo te amo. Te amo tanto que me duele el cuerpo si estás a más de unos centímetros de mi corazón. No puedo imaginar una vida si no estás en ella. Esto nunca se terminará.

—No tengo familia. Es como si hubieras adoptado a una pobre paria —agregó.

—¿Qué dices? Primero, tienes familia, la mía. Y además, cuando decidas reconciliarte con ella, tienes también la tuya —agregó. Decidió que era tiempo de contarle a su esposa que mantenía comunicación con Salvadora.

—No seas ingenuo, Gonzalo. Mi familia me olvidó hace muchísimos años.

—No. Puedo asegurarte que no. No tu mamá. Espero que no te enojes por lo que voy a contarte pero hice algo que no te dije.

—¿De qué hablas? —preguntó a la defensiva.

—Me he comunicado con tu madre. Sé que… —mientras él hablaba ella tomó distancia de sus brazos y lo miró, todavía llorando pero además muy enojada— tu madre no tiene justificación aparente para lo que hizo, pero la verdad es que la imagen de su arrepentimiento me acompaña desde que la conocí. Aquel sobre con dinero que le llevé fue la oportunidad de poder ver en su mirada el fracaso y la angustia. Creí siempre que estaba encerrada en su error. Le he hablado algunas veces en estos años para contarle sobre tu vida y le avisé de nuestra boda —respiró hondo. Debía esperar la reacción.

—¿Qué? Pensé que me amabas, que respetabas mis decisiones. ¡Te dije siempre que no quería que ella supiera nada de mí! —en su cabeza no podía entender qué estaba pasando—. ¡Me traicionaste! ¡Nunca volveré a confiar en ti! —Solana iba subiendo el tono de sus palabras y su enojo aumentaba sin darse cuenta—. ¿Con qué derecho hiciste eso a mis espaldas? —gritó furiosa al tiempo que profería insultos cargada de frustración y se apartaba de él. Su expresión era una mezcla de indignación con violencia contenida, no la reconocía. Jamás había visto a Solana ser parte de un episodio como ese.

—Con el derecho que me da amarte y querer sanar tus heridas. Con ese derecho, el que me gané al lado de tus lágrimas y sosteniendo todos tus temores. Ese derecho, el que me da que hayas dicho que me amabas —respondió dolido por la reacción.

—Así que yo te amo, confío en ti y tú vas detrás de mis enemigos traicionándome —afirmó exaltada—. Le avisas de mi boda y ni siquiera asiste…

—Tu madre no es tu enemiga. Estuvo allí y no se atrevió a acercarse —contestó.

—¿Hablaste con ella? —preguntó indignada no dando crédito a lo que oía.

—No. No hablé con ella pero la vi parada en el fondo de la iglesia, mendigando un perdón que no supo pedir. Sería bueno que aprendas de una vez que amar es también hacer por el otro lo que sabemos que no será capaz de hacer o enfrentar sin ayuda. Eso que sabemos que necesita. No necesitas a mi mamá, necesitas a la tuya, aunque odies reconocerlo. Y solo traté de que ella se acercara a ti —dijo.

Mantenía un tono calmo. Su voz latía esa serenidad que es la bandera de los que tienen razón y no necesitan gritar para sostener sus argumentos. Solana lo miró y pudo caerse dentro de esa mirada tierna que le entregaba todo lo que era capaz de dar. Se acercó a él llorando.

Su madre la había visto casarse y no había sido capaz de ir a decirle algo. Ni un miserable "que seas muy feliz" se había escapado de su boca. Sintió que ni siquiera eso merecía para Salvadora. El abandono la atravesó una vez más de una manera feroz. Sintió en ese instante que solo tenía a Gonzalo y que lo había maltratado injustamente. Lo había culpado por intentar ayudarla a recuperar un vínculo con su madre. Advirtió su error con claridad y se arrepintió.

—Perdóname, por favor —dijo conmovida y con los ojos llenos de lágrimas.

Gonzalo la abrazó y sin decir una palabra la besó con tan fuerte intensidad que sus labios, queriendo más, abandonaron su boca y se le cayeron dentro del cuerpo de esa mujer que amaba. Ella le arrancó con su lengua ahogada de incertidumbre toda la protección, la hombría y la seguridad que desbordaba su alma.

Entonces comenzó a acariciarla seducido por el momento. La sensualidad de una noche abierta a las confesiones los derribó bajo unas palmeras alejadas de cualquier dilema. Las manos de Gonzalo recorrían las formas del placer inminente, buscaban a tientas sus propios labios, esos que había dejado ir con el beso, buceando en el interior de ese cuerpo. Quería las partes de su alma que ella había devorado, deseaba recuperarlas y devolverlas a su lugar para comenzar a amarla nuevamente. Entró en ella y sintió el calor con que lo recibía. Solo la luna

iluminaba las sensaciones que agotaban sus sentidos. Solana sentía el placer de la arena blanca en su espalda. Abrió los ojos y vio a un hombre sincero amándola sin reveses, un cielo azul de fondo desbordando perfección que le daba camino a su destino y el reflejo de la luna que como un espejo le arrojaba encima el orgasmo de una mujer plena. Cuando Solana rompió en un gemido que se perdió en el eco del mar, él descubrió en sus senos desnudos, los labios que había perdido. Desesperado los regresó a su boca y succionó el lugar de su hallazgo como si bebiera agua prohibida. En breves segundos, un jadeo grave anunció el modo en que dejó ir su vigor junto a la humedad de la pasión, que los había unido una vez más.

—Te amo, Gonzalo —murmuró todavía latiendo los restos de placer que agonizaban su final. Él no respondió a las palabras y la besó—. No nos cuidamos —agregó preocupada.

—¿Cuál es el problema, mi amor? Estamos casados —afirmó antes de volver a besarla.

Todo lo demás lo hablarían en otro momento. La magia de ese instante ocupaba entero el universo en el que estaban sumergidos. Solana sentía que solo Gonzalo podía sanar sus heridas con hechos y verdades sostenidas con la incondicionalidad de su amor y le daría la posibilidad de hacerlo. Confiaba en él.

Capítulo 20

Los hombres engañan más que las mujeres;
las mujeres, mejor.
Joaquín Sabina

San Rafael, Mendoza, año 2008

La intervención fue un éxito y los Madison recuperaron su tranquilidad por un tiempo. Beltrán volvió a su trabajo. Nadia se graduó de contadora pública y comenzó a trabajar para su futuro suegro, junto a su cuñado, en la administración de la bodega. Cuando Victoria se enteró, puso el grito en el cielo y discutió con Esteban. No pudo persuadirlo de cambiar de opinión y sintió que él estaba ayudando a cumplir malos presagios.

—Esteban, no quiero que esté más cerca que lo inevitable. No es buena. Es malísima en realidad. ¿Por qué nosotros debemos facilitarle las cosas?

—Porque es la novia de Octavio y él me lo pidió.

–Por favor, sabes que Octavio no piensa con la cabeza cuando de ella se trata. Busca cualquier excusa. Que se ocupen sus padres. Tienen contactos también –insistió.

–Victoria, no voy a hacerlo. Octavio me lo pidió y no tengo razones para negarme. ¿Qué quieres que le diga? "No, hijo, no le daré trabajo porque para tu mamá es un demonio y está segura de que no te quiere" –dijo con ironía.

–Es la verdad y sabes bien que no me equivoco. Por favor, inventa lo que sea y sácala de la empresa –pidió.

–No voy a hacerlo. Es un capricho, hasta infantil, de tu parte. Termina con la cuestión de tu intuición de madre y empieza a pensar que es muy probable que se casen pronto –advirtió.

Victoria lo odió. Literalmente hubiera querido matarlo con sus propias manos por decir esas palabras. No iban a casarse ni pronto ni nunca, ella lo sabía. Octavio se daría cuenta de que no era para él.

–No lo harán. ¿Me niegas lo que te pido entonces? –preguntó con tono amenazante.

–Sí. No puedo complacerte esta vez. Perdóname, cariño –dijo con dulzura.

–No. No puedo perdonarte esta vez –respondió con ironía y con su porte de reina se fue de la habitación.

Esteban pensó que se le iba a pasar, pero durante varios días estuvo distante y molesta con él. Aun habiendo recuperado la relación de siempre, no había día que ella no le insistiera para que la sacara de allí.

* * *

El noviazgo continuaba y, para la amargura de las mujeres de la casa, no había habido, en esta oportunidad, interrupciones.

–Mamá, quizá debamos aceptar que esta maldita se casará con Octavio. Es tan tonto en este sentido. Pudiendo tener la mujer que quiera elige a esta estúpida –dijo Sara a su madre.

–Hija, no hables así. Me resisto a creer que seguirán juntos. Estoy segura de que no lo quiere y tarde o temprano tu hermano se va a dar cuenta.

–No sé, mamá, el Demonio Bianchi es hábil –respondió. Era la primera vez que usaba el apodo secreto.

–¡Tu padre otra vez que no sabe callarse! –respondió riendo al descubrir que su hija conocía el sobrenombre que le había puesto.

–Ya está, mamá. Es un demonio. Es así. Papá me contó el día de la operación y lo comparto.

–Que no se entere Octavio –pidió.

–Nunca, ma –respondió Sara.

* * *

Beltrán se sentía muy bien. Ya se había recuperado de la operación, el riñón trasplantado funcionaba perfectamente y su vida comenzaba a tener sentido. Le gustaba su trabajo y cuando su padre le dijo que debería trabajar con Nadia, disimuló la reacción que internamente le anunció sensaciones prohibidas.

Comenzaron a compartir jornadas de ocho horas de trabajo, la pasaban bien, conversaban y si bien él procuraba nombrar a Octavio en las charlas, no siempre era posible.

Nadia jugaba a gustar todo el tiempo. Beltrán sabía que no hacía falta que ella hiciera nada novedoso para que despertara en él ese deseo clandestino que arrastraba desde que la había conocido. Pero era la mujer de su hermano, de Octavio, de la persona más generosa que hubiera conocido jamás, de quien le había dado la oportunidad de seguir viviendo. Uno de sus riñones había sido la diferencia entre vivir y morir. La sangre de ese hermano del alma recorría sus venas y se sentía mala persona por permitir que imágenes acostándose con la novia de él recorrieran sus pensamientos. Comenzó a preguntarse si esa faceta perturbadora de su personalidad sería heredada de su padre. Poco sabía de su origen, nunca había querido preguntar por miedo a conocer una verdad que lo avergonzase. Lo cierto era que, ocurrida su orfandad, todos los Madison lo habían amado. Victoria podía morir de pena si él traicionaba a Octavio. De pronto recordó las palabras de su madre en el hospital: "Quiero que me prometan que se mantendrán más unidos que nunca. Esta operación hará que haya un antes y un después en sus vidas. No quiero que nada ni nadie pueda interponerse entre ustedes", les había pedido con ternura y seriedad. ¿Por qué su madre les había hablado así? ¿Acaso intuía sus deseos? Imposible. Él había sido extremadamente cauteloso y nadie podía conocer ese sueño erótico que lo torturaba. Por todo eso reprimía en forma continua sus miradas, sus acciones, sus palabras y, cuando podía, también sus pensamientos.

Octavio trabajaba hasta tarde en el hospital y muchas veces llamaba a Nadia disculpándose por no poder ir a buscarla. De ese modo sucedió esa tarde.

El teléfono de Nadia sonó mientras Beltrán acercaba café para los dos. Estaban realizando inventario y balance, lo que implicaba que la jornada sería más larga que los días normales.

–Hola, Nadia. ¿Todo bien?

–Sí, amor, trabajando con tu hermano. ¿Vienes a buscarme? Terminaré cerca de las diez –preguntó.

–No… por eso te llamo. Perdóname pero estoy solo en la guardia y todas las mujeres parecen querer tener sus hijos esta noche. Debo quedarme –se disculpó.

–Está bien. Entiendo –respondió como si realmente comprendiera. En verdad estaba aburrida de competir con las pacientes de Octavio y su carrera.

–Te compenso mañana. ¿Está bien? –dijo hablando en doble sentido.

–Sí, claro. No hay problema –y cortó la comunicación.

–¿Qué le pasa a mi hermano? –preguntó Beltrán que se había dado cuenta de que Octavio había cancelado verla.

–Lo de siempre, Beltrán. Partos de otras –respondió.

Él no sabía si continuar conversando del tema o si por el

contrario era mejor evitarlo. Si se hubiera tratado de cualquier rival, sería una situación muy ventajosa. Cualquier hombre podía darse cuenta de cómo seducir a Nadia. Octavio estaba fallando y darle lo que él le negaba era muy simple: tiempo, dedicación, halagos, romance. Sin embargo, no era cualquiera y mucho menos un rival. Era su hermano, en los últimos tiempos tenía que repetírselo cada vez con más frecuencia. No podía, no debía especular con los errores de Octavio.

Le costaba decidir qué hacer cuando estaba con ella porque tenía que pensar todo antes de actuar. Nada era natural. Le gustaba y eso era traición. Se estaba convirtiendo en un francotirador dentro de la familia que le había dado todo lo que había tenido en su vida.

Mientras él escondía la culpa de sus intenciones detrás de los papeles, ella se acercó apoyándose en el escritorio que compartían para tomar unos informes. Miró sus senos cubiertos por una camiseta blanca y fantaseó con los bordes del sostén que llevaba puesto. Su perfume le inundaba las fosas nasales.

–¿Y si pedimos comida china y nos quedamos hasta terminar? –propuso ella–. Te advierto que no soportaré que dos Madison me dejen sola hoy –agregó.

Beltrán se sentía dividido entre el placer inevitable de estar con ella y lo reprochable de sus sentimientos.

–Siendo así, no me dejas opción, cuñada. Pide lo que quieras, yo invito –respondió. La llamó adrede cuñada como un modo de mencionar a Octavio sin hacerlo. Bien cierto era que se repite más aquello de lo que uno necesita convencerse.

Esteban ingresó en la oficina y fue testigo del final de la conversación. Básico como muchos hombres, no fue capaz de intuir nada extraño. Su teléfono interrumpió.

—¡Hola! —respondió sin mirar el número para identificarlo. Alguien le habló al otro lado de la línea—. Te dije que estaba hecho. No depositaré más dinero. No voy a ir —dijo molesto.

Beltrán y Nadia no pudieron escuchar lo que su interlocutor decía, pero se sorprendieron cuando él, de manera rotunda, afirmó "Se terminó" y dio por finalizada la comunicación.

—¿Qué pasa, papá? —interrogó Beltrán.

—Nada, hijo, proveedores que me agotan con sus reclamos —mintió—. Los dejo —agregó y se despidió de ambos.

Beltrán y su cuñada siguieron trabajando hasta que llegó la comida. Cenaron allí y Nadia, que había actuado por despecho, se sorprendió al darse cuenta de que le gustaba estar con él. Beltrán era un misterio. No era previsible ni conciliador. Muy diferente de Octavio. Deliberadamente los comparaba. Beltrán la atraía desde algún oscuro lugar. No era lindo. No era exitoso ni fracasado. No era fuerte ni débil. Él era como un gran equilibrio que paradójicamente desequilibraba sus planes. No era Madison del todo tampoco, lo único Madison que tenía, además del apellido, era el riñón de su novio y eso era perverso. La atraía porque no podía dominarlo. Beltrán no caía rendido a sus encantos y eso la desafiaba constantemente. Nadia tenía un ego que llegaba antes que ella a cualquier lugar, necesitaba saber que era el centro. Ya no se sentía única para Octavio y no conseguía que Beltrán demostrara

204 admiración, placer o un simple deseo. Comenzó a mirarlo como hombre. Lo descubrió como una batalla que quería ganar.

Comenzó a gestarse entre ellos una relación de confianza en la que ninguno de los dos era sincero. Octavio fuera de toda previsión estaba contento de que su novia trabajara con su hermano y de que se llevaran bien. A veces, él mismo llamaba a Beltrán y le pedía que la llevara a su casa. El triángulo estaba diseñado sobre el camino sinuoso de los riesgos que, aún previsibles, quizá eran inevitables.

Capítulo 21

No era conveniente tomar decisiones determinantes
sobre emociones temporales.

Salvo su rechazo por Nadia y la preocupación constante por esa relación que según su intuición de madre llevaría a su hijo Octavio a ser un infeliz, la vida de Victoria transitaba una inminente tranquilidad que la obligaba a pensar que el mundo podía caerse sobre sus días en cualquier momento. Muchas personas se asustan cuando todos los frentes son demasiado buenos y Victoria era de esas personas. Vivía sintiendo que algo podía separarla de su tranquilidad.

No había querido regresar a visitar a la adivina pero lidiaba con su querida Lupita que, sin la menor capacidad de disimular, solía preguntarle cosas que le permitían estar segura de que la tal Eularia indagaba sobre su presente. Ambas mujeres eran amigas y el cariño de la empleada era tan genuino respecto de la familia que no podía evitar su preocupación; sumado a ello el hecho de que creía fervorosamente en el más allá, en el poder de los santos y en las cartas.

—Victoria, ¿los chicos están tan bien como se los ve? —le preguntó una tarde mientras le ordenaba la ropa en la habitación.

—Claro, Lupita. ¿Por qué lo preguntas?

—Curiosidad, nomás —respondió bajando la mirada como solía hacer cuando escondía algo que enseguida revelaba. No sabía ocultar, era transparente.

—Lupita, no me mientas. ¿Qué es lo que quieres saber? —la interrogó.

—Nada. Yo solamente quiero que todos estén bien.

—Eso ya lo sé. Pero ¿por qué no habríamos de estarlo? —insistió.

—No te enojes… pero estuve con Eularia en mi día libre y ella me dijo que…

—No quiero saber qué te dijo Eularia —interrumpió terminante—. Le agradezco a esa señora si es que tuvo que ver con el hecho de que mis hijos salieran bien de la operación, pero no quiero ver fantasmas donde no los hay. No los veas tú tampoco. ¡No seas tan supersticiosa! —le aconsejó.

—Yo no sé qué quiere decir eso, pero sé bien que cuando Eularia dice que algo va a pasar, pasa. Ella está segura que Octavio y Beltrán se van a pelear. Le preocupa algo que pondrá muy triste a Sarita y dice que Esteban está mal —dijo todo

de corrido para evitar que Victoria la hiciera callar–. Además,
me dijo que esta familia mía no podrá impedir que el pasado
la atropelle y... –continuó agregando.

–¡Cállate, Lupita! ¡Basta! –le gritó.

A la mujer se le cayeron las lágrimas y permaneció inmersa en un brusco silencio. Era mayor que Victoria, podía bien ser su madre, pero a veces era como una niña. Era posible adivinar cómo iba a actuar, era simple y muy sensible. Amaba a los Madison. Había trabajado con los padres de Esteban. No tenía otra familia que no fuera esa. Su esposo había fallecido hacía muchos años.

–Perdóname, no quise gritarte –se disculpó de inmediato al ver su reacción–. Sabes muy bien que te quiero muchísimo y que eres mi única persona de confianza pero no quiero dejar que el miedo a esos presagios me afecte. Eularia no nos conoce y nada va a ocurrirnos. No quiero que le hables de nosotros ni que escuches lo que tiene para decir porque eso te condiciona. ¿Puedes hacerlo por mí, Lupita? –interrogó.

Le había pedido perdón sinceramente por hacerla callar pero era ese un tema que la inquietaba. No soportaba haber creído en esas cosas y la ponía de pésimo humor dudar al respecto. No podía controlar el hecho de pensar en cosas malas como una posibilidad, ella no era como Esteban.

–Yo puedo hacer cualquier cosa por ti pero... ¿y si tiene razón? –respondió la mujer triste y preocupada.

–No la tiene y si la tuviera nada podemos hacer. No hay magia para evitar problemas.

–Pero se puede poner a trabajar a los santos para que ayuden –agregó con esperanza.

–Bueno, pon a trabajar a los santos que gustes –dijo permitiendo esa acción que no podía materializar en hechos. ¿Cómo se pondría a trabajar un santo? Solo una vela se le ocurría–. Pero no quiero una palabra más sobre las predicciones futuras de tu amiga en esta casa. Te lo pido por favor, me hacen mal.

–Está bien, está bien –respondió–. ¿Puedo poner a trabajar a más de uno? –preguntó con inocencia.

–Los que quieras –respondió Victoria. Pensaba cual sería el criterio para elegir un santo por sobre otro y la idea de ponerlos a trabajar le llamaba la atención. De algo estaba segura, mal no harían a nadie y por eso lo permitió.

–San Expedito, san Benito, san… –Lupita salió de la habitación murmurando nombres y pensando en voz alta.

Victoria sonrió y decidió descansar un rato antes de ir a ver a su psicóloga. Había retomado las sesiones hacía casi un mes, aunque había cambiado de profesional.

Sin darse cuenta en qué momento, se quedó profundamente dormida. Al cerrar los ojos sintió paz. Vio a su padre sonriéndole mientras caminaban juntos hacia un columpio de la plaza. Luego se hacía de noche en su sueño. Sabía que su padre estaba muerto y añoraba la imagen anterior que se había evaporado entre un humo oscuro. Era una de esas transiciones en los sueños en que la realidad se filtra sin explicación. Ella era la Victoria adulta y la soledad le arañaba la angustia que tenía dentro de su cuerpo como una señal de desamparo. Se despertó sobresaltada con la alarma del despertador. Revivió el sueño y decidió que era mejor involucrarse a fondo con su terapia. Se dio una ducha y se cambió para salir. Se sentía mal y supo que eran nervios. Quería ir y a la vez no deseaba del todo indagar en sus sentimientos más conflictivos.

La enfermedad de Beltrán la había acercado a libros que hablaban de terapias alternativas, del origen emocional de las afecciones y del modo de perdonar. Había aprendido sobre Constelaciones Familiares como una manera de cerrar ciclos y había buscado una terapeuta que trabajara en esa línea. Así, conoció a la licenciada Diana Salem, quien le explicó que el enfoque desarrollado por Bert Hellinger se centraba en el sistema familiar en conjunto, que se denomina red familiar.

—Victoria, en este método terapéutico se le resta importancia a las cuestiones cotidianas. Como usted refiere haber leído, muchos comportamientos actuales de una persona no son explicables desde su situación actual, sino que se remontan a distintos sucesos en su familia de origen. O sea, es muy posible que las vivencias de sus padres o antepasados más lejanos tengan incidencia en su presente y claramente usted no tiene manera de descubrirlo por sus propios medios —comenzó a explicarle en el primer encuentro.

—Estoy segura de que ese modo de terapia tiene que resultar efectivo en mi caso. Porque disfruto de un presente muy feliz. Solo que internamente estoy anclada a situaciones de mi pasado. Tengo una cuestión sin resolver respecto de mi madre y deseo que eso deje de dolerme –refirió Victoria.

–Entiendo. Vea, Hellinger ha descubierto, en muchos años de trabajo terapéutico, las leyes según las cuales se desarrollan identificaciones e implicaciones trágicas entre los miembros de una familia. Las define como "Órdenes del amor". Un amor interrumpido o un movimiento frustrado hacia uno de los padres puede desequilibrar a todo un sistema familiar; también cuando hubo un miembro de la familia que murió tempranamente, o cuando alguien fue excluido de la familia o se le negó la pertenencia a la misma.

–Exacto. Quiero saber las razones de la conducta de mi madre hacia mí. He pensado cuando logro alejarme de mi enojo y de mi dolor, que quizá ella está repitiendo una historia. Yo no sé nada de mi abuela materna, ni de nadie de su familia. No le perdono su indiferencia pero a la vez no soy capaz de ignorar el gran dolor que me provoca la separación de su lado –agregó muy interesada en el tema.

–Mire, Victoria, frecuentemente las consecuencias de sucesos como los ejemplos que le di aparecen en generaciones posteriores causando trastornos e incluso enfermedades. Las constelaciones familiares revelan los enredos familiares inconscientes a los que una persona que consulta se halla sujeta. Esto permite, restableciendo los Órdenes del amor, encontrar caminos para redimirse de los enredos y configurar una imagen de solución, que libera fuerzas curativas que, raras veces, se experimentan en psicoterapia con semejante intensidad.

–¿Necesito que mi madre asista para poder acceder a este modo de tratamiento? –interrogó.

–No. Este trabajo terapéutico no requiere la presencia de toda la familia. Se trata de una terapia individual. Se realiza con un grupo de pacientes y terapeutas interesados también, donde se distribuyen roles y...

–Prefiero que trabaje solo conmigo y además debo decirle que no soy paciente. No estoy acostumbrada a los procesos. Quiero terminar con las cuestiones que abordo casi no bien las comienzo –interrumpió.

–Deberá manejar sus ansiedades, no existen modos de acelerar los tiempos. Además, lo cierto es que las constelaciones familiares se trabajan en grupos. El constelador elige representantes para la familia del paciente y este los coloca enfrente de un grupo en relación unos con otros. Algunas veces es el paciente quien elige a los representantes. Los representantes se sienten de repente como las personas a las que están representando sin conocerlas y sin que se haya dicho algo sobre ellas. Este fenómeno es difícil de imaginar y no se puede explicar convencionalmente pero...

–Definitivamente no quiero que otros se involucren en mi cuestión. No deseo trabajar en grupos. ¿Puede ayudarme con esa condición? –preguntó. Estaba decidida a marcharse si la respuesta era negativa.

–Victoria, yo trabajo con un enfoque sistémico y sigo el proceso de las constelaciones tal y como está diagramado.

–¿Qué es un enfoque sistémico?

–Estudia la psique de los sujetos, o sea, el alma humana, pero siempre en relación con el sistema en el que se encuentran, es decir, principalmente, con la familia. Si un sujeto tiene un problema, entiendo la problemática desde el funcionamiento general del sistema familiar más que desde el sujeto aislado. Si es necesario llamo a terapia a toda la familia para analizar lo disfuncional del sujeto en relación con dicho sistema.

–O sea que ¿no puede ayudarme si no accedo a trabajar las constelaciones con representantes y, además, aceptar que pueda usted citar a los integrantes de mi familia?

–Puedo asumir los riesgos de innovar las técnicas para poder ayudarla, pero no puedo asegurarle resultados. Quiero ser franca y será la primera vez que me aparte y realice una suerte de mezcla profesional.

–¿Entonces? –preguntó. Tenía la necesidad de definir si continuaba o partía de allí.

–Entonces es usted muy insistente y me gustan los desafíos. Voy a intentar ayudarla con sus condiciones. Si advierto que no avanzamos se lo diré y dejaré de atenderla –respondió.

–Perfecto –respondió. Le gustaba la licenciada.

–Quiero que tenga claro que la función sistémica implica olvidar lo que ya sabemos y abandonar la manera automatizada de pensar. Mirar desde otro sitio supone cambiarse de lugar, suspender las viejas acomodaciones de la mente, olvidar la lectura lineal causa-efecto. Es allí adonde apuntaré –dijo–. Para ser más clara, mirar desde otro sitio supone

separar la vista del árbol. Tomar distancia. Solo entonces el
bosque se hace figura y pueden aparecer fenómenos nuevos.

–Me parece bien. Entiendo y confío en usted –respondió.

–Verá que aparecen cuestiones en las que usted no ha reparado nunca, aspectos complejos que podremos relacionar –agregó–. ¿Qué es lo que la preocupa, Victoria? –había preguntado la psicóloga ya iniciando la tarea.

–No me preocupa nada. Solo que ya no tolero que habiendo pasado tantos años me siga doliendo la indiferencia de mi madre. Es un tema que me afecta muy a mi pesar. La separación duele. La de mi padre fue terrible pero él murió, no eligió eso y no pudo evitarlo. Pero mi madre, ella vive y elige no estar en mi vida.

–Ha mencionado la idea de separación varias veces. ¿Qué es para usted la separación?

–Odio las separaciones. Me dan frío. Me dan miedo. No las entiendo. Cuando hay vínculos no debería haber separaciones. Desmembrar lo que está destinado a estar unido es un horror. Un acto inhumano. Separar es como amputar una parte del destino. Separar es mutilar el alma.

–Entiendo. Quizá es un concepto extremo, hay veces que es necesario separar para progresar, pero iremos viendo qué significa en su vida. ¿Y por qué cree que su madre ha sido y se mantiene distante?

–No lo sé. Supongo que porque sabe, como ha sabido siempre, que detesto a su esposo.

–¿Se lo dijo alguna vez?

—No.

—¿Por qué nunca le dijo que detesta al esposo?

—Porque nunca hablamos.

—¿Y si no estuviera el esposo, cree que hablarían?

—No lo sé.

—¿Nunca pensó en ir a verla o salir a tomar un café y poder decirle todo lo que siente? Es su madre. Solo ella tiene las respuestas que a usted le faltan y sin las que se le está haciendo complicado vivir —afirmó la psicóloga—. No me responda ahora pero medite sobre esa alternativa —completó. Lo dijo con ese modo vehemente de decir verdades de las que se adueñan los psicólogos por unos minutos, generando angustia en el paciente que se enfrenta con una hipotética situación que no sabe o no puede resolver—. No hablamos de las razones por las que no quiso nunca al esposo de su madre. ¿Cómo se llama? Cuénteme de él.

Victoria pensó que la fastidiosa psicóloga estaba decidida a arruinarle la tarde. Era más interesante conversar sobre la teoría de las constelaciones que andar buceando en ellas.

—No puedo contarle mucho. Se llama Igor Vanhawer —ella aborrecía pronunciar su nombre—. Casi no lo conozco. Nunca tuve una relación con él —respondió suponiendo que con esa verdad podría dar por terminado el punto.

—¿Estuvo casado con su madre desde que murió su padre?

—Sí.

—¿Cuántos años tenía usted entonces? —preguntó la licenciada.

–Siete.

–Intente contarme algo. Piense en él y dígame por qué nunca lo quiso y aún siente ese rechazo –pidió. Era incisiva como un estilete envenenado. Victoria la odió, la hubiera enterrado viva unos mil metros bajo tierra y boca abajo para evitar que sobreviviera si intentaba salir. En lugar de eso iba a pagarle costosos honorarios profesionales por hacerla sufrir–. Vamos, Victoria, ayúdese a entender para poder cerrar ese ciclo cuando sea el momento –insistió.

–No lo soporto porque estoy segura de que mi madre era su amante aun en vida de mi padre –comenzó diciendo–. No se explica de otro modo que se casaran cuando todavía no hacía un mes del fallecimiento. Una verdadera hija de puta. Mi papá estaba tibio cuando ella ya tenía otro esposo calentando su cama –la licenciada la miró animándola con un gesto de aprobación–. Recuerdo a mi madre besarlo delante de mí sin ningún reparo. Yo era una niña, y él tenía siempre esa mirada perversa. Cuando la besaba en la boca no cerraba los ojos y me observaba mientras movía sus asquerosas manos por la espalda de ella –estalló en llanto al recordar esa imagen. Diana acercó su mano a la de Victoria y la apretó.

–Terminamos por hoy. Piense en la posibilidad de buscar a su madre y decirle lo que pasa. Continuamos en la próxima sesión. Hoy hemos dado el primer paso –indicó con un gesto que parecía decirle "hallé la causa de sus males".

–¿De verdad cree, licenciada, que he avanzado en algo? –preguntó Victoria algo consternada todavía.

–Creo que sí. Se ha decidido a saber. El resto lo descubrirá usted, en este proceso, con mi ayuda –respondió.

Victoria emprendió el camino de regreso sumergida en lo ocurrido en la sesión. Algo se había movilizado en su interior. Tenía la sensación de haber corrido una piedra enorme ubicada a la sombra de su corazón y estar observando los movimientos de los insectos fantasmagóricos que se habían criado debajo. Veía cómo caminaban lombrices de escoria entre sus recuerdos guardados. Meditó sobre todo lo conversado con la psicóloga y empezó a pensar que nada sabía del resto de la familia de su madre. Eso era raro. ¿Acaso su abuela la habría abandonado también?

* * *

Mientras Victoria procuraba encontrar una salida a su dolor, Esteban recibía una llamada de Gisel, la madre de Octavio, quien volvía desde un pasado que él había enterrado para someterlo a presiones que le costaba manejar.

–Quiero verte.

–Ya está hecho el depósito –respondió cortante–. Es todo lo que te daré.

–Necesito influencias además de dinero.

–No es conmigo con quien vas a conseguirlas –agregó con tono molesto.

—Puedo destrozar tu vida —amenazó la mujer.

—Inténtalo y estarás muerta antes de que puedas dar el primer paso. Morirás sin darte cuenta con solo tomar la decisión de acercarte —agregó. La cuestión lo tenía extremadamente preocupado. Se salía de control. Era la primera vez en tantos años que sintió que no podría continuar manejando solo el asunto.

—Te veo en el café London en media hora —exigió ella y cortó la comunicación.

Él dudó pero decidió finalmente enfrentar la cuestión. Lo había citado en el bar ubicado en la esquina del consultorio de la doctora Salem. Esteban se encontraba con su pasado sin saber que Victoria estaba a escasos metros buscando reconstruir la historia de su abandono. Se sentía un traidor, amaba a Victoria y no le gustaba ocultarle nada. Sin embargo, era justamente por ella que había decidido ir a encontrarse con Gisel, la madre de Octavio, sin decírselo. Quería protegerla. Le había jurado que nadie se interpondría entre ella y su hijo Octavio. "Nadie" era claramente la única persona capaz y con poder de hacerlo: Gisel, la madre biológica.

No habían vuelto a verse. Él le había pagado una cuantiosa suma al nacer el bebé y habían pactado que desaparecería para siempre. Sin embargo, Gisel había regresado para chantajearlo. Sabía que Octavio le había donado un riñón a Beltrán y lo amenazaba con arruinarle la vida si no le daba dinero y utilizaba sus influencias para liberar de la cárcel a su amante de turno, según ella su esposo. Estaba preso por un homicidio ocurrido durante un robo y que era "mala suerte", le había dicho refiriéndose a su supuesta inocencia.

–Un café, por favor –pidió al mozo mientras esperaba.

Ignoraba qué aspecto tendría la mujer con la que había tenido sexo algunas veces en El Templo, el prostíbulo de lujo al que solía ir de joven con sus amigos. Un lugar con estilo que vendía placer sin que se notara ni siquiera en la apariencia de las instalaciones. Un lugar selecto pero inmoral al fin.

De pronto miró a la puerta y la vio ingresar. Se había convertido en otra mujer o quizá, eran otros los ojos que la miraban. Había sido irresistible e interesante en sus años jóvenes, no había huella de eso en su persona. Tenía arrugas en las manos, en su cara y en su cuello. Arrugas de envejecimiento y de expresión. No era fea, nunca lo había sido pero era evidente el paso de los años y una vida expuesta a la noche con todos sus vicios. Solo conservaba de aquel entonces esa mirada turquesa inconfundible porque era exactamente igual a la de Octavio. Gisel le sonrió desde la entrada como si fueran amigos, como si estuviera contenta de verlo. Esteban pensaba en Victoria, solo en ella, en la comparación eran un jazmín perfumado al lado de un cardo.

–Parece que el tiempo no pasa para ti, Esteban –dijo al sentarse.

–¿Qué quieres? No tengo el menor interés de mantener una conversación contigo.

–Más vale que vayas cambiando de actitud, querido, porque tenemos un hijo y sé muchas cosas que podrían hacer

pedazos tu hermosa realidad –dijo con ironía. Era cierto. Ella
podía romper su familia.

–Habla. ¿Qué quieres? Ya te di dinero –continuó diciendo ignorando sus palabras. Sabía que eran ciertas pero le daba pánico detenerse en ellas.

–Ya te dije, dinero, mucho más que el que me diste y que uses tus influencias para que Omar quede libre. Es inocente –enumeró como si sus pretensiones fueran algo simple.

–No tengo influencias de ese tipo y ya te di una suma importante –respondió intentando conservar la calma.

–¡Sí que las tienes! Yo misma vi como las utilizaste –esgrimió levantando el tono.

–Fue diferente entonces.

–¿Por qué? ¿Porque Omar no es tu amigo? Es cierto, pero están en juego tus hijos. Piénsalo.

–¡Estás loca, Gisel! No voy a someterme a este chantaje. ¡Es un despropósito!

–Sí, claro que vas a hacerlo. Sé dónde encontrar a Octavio. Si no accedes, lo voy a ir a ver y le diré que me obligaste a alejarme dándome dinero, aprovechándote de mis necesidades. Le pintaré una historia tan triste que va a odiarte y cuando termine, buscaré a Beltrán y le contaré lo que sucedió la noche en que murió su padre... con algunos cambios, por ejemplo, que me diste dinero para que testifique a favor del asesino. No te olvides que yo estaba ahí y tú no. Le diré que usaste influencias para dejar libre al responsable porque era tu amigo –agregó.

–¡Eres una hija de puta! –dijo exaltado. Tuvo ganas de tomarla del cuello pero sabía, a pesar de su furia, que estaba en un lugar público.

–Puede que lo sea para ti. En verdad, solo sobrevivo. La vida no fue tan generosa conmigo. Pero ahora que tengo un hijo médico, bueno, puedo tratar de que él comprenda lo que sufrí al ser obligada a dejarlo… el tormento que he padecido. Su linda mamita no es su madre, es otra socia que pagó para sacarme del medio en lugar de ayudarme. Sus supuestos padres perfectos son dos mentirosos sin principios. Dos compra bebés. ¿Te va ese término? –lo provocaba con la farsa que sostenía.

–¡Basta! No menciones a mi esposa y no te acerques a mi hijo. Ni se te ocurra buscar a Beltrán. Te daré una abultada suma y desapareces, es todo lo que puedo ofrecerte –respondió.

–No. Quiero todo lo que te pedí. Lo quiero rápido, lo más rápido posible. Estoy parando en el hotel Avalón, un dos estrellas ubicado en Irigoyen 2586 y este es mi número de celular. La Causa Judicial es la Número 154.277 caratulada "Pérez, Omar s/ Homicidio en ocasión de robo" de trámite en el Juzgado de Garantía Número 9 –dijo entregándole un papel con un número de teléfono escrito y los datos del expediente judicial que acaba de referir. Luego se puso de pie, le sonrió con sarcasmo y se fue.

Esteban pensó que había un solo modo de resolver esa historia. Tomó su teléfono y llamó a la única persona que podía ayudarlo y tenía motivos para hacerlo.

–Hola, Humberto, habla Esteban. Necesito tu ayuda, urgente.

–Hola, amigo. ¿Viajas a Cuyo o quieres que vaya a San Rafael? –preguntó sin dar vueltas al asunto. Además, no hablaba nunca temas delicados por teléfono. La incondicionalidad era evidente. No había preguntado ni la causa, ni los hechos, ni qué necesitaba. Si era urgente, allí estaría para él.

–Ven. Puedes quedarte en casa, claro, pero no le digas a Victoria que yo te llamé. Que sea para todos una visita.

–Mañana estaré allá.

–Gracias, amigo.

–Por nada –respondió.

Capítulo 22

Cada vez sospecho más que estar de acuerdo
es la peor de las soluciones.

Julio Cortázar

De Luján de Cuyo a San Rafael, año 2008

Humberto Cáseres habló con Wen y le explicó que debía viajar a San Rafael. El joven, convertido en su mano derecha, podía hacerse cargo de la inmobiliaria sin inconvenientes. No sabía si regresaría en el día o si por el contrario se quedaría a pasar la noche en casa de los Madison. Todo dependía de las razones por las que su amigo lo necesitaba.

Pensó en llamar a Salvadora, pero juzgó que era apresurado sin saber a qué viajaba en realidad. Al llegar, fue recibido con gran cariño por todos los Madison. Victoria se alegró mucho de verlo. Le ofreció algo para tomar y le preguntó si se quedaría a dormir para mandar preparar la habitación. Era buena anfitriona. Esteban disimulaba su preocupación. Recibió el cálido abrazo de Beltrán, quien le dio las gracias, una vez más, por haber sido tan bueno con su amigo y la hermana. Cada vez que lo veía, le agradecía aquel favor que había hecho a su padre y que se prolongaba en el tiempo.

Cuando finalmente pudo quedarse solo con Esteban, hablaron sin reservas.

–¿Qué pasa, Esteban? Si me pediste que venga, es algo serio.

–El pasado que vuelve, Humberto. Gisel otra vez. Quiere dinero, más dinero, y que use influencias para liberar de la cárcel al tipo que está con ella. Está detenido por homicidio durante un robo. Me amenaza con decirle la verdad a Octavio y también con contarle a Beltrán lo ocurrido aquella fatídica noche con Roberto, pero mintiendo. Te imaginarás que no puedo permitirlo.

–No, si puede evitarse. Permitirlo sería derrumbar tu familia. Octavio no les perdonaría lo que le han ocultado. Victoria, que siempre quiso decirle la verdad, no te perdonaría a ti no haberlo hecho. Beltrán... No puedo ni pensar esa parte –dijo.

–Cuando estuviste preso, conociste gente... –comenzó a decir.

–Sí, mucha.

–Necesitamos alguien que la saque de circulación –dijo. Lo miró a los ojos y su desesperación lo alcanzó primero que la mirada.

–¿Te volviste loco? No somos criminales. No hay crimen perfecto. Y mandar a matar por dinero es un homicidio calificado. Cadena perpetua, para que entiendas. La gente que conocí no es confiable, son delincuentes, no amigos.

–Humberto, necesito que me ayudes. No tengo esos contactos y voy a arriesgarme. Prefiero ir preso que perder a mi familia. Yo no sé lo que es perder nada y no voy a aprenderlo ahora con lo más valioso que tengo: mis hijos y mi esposa.

–Tampoco sabes lo que es estar preso. Definitivamente no voy a ayudarte en semejante cosa.

–Yo te ayudé sin pensarlo, hace años –respondió Esteban.

–Lo sé. Pero fue diferente. Tú tienes todo que perder y yo no tenía nada.

–No es un reproche. Por favor, Humberto, no sé qué hacer –pidió.

–No, es una locura –su respuesta fue rotunda–. Habla con Victoria y los dos hablen con Octavio. Tarde o temprano la verdad saldrá a la luz y será peor. En cuanto a Beltrán, debes proceder de la misma manera. La verdad, amigo. Yo puedo estar allí también y contar mi parte.

Esteban meditaba. No sabía realmente qué hacer. No era hábil para resolver conflictos. Quizá, debía confiar en los consejos de Humberto.

–No sé. Si le doy el dinero, que puedo hacerlo, esto no terminará más. Además, no puedo hacer que el tipo quede libre.

–¿Por qué te pide eso?

–Porque cree que puedo. No te olvides que ella sabe lo tuyo.

—Lo sé. Hace algún tiempo he logrado vencer aquellas imágenes, pero me han torturado durante mucho tiempo. Cada tanto regresan a mí y me siento tan mal como entonces. Yo no quise matar a Roberto Uribe. Era mi amigo.

—Fue un accidente. Ojalá yo hubiera estado allí –se quedó callado inmerso en ese hecho desgraciado.

—Después de la muerte de Gina, Roberto no fue el mismo. Llegué a El Templo, sabes bien que me había enloquecido con aquella mujer, Liz –se refería a una joven rubia que le quitaba el sueño en ese entonces.

—No quiero volver a escuchar lo que pasó. ¿Para qué? –preguntó Esteban.

—Porque es lo que vas a decirle a Beltrán. Cuéntale cómo fueron las cosas. Yo estaba con ella, con Liz, y fui por un trago. Cuando regresé, Roberto estaba algo bebido y la seducía. Le dije que se alejara, que esa mujer era especial para mí y no significaba nada para él. Él estaba ebrio y, sin pensarlo, me enfrentó. Tomó un arma, forcejeamos y logré quitársela. Le pedí que se fuera, la pelea continuó y quiso recuperar la pistola que yo tenía en la mano. Después, el tiro al aire, el forcejeo otra vez y el disparo con el que lo maté. Gisel estaba ahí mirando todo. Liz se había ido por ayuda –rememoró en voz alta.

—Recuerdo los hechos, deja de castigarte. Sabemos que fue un accidente.

—La verdad es que no recuerdas los hechos. Me creíste lo que te conté. Solo Gisel y yo sabemos que fue así.

–Fue un accidente –repitió convencido de eso.

–Fue una imprudencia. Era joven. Hoy sé que ninguna mujer vale una amistad. No debí discutir con él. Dejé huérfano a Beltrán –se lamentó.

–Yo lo crie. No sabemos qué hubiera hecho Roberto con su vida. Estaba entregado a la bebida. Deprimido. Ambos eran mis amigos, pero él estaba fuera de control. Gisel recuerda que ayudé a que quedaras libre, por eso me presiona ahora, para que ayude al tipo que está con ella. Pero en ese momento fue distinto. Tú no tenías antecedentes y yo puse los mejores abogados. Ella misma declaró que solo te defendiste, la verdad, que quisiste evitar la pelea. Ella cree que saliste porque yo tenía contactos. Ahora amenaza con decirle a Beltrán que le di dinero por su testimonio y dice que le dirá que lo mataste a sangre fría, si no hago lo que me pide.

–¡Es una maldita! Beltrán no va a creerle eso. Él sabe que ayudé a sus amigos, sabe lo que soy.

–¿A qué amigos?

–A los Noriega, a Solana y a Wenceslao. Hace años que están conmigo. Los hijos de tu empleado.

–Nunca supe que eran ellos. Bueno, eso no importa ahora. Es muy hija de puta. Yo no voy a ayudar a liberar al tipo, aun pudiendo intentarlo.

–¿Puedes intentarlo?

–Supongo, todo tiene un precio. Pero no voy a hacerlo.

–Eso está claro, pero mandarla a borrar del mapa tampoco es la solución. Piénsalo.

–¿Qué hago entonces?

–Tienes una sola opción: la verdad es el único camino para detener la extorsión. Tus hijos tendrán que creer en ti. Tus años siendo el gran padre que eres te respaldan.

–¿Y si no lo hacen? –preguntó preso de terror.

–Si no lo hacen, el tiempo hará su trabajo y terminarán aceptando tus razones. Nunca le dijiste la verdad a Octavio para evitarle la amargura de saber que su madre no lo quiso jamás, y a Beltrán no quisiste decirle que su padre se encamaba con cualquiera a los pocos días de muerta su madre en el parto. Son hombres, tienen que entender –dijo. Estaba convencido de lo que decía.

–Tengo miedo –confesó.

–Lo sé. Hazme caso. No llames ni atiendas a Gisel. Habla con Victoria y decidan cómo continuar. Si lo necesitas, yo hablo con ellos también –agregó.

Esteban nunca podría cambiar su perfil. Era un hombre que no sabía afrontar problemas, porque nunca los había tenido. Por eso pretendía una solución definitiva que, de llevarse a cabo, lo convertiría en alguien que no era.

Humberto regresó a Cuyo al día siguiente. Estaba muy preocupado por su amigo y por las situaciones que tendría que afrontar. Solo se animó a volver cuando estuvo seguro de que Esteban había entendido que la verdad era la única posibilidad para solucionar esa extorsión.

Capítulo 23

Aquel que tiene un porqué para vivir
se puede enfrentar a todos los cómos.
Friedrich Nietzsche

San Rafael, Mendoza, año 2008

Victoria seguía luchando. Había días en los que lograba disfrutar su presente y otros, en los que no lograba dejar de temer que algo lo rompiera y la separara de su dicha. Sumaba la respuesta interna que la terapia le había causado, sobre todo, la última sesión. Ella no había enfrentado nunca a su madre, de algún extraño modo había consentido la indiferencia. Las palabras de su psicóloga se repetían textuales en su mente: "¿Nunca pensó en ir a verla o salir a tomar un café y poder decirle todo lo que siente? Es su madre. Solo ella tiene las respuestas que a usted le faltan y sin las que se le está haciendo complicado vivir. No me responda ahora pero medite sobre esa alternativa".

Tomó coraje y la llamó. Era su madre después de todo y lo peor que podía pasar era que se negara y agregara un nuevo desplante a su dolor.

–Hola, mamá. Habla Victoria.

–Hola, Victoria... –respondió sorprendida. Hacía muchísimo tiempo que no se veían pero también mucho que no hablaban por teléfono–. ¿Qué pasa que me llamas? –preguntó directamente.

Victoria estaba en posición de iniciar la pelea de siempre. Era por eso que no la llamaba. ¿Para qué hacerlo? Para su madre tenía que pasar algo para que ella se comunicara sino no era necesario. Una suerte de portadora de malas noticias, nada más, porque obviamente no llamaría para las buenas. Decidió no seguir la rutina que, aunque interrumpida, no había variado.

–No pasa nada, mamá. Solo que tuve ganas de verte y hablar contigo.

–Ven a mi casa –respondió luego de una pausa.

Otra vez lo mismo. No movía un dedo por ella. No le importó y siguió el consejo de la psicóloga para poner fin de una vez a ese tema. Igual maldijo para adentro a las constelaciones, a la psicóloga, a la idea y a la empresa de teléfonos que había permitido la llamada.

–No. Prefiero encontrarte sola en algún café –respondió. El "sola" indicaba claramente que no se le ocurriera llevar al esposo.

–O sea que no quieres que Igor vaya –dedujo.

—Exacto. Creo que después de tanto tiempo sin vernos podemos encontrarnos sin él. Que te espere en la esquina, si lo desea —se arrepintió de haber dicho esto último, el tipo no merecía ni siquiera que se ocupara de él con esas palabras.

—Está bien.

Pactaron la hora del té de esa tarde y el lugar en el café cercano al consultorio de la doctora Salem. Victoria se sentía más segura si la tenía cerca, aunque no le había avisado. Era horario de atención.

Victoria llegó y Oriana Nizza, su madre, estaba allí esperando. Se la veía nerviosa. Se tronaba los dedos y no dejaba quietas sus manos. Era una mujer grande que se ocupaba de su aspecto y lo cuidaba. Usaba el cabello corto y de un color rubio teñido. Estaba impecablemente maquillada y bien vestida. Tenía estilo. Solo le sobraba a su apariencia esa evidente necesidad de retener el tiempo en una juventud que ya no existía y cuyo testimonio era el paso por los quirófanos que se notaba en su rostro. Pero no era chocante, era cuidadosa, interesante y a su modo, atractiva.

—Hola, mamá.

—Hola, Victoria —respondió y le dio un beso.

¿Por qué nunca me llama hija?, se preguntó. Volvió a dolerle hasta ese alejamiento verbal.

—¿Pedimos café o prefieres otra cosa?

—Yo ya pedí café con edulcorante. Tú pide el tuyo.

Victoria no tenía reserva emocional para demasiados rodeos, ni paciencia para esperar los resultados del encuentro.

Decidió ser sincera y lograr llegar hasta el corazón escondido debajo de tanta producción. Matar o morir pero no prolongar la incertidumbre.

—Mamá, estoy yendo a terapia para poder resolver algunas cuestiones que me hacen mal. Mi psicóloga me aconsejó que hablara contigo y quiero saber si estás dispuesta a ayudarme —dijo.

Su tono era el más sincero que Oriana hubiera escuchado nunca. Su expresión le suplicaba a gritos que no le soltara la mano a la oportunidad que le pedía de manera discreta. Sus ojos brillaban el reclamo afectivo callado durante años.

Hacía mucho tiempo que Oriana sentía el peso de los remordimientos apretando sus días. Habían muerto dos de sus amigas de manera inesperada y había comenzado a replantearse su vida entera. Las amigas tenían sus mismos años y eso significaba que cualquier día la muerta podía ser ella. Sentía miedo, quería dejar en orden sus pecados por si el infierno fuera verdad. No le gustaba el balance. Era responsable de hechos tremendos que era imposible revertir. Si el infierno tan temido existía, era un hecho que su lugar estaría allí, justo al lado de algún demonio. Quería evitar eso.

Miró a su hija y sintió que la veía por primera vez. Era distinguida, linda, respetuosa. Había logrado ser digna merecedora de la vida que tenía y había hecho todo eso absolutamente sola. Pensó que, considerando su pasado y sus genes maternos, podría haberse convertido en cualquier cosa. Sin embargo, era una mujer de bien. Por primera vez en toda su vida sintió deseos de abrazarla pero estaba convencida de haber perdido ese derecho hacía muchísimo tiempo. Entonces hizo lo que pudo, tomó la decisión de ayudarla con lo que fuera que le pidiera. Los actos buenos no vencían con el transcurso de los años y quizá hicieran que alguien la perdonara.

–¿Qué necesitas de mí? –preguntó. Le costaba acercarse desde la palabra también.

–Necesito saber… Necesito saber la verdad sobre tu distancia. ¿Por qué nunca me quisiste? –pronunció esa pregunta sin pensar. Había abierto el grifo de las dudas y los miedos.

–No es que no te haya querido. Digamos que siempre quise otras cosas. Desde muy joven quise una vida cómoda que no implicara sacrificios de ningún tipo –empezó a decir. Hizo una pausa y vio la mirada de su hija expectante que no la juzgaba–. Tal vez porque nunca tuve nada. He sabido lo que es el hambre hasta perder la noción de mi identidad. Conocí el frío que cala los huesos. Durante mi infancia usé botas de goma en verano y calzado deportivo roto en invierno. Nunca tuve nada. Siempre era la pobre. Las necesidades básicas nunca fueron satisfechas para mí –continuó.

–¿Por qué? ¿Tan pobres eran mis abuelos? Yo nunca supe nada de ellos. Cada vez que te preguntaba me decías que estaban muertos y jamás quisiste hablar de tu familia. Un día me cansé de preguntar. Pero ahora necesito saber.

–No sé quién es mi padre y mi madre era pobre. Una empleada doméstica sin demasiada preparación que intentó

darme lo mejor que pudo dentro de sus posibilidades, que fue todo lo poco que te puedas imaginar. Yo la odiaba por eso. Crecí llena de ambiciones y resentimientos. Vacía de principios. Yo quería vivir bien de una vez y para siempre. Un hombre mayor podía darme esa vida fácil. Planeé seducir a tu padre y lo hice –tomó un sorbo de café buscando en él más fuerza. Era extrañamente liberador ponerle palabras a su pasado. Nunca lo había hecho. Sentía que se alivianaba la mochila de su culpa.

–¿Te embarazaste adrede de mí? –preguntó conociendo la respuesta.

–Sí. Si tu padre viviera, le pediría perdón. Él era un buen hombre. Te amaba. Yo solo le di placer al principio y después del embarazo, solo desplantes.

–¿Por qué?

–Ya no lo necesitaba. Se casó conmigo y cuando naciste se hizo cargo de todo –a medida que hablaba sentía una opresión en el pecho. Pensaba que quizá con eso fuera suficiente. La otra parte de la historia era todavía peor–. Mi suerte económica cambió y obtuve la vida que siempre quise.

Victoria no resistía las lágrimas. Estaba recuperando parte de su historia, era triste pero era suya. Agradecía que su madre hubiera aceptado ayudarla, no estaba acostumbrada a contar con ella.

–Pero cuando nací, cuando me viste, ¿no sentiste algo por mí? Yo jamás olvidaré el segundo en que vi a Sara por primera vez.

–Tuve un embarazo horrible. El parto fue todavía peor y yo quería terminar con eso. Entonces me fui a la casa de una amiga, Erika, alguien que era como yo y que iba a ayudarme. Naciste lejos de tu padre.

–¿Era como tú? ¿En qué sentido?

–Ambiciosa. Sin escrúpulos.

–Y ayudarte… ¿a qué? No entiendo.

La pausa silenciosa de Oriana le quitó el aliento a Victoria y aceleró sus pulsaciones. Presentía la angustia como un castigo eterno.

–Yo… –Oriana comenzó a llorar. Eso descolocó a Victoria que se puso de pie, se acercó y, inclinada, le tomó las manos.

–Por favor, mamá, no te detengas. Cuéntame –suplicó.

Ninguna verdad por cruel que fuera podía ser peor que el silencio y la indiferencia.

El vínculo nacía por fin. Oriana acarició su cabello y las lágrimas inundaron a Victoria con el solo contacto. Era la primera vez que su madre le regalaba una caricia.

–Hija, yo… –le había dicho "hija" y eso la conmovió aún más–. Yo tuve dos hijas ese día –logró decir–. Sé que nunca vas a perdonarme pero sé también que eso es lo que merezco.

Victoria quedó sin habla y regresó a su asiento. La observaba sin ningún juicio de valor. Solo podía pensar que había ido a buscar las causas de la indiferencia de su madre y había hallado que tenía una hermana.

–¿Qué? ¿Qué dices? ¿Tengo una gemela? ¿Vive? –preguntó víctima de la sorpresa y la pena.

Había crecido toda su vida añorando vínculos y pasados sus cincuenta años descubría que en algún lugar del mundo, sin saber de ella, existía una hermana. Su cuerpo no podía asimilar esa verdad y el corazón comenzaba a desgarrarse de separación.

–Eran mellizas. No sé si vive, ni dónde está. En este último tiempo me he sentido culpable.

–¿En este último tiempo? –remarcó indignada.

–Sí. Desde que tomé conciencia de mis errores.

–¿Qué hiciste con ella? –preguntó. Había decidido no opinar sobre las últimas palabras de su madre, eran atroces. Era increíble que recién en ese momento de su vida reflexionara sobre semejante barbaridad.

–Erika se ocupó. Yo no le había dicho a Bautista que eran dos bebés o las habría querido a ambas. Yo no quería ser madre. No quería ni siquiera una. Así que por eso me fui a tenerlos en otro lado con mi amiga. Como yo era muy caprichosa y partí sin avisar, tu padre tuvo que esperar hasta mi regreso. No le dije exactamente dónde vivía mi amiga para que no pudiera ir a buscarme.

–¿Qué hizo esa tal Erika con la bebé, por Dios?

–La dejó en un orfanato. Erika murió hace unos meses. En su lecho de muerte me pidió que buscara a esa hija y le pidiera perdón. Lo hizo porque tenía miedo de ir al infierno. Hasta en eso nos parecemos, cobardes al final del camino. Solo sé dónde queda el orfanato y el nombre que le inventó cuando la dejó allí. Pero no quiero ir a averiguar. Ya es demasiado tarde –agregó.

–No puedo entenderte. Todo lo que me cuentas es tremendo, estoy tratando de incorporarlo. Te deshiciste de una hija pero ¿por qué siempre te mantuviste tan alejada de mí, la que conservaste?

–Por Igor.

–Lo imaginé. No quería compartirte conmigo. Era tu amante desde antes de que muriera papá, ¿no es así? –preguntó.

–Sí, lo conocí después de que naciste. Pero me alejé para protegerte.

–¿Para protegerme? ¿De qué? Si no me querías –dijo tratando de comprender e hilar la historia. Todo era una gran contradicción.

–Bueno, eras mi hija después de todo. Una tarde viniste a mí y me dijiste que Igor se había metido en el baño mientras te dabas una ducha y que te había mirado desnuda con ojos horribles. Así dijiste textual. Agregaste que había querido tocar "tus partes" y tú habías salido corriendo.

Victoria sintió náuseas. Estaba mareada, pero necesitaba no desmayarse para llegar al fondo de ese abismo que empezaba a tener sentido. Juntó fuerzas de donde nunca supo y trató de instalarla a continuar sin opinar.

–¡Por Dios! No recuerdo eso –exclamó.

–Puede que hayas olvidado. Pero tu cicatriz, ese corte a la mitad de tu mentón, es el resultado de aquella discusión. No te creí y te golpeé provocándote un corte con mis anillos. Después pensé que eras chica. No podías inventar eso. Así que hablé con él, yo estaba profundamente enamorada. Él cambió la versión, dijo que ingresó en el baño sin saber que estabas ahí justo cuando salías del agua. En ese entonces elegí creerle, pero jamás los dejé solos. Yo misma me mantenía distante y siempre con él. Si estaba conmigo, entonces no podría molestarte. Una ecuación rara. Yo no quería dejarlo, pero no estaba dispuesta a consentir que te lastimara. Nunca más sucedió nada. Jamás volvió a acercarse a ti. No tuvo una sola oportunidad de hacerlo. Si piensas, siempre que él estuvo cerca yo también estaba.

Victoria no paraba de llorar. Recordaba el golpe de su madre, había surgido en terapia pero no las causas. Ahora las sabía. Estaba consternada. Sabía todo lo que quería saber. Su madre había sido la llave a la posibilidad de sanar su alma. No podía odiarla, no en ese momento. Meditó y era cierto, no había una sola imagen de su madre sola o de Igor solo, siempre estaban ambos.

—Después, te casaste y yo me alejé completamente de ti y de tus hijos, porque Igor es todo lo que tengo. Soy una vieja que se resiste a serlo, pero lo quiero. Ha sido un buen compañero para mí. No quise exponer a Sara a que le sucediera algo semejante. Yo no supe hacerlo bien pero dentro de mis errores, quise cuidarlas. Mi egoísmo hizo el resto. No quería perderlo.

Oriana estalló en lágrimas y ocultó el rostro entre sus manos como no queriendo ver la realidad que acaba de confesar. Luego se puso de pie, se acercó a Victoria y la abrazó fuerte.

238 Tan fuerte como le fue posible. Victoria no podía responder al abrazo, el primero que esa mujer le daba. Estaba pétrea, tiesa, como si fuera una estatua de la que emergían infinitas lágrimas.

–Espero haber sido de ayuda. Perdón, hija. Perdón –le susurró al oído y se fue.

Capítulo 24

La única persona que necesitas en tu vida,
es aquella que te demuestre que te necesita en la suya.

Oscar Wilde

Octavio era feliz. La vida le sonreía al mejor estilo Madison. Realmente amaba su profesión. Disfrutaba de su posición en el hospital. Era un médico querido por su trato afectuoso hacia todos. Para él era tan importante la enfermera como los ayudantes de quirófano; las pacientes, como el personal del buffet o de limpieza. Todos conformaban el escenario de una realidad que había imaginado siempre así, en armonía con sus logros. Le gustaba traer bebés al mundo, sentía en ellos la esperanza de más vidas felices. Era una persona extremadamente generosa. No subía en la escalera de la vida para mirar hacia abajo a los de menos suerte. Octavio recibía reconocimientos y devolvía entrega. Le encantaba hacerlo y era natural en él. Le había salvado la vida a su hermano, Beltrán, tomando la que para él había sido la decisión más correcta y oportuna de su vida. Tenía una hermosa novia con la que pensaba casarse. La quería y era ella un inagotable placer latente en el amor físico que compartían. Era cierto que era frívola en algunos aspectos pero no tanto como para desequilibrar la relación. Lo entendía y no lo hostigaba por las horas que dedicaba a su carrera, a veces, sacrificando tiempo con ella. Al principio eso había costado un poco pero desde que había comenzado a trabajar en las oficinas de la empresa, todo marchaba bien. Él mismo le había pedido a Esteban que le diera una oportunidad unos meses antes.

—Papá, tengo que pedirte algo.

—Claro, dime. ¿Qué necesitas?

—Quiero que le ofrezcas trabajo a Nadia. Ella es demasiado orgullosa para pedirlo y la relación con sus padres no es la mejor. No desea nada de ellos por cuestiones familiares sobre las que no opino. Si ella está ocupada, yo trabajo más tranquilo y además, nos permitirá organizarnos para un futuro —había dicho con una sonrisa.

—Hijo… ¿Piensas casarte con ella entonces? —preguntó.

—Sí, papá. No sé cuándo, no me lo he planteado todavía pero supongo que no falta mucho. ¿Te parece una mala elección? —preguntó inmerso en la confianza que lo unía a los consejos de su padre desde siempre.

—¿La amas? ¿Estás enamorado? —preguntó.

–Sí. No conocí otra mujer que me seduzca y mantenga en mí el deseo como ella. Amo que no le tenga miedo a nada y admiro que entre en un lugar y jamás pase desapercibida. Me gusta con el alma, y la verdad es que entre tantas idas y vueltas, descubrí que ella es parte de mi vida. Amo saber que voy a verla después de una jornada de trabajo y amo más todavía cuando le aviso que no llegaré y entiende que estoy haciendo lo que elegí. No hay cama que me dé abrigo o descanso si no la comparto con ella –respondió. Sus ojos turquesas hablaban con el fulgor que acompañaba sus palabras.

–¿Y ella? ¿Qué siente ella?

–Lo mismo –respondió.

–Si es recíproco, entonces, haces lo correcto. Tendremos que domesticar los celos de tu madre pero yo voy a ayudarte. Ahora y siempre. El tiempo se hará cargo del resto. Cuando sea abuela se acercará inevitablemente a Nadia –respondió. No estaba convencido de eso. Era más bien una expresión de deseo. Sabía que Victoria no cometería los errores de su suegra, aunque la madre de sus nietos fuera Nadia. Lo emocionó descubrir en las palabras de su hijo a un hombre. Un hombre bueno, exitoso, y honesto–. Nunca la engañes, hijo. Los cimientos del matrimonio o de toda pareja que quiera trascender el tiempo a la par es la fidelidad. Es preferible que la dejes y sigas metiendo mujeres a tu cama hasta que estés listo antes de que ella sea tu esposa –aconsejó.

–No quiero otras mujeres en mi cama, papá. Ya han pasado suficientes. La quiero a ella –respondió.

–Entonces es el momento y es la mujer adecuada –respondió con absoluto nivel de certeza recordando los sentimientos que Victoria había provocado en él.

Octavio había decidido, después de esa charla, que sorprendería a Nadia con un anillo de compromiso y que le pediría que se casaran.

Tras rememorar la conversación con su padre, recibió correspondencia en su consultorio. Lo invitaban al Noveno Congreso Internacional de Obstetricia que se realizaría en Barcelona. Sería el primero de tanta importancia en su carrera, entonces pensó en Nadia y la llamó.

–Hola, mi amor. ¿Cómo estás?

–Bien. Trabajando con Beltrán en la oficina –respondió.

–Te paso a buscar por tu casa a las diez para ir a cenar. ¿Quieres?

–Sí, claro. ¿Podemos dormir en una hermosa *suite* después? –pidió con dulzura inusitada.

–Podemos lo que quieras. Ya me ocupo. Te amo –dijo.

–Y yo a ti –respondió.

Omitió adrede decir "te amo" cuando advirtió que Beltrán la estaba escuchando desde su escritorio. Había visto solo por un instante la transformación en su expresión cuando ella mencionó la *suite*. Luego, había continuado con su tarea como si nada hubiera oído.

* * *

Esa noche Octavio sentía que no podía estar más contento. Nadia estaba radiante. Algo nuevo brillaba en ella, pensó que quizá el hecho de haber elegido una *suite* en el hotel Sheraton, uno de los mejores de San Rafael, tenía que ver con su humor. Fueron directamente allí. Una mesa para dos estaba preparada para cenar y sobre la cama una bolsa con un moño y una rosa roja encima se dejaba ver lujuriosa.

—Oti... ¿Qué es eso? —preguntó sabiendo que era un regalo para ella.

—Es para ti, y de algún modo para mí —sonrió.

Ella se dirigió hacia el paquete y lo abrió. Un camisón corto de color marfil, con bordes de encaje pronunciado y absolutamente transparente, la sorprendió. Completando el conjunto una tanga haciendo juego cayó de la bolsa de Victoria's Secret al extraer la prenda principal.

Se dio vuelta buscándolo con su mirada y lo encontró justo delante de su suspiro. Octavio la abrazó y apoyándole una de sus manos en la nuca, la besó. Con la otra presionaba el cuerpo de ella contra el suyo desde la cintura. Los besos la recorrían por dentro y mientras la lengua de ella le susurraba las palabras que él imaginaba, la noche se metía en el encanto de ese encuentro, asimilándolo al paraíso perdido de quienes se han extrañado lo suficiente.

—Me gustaría que cenaras con el regalo puesto —le dijo muy despacio al oído mientras besaba su lóbulo.

—Ya voy a ponérmelo —respondió temblando por la provocación.

Cenaron en plena tarea de seducción. Él disfrutando de todo. Cada gesto, cada palabra, la conversación y mirarla, lo excitaba de principio a fin. La prenda era tan sensual que era como saborearla desnuda sin que lo estuviera del todo. Ella estaba contenta de ser el centro de atención, le encantaba seducir y le provocaba placer no solo a su cuerpo sino también a su infinito ego. Por momentos, mientras Octavio le hablaba, el rostro de Beltrán se mezclaba y los ojos turquesas que la miraban se convertían en un feroz tigre al acecho, que la observaba detrás de unos ojos color miel, tan dulces como salvajes, dispuestos a internarse dentro de ella.

Esa noche hicieron el amor y compartieron el estallido de sus cuerpos sin privarse de sus fantasías. Cuando sus respiraciones estaban confundidas entre las sábanas esperando recuperar la secuencia normal de sus latidos, Octavio la besó en la boca mientras todavía seguía dentro de ella, y le sujetó sus cabellos para poder verle el rostro de gozo. Luego de unos instantes, cambiaron de posición y se acostaron, él la abrazaba de lado y ella había apoyado la cabeza sobre su pecho.

—Te amo, Nadia.

Ella respondió con un beso pero permaneció en silencio. No fue intencional. Algo que no controlaba se agitaba en su corazón y la sorprendía.

Octavio no advirtió nada extraño.

—Nadia, hay un congreso en Barcelona la próxima semana y quisiera ir. Estaré fuera siete días —dijo. No la invitó porque era estrictamente laboral.

Ella, que se sentía algo extraña debido a las intromisiones del recuerdo de Beltrán en su intimidad, respondió sin pensar.

–Ningún problema, mi amor. Viaja tranquilo.

Era todo lo que él deseaba escuchar. Decidió, en ese momento, que a su regreso le pediría que se casara con él.

Capítulo 25

Yo creo que habría que inventar un juego
en el que nadie ganara.

Jorge Luis Borges

Victoria había llamado a la licenciada Salem no bien pudo acomodar sus ideas como para elaborar un relato de lo sucedido. Le había adelantado algo por teléfono pero la psicóloga no tenía turnos disponibles de modo que tendría que esperar una semana para verla. Juzgó que quizá era mejor, pues eso le daría espacio temporal para aquietar tantas emociones. Esa noche casi no durmió. Le contó todo lo sucedido a Esteban, quien la miraba sorprendido. Cuando llegaron al tema de su niñez y la situación de Igor intentando sin éxito tocarla, se volvió loco de ira, quería ir a buscarlo. Ella le hizo entender que era tarde ya y que, por suerte, no solo ella no registraba ese episodio sino que había logrado escapar corriendo. Todo lo que quedaba de aquel suceso era su rechazo insalvable por ese hombre asqueroso.

Su madre la había preservado de su segundo esposo, de una manera muy dolorosa y egoísta, pero la había alejado de las circunstancias que hubieran podido permitir un abuso.

A la mañana siguiente les costó mucho levantarse, ya que no habían descansado nada, pero Sara tenía partido a las nueve y estaba citada a las ocho. Ese sábado, como todos los demás desde hacía años, ellos la llevaban y se quedaban a verla jugar.

Bajaron juntos, Lupita les preparó el desayuno y Sara terminó de acomodarse las canilleras y el pelo en la sala. El clima era frío como tantas otras veces y la mañana estaba gris. Conversaron animadamente los tres, amaban a esa hija más allá de los límites del alma. Después, subieron a la camioneta y la adolescente conectó el *bluetooth*. Siempre elegía y disponía qué música escuchar.

—Escucha, ma. ¿Te gusta? Mayweather escucha este tema cuando entrena —dijo. Se refería a un boxeador que Esteban seguía desde los inicios de su carrera y que a ella le gustaba. Padre e hija admiraban a los deportistas destacados. Sonaba *Outta control* de Fifty Cent.

—Sí. Me gusta —respondió. Era un tema que inyectaba energía, así lo sentía Victoria quien, de todos modos y aunque no le hubiera gustado, se amoldaba a los gustos de sus hija.

—Está buenísimo, hija —agregó Esteban—. Tenemos que usarlo para entrenar en casa.

Tenían una parte de la casa destinada a gimnasio, con algunas máquinas y una cinta para correr. Era ese otro espacio que compartían juntos.

Llegaron a la cancha y bajaron. El frío comenzaba a intensificarse. Victoria y Esteban tomaron un café en el bufé del club, como solían hacer mientras las jugadoras entraban en calor y tenían la charla técnica. Siguieron hablando de lo sucedido con Oriana.

—¿Qué vas a hacer, amor? ¿Buscarás a tu hermana? —preguntó interesado en el tema. Le preocupaba mucho como podía afectar a Victoria lo acontecido.

—No lo sé. Primero quiero hablar con mi psicóloga. Creo que juntaré fuerzas para enfrentar la búsqueda, aunque no tengo muchas esperanzas, tiene otro nombre y ni sé si existe el orfanato. Por otro lado, no sé cómo manejar la situación con mi mamá, voy y vengo entre odiarla para siempre o perdonarla.

—Quédate tranquila, no estás sola. Vamos a pasar juntos por esto.

—Esteban... —quiso decirle que él no tenía idea de lo que ella sentía, pero no deseó ofenderlo. Era cierto que su esposo era evidencia de una vida feliz pero era verdad también que la amaba y le ofrecía todo lo que era capaz de dar. De pronto, miraron la hora—. ¿Vamos? Empieza en cinco minutos —agregó ella.

Si bien Victoria no podía quitar el tema de sus pensamientos, deseaba que no afectara el modo de acompañar a su hija

en lo que para ella era lo más importante, jugar al hockey.
Además, Sara no sabía nada de lo ocurrido con su abuela Oriana. Tal vez se lo dijera cuando ya estuviera resuelto, nunca antes. Por su parte, sumido en el silencio de sus pensamientos, también Esteban postergó la preocupación por la reaparición de Gisel.

A las nueve de la mañana estaban los dos parados frente a la cancha esperando el inicio. Había niebla. Sara, capitana del equipo, habló con el árbitro y volvió al círculo que armaban antes de ocupar sus puestos. Allí, todas abrazadas compartiendo el secreto de la unión, estuvieron unos segundos y gritaron "¡Vamos, Quilmes!", como siempre. Era un ritual emotivo. El eco de los sueños y el amor por el equipo estalló contra un cielo que cubría la impunidad de la juventud. Ese creer que todo lo podían se metía por los poros de todos los que esperaban la competencia. Victoria y Esteban la miraban y atravesaban su talento con el alma, para cuidarla, para decirle de cerca que la vida tenía otro sentido viéndola feliz.

Era un partido difícil. Sara corría como si no hubiera contacto entre sus botines y el césped. Volaba sobre el entusiasmo de saberse invencible. Recuperaba bochas y las pasaba. Estaba jugando de enganche pero en verdad estaba en todos los puestos. Era una jugadora única. Victoria y Esteban la miraban con orgullo y devoción. Al lado de ellos, otros padres del equipo acompañaban y alentaban.

—Lo que está jugando Sarita, ¡increíble! —dijo el padre de otra jugadora.

–Sara es única –agregó Ruth, una mamá que la quería muchísimo. Siempre conversaba con Victoria y le decía que le encantaba el modo de ser de Sara, una chica linda e inteligente, a la que no se le pegaba nada que no correspondiera: "Ella es de teflón. No se le pega nada. Está siempre más allá de todo", le dijo un día y a Victoria le pareció una imagen divertida para definir el modo en que su hija se conducía en la vida.

–No es porque sea mi hija, pero por Dios, ¡lo que corre! –dijo Esteban que estaba cerca.

Victoria no decía mucho, había ido a muchísimos partidos pero no dominaba las reglas. No le importaban tampoco. Su hija era mucho más que esos reglamentos. Siempre sabía qué hacer.

Victoria era una mamá distinta, era experta en sentir, en atravesar la gloria de su hija como si fuera propia. Mirándola, solo mirándola dejaba ir su corazón para que corriera a su lado y le susurrara "Dale, hijita, seguí brillando, derrama tu magia". El orgullo que sentía era tan gigante que no le cabía en el cuerpo. Sara seguía corriendo de un lugar a otro de la cancha. Iban uno a uno. Las rivales eran duras y el resultado podía variar. Ella quería ganar, eso no era solo importante, era lo único en ese momento. La niebla se había intensificado y había comenzado a llover. El frío calaba hondo y Victoria decidió no tomar más fotos porque se le congelaban las manos. Sara no cesaba en su entrega. Alguna voz desconocida arengaba su nombre; otras se sumaban y decían "Dale veintitrés", alentándola por su camiseta. Esteban miraba a su esposa y a los dos les brillaban los ojos de emoción. ¡Cuánto había logrado esa hija, luchadora, al derecho y al revés! Todos la querían, hasta los que no la conocían. Ese sentimiento generaba a su alrededor.

El equipo contrario dominaba la bocha cerca del arco de Sara, entonces ella corrió y mientras todos retenían el aliento por la inminencia de un gol, ella dio clase de habilidad, recuperó la bocha y en unos minutos estaba en el área contraria. Había esquivado a todas las jugadoras a su paso. Hizo un pase, su compañera no pudo, entonces duplicó el esfuerzo y volvió a recuperar y a intentar otro pase. Perdió la bocha. Se la quitaron, entonces sus piernas fueron por todo. El frío era intenso y la lluvia fuerte complicaba las jugadas, el lodo dificultaba todo el desempeño del equipo. La niebla fastidiaba el escenario. Victoria no quitaba los ojos de su hija. En su interior algo tembló. Sara alcanzó a la rival pasando la mitad del campo y recuperó la bocha una vez más, sonreía. Implacables ella y su actitud. El palo Gryphon amarillo latía sus logros y se sumaba a la dicha de su pulso. Corría muy rápido. Giró a la derecha, dominando la bocha, para esquivar una oponente que se interpuso con su cuerpo. Hubo un cambio brusco en la dirección de la rodilla al desacelerar intempestivamente, volvió a girar y cayó al suelo en un grito de dolor que salió de sus entrañas.

El silbato detuvo el tiempo del partido. Sara lloraba. Esteban se metió en la cancha corriendo.

–Disculpe, pero tiene que salir –dijo el árbitro.

–Haga lo que quiera, écheme de la liga, de la Federación, de donde sea pero es mi hija y no me voy –respondió.

Victoria, paralizada, observaba lo ocurrido. Los sonidos eran lejanos, la vaguedad en que el miedo sumerge los sentidos frente a una incertidumbre que anuncia malos presagios la gobernaba. Vio a su esposo avanzar hacia el cuerpo dolido y empapado de su hija que lo llamaba entre lágrimas. Siempre era así: el padre ingresaba en la cancha porque entendía de tirones, calambres y golpes y ella esperaba atenta, por si había que salir para una clínica. Los minutos no pasaban más, el llanto de Sara inundaba las emociones de todos los que hasta hacía segundos habían admirado su destreza y su alegría al jugar. En cada padre el mismo pensamiento empujaba la impotencia, *pudo ser mi hija*, y dolía aunque no lo fuera. El club tenía ese sentimiento común, todos sufrían las lesiones de todas como propias. Victoria no podía contener las lágrimas. Era serio, lo sentía. Su hija no se levantaba. Alrededor, entrenadores, árbitros y su padre la asistían. Sara se había lastimado y era muy grave. Ella lo percibía en la fibra más íntima de su alma. Lloraba. Las palabras de Lupita se le vinieron encima sin querer recordarlas: "…sé bien que cuando Eularia dice que algo va a pasar, pasa. Ella está segura de que Octavio y Beltrán se pelean. La preocupa algo que pondrá muy triste a Sarita y dice que Esteban está mal. Además, me dijo que esta familia mía no podrá impedir que el pasado la atropelle y…". La adivina tenía razón. Lloró de pensar que

las cosas podían estar aún peor si sus aciertos eran totales.
Mientras esos pensamientos la invadían, veía cómo llevaban a Sara entre Esteban y su entrenador, alzada y con la pierna colgando.

–No te asustes. No llores. No es nada –repetía Ruth. Intentaba calmarla. Era una mamá más joven. Una buena mujer que había sido madre a los dieciséis y había vencido al desafío con honores. Tenía esa hermosa hija que era muy amiga de Sara y dos más pequeñas, que no por casualidad, también querían y admiraban a Sara. Seguía casada con el mismo amor. Era una familia querida para los Madison.

–Sí es, Ruth, y es serio –respondió Victoria.

El dolor en los ojos de Ruth que también lloraban se sumó al espanto que la recorría entera.

–Sara es fuerte. Superará lo que sea –agregó.

–Lo sé –respondió–. Pero no soporto su dolor –le dio un beso rápido de despedida. Estaban trayendo a Sara.

–Te llamo –añadió Ruth.

Victoria entró la camioneta casi al lado de la cancha, con el permiso del club, y sentaron a Sara en el asiento trasero con la pierna estirada sobre el tapizado. Apoyaba su espalda contra la ventanilla y su amargura contra la nada de saberse vulnerable. Nunca había parado de llorar.

–Me duele, papá, me duele mucho –decía.

–Para mí son los ligamentos, una distensión probablemente. Quédate tranquila, hijita –respondió. Conducía endemoniado sin respetar semáforos ni espacios. Victoria agitaba su abrigo blanco por la ventanilla anunciando que llevaban un herido, como solía hacerse. Llegaron a la guardia y un médico traumatólogo le hizo una placa y dijo que no había lesión en los huesos. Sara seguía con mucho dolor y sin poder pisar. Le indicaron reposo para que desinflamara el golpe. Regresaron a la casa. Victoria la ayudó a recostarse y le pusieron hielo. El dolor no cedía.

—A mí no me cierra. Los médicos de las guardias suelen no tener mucha idea —dijo Esteban a su esposa en la cocina.

—Es cierto. Ni locos nos quedamos con esa opinión. Hay que hacer que la vea un especialista cuanto antes —respondió Victoria.

—Para mí los ligamentos pueden estar rotos y eso solo puede verse con resonancia. Una placa solo muestra huesos —opinó él.

Esteban tomó su teléfono y realizó una llamada. Habló con un amigo. Estaba preocupado pero entero. Sería esa condición suya de sentir que todo nacía solucionado para él o podía resolverse.

—Por favor, necesito que el doctor Moreno atienda a Sara, ¿puedes conseguirme una cita? Se lastimó hoy en el partido —pidió refiriéndose al afamado profesional de San Rafael, especializado en rodilla.

—Dame cinco minutos y te llamo —respondió.

A los pocos minutos su teléfono sonó. Era su amigo que, allegado al médico, había logrado que la atendiera esa misma tarde.

Sara lloraba.

–Voy a perderme los partidos que vienen. Y la Selección me sacará si falto… Yo quiero jugar. Y el Torneo Regional… –repetía una y otra vez.

–Hija, te vamos a llevar al mejor médico de rodilla y vamos a ver qué dice –le dijo el padre.

–¿Cuándo?

–En un rato.

Los tres fueron a ver al médico. Sara no podía apoyar el pie, así que se sostenía de Esteban. Victoria tenía el corazón roto.

–¿Qué pasó, muchacha? –preguntó el doctor.

Era muy prestigioso y su calidez no pasaba inadvertida. Podía notarse que amaba su trabajo. Había entrega en su expresión. Sara le contó la jugada y los movimientos que había hecho. La examinó y le indicó urgente una resonancia.

–¿Qué tengo? –quiso saber ansiosa.

–No puedo decirte hasta ver la resonancia. Háganla urgente y vuelvan. Mientras, que haga reposo –respondió mirando a los padres–. Vas a usar esta férula para inmovilizar la rodilla hasta decidir cómo seguimos –agregó.

Le entregó una férula negra con abrojos que dejaba en posición recta y fija su pierna. Además de ser incómoda, evidenciaba la incapacidad para caminar normalmente. Su rostro mostraba que sabía más de lo que decía. Posiblemente quería conocer la lesión con mayor nivel de certeza, lo que dejaba ver un profesional serio.

–Doctor, no conseguiré cita para hoy mismo –dijo Victoria que conocía el tema de las citas para estudios complejos. El médico hizo una llamada y luego le dijo que la atenderían en un conocido centro de diagnóstico por imágenes de inmediato, que realizaran la resonancia y regresaran. Se la entregarían en el momento. Moreno actuaba con celeridad debido al pedido de especial atención que le había hecho su íntimo amigo, amigo también de Esteban, que había llevado a los Madison a consultarlo.

Victoria ingresó con su hija a hacer el estudio. Esteban esperaba afuera. Esas máquinas gigantes con ruidos precisos investigaban el futuro deportivo de su hija. Sentía náuseas al verla acostada allí, expuesta como los enfermos de cáncer. Lloró en silencio el tiempo que duró la espera. Sara no podía verla. A la media hora se la entregaron y volvieron a ver al médico.

El doctor miró las imágenes del estudio, examinó a Sara y dijo lo que ninguno quería escuchar y a él le hubiera gustado no decir.

–Te cortaste completamente el ligamento cruzado anterior. Lo lamento.

Los ojos de Sara se llenaron de lágrimas, ella veía el tiempo que eso significaba o creía verlo.

–¿Por cuánto tiempo no puedo jugar? –preguntó con la desesperación escrita en la expresión, pero con una hidalguía en su actitud que no se replegaba frente a la inminente respuesta.

–Depende, muchacha –comenzó a decir de modo cariñoso. Intentaba suavizar el contenido de sus palabras–. Hay dos posibilidades. Rehabilitación o cirugía. Si haces rehabilitación, y vuelves, puedes lastimar el resto de la rodilla que está bien y quizá, no jugar nunca más. Si operamos, podemos reconstruir el ligamento con un autoinjerto: se corta un fragmento de tendón isquiotibial y se injerta, otra técnica es cortar tendón rotuliano. Deben pensarlo –agregó.

–Doctor, ¿usted qué haría si se tratara de su hija? –preguntó Victoria.

–Operaría. Es muy joven y es el único modo de que vuelva a jugar sin problemas. Tengo experiencia en esto. Es una lesión que se hacen jugadores de fútbol y de rugby.

Victoria miró a Sara inundada de desolación. Era muy pesado el ahogo de saber que debía enfrentar tan amargos momentos, su pasado de abandono, la búsqueda de su hermana, su madre, el dolor de su hija. Debía además contener a su esposo. Sentía que no tenía fuerzas suficientes. Finalmente el mundo había caído sobre ella. Tenía ganas de llorar y le faltaban fuerzas para continuar. Se sintió agotada y vencida.

–¿Usted la puede operar? –preguntó Esteban.

–Sí, por supuesto.

–¿Cuánto tiempo sin jugar si me opero? –preguntó Sara, otra vez.

El tiempo, esa unidad de medida que se detiene cuando su víctima necesita que transcurra y que se evapora cuando se pretende dilatarlo. El tiempo era el centro de la cuestión para ella. Tenía lágrimas en los ojos pero no lloraba. Resistía la adversidad con alma y vida.

—Seis meses —respondió el doctor.

El universo cayó encima de Sara. Esas dos palabras significaban su derrumbe emocional, su caída libre al fondo de un abismo que no conocía. El equilibrio de sus planes y de su vida entera se había hecho pedazos con dos palabras y el drama que había comenzado en la cancha cobraba dimensiones extraordinarias en su cabeza. Seis meses a los dieciséis años eran una eternidad. ¿Quién tenía una eternidad para esperar volver a hacer lo que más amaba en el mundo a esa edad?

Victoria no podía respirar y Esteban sintió la dureza del golpe tan fuerte que contenía las lágrimas. Sara los miró y, mordiendo sus labios, apoyó las manos en el escritorio brincando sobre la pierna sana y dijo:

—Opéreme ya, por favor. Necesito que pasen esos seis meses cuanto antes.

Capítulo 26

La mejor manera de librarse de la tentación
es caer en ella.
Oscar Wilde

Esa mañana Nadia se había despertado y Octavio ya se había ido del hotel en donde se habían alojado. Al levantarse, halló una nota que decía: "No quise despertarte. Tuve que ir a la clínica. Te llamo. Octavio".

Nadia estaba aburrida de esa relación. Si bien Octavio era o podía ser el candidato perfecto para cualquier mujer, lo cierto era que ella había perdido esa adrenalina que necesitaba para sentirse viva. Cuando se acostaban disfrutaba, no podía negar eso, pero no era menos cierto que no fantaseaba con él y que estaba harta de sus horarios y de que siempre tuviera algo que hacer antes que estar con ella.

Siendo honesta con ella misma, le sucedían dos cosas.

Primero, no la atraía que fuera tan previsible y perfecto. Ella era transgresora por naturaleza y con Octavio nunca haría el amor en un automóvil detenido entre su deseo y la noche. La segunda era que no podía evitar que Beltrán y su magnetismo se filtraran en sus pensamientos. ¡Eran tan opuestos! Con Beltrán ella no podía saber ni siquiera si podría compartir un café dentro de la oficina. Era esquivo, reservado y jamás había logrado sentir que ella le gustaba. Estaba segura de que no era debido a que fuera el hermano de su novio. Era porque los sentimientos de Beltrán eran un misterio infranqueable.

Esa noche, era sábado, y se casaba una amiga. Por supuesto estaban invitados. Le gustaba ir a eventos sociales, porque todas las mujeres codiciaban a Octavio.

"Hola, Oti, quiero recordarte que esta noche tenemos la boda de la que te hablé. Llámame", grabó un mensaje.

Se dio un baño de inmersión y abandonó el hotel. Llegó a su casa completamente fastidiosa. Al rato sonó su teléfono.

—Buen día, cariño. Escuché tu mensaje pero no puedo cambiar la guardia en el hospital. Perdóname —se disculpó.

—¿Me estás hablando en serio? —retrucó enojada—. Te lo avisé hace mucho.

—Sí, lo sé. Pero no puedo. Igual a mí no me conocen —agregó.

—¡No puedo ir sola! ¡Y ya sé que no te conocen! Es por mí que estás invitado —se quejó.

—Sí, perdóname —le dijo, meditó un segundo y agregó—: Si quieres, le digo a mi hermano que te acompañe.

Justo cuando Nadia iba a iniciar una gran discusión, las palabras de Oti le modificaron los planes.

–¿Te parece que me acompañará? –respondió cambiando de actitud.

–Claro que sí. ¿Quieres que yo le avise? –preguntó.

–Sí, por favor. Y dile que me llame para coordinar.

–Gracias, mi amor, por entender. Ya me ocupo. Te amo –dijo. Sabía que Nadia había aceptado la solución alternativa de buena gana y eso lo hizo feliz.

–Está bien, ya está. No te preocupes, pero trata de que no vuelva a pasar –agregó.

Cortaron la comunicación y Octavio llamó a Beltrán quien no pudo negarse a su pedido, aun sabiendo lo que podía significar. Sería una tortura controlar la situación. Llamó a Nadia.

–Hola, cuñada –saludó–. Me dice mi hermano que tienen una boda y él no puede ir. Se supone que soy el plan B –agregó sonriendo.

–Hola, Beltrán, sí… lo de siempre, las guardias… ¿Puedes acompañarme? No puedo ir sola y tampoco dejar de ir –justificó.

–Sí. No hay problema. ¿A qué hora te paso a buscar?

–A las nueve.

Se despidieron. Ella estaba contenta. Al final, las cosas le habían salido bien. Iba a estar tan irresistible que Beltrán iba a descubrirla como mujer. Solo quería eso, gustarle.

* * *

A la hora indicada, Beltrán pasó por ella. Nadia tenía puesto un vestido largo de color azul, muy ajustado, sin tirantes, con piedras bordadas en el torso y una abertura muy pronunciada en el lado derecho que dejaba ver sus piernas. Su cabello estaba peinado en alto y su olor era insoportablemente seductor.

Subió al automóvil y lo vio. Él vestía un traje negro, camisa blanca y corbata en tonos de rojo y gris. Le dio un beso en la mejilla y el roce con su piel recién afeitada y perfumada la excitó.

Fueron a la iglesia y al salir de allí, Nadia no tenía ganas de ir a la fiesta a fingir modales ceremoniosos con su cuñado. Quería hacer algo distinto, estar sola con él, invadir sus sentidos, pero no sabía cómo podía reaccionar Beltrán si sugería cambiar los planes. Él era imprevisible.

–¿Vamos directo al salón de la fiesta? –preguntó él.

–¿Tenemos otra opción? –respondió.

–Me refería a si querías hacer tiempo –supo que ella lo estaba midiendo con gran sutileza.

–Con este vestido no hay muchos lugares a los que podamos ir a "hacer tiempo" –sonrió. *Por mí podrías sacarte el vestido*, pensó Beltrán.

–Es cierto. Mejor vamos a la fiesta directamente.

–Bueno. Además es lejos. Alquilaron el salón de la Estancia Quinquela –dijo refiriéndose a un lugar conocido.

El casamiento era uno de tantos otros. La novia era amiga de Nadia. Su familia era de clase media. Se divirtieron, no fue una boda acartonada sino auténtica. Bailaron y rieron muchísimo. Nadia no pudo evitar comparar, a Octavio no le gustaba bailar y Beltrán se movía maravillosamente y lo disfrutaba. La música estaba tan fuerte que para hablar tenían que hacerlo al oído. Eso provocó que los labios de Beltrán rozaran su lóbulo y sumado al resto de lo que compartían, Nadia se sintió más atraída por él. Su cuerpo le pedía un beso con urgencia. Por su parte, Beltrán sabía que podía avanzar pero su moral batida a duelo con sus hormonas representaba la barrera que no podía cruzar.

Cerca de las cinco de la mañana habían bebido lo suficiente y ella quiso irse de allí. Subieron al automóvil, riendo. Beltrán le había prestado el saco de su traje y lo llevaba puesto sobre los hombros. No podían evitar el deseo que durante toda la noche había crecido entre ellos. Nadia no conocía los prejuicios, así que no sentía cargo de conciencia. Él, en cambio, estaba encadenado a la lealtad y a la culpa.

En el camino de regreso, él puso música y de pronto la confianza lograda se convirtió en un silencio que les desnudaba las intenciones. Ella apoyó su mano sobre la pierna de Beltrán y dijo:

—Gracias por acompañarme.

Él no podía soportar más el contacto. Su sexo le exigía pasión y su mente le ordenaba valores. Tardó en responder y Nadia supo que también le pasaba algo, era fácil adivinar su dilema. Tendría que avanzar ella si no deseaba acostarse sola en su cama ardiendo por él.

–Un placer, cuñada –respondió, señalando con claridad el vínculo que los unía. Era su cuñada.

–¿Puedes parar el automóvil? Estoy mareada, tal vez el champagne…

Él detuvo el vehículo sin responder y bajó la ventanilla del acompañante. Nadia aspiró la brisa de la noche que la inundó de coraje. El silencio era denso. Los dos querían lo mismo.

–¿Mejor? –preguntó él.

Ella giró, lo miró y antes de que pudiera reaccionar lo tomó de la nuca y lo besó. La capacidad de resistir de Beltrán se incendió con la lengua que invadía su boca. Sin dejar de besarla reclinó los asientos y se colocó sobre ella reduciendo a cenizas, que se escaparon por la ventanilla, la moral, la familia y el nombre de Octavio.

* * *

En la guardia todo estaba tranquilo. Aproximadamente a las cinco sonó el teléfono de Octavio. La pantalla anunciaba que era Beltrán, sonrió y pensó que querría contarle cómo había estado la fiesta. Atendió.

–Hola, hermano –dijo pero nadie le respondió. Sin embargo, se escuchaban voces a la distancia.

–Te deseo, no puedo evitarlo. No dejes de besarme por favor –suplicaba una voz femenina.

–Nadia, eres divina… –contestaba una voz masculina que se oía agitada.

Octavio se sentó en la silla de la sala donde estaba. Por suerte no había nadie. No podía ordenar lo que sucedía. ¿Era una broma? Continuó escuchando, no por deseos de hacerlo sino porque no podía reaccionar. Los sonidos del placer asesinaban sus proyectos. La mujer pedía más, el hombre complacía. Se sumaban ruidos que no sabía a qué se correspondían. Su vida entera estaba muriendo en sus oídos. Los suspiros de excitación eran evidentes. Podía percibir cómo sus alientos se mezclaban, cómo las manos sucias del engaño provocaban temblores en ella. Podía sentir los labios de él bebiendo las humedades de la mujer que amaba. La brutal verdad le gritó el pecado. Su hermano se estaba acostando con su novia y los dos disfrutaban a sus espaldas. ¿Desde cuándo lo hacían? ¿Por qué él estaba escuchando? ¿Dónde estaban? ¿Cómo había podido ser tan estúpido? ¿Se había activado el teléfono sin que se dieran cuenta? Sí, tenía que ser eso, no podían ser tan perversos de hacerlo a propósito. Quería cortar, no soportaba escuchar más. Era como estar viéndolos desnudos violando su honor y su futuro. Sin embargo, no podía moverse. No encontraba voluntad para poner fin a esa agonía. Necesitaba estar todavía más seguro, si eso era posible. No había manera de beneficiar la situación con una duda. Acaban de tener un orgasmo.

–Por Dios, Beltrán. No dejes nunca de hacerme sentir así –dijo y las palabras sudaban el sexo que había disfrutado.

–Me vuelves loco… desde siempre –respondió y ese fue el disparo final.

Octavio lanzó contra la pared el teléfono, que se rompió ante sus ojos con la misma crueldad que sus planes. No podía llorar, estaba bloqueado. Tampoco podía entender. ¿Qué había hecho para merecer esa traición? Beltrán vivía gracias al riñón que le había donado. Tenía una vida porque su familia se la había proporcionado. Estaba consternado, roto. La mentira le recorría la sangre y arrojaba piedras a su confianza. Él había creído en ambos. Eran parte de su vida. Había pensado casarse con ella al regresar de Barcelona. De repente, la idea de irse se le presentó como una solución. No quería verlos, no podía hacerlo. ¿Cómo iban a sostener el engaño?

Se fue del hospital. Apenas pudo disimular en su rostro el impacto de ese dolor. Recordó a su madre, Victoria nunca había querido a Nadia. Tenía razón.

Llegó a su casa y Beltrán no estaba allí. El resto todavía no se había levantado. Se dispuso a preparar la maleta, se iría a Barcelona de inmediato. La distancia le permitiría pensar cómo seguir. No había dudas respecto a Nadia, era una hija de puta. La sacaría de su vida y de la bodega. Pero ¿Beltrán? Él era su hermano. *Maldito hijo de puta*, pensó. *No es un Madison, nunca debimos forzar esa alianza.*

En el automóvil, Beltrán y Nadia, sumidos en lo más bajo de la deslealtad continuaban acariciándose y besándose como

si no fueran lo que en verdad eran. Después de un rato, la conversación inevitable se precipitó. Acomodaron los asientos. Ella le devolvió el saco del traje sobre el que habían derramado la traición.

—Está arrugadísimo —dijo sonriendo mientras pensaba en las causas.

—Nos acostamos sobre él, Nadia —agregó Beltrán—. No importa. No me lo pongo.

En ese instante sonó una alarma en el bolsillo de la prenda. Tomó el teléfono y la apagó. Le indicaba que eran las siete y media, horario en que se levantaba cada día. Había olvidado desactivarla. Lo hizo rápido y de memoria. No advirtió el registro de la última llamada reciente que se había realizado desde el equipo.

—Nadia, esto no puede ser. Eres la mujer de mi hermano… —comenzó a decir.

—Él no me cuida. Debió estar en tu lugar. Soy la mujer de quien yo decida —se justificó.

—Las diferencias que puedan tener no justifican lo que hicimos.

—Me deseabas también. Los dos disfrutamos, ¿o puedes decirme que no te gustó?

—No, no puedo hacerlo. Me encantas. Siempre fue así, pero eso no cambia las cosas —toda la culpa que sus ganas habían ignorado se le vino encima. Encendió el automóvil.

—Pará. No me lleves a casa. ¿Qué vamos a hacer? —preguntó.

Ella estaba radiante. Por fin había disfrutado rompiendo

estructuras y había logrado no solo que él sucumbiera ante sus encantos sino que también le confesara que le gustaba desde siempre.

—No sé. Nada. Hacer de cuenta que esto no pasó —dijo como si fuera esa la única alternativa.

—Yo no puedo hacer eso. ¡No puedo ni quiero! Quiero que nos sigamos viendo —exigió.

—Por favor, Nadia… No me hagas esto más difícil —pidió vencido.

—Puedo dejar a Octavio mañana mismo, puedo decirle la verdad. No me importa nada. Quiero estar contigo —exclamó y se puso a llorar como una adolescente caprichosa. Como si fuera simple la cuestión.

—Estás loca. Es imposible.

—No lo es —insistió.

—Necesito estar solo —dijo al llegar a la puerta de la casa de ella.

—Está bien. Pero no voy a dejarte. Piensa el modo en que prefieres que manejemos esto. No te desprendas de tu celular. Voy a llamarte —anunció. Lo besó en los labios—. Muero por hacer el amor otra vez —dijo sensual y bajó del automóvil.

Capítulo 27

Perseguir la verdad hasta encontrarla
pero no estar preparado para actuar en consecuencia,
puede significar el arrepentimiento de la búsqueda.
Al otro lado, siempre acecha la venganza.

Alondra había llamado a Martín esa noche esperando poder provocarle un orgasmo por teléfono, pero él lo había apagado. En verdad no era una fantasía lo de las fotos sino una manera de hacerlo colapsar, de avanzar en su territorio de amante. Deseaba que dejara de una vez a su mujer y, si bien le tenía estima a Clara, no le importaba la pelea que tendría con ella cuando se enterara de que era la responsable de la separación de sus padres. Se había enamorado y quería el lugar de esposa.

Martín había logrado serenar a Alondra y la había hecho desistir de esa fantasía de un orgasmo telefónico. Era una idea que no lo seducía, lejos de eso, lo hacía sentir incómodo.

Sin embargo, había guardado en su maletín las fotos audaces en que ella lo provocaba. Se continuaban encontrando en el apartamento de manera clandestina y la relación seguía controlada entre promesas y adrenalina.

Vivian, por su parte, vivió los meses siguientes atenta en extremo pero sumida en la cautela que le imponía el hecho de no saber qué hacer si finalmente probaba sus sospechas. Tenía cincuenta y dos años, ninguna profesión y carecía de habilidades que le proporcionaran la posibilidad de conseguir un trabajo para mantenerse por sus propios medios. Estaba pagando el precio de muchos años de vida cómoda, casada y dependiente de los ingresos que el hotel proporcionaba. Lo cierto era que ni siquiera la casa en donde vivía era suya, ya que Martín la había heredado de sus padres antes de que se casaran, con lo cual sabía perfectamente que no era bien ganancial. Pensó en que tal vez podría ocupar el apartamento que estaba alquilado, le parecía que el contrato estaba por vencer. De ese inmueble le correspondía el cincuenta por ciento. Pero aunque Martín se lo dejara ¿cómo iba a mantenerlo sin un trabajo?

Por otra parte, le dolía el alma. Ella estaba enamorada de su esposo. Nunca había pensado en la posibilidad de que él pudiera dejarla. Era el tipo de mujer a la que los años de rutina le engordan el cuerpo y le adormecen los sueños. Cuando se sorprendía pensando en vivir sin Martín, una honda depresión le ahogaba el futuro. Se preguntaba qué había hecho para mantenerlo interesado en ella y la respuesta era lapidaria: Nada. Había dejado que un matrimonio monótono durmiera en su cama cada noche, que una mujer común sostuviera la certeza de que se había casado hasta que la muerte los separara. En cambio, él estaba jovial, iba al gimnasio y seguía siendo atractivo.

Clara se había curado su neumonía y había regresado a trabajar al hotel con su padre. Ellos compartían tiempo juntos y la familia, en apariencia, gozaba de una apacible armonía. Sin embargo, la duda presionaba los deseos de continuar de Vivian. La realidad es que deseaba que fueran dudas. Pero en su fuero más íntimo estaba segura. Le faltaban pruebas y la decisión de qué hacer cuando las tuviera le quitaba el sueño. Ella no iría a limpiar casas para subsistir.

Una noche abordó a Martín de manera directa.

—¿Crees que estoy fea, Martín?

—¿Qué pasa, Vivian? ¿Por qué me preguntas eso?

—Porque pienso que tú te ves muy bien para tu edad. Vas al gimnasio, te relacionas con gente. En cambio yo me siento vieja y sola. Estoy aislada.

—Vivian, tú también puedes ocuparte de ti. Tienes el tiempo necesario. Jamás cuestioné que salieras o que te cuidaras del modo que fuera —respondió.

Estaba sorprendido, pero no pudo decirle que estaba divina y la deseaba. No ocurría ni lo uno ni lo otro. Estaba unido a ella más por el pasado que por el presente. La quería, porque la había amado pero inventaba la pasión como se imaginan las fantasías.

—Eso quiere decir que me veo como me siento. ¡Soy una vieja que ya no deseas en tu cama! Me estás mandando al gimnasio con otras palabras —gritó enojada.

—¡Yo no te mando a ningún lado! No entiendo por qué estamos hablando de esto. Hace años que elegiste vivir como vives y yo lo acepté. Si quieres un cambio, no me opongo, pero no me traslades tus conflictos existenciales. No son mi responsabilidad —respondió ofuscado.

—¿Estás seguro de que no? —retrucó.

—Absolutamente. Muchas veces te propuse que saliéramos a correr o que te vieras con amigas y siempre elegiste quedarte con Clara cuando era chica y en el sofá después. Cada uno elige sus metas o proyectos. Somos aquello en lo que nos enfocamos.

—¡Eres un hijo de puta! —dijo herida por la verdad.

Martín pensó dos veces antes de responder. Quería estar con Alondra. Podía soportar un matrimonio, que a pesar de todo no quería romper, mientras mediara entre ellos armonía, pero discusiones de ese tenor eran algo que no estaba dispuesto a tolerar. Entonces, la miró y solo dijo:

—Lamento que te sientas así pero solamente tú puedes cambiar eso.

—¿Tienes una amante? —preguntó.

—¡Estás loca! —respondió.

Asumió la reacción típica del hombre que está en falta. Era más simple ofenderse y huir que enfrentar las consecuencias de decir una verdad que, por brutal que fuera, lo hubiera emparentado con la sinceridad.

De inmediato se fue, olvidando su maletín sobre la mesa, mientras Vivian quedó llorando sentada en el sofá que fuera objeto del reproche.

* * *

Martín llegó al apartamento con un deseo feroz de acostarse con Alondra. Sabía que las sospechas caían sobre él y Vivian podía descubrirlo si se decidía a hacerlo. Tenía que alejar a Alondra por un tiempo. No estaba seguro de querer dejar a Vivian, tampoco estaba preparado para enfrentar a la sociedad con una relación como la que tenía y tampoco quería causarle a Clara, aunque fuera grande, semejante dolor. No era solo dejar a la madre, era hacerlo por su amiga. Su hija le perdería el respeto y tendría razón al hacerlo. Todo era una gran confusión y si bien se sentía deseado y le encantaba, añoraba la paz de su familia antes de que Alondra irrumpiera en su vida.

Entró en la habitación y, como llegó sin avisarle pero sabiendo que estaría allí, la encontró dormida de costado. Se recostó a su lado y la observó. Era joven, muy joven y no tenía idea alguna de lo que eran o podían ser los problemas. Levantó levemente la sábana y miró. Alondra estaba completamente desnuda. Una puntada en su ingle lo alertó sobre su erección. Vestido como estaba deslizó su mano, le acarició un seno y siguió bajando hasta detenerse entre las piernas de la joven que despertó sumergida en placer. Sintió la respuesta de su cuerpo en los fluidos que le arrancaban jadeos y la obligaron a girar. Miró a Martín y cuando quiso quitarle la ropa, él no la dejó.

—Quiero mirarte gozar —dijo sin dejar de estimularla.

—Me gusta eso… —respondió entre gemidos que no evitó. De pronto, el éxtasis la llevó al límite y puso fin a la agonía de sentir el inminente estallido.

Martín estaba tremendamente excitado. Ella, todavía agitada, le desabrochó el pantalón y se adueñó de su sexo hasta que la entrega se diluyó en su boca cuando un gemido gutural inventó un eco contra las paredes testigos de la lujuria.

Cuando ambos aquietaron la respiración, él habló.

—Alondra, Vivian sospecha que la engaño. Tuvimos una discusión hace un rato y la verdad quiero actuar con prudencia.

—¿Prudencia? ¿Es un chiste?

—No.

—Dile la verdad. Que nos enamoramos y punto —respondió.

Su inmadurez era evidente. Más de veinte años no se tiraban por la borda así y nada más. Aparte de eso, él no creía estar enamorado; él dependía sexualmente de ella que era algo muy distinto y sumaba su cargo de conciencia porque era mucho menor que él.

—No puedo hacer eso. Está en crisis. Se ve mal y no soy capaz de ser tan cruel —agregó—. Necesito que nos tomemos un tiempo —sentenció.

Mientras, en su casa, Vivian abandonó el emblemático sofá y recorrió la sala camino a la cocina para ir a prepararse un café. Entonces vio el maletín sobre la mesa. La curiosidad pudo más. Clara estaba trabajando en el hotel, por lo cual Vivian estaba sola. Sigilosa lo abrió. Algunas carpetas de proveedores, folletos de una agencia de viajes, presupuestos de alojamiento para delegaciones y nada más. Ya casi desistía de hallar lo que no estaba segura de querer encontrar, cuando advirtió un borde amarillo que asomaba, casi imperceptible, del bolsillo del maletín cerrado con una cremallera que no llegaba a su final por ese papel. Abrió el bolsillo y lo tomó, era el sobre de las fotografías que había tenido que dejar en el abrigo tiempo atrás, cuando Martín había salido de la ducha.

El corazón aceleró sus latidos. Tuvo miedo. La sensación de un vértigo letal la recorrió. Volvió a dejar todo como estaba y fue en busca de su café.

¿Quiero saber?, se preguntaba. *No tengo retorno si confirmo que hay otra.* Le sudaban las manos y le dolía la cabeza. Se paró frente a la cafetera como si el tiempo pudiera detenerse y fuera posible vencer la sensación de que el mundo podía acabarse al abrir un sobre, simplemente tomando un café.

Lo sirvió y con la taza entre sus manos temblorosas volvió a la mesa. Le ganó el impulso. Abrió el maletín, repitió el recorrido y tomó el sobre de las fotografías. Lo abrió y las quitó de ahí. En el instante en que sus ojos enfrentaron la primera imagen, sintió que se le aflojaban las rodillas, las lágrimas brotaban sin que pudiera darse cuenta, se sentó y con el brusco movimiento derramó el café.

Alondra… Era Alondra, la amiga de su hija. Ella había cobijado a esa chica en su casa hacía años. Alondra con un camisón transparente en actitud provocativa. Continuó pasando las fotografías una por una, mientras cada vez caía más al fondo del abismo de sus resistencias. En todas esas imágenes la joven sensual provocaba. ¿Qué hacía eso en el maletín de su esposo? La chica dejaba ver sus senos y su intimidad y se tocaba sus partes. En las fotos ubicadas al final ya no tenía ropa interior. Como si evidenciaran una sesión *hot* que había ido intensificándose medida que avanzaba. ¿Acaso Martín había tomado esas fotos? Analizó el lugar y no reconoció muebles ni espacios. El corazón le latía tan rápido que sintió desfallecer de dolor. Dejó las tomas en la mesa y lloró, apoyada sobre sus codos, el peso de la peor traición. Todo era un horror. Quería morirse. No solo su esposo la engañaba sino que lo hacía con una chica tan joven como su hija, quien, además, dormía en su casa. Se habían reído de la infeliz Vivian todo el tiempo. Se sentía horrible. Una deforme. Una estúpida. No sabía qué hacer. Era imposible pelear por él, la chica era hermosa, sexy y joven. Muy joven.

* * *

–¿Qué se entiende por dejar de vernos un tiempo? –preguntó Alondra en el apartamento.

–No vernos. Necesito ver cómo continúo. Y no puedo arriesgarlo todo ahora que sospecha que la engaño. No quiero que nos descubran. Soy yo quien debe decidir el modo de afrontar la situación llegado el caso –agregó y la besó con la clara intención de persuadirla.

–¿Vas a dejarla sí o no? –preguntó sin rodeos. De eso dependía su respuesta.

–Sí –apresuró. No estaba convencido, pero sabía que lograría la tregua que necesitaba para ordenar sus ideas.

–Si es seguro que vas dejarla, puedo soportar no verte algunos días. Está bien. Voy a aburrirme pero si es para estar contigo siempre, haré el esfuerzo –anunció.

–No, no quiero que te aburras. Toma –respondió y le dio un sobre con suficiente dinero.

–No puedo acostarme con este sobre, pero trataré de estar entretenida mientras te espero –sonrió–. Te amo. En serio... te amo, Martín –dijo–. ¿Podrás al menos cumplir mi fantasía mientras no nos veamos? ¿Prometes llamarme y que lo hagamos por teléfono? –insistió.

En ese momento Martín recordó las fotos, recorrió visualmente el apartamento buscando su maletín y se dio cuenta de que lo había olvidado en su casa. Se fue apresurado y le explicó a Alondra que iba a buscarlo. Si Vivian lo revisaba, estaba todo perdido.

Llegó a su casa y vio el maletín sobre la mesa, tal y como

lo había dejado. Lo abrió y constató que el sobre con las fotos estaba en el mismo lugar. Respiró tranquilo y subió dispuesto a disculparse con Vivian por la discusión. La escuchó cerrar la ducha y la esperó en la habitación, sentado en la cama. Ella salió con su bata y lo vio, sus ojos evidenciaban que había llorado, estaban hinchados y lucía demacrada. Lo miró pero no le habló.

–Vivian, perdóname. Yo no quise ser cruel. Dime cómo puedo ayudarte.

–Tienes razón en todo lo que dijiste –consintió–. Tal vez, regalar el sofá sea un buen comienzo –agregó irónica.

–Por favor, no digas tonterías. Fue parte de la discusión. A mí no me molesta que lo uses. No me molesta nada de ti.

Claro, soy lo suficientemente estúpida para que te puedas revolcar por ahí con una jovencita, pensó. *Peor aún, quizá te habrás encamado también en el sofá.* Sintió náuseas.

Él se acercó intentando seducirla. La besó en la boca, ella no podía sentir más que rechazo. Lo apartó y de pie frente al espejo se quitó la bata y lo obligó a mirar la imagen que reflejaba mientras ella misma observaba. Imaginaba a su lado el contraste del cuerpo desnudo de Alondra. Él también.

–¿Qué ves? –preguntó.

–Veo una mujer que me ha dado una hija y que amo –respondió.

–¡No seas mentiroso! –respondió.

Se puso a llorar y, avergonzada, se colocó la bata para volver a encerrarse en el baño. Martín le habló a través de la puerta pero no pudo persuadirla de salir de allí.

Alondra, en tanto, pensaba cómo pasar su tiempo sin Martín y decidió que utilizaría el dinero para viajar a Luján de Cuyo. Le dijo a su padre que iría con Clarita a pasar unos días allí. Como eso había ocurrido otras veces, el padre no sospechó nada extraño.

Algunas cosas estaban cambiando en su interior. Se había enamorado de Martín Dubra. Le dolía alejarse de él. La vida nunca le sonreía.

Sabía que su hermana se había casado y era momento de aparecer en su vida después de tantos años. Además, podía necesitarla. Tenía un atraso y obviamente, si estaba embarazada, no quería saber nada con eso.

Además, no le gustaban las cuestiones pendientes. Supuso que algo había ocurrido cuando Salvadora había puesto la excusa de viajar a Cuyo para acompañar a las hermanas de la iglesia en una obra de caridad. A la vuelta la había presionado hasta que su madre le había contado que solo había ido a ver a su hermana casarse.

Luego, la había enredado y le había pedido que le indicara cómo ubicarla, sosteniendo que estaba arrepentida y que quería pedirle perdón. La había tratado bien y Salvadora, hambrienta del afecto de esa hija que pocas veces le hablaba, se había sentido feliz.

−No le digamos nada a papá todavía. Voy a aprovechar el

viaje con Clara y, a mi regreso, yo misma le contaré –había dicho–. Trataré de recomponer lo que alguna vez ayudé a romper. Perdón, mamá.

–Hija, ¡gracias a Dios! Claro que te perdono –había respondido. Luego la había abrazado encerrando entre sus brazos años de distancia.

Así, Salvadora, que sabía por Gonzalo dónde vivía el matrimonio, le facilitó la dirección de Solana y su número de teléfono, convencida de que Dios había escuchado sus plegarias.

–Reconcíliate con tus hermanos y no te preocupes si ellos no quieren saber nada conmigo –le había pedido.

* * *

Alondra viajó a Cuyo y se alojó en un hotel pequeño cerca de la casa de Solana. Sentada en un café ubicado enfrente del apartamento la había visto salir con su esposo. Mientras los observaba subir al automóvil, llamó a su teléfono y la vio atender.

–Hola, Solana. No me cortes, soy Alondra... Estoy en Cuyo y necesito verte.

Su voz sonaba sincera y más adulta. Solana se sorprendió. Escuchaba a su pasado hablarle. Hizo un gesto hacia Gonzalo para que no arrancara.

–¿Para qué quieres verme después de tantos años? –preguntó sin dejar notar su sorpresa.

–Estoy en problemas. Sé que me porté mal contigo pero estoy arrepentida, dame la oportunidad de pedirte perdón –agregó.

–¿Qué te pasa?

–Por teléfono no. ¿Puedo verte?

Solana dudó, pero en pocos minutos pensó que debía darle la chance, no tenía nada que perder. La citó en un shopping cercano. Cortó la comunicación y le contó a Gonzalo, quien se sintió contento de que pudiera recuperar parte de su familia y la instó a ver a su hermana. Se encontraron en el sitio indicado. Solana llegó diez minutos más tarde. Alondra la esperaba. Fue extraño verla. Los años no habían pasado para su hermana menor. Conservaba la mirada helada de siempre, curvas pronunciadas y el cabello impecable. Era un linda mujer, joven y atractiva. Se acercó y la saludó con un beso en la mejilla. Alondra la abrazó con ímpetu. Eso la descolocó y de alguna manera bajó sus defensas.

–Gracias, Solana, por venir; por darme la oportunidad. Yo no lo hubiera hecho en tu lugar –comenzó diciendo.

–¿Qué pasa? –preguntó todavía conmovida por el abrazo.

–Espera. Primero escucha lo que quiero decirte. Sé que fui mala con ustedes. No solo cuando se fueron sino durante toda nuestra infancia. Pero la vida me cambió y estoy arrepentida.

Solana bajó la mirada para contener las lágrimas. Nunca había tenido afinidad con su hermana pero ahora era una adulta, tenía una vida y prefería olvidar rencores para con ella.

—Perdóname —agregó con sinceridad. La miró esperando una respuesta.

—Yo… me tomas por sorpresa. Pasaron muchos años…

—Lo sé pero necesito que me perdones —volvió a pedir.

Solana sintió una puntada en su soledad. Se juzgó injusta si no le daba una oportunidad. Después de todo era de quienes creían que las personas podían cambiar, si lo deseaban.

—Está bien. Supongo que soy capaz de hacerlo. A fin de cuentas, la responsabilidad entera de todo lo que sucedió es de Salvadora y de Lucio, no tuya.

El rencor no le permitía llamarlos papá y mamá. Alondra se puso de pie y la abrazó nuevamente de manera sentida. Solana sintió la nostalgia corriendo por sus venas. Tantos años sin más familia que Wen, habían endurecido sus muestras de afecto. Descubrió que era suave, era una caricia inesperada sentir el abrazo de su sangre, de una hermana arrepentida que había derrotado su orgullo y la había ido a buscar. Decidió hacerle las cosas más sencillas. Estaba muy sensible. Cuando el abrazo terminó, ambas tenían los ojos vidriosos. Solana le contó una apretada versión de su vida en esos años y cuando concluyó, Alondra la miró a los ojos y le transmitió algo extraño. Su mirada fría era la de siempre pero más intensa.

—Solana, yo no construí nada. Me enamoré de un hombre mayor que yo, casado además. He vivido en la clandestinidad

y antes de venir para acá me pidió tiempo. Creo que estoy embarazada… –se sinceró.

–¿Y qué quieres hacer?

–No puedo tener ese hijo si es que estoy embarazada. Él no dejará a su mujer. Es la historia de siempre. "No la toco, no tengo nada con ella, te amo a ti", pero a la hora de definir, el tiempo me lo pidió a mí. Dijo que la dejará pero tengo muchas dudas sobre eso.

–No puedo decirte nada diferente. Por estadística jamás dejan a sus esposas. Yo no tengo experiencia en ese campo pero sé que es así.

–Eso no es todo. Es el padre de una compañera de secundario, de Clara Dubra. ¿La recuerdas? He sido pésima amiga también, como verás. Solo me queda arrepentirme y pedir perdón. Luego dejar todo en manos de la bondad de mis víctimas.

–Alondra, perdón, pero es un horror. ¿Qué puedo hacer por ti? –preguntó.

–Primero quería tu perdón, y me lo diste. Hice tantas cosas mal que quiero reconciliarme con la vida y con las personas que lastimé. Luego, si estoy embarazada, quiero un aborto –pidió mirándola fijo mientras aguardaba una reacción.

–Alondra, yo traigo vida al mundo, no la resto de él. Lo que me pedís… no puedo, no sé… –sonaba confundida–. ¿Cuántos días de atraso tienes?

–Ocho.

–¿Eres regular?

–No.

–¿Cómo se cuidaron?

–Con las fechas.

–Vamos al laboratorio y tomamos una muestra de sangre. Para el lunes sabremos el resultado y podremos ver cómo seguimos.

–Está bien. Solana… gracias. Siempre fuiste grande. Siempre te admiré y mi furia era por envidia. Jamás lograré llegarte ni a los talones y lo supe desde que tuve uso de razón.

–Basta. Ya está. Siempre hay tiempo para hacer las cosas bien –respondió.

Fueron al laboratorio y al despedirse, Alondra le dio la dirección de su hotel. Solana le dijo que de ningún modo permitiría que se hospedara allí. Su apartamento era grande y Gonzalo no tendría problema en que se quedara unos días. Así lo hicieron. Solana omitió decir que ella también tenía un atraso en su período, de cuatro días. Solo que ella sí era regular y además, no se había cuidado.

Capítulo 28

*Después de un tiempo aprenderás
que el Sol quema si te expones demasiado.
Aceptarás, incluso, que las personas buenas
podrían herirte alguna vez y necesitarás perdonarlas.
Aprenderás que hablar puede aliviar los dolores del alma.
Descubrirás que lleva años construir confianza;
y apenas unos segundos destruirla, y que tú también podrás hacer
cosas de las que te arrepentirás el resto de tu vida.*

William Shakespeare

Octavio terminaba de preparar la maleta. Tomó la invitación al congreso con la propuesta turística y se comunicó con la agencia de viajes a primera hora desde el teléfono fijo de su habitación. No tenía celular, había tirado a la basura los restos dañados en la clínica.

Tomaría un avión al día siguiente. Había un vuelo directo por Aerolíneas Argentinas desde Ezeiza al aeropuerto El Prat de Llobregat, en Barcelona. Esa tarde, volaría a Buenos Aires. Partir sin dejar sospechas de lo que había descubierto era la prioridad. Tenía el pasaporte al día, dinero y el tema del congreso era la excusa ideal. Solo le quedaba hablar con sus padres. Se había debatido entre decirles la verdad o soportar la presión de ocultarla. Si pensaba en él mismo, quería que Beltrán se fuera de la casa pero eso no era posible sin devastar a su familia, así que juzgó que por el momento sería mejor sostener el teatro y pensar con cautela qué pasos daría.

Sus padres estaban consternados con la lesión de Sarita y la operación sería durante su ausencia. También había llamado al doctor Moreno. Sabía que su hermana saldría perfecta de la intervención. No podía quedarse. Se despediría y le explicaría.

Había decidido no decirles a ellos que un azar, perverso pero justo, había dejado el engaño desnudo ante sus oídos. Se sentía muerto. El sufrimiento le había hecho un surco en el corazón. Él, un hombre común, bueno y honesto, había tocado el fondo del pozo de la desolación en unos instantes. El destino había decidido que se activara ese teléfono y que él escuchara todo.

Bajó a desayunar y Victoria estaba en la cocina preparando café. Triste. Su madre estaba muy triste. Supuso que era por Sara, él ignoraba el tema de su abuela Oriana.

—Buen día, mamá —dijo procurando poner su mejor cara, por él y por ella. Le dio un beso y la abrazó. Tuvo ganas de llorar sobre su hombro y ella sintió lo mismo, pero el amor tenía su otro lado, esos gestos de generosidad que lograban fuerza imposible. Ambos tragaron lágrimas y siguieron de pie, aun cuando sentían que estaban cayendo de una montaña rusa sin final.

–Hola, hijo. ¿Te hago un café?

–Dale, sí.

–¿Pan tostado o pastel?

–No tengo hambre, mamá.

Ella se dio vuelta y lo miró. No necesitó más que un instante para saber que algo no estaba bien. Otra vez Eularia y sus anuncios se le vinieron encima. ¿Habría peleado con Beltrán? Necesitaba ver a la licenciada Salem o la angustia haría una llaga en su piel y en su capacidad de resistir embates, pero con todo lo de Sara había cancelado la sesión. Podía postergarlo todo por sus hijos, hasta el hecho de recuperar su historia.

–¿Qué te pasa, hijo? –preguntó. Lo miró directo al corazón.

–Nada. Es que anoche compraron comida en la guardia y me cayó mal. Quiero cuidar mi estómago porque hoy viajo a Buenos Aires y mañana a Barcelona.

–¿Al congreso que nos comentaste? ¿Tan rápido? –preguntó fingiendo entusiasmo con el proyecto pero preocupada por el alerta que la mirada de su hijo le transmitía.

–Sí. Hay una suerte de paquete armado y la verdad es que me dieron ganas de ir. Anoche hablé con Moreno y Sara estará bien –Octavio estaba al tanto de todo lo ocurrido con su hermana el día anterior pues Esteban lo había mantenido informado.

–Gracias por ocuparte de hablar con el médico. ¿Y qué dijo Nadia? –preguntó retomando el tema no por interés sino porque imaginaba que el demonio o iba también o no estaba de acuerdo.

–No tiene problema –respondió sin mirarla. Hablar de Nadia le daba asco.

–Buen día –la voz de su hermano le apuñaló el sinsabor de sus pensamientos y le provocó más sangre en la herida abierta hacía pocas horas.

–¡Qué cara! ¿De dónde vienes? –interrogó Victoria.

Se lo veía preocupado pero no pudo ocultar esa huella inevitable que deja en el rostro una noche de sexo intenso. Nadie escapa de los testimonios de satisfacción física y él no era la excepción.

Octavio sintió ganas de romperle la cara. Pensaba en el dolor que iba a provocar a todos con su traición. Por más que él callara, era solo dilatarlo en el tiempo. Tarde o temprano trascendería lo ocurrido entre ellos. Lo miró y vio la culpa justo al lado de las marcas invisibles de los besos de Nadia.

–Estoy cansado, vengo de un casamiento.

–Acompañó a Nadia, mamá. Yo no podía ir –agregó Octavio–. Gracias Beltrán por ir en mi lugar.

Le provocó acidez inmediata pronunciar esas palabras. Pero eran necesarias, por su madre. Victoria sintió un escalofrío en todo el cuerpo. Algo no le gustaba. El aire tenía otro espesor. Era denso.

–¿Y cómo les fue?

–Aburrido, como todos los casamientos, mamá. Me voy a dormir. Todo bien, Octavio. Nada que agradecer –respondió.

–¿Quieres tomar algo, hijo? –ofreció Victoria.

–No. Gracias, mamá.

Luego se fue a acostar sin mirar a su hermano a los ojos. No podía enfrentarlo.

Unas horas después, Octavio se despidió de toda su familia menos de Beltrán que dormía. Afortunadamente, dormía. Fue a la habitación de su hermana que se había quitado la férula y estaba acostada mirando *Batman*. Le encantaban las películas de superhéroes, y esa era su favorita. Sabía los diálogos de memoria. Tenía los ojos hinchados de llorar.

–¿Cómo estás?

–Como el culo, Octavio –respondió sin vueltas. Con su hermano no era necesario evitar las palabras inapropiadas ni las formas.

–Mira… –comenzó a decir, sentándose a su lado– nada de lo que te diga hará que el tiempo pase más rápido para ti. Créeme que si yo pudiera acelerar el tiempo, lo haría también por mí –pensaba en su dolor y en lo que debía resolver–. Pero no puedo, lo único que puedo hacer es lo que hice. Hablé con Moreno anoche y me asegura que volverás a la cancha en perfectas condiciones. El resto tendrás que hacerlo tú. Tu actitud frente a lo que pasó es la diferencia.

–Octavio… –lo abrazó y se puso a llorar sin consuelo.

Ni siquiera con sus padres había llorado así.

Él respondió a su desahogo. Le acarició la cabeza en silencio. Amaba a esa rebelde adolescente que era diferente de todos los Madison. Llevaba una huella personal que la definía, era una auténtica luchadora. Su padre no lo era y sospechaba que él tampoco.

–¿Cómo voy a soportar seis meses sin jugar? ¿Sabes que saldré de la cirugía con muletas y deberé usarlas veintiún días?

–Sí, lo sé. Sé que será terrible para ti. Que no tienes consuelo porque tu vida se convirtió en tu propia tragedia. Es probable que no lo sea para el resto. Te van a decir que no fue en la cabeza, que todo pasa y cosas que no te importan, aunque sean ciertas. Pero lo es para ti y para nosotros, tu familia. Te entiendo como nadie –su voz se quebró. No podía evitar el paralelo con todo lo que él enfrentaba.

–No te pongas mal, hermano, solo eso me falta, arruinarte a ti –lo miró y vio más allá–. ¿Te pasa algo más? –preguntó intuitiva.

Ya no lloraba. La conversación era profunda. Ellos tenían un vínculo muy sano y sincero. Tenían secretos guardados desde que Sarita era chica; ahora, ya casi convertida en una mujer, muchos más.

–No –respondió.

–No te creo. Tú no te quiebras fácilmente y si es cierto que voy a quedar bien, algo te pasa. Cuéntame.

Era cierto. Su hermana tenía razón. Si Beltrán no hubiera sido parte del problema, se lo habría contado. Confiaba en ella pero no quería colocarla en una posición fatal. La miró para sostener su mentira y de pronto algo se subvirtió en él. Que se jodiera Beltrán si perdía el respeto de Sara. No iba

a engañar a su hermana, ellos sí eran Madison. Solo tenía
que hacerla prometer que callaría hasta que él decidiera qué
hacer. Además, hacerla formar parte de su propio problema,
haría que dejara de pensar en el de ella.

–Tienes razón. Necesito que prometas que no vas a hablar
con nadie más que conmigo de este tema. Es grave, Sara.
Muy serio. Una porquería.

–Sabes que puedes confiar en mí. Muero con el secreto
–afirmó. Era cierto.

–Ni a nuestros padres, ni a nadie –insistió.

–Dale, Octavio, mata el suspenso –reclamó.

–Nadia me engañó anoche. Se acostó con otro y me enteré…
–empezó a relatar.

–¡Ay, Octavio! Perdóname, pero eso no debería sorpren-
derte. Es frívola, siempre fue una hija de puta. Yo nunca en-
tendí por qué la elegiste. Para elegir mujeres eres muy buen
médico –dijo y sonrió para quitar presión al tema.

Intentaba ponerle humor al asunto, porque su hermano
estaba mal. Se notaba. Pensó en contarle lo del apodo "Demonio Bianchi" pero no traicionaría a su madre. Ella sabía
guardar secretos.

–Tienes razón –sonrió–. ¿Tú tampoco la quieres? –preguntó. En el momento supo la respuesta.

–Claro que no. Es una persona jodida.

–Nunca me lo dijiste.

–¿Para qué? ¿Qué peso podía tener mi opinión? Ahora
porque ella misma arruinó todo, pero si no, no era posible.

292   Hace años que estás como un tonto con ella –suspiró. Era lo que realmente pensaba.

–Sí, es verdad. Un tonto importante –agregó.

–Y bueno, listo, Octavio. Mejor así. Patada en el trasero y sigue con tu vida –aconsejó convencida–. No te digo que le doy yo la patada porque no puedo –volvió a reír con ironía y humor mientras le señaló su rodilla.

Él adoraba que ella pudiera reír de la fatalidad. Burlarse de su propio dolor como provocándolo. Era ocurrente y le robó otra risa. Era práctica. Las cosas eran o no. Tenía mucha más claridad que él y que varios adultos que conocía.

–No es tan fácil, Sara.

–¿Por qué? No me vengas con la estupidez de que la amas y esas cosas –respondió escéptica.

Su hermano sonrió, Sara era todo un personaje.

–No es fácil porque se acostó con Beltrán –dijo la verdad.

La forma directa azotó el revés del alma de su hermana al tiempo que la hizo abrir los ojos reclamando una corrección de lo dicho. Pero nada pasaba. Octavio esperaba su reacción.

–Es una broma. ¿Qué dices? Te contaron mal. No puede ser cierto.

–No, no es una broma. Lamentablemente no me lo contaron. Los escuché.

–¿Qué dices?

–Lo que oíste.

Octavio le contó los detalles de lo ocurrido y la decisión que había tomado de callar e irse al congreso en Barcelona unos días. Sara lo escuchaba atentamente al tiempo que elaboraba sus propias conclusiones. Cuando él terminó le dio su parecer.

—Creo que está bien que te vayas y porque te lo prometí, me callaré. Pero bueno, aunque me duele mucho, creo que debes mandar a Beltrán a la mierda, igual que lo haré yo cuando pueda y como deberían hacer nuestros padres. En nuestra familia las cosas no son así. Fin. ¡Es un hijo de puta, le diste un riñón y te roba la novia! Yo no puedo perdonar eso —dijo con vehemencia.

Octavio sabía antes de que lo dijera cuál sería la posición de su hermana. Lapidaria, como siempre. Así era ella, justa.

—No sé, Sara. Estoy destruido. Ella, bueno, no te niego que pensaba casarme, pero él, a él no puedo encontrarle justificación. No tiene perdón.

—No. No lo tiene.

Conversaron un rato más y ella se sintió parte importantísima de la vida de su hermano. Pensó que saldrían adelante, aunque no pudo evitar sufrir por él. Se despidieron con un abrazo y él prometió llamarla.

Luego, Octavio partió rumbo a Buenos Aires. Llamó a Nadia antes de salir, pero le entró el contestador, así que solo dijo:

—Nadia, espero que lo hayas pasado bien anoche. Adelanté el viaje al congreso. Me estoy yendo. Ayer se me cayó el celular al agua. No sirve más. Yo te llamo. Un beso.

✦ ✦ ✦

Gonzalo recibió a Alondra en su casa con mucha alegría por Solana y de inmediato sintió que su cuñada era deseable en extremo. Le llamaron la atención sus pechos grandes y mientras cenaban, no fue capaz de evitar imaginarse que sumergía su boca en ellos. La joven se dio cuenta del modo en que la había observado, en ese sentido era sagaz y estaba acostumbrada a seducir. Solana, en cambio, sirvió la cena completamente ajena a las sensaciones que vivía su entorno. Le preparó la habitación que quedaba libre en el apartamento, esa que un día sería del hijo que sentía que estaba ya gestándose en sus entrañas.

–¿También eres obstetra, Gonzalo? –preguntó Alondra durante la cena.

–No. Soy traumatólogo. Especialista en rodillas y cadera. Y tú ¿a qué te dedicas?

–Mi hermana todavía no encuentra su vocación –respondió Solana para evitarle una respuesta que pudiera avergonzarla.

–No me defiendas, hermana. Nunca busqué una vocación. No me gusta el esfuerzo. Somos distintas. A mí me gusta disfrutar de la vida del modo que sea –dijo con sinceridad.

–Serías un "*carpe diem*", un "aquí y ahora" o algo así –respondió Gonzalo.

Las fantasías se le enredaban entre la culpa y esa adicción

a mujeres bonitas que siempre había vivido en él y creía que había enterrado al casarse con Solana. Esa noche entendió que estaba equivocado. Era el ejemplo del dicho "El zorro pierde el pelo pero no las mañas".

—A todos nos gusta disfrutar la vida, Alondra. El matrimonio, la profesión son maneras de ser feliz y sentirse pleno —le dijo Solana con la autoridad que brinda ser la hermana mayor.

Alondra hablaba de otro disfrute y Gonzalo lo había captado. Esas mujeres, aunque hermanas, eran opuestas.

—Mi amor, creo que tu hermana habla de otra cosa. Tanto la profesión como el matrimonio imponen esfuerzos y entrega. Para ella, el disfrute pasa por sentirse bien sin asumir compromisos. ¿Verdad, cuñada? —interrogó.

Lo estaba haciendo. Estaba midiendo las posibilidades de seducir a la hermana de su mujer. Lo pudo prever y no lo evitó. Había entrado en el juego de siempre. Solo que en esa oportunidad su vida entera estaba en riesgo.

—Exacto. Yo admiro la vida que ustedes construyen juntos y sus carreras pero eso no es lo mío —agregó.

—No digas eso. Hace tiempo era imposible pensar que fueras capaz de buscarme o de pedirme perdón, y lo hiciste. Nada impide que cambies respecto de tus proyectos —agregó Solana esperanzada.

—Ojalá tengas razón, hermanita, aunque conociéndome…

En ese momento sonó el teléfono de Solana. Ella se levantó de la mesa y habló unos minutos apartada de Gonzalo y de Alondra, que continuaron conversando animadamente. Al regresar a su lugar, ambos le preguntaron qué ocurría.

—Tendré que ir a la clínica. Se internaron dos pacientes con trabajo de parto y además, me piden si puedo cubrir una guardia.

—Te llevo —dijo Gonzalo.

—No, no es necesario. Me voy en el auto. Tendré el celular abierto salvo cuando esté en el quirófano. Cualquier cosa me llaman —dijo—. Perdón, Alondra. Estas cosas son así. Mañana por la noche estaré para ti.

—No te preocupes. Estaré bien —agregó.

Se despidió besando en la mejilla a su hermana y en la boca a su esposo.

—Sé buen anfitrión —le susurró. Estaba contenta, todo tenía otro sentido para ella.

* * *

Al llegar a la clínica, hizo la recorrida y efectivamente asistió dos partos esa madrugada.

—Solana, no hace falta que cubras la guardia. La doctora Sáenz prefiere quedarse, ya que tiene que viajar mañana y le viene bien el cambio —le dijo la jefa de guardia.

—¡Genial! Entonces me voy. Mi hermana vino a verme unos días y prefiero volver a estar con ella —respondió.

Al escuchar sus propias palabras se sintió feliz. Podía hablar de una familia que no era la de Gonzalo. También a ella podían visitarla sus afectos. Era tan grato descubrir esa sensación. Las ausencias y carencias de tantos años se habían corrido para darle lugar a la oportunidad de ser feliz desde otros lugares posibles. Si bien no estaban sus padres, tenía un lazo de sangre que había vuelto por ella. Entonces deseó confirmar su embarazo para regresar a celebrar con su familia. Antes de dejar la clínica tomó un test y lo practicó. A las cuatro de la mañana la mejor noticia de su vida entera la enfrentaba a lágrimas de emoción que no supo contener. Se cambió rápidamente para volver a su casa. Sorprendería a Gonzalo y, después de hacerle el amor, despertaría a su hermana para contarle.

El camino de regreso fue sublime. Hasta el tiempo en los semáforos sonreía. Casi no había tránsito debido a la hora. Ingresó el automóvil en el garaje y subió por el ascensor a su hogar. La puerta estaba cerrada con llave, abrió despacio para no hacer ruido. Ingresó y aún estaban sobre la mesa los restos de la cena que habían compartido.

Si hubiera sido yo, habría levantado la mesa y lavado los platos. Alondra no cambió en esto, pensó.

Apoyó su bolso en el sofá y vio las puertas de ambas habitaciones cerradas. Se dirigió a la suya y al abrirla tuvo que apoyarse en la pared para no caer. Gonzalo estaba acostado boca arriba y sobre él, a horcajadas, Alondra se mecía sobre su sexo. Ambos jadeaban y ella se tocaba los senos. No la escucharon llegar y era evidente que no la esperaban. De pronto, él se incorporó y succionó los pechos de su hermana, mientras emitía sonidos de gozo con los ojos cerrados y la recorría con sus manos. Solana estaba ahogada de injusticia. Apuñalada su alma por la traición sintió la muerte helada de sus sueños. No podía hablar y la negación de sus ojos ante semejante felonía la obligaba a seguir mirando la alevosía de la infamia que albergaba su cama. Entonces, Gonzalo abrió los ojos y la vio allí, parada en la puerta de la habitación matrimonial, siendo testigo del modo en que él disfrutaba acostarse con su hermana a pocas horas de haberla conocido y en su propia cama. En ese instante, Alondra alcanzó un orgasmo y él, si bien escuchó su estallido, no pudo mirarla ni avisarle nada. Había quedado con la mirada fija en su esposa y tomado real conciencia del dolor que le estaba causando. Cuando su amante advirtió que sus ojos estaban en otro sitio, giró su mirada, todavía penetrada y manteniendo su posición halló a Solana, a lo que quedaba de ella después del puñal que acaba de recibir en el centro de su corazón. Sonrió con un sadismo diabólico y la intensidad de su mirada fría, como un iceberg, atravesó la fibra sin pulso afectivo del cuerpo de Solana.

—Bueno, hermanita. ¡Esto ha sido más rápido de lo que esperaba! Tu maridito es bien calentón y ha colaborado muchísimo con mi venganza, además de los orgasmos que me dio y que no estaban en los planes. Un plus —dijo de modo perverso.

Gonzalo la quitó de arriba de su cuerpo y se levantó para seguir a Solana que corría hacia la puerta.

Alondra, desnuda en cuerpo y moral, los siguió.

–Me dijiste "Eres egoísta. Mala. Una fracasada, Alondra. Eres como él", refiriéndote a papá. ¿Lo recuerdas? Y yo respondí: "Una fracasada que va a arruinarte la vida" –dijo con el mismo odio fulminante de entonces–. Vine a cumplir mi palabra –pronunció.

–Basta. Detente, Alondra. Cállate –dijo Gonzalo que no podía asimilar las consecuencias insalvables y nefastas de su vileza ni la maldad de su cuñada. Se sintió un imbécil, usado para un fin y nada más.

–Hace un rato no me pedías que parara –agregó–. Aunque creo que es suficiente por hoy.

Solana seguía sin hablar. Las lágrimas le nublaban la vista. No podía creer que su hermana hubiera memorizado aquellas palabras, menos que fuera capaz de haber planeado por años su desgracia de ese día. Empujó a Gonzalo y salió corriendo del apartamento. Subió a su automóvil y regresó a su hogar de soltera, de donde nunca debió haberse ido.

Lloraba tan desesperada al llegar que Wen se asustó. No podía calmarla. Cuando, finalmente, logró detener su congoja brutal, le contó a su hermano lo sucedido. Wen quiso ir a matarlo, pero ella le suplicó que no hiciera nada. Le hizo jurar que no diría una palabra y le confesó que estaba embarazada y que iba a decírselo a Gonzalo cuando los encontró juntos.

–Wen, no puedo quedarme sola. Si le haces algo a él o a ella, tendremos problemas legales. Vas a ir preso y necesito estar en paz. Te necesito. Me diste tu palabra –le rogó.

—Alondra es la peor mierda que conocí en mi vida –decía furioso.

—Ella juró vengarse, no lo olvides. Yo fui la tonta que le creyó. Parecía distinta –rompió en un océano de lágrimas otra vez.

—¡Voy a matar a Gonzalo! –caminaba por el apartamento como una fiera enjaulada.

—Por favor, Wen, solo te tengo a ti. Siempre ha sido así. Ayúdame a salir de esto –suplicó.

—¿Qué quieres que haga? –respondió dejando de lado sus propia bronca.

—Necesito alejarme hasta decidir qué hacer. Hay un congreso en Barcelona al que no pensaba ir pero creo que es lo mejor. Usaré el dinero que ahorré y le pediré algo más a Humberto. Acá está la invitación. Por favor, ocúpate de todo mañana para que pueda irme cuanto antes. Habla con Humberto. No soy capaz de repetir lo que pasó una vez más.

—Yo me ocupo de todo. Quédate tranquila. Me parece bien. No quiero que venga y pueda convencerte de algo. Mejor aléjate –respondió–. Tu embarazo… ¿Puedes viajar sin problemas? –preguntó.

—Sí, puedo viajar sin problemas. Es muy reciente, no hay riesgos. Estoy agotada –decía mientras lloraba desconsoladamente y se acariciaba el vientre–. ¿Qué voy a hacer?

—Ahora descansar un poco –dijo y la acompañó hasta el dormitorio.

Estaba preocupado. Sus propias cuestiones volvían a pasar

a segundo término. Su hermana era su prioridad, siempre lo sería y además, se agregaba un sobrino. Le costaba hacerse a esa idea. Intentó postergar el dolor de la ausencia de Delfina. Ese no tenerla que le quitaba el sueño y el aire tendrían que pasar a otro espacio. Él y su dolor no importaban, una vez más pensaba en su hermana primero.

–Wen... no me dejes sola. Quédate conmigo –pidió. Al mirarlo descubrió la pena en sus ojos negros tan arraigada como su generosidad estaba en su alma–. No estés triste por mí –agregó.

Estoy deshecho por los dos, pensó él, pero permaneció en silencio. En respuesta, se recostó a su lado y le acarició el cabello hasta que se quedó dormida. Hubiera querido poder llorar la crueldad de la vida que enfrentaba pero no fue capaz.

Por la mañana se ocupó de hablar con Humberto, quien quería matar a Gonzalo con sus propias manos y pensó en Salvadora. ¿Cómo podía tener dos hijas tan diferentes y una de ellas, tan mala? ¿Cómo haría para contarle semejante verdad?

Cuando Solana despertó, le parecía que vivía una pesadilla. Wen tenía todo listo para que viajara a Buenos Aires y desde el aeropuerto de Ezeiza tomara un vuelo de Lufthansa que hacía escala en Frankfurt y en Francia para arribar a Barcelona. El congreso sería en el hotel Hilton y allí se hospedaría. También se ocupó de avisar a la clínica que Solana estaría ausente por una semana.

Wen estaba consternado, todo era dolor para él. Sentía que el presente era demoledor y que el futuro se anunciaba todavía más terrible. Necesitaba a Delfina más que nunca. La soledad se había adherido a su destino y la sentía a cada paso. Solo ella era el antídoto contra su tristeza.

Capítulo 29

La verdadera amistad es como la fosforescencia,
resplandece mejor cuando todo se ha oscurecido.

Rabindranath Tagore

Luján de Cuyo, Mendoza, año 2008

La mañana que Delfina se había ido del apartamento, resultó triste para Wen. Su incapacidad de llorar había enfurecido al dolor encerrado dentro. Había salido a correr para liberar su impotencia. Mientras lo hacía, había pensado en ella, la había sentido por todo su cuerpo y había visto al regresar que tenía llamadas perdidas de Delfina. Pensó qué hacer mientras observaba el teléfono celular. Estaba sudado y no había logrado descargar su furia a pesar de trotar durante largo rato. Ella no era solo sexo. Eso era maravilloso, pero había más. Se divertía, la deseaba, la celaba. Le había gustado que estuviera solo con él en la fiesta de su hermana y no le importaba que fuera mayor. Ni siquiera podía ser objetivo en cuanto a si de verdad se notaba la diferencia. Él la quería, se había enamorado. Deseaba que ocupara siempre su cama, quería prepararle el desayuno y reír con ella. Necesitaba que le dijera "te amo" para que la vida volviera a tener sentido. Lo de tener un hijo le parecía un disparate, una excusa. Si no comenzaban una relación, se resistía a pensar que, con el único objetivo de ser madre, ella se juntaría con cualquiera. Divagando con pensamientos inútiles, había llegado a imaginar que podía cometer la locura de inseminarse. De inmediato había rechazado ese supuesto. Eso no era improbable sino imposible.

Lo de Solana era más inentendible todavía, él había dejado de lado su sueño de ser piloto para que ella fuera la médica que era. No tenía derecho ni autoridad moral para cuestionarle el modo que fuera que eligiese para ser feliz. Su hermana no era obstáculo. Creía que Delfina tenía miedo, solo una gran suma de miedos arraigados a sus treinta y ocho años. Miedo a estar con él y que luego la dejara por otra mujer más joven; miedo a que la gente hablara; miedo a que en su trabajo la juzgaran; miedo a que Solana se enojara con ella; miedo a tener un hijo con él llegado el momento; miedo a vivir con alguien más joven. Por disposición de sus propios deseos se había obligado a no sentir antes nada profundo por nadie que pudiera limitar su libertad y su profesión. Ahora se arrepentía.

Él celebraba esa mala decisión, de otro modo no la habría conocido sola y sin hijos. ¿Por qué ella no entendía que no había manera de dominar el tiempo? ¿Cómo hacerle entender

que las parejas de la misma edad no tenían la eternidad juntos
garantizada como tampoco la tenían ellos? ¿Cómo podía sacrificar volver a vivir noches como la anterior solo porque, quizá, las cosas no funcionaran? Las probabilidades de que duraran mucho o poco a nadie le importaban. Planificar era un acto inútil que el destino devoraba en cada suspiro. Lo que tuviera que ser iba a ocurrir de todos modos.

Quería estar con ella. En ese momento había decidido llamarla.

–Hola… ¿Me llamaste?

–Sí. ¿Qué hacías? –preguntó. Era evidente que solo buscaba acercar distancias. Había una bandera blanca en su voz.

–Pensaba en ti y en las ganas que tengo de que vengas. No quiero discutir –respondió.

Delfina se derretía. Nada diferente quería ella, pero no podía sostener esa relación. Si hubiera sido otro, hubiera ido a acostarse con él sin pensar, a llevarse todo el placer posible, una suerte de reserva orgásmica para el futuro. Pero era Wen, su Wen, el hombre del que se había enamorado sin remedio. Sabía que él la amaba también o creía amarla al menos, y ese era el límite. No deseaba lastimarlo.

–Por favor, no hagas esto más difícil –respondió.

–La única que quiere complicarlo todo eres tú. Ven. Hablemos –pidió Wen.

–No. No debo hacerlo.

–¿"No debo"? ¿Ahora haces lo que debes y eso es no venir? ¿Para qué me llamaste entonces?

—Para pedirte perdón por el mal momento.

—Si quieres tu perdón por haber hecho algo que claramente no merezco, ven a buscarlo —dijo con tono firme y cortó.

No estaba seguro de si ella reaccionaría ante sus palabras pero quería tenerla enfrente para hablar. El teléfono celular volvió a sonar. Era ella, pero no respondió. Se dio una ducha y se vistió. El apartamento era grande sin su hermana y su vida sin Defina era un gigante que lo pisaba y se burlaba de sus sentimientos.

Ella nunca fue, ni a buscar su perdón, ni nada.

Los días se habían sucedido unos a otros, sin novedades hasta la tremenda mañana en que su hermana había regresado y con ella el horrible episodio que la devolvía a su hermano con un sobrino además. La ausencia de Solana en su casa se notaba y agrandaba los espacios de soledad.

Esa noche volvía a estar solo. Solana lo había llamado de Barcelona para decirle que estaba bien. Él pensaba que debía ayudarla. Temía que el hijo de puta del esposo la convenciera de volver con él. Gonzalo había ido a buscarla muchas veces pero la última, él le había dado una trompada anunciándole que si volvía a aparecer lo mataba. En parte, Gonzalo se había llevado el golpe que Wen le quería dar a la vida y a la cobardía de Delfina. La añoraba con el alma y el cuerpo pero no podía obligarla. Había querido estar con una chica de su edad con la que ya había estado antes de la noche compartida con Delfina, pero se había sorprendido pues su hombría no había podido sentirla, eran besos vacíos de todo, que no cabían en la ausencia que lo dominaba. Le había pedido que se fuera de su casa sin haberle quitado la ropa.

Sumergido en esas ideas, escuchó sonar su teléfono celular. Era Beltrán.

–Hola, amigo, ¡qué bueno escucharte! –saludó.

–Eso digo yo. ¿Cómo está todo, Wen?

–¿Puedo ser directo?

–Claro, ¿qué pasa?

–Todo está como el culo, amigo. Mal –respondió.

–Bueno, también para mí. ¿Puedo ir a verte?

–No tienes ni que preguntar. Te espero. ¿Estás en Cuyo?

–Sí. Te paso a buscar en una hora. Vamos a cenar –respondió.

–Dale.

A la hora indicada estaba en la puerta del apartamento y fueron a cenar a un restaurante costoso de Cuyo. Beltrán conocía bien el lugar.

Entraron, se sentaron y comenzaron a ponerse al día con las novedades.

–Cuéntame por qué todo está mal –pidió Beltrán.

–Voy a hacerte un resumen para no ahondar en detalles que me descomponen en un caso y me destruyen en el otro. Gonzalo, el esposo de Solana, se acostó con Alondra en su propia casa y mi hermana llegó para verlos –comenzó.

–¿Es un chiste? Se casaron hace muy poco. Alondra, ¿la más chica de tus hermanas? –preguntó con dudas, era demasiado horrible para ser cierto. Luego, pensó que no era justamente el indicado para valorar la conducta de Alondra. No tenía ni por qué sorprenderse.

—Sí, ella. Una maldita zorra que juró venganza cuando nos fuimos porque yo le dije a mi papá que era una puta y Solana le dijo fracasada. Imagínate. Eso no es todo. Mi hermana iba a decirle al esposo que está embarazada.

—¡No! Pobre… ¡qué horror! Alondra era terrible ya de chica —dijo sin pensar—. Pero ¿cuándo se amigó con ella? Tenía entendido que ustedes no se hablaban.

—Ese día la tonta de Solana le creyó un invento de arrepentimiento y perdón por el mismo precio. Yo no me enteré, si no lo hubiera impedido. La llevó a su casa, se fue a la guardia y al volver los encontró.

—¿De verdad? Es una cagada importante. Supongo que tu hermana volvió al apartamento contigo, ¿no?

—Sí. Está devastada. Ahora viajó a un congreso en Barcelona, no por deseos de capacitación, obvio, sino para tomar distancia. Yo la ayudé a organizar todo con tal de que el esposo no pueda convencerla de volver. Es imperdonable lo que le hizo.

—Sí, la verdad es que no sé si imperdonable. Viste cómo son las parejas, pero está jodido el tema. Y a ti, ¿qué te pasa? —interrogó cambiando de tema. Prefería no valorar el alcance de las traiciones.

—Me enamoré.

—Eso no puede ser tan malo —respondió. Enseguida pensó en él y supo que sí podía ser malo. Muy malo.

–Tiene catorce años más que yo y no se anima a nada conmigo. Yo te juro que nunca me sentí así antes. Quise estar con otra mujer y no pude. No dejo de pensar en ella.

–Te entiendo…

–Dejemos de hablar de los Noriega y sus dramas. ¿Qué te trajo a Cuyo? ¿Por qué dijiste que las cosas también estaban mal para ti?

–Vine a verte porque no tengo con quién hablar de lo que me pasa sin que me juzgue. Necesitaba contarte y que me aconsejes.

–¿Yo? Buscas el consejo de un amigo menor que se está volviendo loco, ¿estás seguro? –sonrió–. ¡Sería mejor que un psíquico te aconseje!

–No te rías, hermano. Sí, completamente seguro.

–Cuéntame.

–Perdí el rumbo con la novia de mi hermano. Siempre me gustó. Jamás demostré nada. Encima mi papá le dio trabajo en la empresa y, como es contadora, estamos muchas horas juntos. Mi hermano no se ocupa de ella, está todo el tiempo con su carrera, me la entregó en bandeja y resistí hasta donde pude.

–¿Cómo "hasta donde pude"? ¿Qué hiciste?

–Todo.

–Ah, bueno… –dijo con ironía.

–Octavio me pidió que fuera en su lugar a un casamiento, la acompañé. Nos divertimos. Al regresar, nada, todo pasó en mi auto. Quiere dejar a mi hermano. Yo no puedo controlar la culpa y tampoco dejar de pensar en ella. No sé qué hacer. Octavio no sospecha de nada. Ahora viajó, pero no sé cómo voy a mirarlo cuando vuelva.

—Me dejas mudo. La verdad… no es posible defenderte, amigo. Perdona mi franqueza pero tu hermano te donó un riñón, no puedes robarle la novia. Y aunque no te hubiera donado nada, es tu hermano, un buen tipo, además.

—Ya sé. No vine a buscar que me defiendas o apruebes lo que hice. Te conozco. Eres incapaz de algo incorrecto. Justamente por eso, por tus valores, quería hablar contigo. Quiero que me aconsejes y me digas cómo salir de esto de la mejor manera. No quiero lastimar a mi hermano, ni a mi familia. Ya lo hice, lo sé. Pero no quiero seguir equivocándome. Estoy arrepentido, hecho mierda en verdad. Nadia no deja de llamarme, quiere más. Quiere todo. Es caprichosa pero está enganchada en serio. Pierdo el norte con ella.

—La tal Nadia, no es de fiar, ¿o sí?

—No. Está claro que no.

—¿Es capaz de pensar en alguien que no sea ella?

—Dicho así, ¡qué fuerte! No, creo que no.

—Estás jodido. Tendrás que confesarle la verdad a tu hermano, si no ella lo hará y será peor. Lo de ellos está terminado. Ella lo dejó cuando empezó a mirarte. En eso son todas iguales. Ahora, es tarde para otra cosa. La cuestión es cómo lo enfrentas para que no te mate o se muera.

—Si me mata, no me importa. No merecía semejante traición, no pensé. Siento que arruiné su vida. Está enamorado.

Tuvo muchas mujeres pero no es un seductor. Ni sospecha
que Nadia pueda engañarlo. Es un tipo sin mala fe.

–Peor todavía. Creo que tienes que hablar con él. No tienes otra salida, estás en sus manos. Además, la chica no sirve, ni para ti ni para él. No es buena. No puedes confiar en ella por mucho que te guste. Es lo que creo.

–Lo sé –respondió haciéndose cargo de su error y de la veracidad de las palabras de su amigo–. Pero ¿cómo lo enfrento?

–Con la verdad. Es tu única salida. La única ventaja de esto es que se quita a una mujer de encima que tarde o temprano hubiera hecho lo mismo que hizo contigo, con otro. Iba a ser cornudo sin remedio. Eso no cambia tu falta, amigo, pero al menos y aunque él no lo entienda ahora, le hiciste un favor. Igual no se lo plantees así o te matará.

–No, por supuesto. Es verdad lo que decís y me duele, por él y egoístamente, también por mí. Estoy loco por ella.

–Mi consejo es que la olvides. Bórrala de tu vida. Solo te traerá problemas.

–No sé cómo hacerlo pero tienes razón. ¿Y tú qué vas a hacer? –preguntó refiriéndose a Delfina.

–No sé, no quiero rogarle. Pero la extraño. No me importa su edad. El mañana no me importa. Puso excusas, me habló de que no tiene tiempo, que quiere un hijo. Cosas sin sentido. No sé. Además, ahora mi hermana volverá a vivir conmigo y debo estar para ella. Es obvio que la veré seguido, son amigas. Todos problemas.

En ese instante, sus ojos se perdieron en algo a lo que Beltrán le daba la espalda. Al advertir que su amigo estaba absorto observando se dio vuelta. Una mujer, una muy linda mujer, entraba en el lugar acompañada de su pareja.

–¿Quién es?

–Es ella. Es Delfina Soler con ese tipo.

–¿Qué tipo? No entiendo nada.

–Un médico, Adrián Colomba. Un divorciado que estaba muerto con ella.

–¡Mozo! –llamó Beltrán–. La cuenta por favor –pidió.

Su prisa para evitarle el mal momento a su amigo no fue suficiente. Cuando volvió a mirar, la tal Delfina pasaba por al lado de ambos y el tipo que la acompañaba la guiaba con la mano sobre su cintura. Se dirigían a la mesa de al lado. La expresión de Wen era de angustia.

–Ey, que no te vea mal. Cambia la cara –dijo en voz baja.

En ese momento el médico que la acompañaba los miró y reconoció al hermano de la esposa de Gonzalo, que había estado con ella toda la noche de la fiesta.

–Amor, saluda. Es el hermano de tu amiga –le dijo Adrián a Delfina victorioso, marcando territorio.

Ella giró y los vio. Sintió que se le aflojaban las piernas. Wen estaba más lindo que de costumbre o quizá, era el tiempo sin verlo. Tal vez, estaba como siempre y la ausencia convertía en gigante el daño de no tenerlo y dimensionaba ante sus ojos una belleza no tan real. Era un hombre común. Para ella, perfecto desde que lo amaba. Todo su cuerpo gritaba

su nombre y su piel lloraba el recuerdo que había arrancado, 313
rama por rama, del árbol del olvido de aquella noche perfecta
juntos. No lo había logrado. Supo, al verlo, que su memoria
sabía al detalle cada poro de las horas vividas. Su corazón latía por las caricias que añoraba y su voluntad estaba enferma
de estructuras. Miró directo a sus ojos negros pero al hacerlo, la tristeza que emanaba de ese fulgor intenso, escribió en
el aire su nombre con las lágrimas que él no sabía llorar. Fue
tan fuerte la expresión que la obligó a bajar la vista.

–Hola –fue lo único que pudo decir.

–Hola, Delfina –fue la respuesta de Wen.

Todo tristeza. El escenario lloraba la distancia entre ellos.
Luego silencio, recuerdos que apretaban la agonía del aire
que se cortaba con sus pensamientos cruzados y el abismo.
Beltrán y el acompañante miraban la escena que parecía
transcurrir en cámara lenta. La pareja se ubicó en la mesa de
al lado y los amigos se fueron de allí.

Al entrar en el automóvil, el alma desgarrada de Wen se
tragó todas las lágrimas que no fue capaz de derramar, una
vez más.

Capítulo 30

Sigue tu felicidad y el universo abrirá puertas para ti,
donde solo había paredes.

Joseph Campbell

Delfina llegó a su casa sola después de la cena en el restaurante en el que había visto a Wen. Había salido con Adrián sin ganas de hacerlo. Habían pasado la tarde juntos y él realmente deseaba estar con ella. En la intimidad de un hotel, Delfina se había dejado seducir por primera vez. Él estaba feliz y la había tratado como a una reina. Ella había tenido que fingir para no ofenderlo. Su cuerpo había estado con él en esa cama que sentía tan fría como su desolación, pero su mente y su alma extrañaban al único hombre que quería a su lado, justo el que no debía ser.

Estaba intentando relacionarse con Colomba. Le gustaba pero no provocaba sensación de desenfreno en ninguno de sus sentidos. Era el hombre correcto, de eso no tenía duda. Médico como ella, divorciado. Sin problemas con su exmujer, padre de tres hijos a los que veía y de quienes se ocupaba. Tenía cuarenta y nueve años y no descartaba el hecho de rehacer su vida si hallaba a la mujer adecuada.

Había sido muy claro en su planteo al decirle que ella le gustaba mucho, que no sabía si podían llegar a algo juntos pero que quería intentarlo. Vivía una etapa en la que solo deseaba compartir tiempo con personas que lo hicieran sentir bien. Delfina había estado de acuerdo. Ninguno de los dos quería relaciones sin proyectos. Adrián consideraba a sus hijos su prioridad pero no descartaba volver a formar pareja.

A Delfina le había gustado su franqueza. En verdad todas las condiciones estaban dadas para que la relación pudiera funcionar. Ella había querido intentarlo. Necesitaba dejar de pensar en Wen. Se había propuesto olvidarlo, por muchas razones. Había dejado que la razón le ganara la pulseada al corazón.

Habían empezado a verse sin ponerle nombre a esos encuentros. Lo cierto era que estaba bien con Adrián, pero todo significaba un esfuerzo. No se había apresurado en nada, habían conversado y salido varias veces en pocos días pero el fantasma de Wen estaba metido entre sus días y sus noches. Se había instalado en sus manos que recordaban caricias y en sus ojos que rememoraban su cuerpo. Todo se lo recordaba, desde un pan tostado hasta una ducha. Él era todos sus pensamientos y él era, también, la nada en la que quedaba sumergida cuando el dolor de su ausencia le arañaba el alma y lloraba su nombre.

Lejos de que entregarse a Adrián marcara el inicio de algo importante, había sido la inevitable comprobación de que no podía sentir nada. El principio del fin. Era imposible olvidar a Wen, hiciera lo que hiciese.

Esa noche había aceptado ir a cenar para decirle que no podía sostener esa relación. Adrián era realmente un buen hombre que no merecía que ella estuviera pensando en otro. Le debía como mínimo toda la honestidad de la que era capaz.

Cuando vio a Wen, allí sentado con su amigo, sintió que quería morirse. Hubiera dado su vida entera por abrazarlo y besarlo en la boca desesperadamente. Le hubiera dicho que la perdonara en mil idiomas y delante de todo el mundo, pero en lugar de eso, por respeto a Adrián, solo había sucumbido en un "Hola" débil y vacío.

Toda la cena había sido una pesadilla. La mirada de Wen al saludarla había quedado retenida en su memoria como un latigazo de lágrimas en el centro de su alma. ¿Estaría triste por ella? ¿Habría sucedido algo más? ¿La habría olvidado? No podía dejar de pensar en todo eso mientras sentía que debía decirle a Adrián que todo se terminaba, a pocas horas de haberse acostado con él. Lo escuchaba hacer planes para viajar juntos y sus palabras se diluían en una atmósfera que registraba lejos de su presencia física. Entonces, había tomado la determinación.

–Adrián.

–¿Qué pasa? ¿No te gusta el proyecto de irnos unos días?

–No es eso. Yo… perdóname, lo intenté pero de verdad mereces mucho más que lo que puedo darte –dijo con una franqueza absoluta.

–No te entiendo. Creí que habíamos estado bien todo este tiempo y en especial hoy a la tarde.

–Sí, lo estuvimos –mintió.

–¿Entonces?

–Entonces, no puedo olvidar a alguien que conocí. Sé que no es para mí, ni siquiera sé lo que siente en este momento pero tengo claro que no puedo estar contigo mientras ese sentimiento exista.

–Agradezco tu sinceridad. Me tomas por sorpresa. No puedo agregar mucho a tus palabras. Veo que la decisión está tomada.

–Sí. Te diría que es muy probable que me arrepienta de esto. Sé que voy a lamentar dejarte ir… –comenzó a decir.

–No lo hagas entonces –dijo con criterio.

–No puedo. Me odio por esto pero no puedo. Me gustaría que estemos bien y proyectemos una familia alguna vez pero no me sale. Perdóname.

–No creo que funcione que seamos amigos. Tampoco puedo asegurarte estar esperando si es que de verdad te arrepientes, pero llámame si eso sucede.

–Lo haré.

De ese modo había terminado la conversación y la cena.

Una lágrima silenciosa rodó por su rostro borrando la señal del deber ser que había sostenido su expresión durante días.

* * *

Beltrán y Wen habían ido a tomar un café luego de cenar. Wen estaba mal y nada podía hacer su amigo por él.

—Es evidente que no se jugará por mí, Beltrán. Prefiere estar con un tipo conforme a las estructuras sociales. Te juro que creí que era otra clase de mujer. Más jugada, más inteligente. Me duele todo pero perdí.

—Tal vez ganaste. Es una mujer muy linda, se la ve cuidada pero te sigue llevando catorce años y eso se notará mucho en algún momento. ¿Lo pensaste? Quizá sea mejor así. Todo pasa por algo.

—No lo pensé, porque no me importa el futuro. Nada es conforme uno lo planea. Fíjate mi hermana. Cualquiera daba su mano derecha por la excelencia de ese matrimonio, menos yo, que desconfiaba pero callé. Sabía que Gonzalo era mujeriego. Mírate tú —remató. Señalando otra prueba viviente de que las personas no deciden sobre su destino.

—No sé. Puede que tengas razón. ¿Quieres que salgamos con dos amigas? —propuso.

—Paso. Realmente quiero ir a mi casa.

—Está bien. Te llevo y regreso a San Rafael.

—Mantenme al tanto de lo que hagas. Lo tuyo no es fácil pero hazme caso. Borra a Nadia y cuéntale la verdad a tu hermano. Cualquier cosa, sabes que cuentas conmigo.

—Lo sé.

* * *

Delfina, sola en su apartamento, lloraba. Miraba su teléfono celular esperando que sonara pero eso no ocurría. Pensaba en Wen, quería ir a buscarlo, pero no se atrevía. Al menos había hecho algo bien, no había continuado la farsa junto a Adrián y estaba tranquila por haberlo intentado.

Su mente iba de un punto a otro. Pensaba que no solo le gustaba, realmente lo sentía en todo su ser. Eso tenía que ser amor. El dolor que le provocaba saberlo triste le destrozaba el cuerpo y se le instalaba en la mirada la necesidad de saber que él estaba bien. Era una pareja que no tenía futuro. Wen podría estar con mujeres más jóvenes, pero ella había descubierto que solo tenía sentimientos para él.

Sabía que la sociedad todavía arqueaba una ceja cuando una mujer se unía con un hombre bastante o mucho más joven que ella, entonces se sorprendía dándole al qué dirán toda la importancia que nunca le había dado.

Además, manejaba conceptos como si fuera posible ir a buscarlo y que él la aceptara. No estaba segura de eso.

320   Había leído que cuando el hombre acepta y busca como pareja a una mujer mayor demuestra inconscientemente la necesidad de protección materna. Ella no quería ser su madre. Se estaba volviendo loca intentando racionalizar todos los aspectos de una relación que no tenía. Estaba insegura. Eran las dos de la madrugada. Sabía que Solana había viajado, él tenía que estar solo en el apartamento salvo que hubieran salido con su amigo luego de cenar.

Ya lo había perdido todo, asumiría el riesgo de ir a buscarlo siguiendo un impulso. No hacerlo era postergar lo inevitable. No soportaba estar alejada de él. Si no iba esa madrugada, iría la siguiente o en algún momento en que la asfixiara necesitarlo.

Que pasara lo que tuviera que ocurrir pero que fuera cuanto antes. Lo amaba con todos los prejuicios que la situación le colgaba al cuello. Lo amaba con sus catorce años menos, lo amaba porque no podía dejar de hacerlo, pero lo amaba al fin. No elegía ese amor pero no podía negarlo. Recordó lo último que le había dicho por teléfono: "Si quieres tu perdón por haber hecho algo que claramente no merezco, ven a buscarlo". Eso haría. Se dio un baño y se cambió de ropa como si fuera pleno día, tomó su automóvil y se dirigió al apartamento de Wen.

＊ ＊ ＊

Ya en su apartamento, Wen puso música y se recostó en el sofá. Se quedó dormido pensando en Delfina. Imaginarla con otro le dolía tanto que lo ahogaba de angustia.

Una tormenta furiosa se desplomó sobre la noche y los relámpagos lo despertaron. Miró a su alrededor, recordó el restaurante y sintió una presión en el pecho al rememorar la imagen de Delfina y la mano de Adrián Colomba sobre su cintura. Se levantó. Miró la puerta porque le pareció que habían golpeado pero solo el silencio acompañó su atención.

La música ya no sonaba. Consultó la hora en su reloj y eran casi las tres de la madrugada. Pensó que debía descansar. A la mañana siguiente tendría un duro día de trabajo. Cruzó el breve espacio de la sala y al pasar delante de la puerta de entrada sintió llorar a alguien en el pasillo. En un instante quitó la llave y abrió. Una indescriptible sensación lo recorrió al ver a Delfina sentada en el suelo, abrazada a sus rodillas, con lágrimas en el rostro, el pelo mojado por la lluvia y la mirada detenida en sus ojos negros.

¿Qué hacía ahí? Las palabras no le salían a ninguno de los dos. Él se acercó y se sentó a su lado. Permanecieron callados unos minutos. Cerca y lejos a la vez, mientras sus almas se buscaban para conciliar y darle forma al inevitable diálogo que las bocas no sabían comenzar.

–¿Quieres hablar? –dijo por fin.

–Yo… vine a buscar mi perdón –respondió sin mirarlo.

–Tengo mucho más que eso para darte –fueron las palabras que ella escuchó antes de que la abrazara y le devorara la boca con un beso que le desgarró la voluntad malgastada en el tiempo que pretendió alejarlo.

Delfina respondió al beso con ímpetu. Las lágrimas se mezclaban con los labios, las bebían para calmar la sed de la espera. Wen presionaba su amor contra las dudas que brotaban de ella. Delfina no supo en qué momento él la levantó en brazos y entraron sin dejar de besarse. Los brazos amarrados a su cuello no querían soltarlo. Su olor le extasiaba los sentidos. Wen la recostó en la cama y se ubicó sobre ella. No le importaban las explicaciones, los motivos, los celos o el futuro. Ella estaba ahí y él la amaba, lo demás no existía.

–Perdóname, Wen… –susurró sin dejar de llorar.

–Shhh… –separó su rostro lo suficiente como para que ella lo viera, pero no tanto como para extrañar su cercanía–. Te amo –dijo con una simpleza conmovedora.

La miró directo al corazón y pudo ver cómo estallaban en mil pedazos las dudas y los prejuicios. Ella lo acercó a su boca y ambos quemaron el deseo en un beso embriagador. Las manos no lograban la velocidad necesaria para entregar la cantidad de caricias que inventaban. Se desvistieron unidos por el dolor físico del placer demorado, ese que ordena urgencia a los movimientos. Wen entró en ella y pudo sentir el gusto de su calor abrazando su sexo. Delfina sentía que le quemaba la humedad de su centro. Un orgasmo inmediato le arrebató un gemido sensual, luego otro; sus senos exigían ser devorados, como si años de abstinencia la hubieran habitado solo para liberarlos esa noche. Él se movía consintiendo el pulso determinante de su continua demanda y gozaba viéndola encerrada en una infinita entrega. Succionó sus pechos sedientos de él. Compartían la agitación, no podían dejar de sentirse. De pronto, ella alcanzó el límite una vez más, desbordada por un jadeo que culminó en un grito de incontrolable temblor. En el mismo instante, Wen dejaba ir su virilidad dentro de la mujer que amaba.

La aceleración de sus latidos y el pulso de la oportunidad que se estaban dando no cedían frente al deseo de serenar las ganas para volver a comenzar. Ella estaba encima de él, lo besó de manera primitiva, sin control sobre sí misma, todavía sintiendo la tibieza de su hombría deslizándose dentro de sí.

–Te amo –murmuró en su oído.

Al reconocer su voz en esas palabras recordó quién era y cuantos años tenía: Delfina Soler de treinta y ocho años. La realidad volvía para delatar sus miedos y ponerles nombre y apellido. Aun así, lo amaba. Había tomado una decisión.

Capítulo 31

Aquel que quiere viajar feliz, debe viajar ligero.

Antoine de Saint-Exupéry

Barcelona, España, año 2008

Octavio arribó al aeropuerto de Barcelona sumido en una depresión que, durante el vuelo, se extendió por todo su cuerpo y alcanzó su alma. Fue como si al subir al avión y relajarse, la pena hubiera encontrado el modo de filtrarse en todo su ser. Pensaba en su vida. Para él, era extremadamente importante hacer lo correcto, era la mejor opción que manejaba frente a las decisiones. Decir y actuar con la verdad era el único camino que conocía. El que le habían enseñado sus padres, el que había aprendido Sara. ¿Por qué Beltrán había escapado a esa regla? ¿Era cierto que la sangre y los genes conllevan información? Debía serlo. Pero aun así, el padre de Beltrán era amigo de su padre y los

amigos de Esteban eran todos iguales, todos buena gente y no eran tantos. Se habían unido por afinidad. Seguía sin poder comprender.

¿Por qué? Una y mil veces la misma pregunta que solo se corría para dejar espacio al siguiente interrogante: ¿desde cuándo? Eran dos cuestionamientos permanentes que no cesaban de torturarlo. Eran latigazos de mentira sobre su herida. Meditaba y concluía que no era importante ninguna respuesta. No había justificación que pudiera cambiar la realidad. Lo habían estafado, le habían quitado lo más preciado que alguien puede tener, y no era la pareja, era la confianza en los seres amados, la seguridad que dan los vínculos verdaderos. Le habían tirado contra su rostro los proyectos desgarrados de oportunidad como si fueran piedras sin sentido. Cascotes duros y ásperos como la ingratitud, le habían llenado de golpes letales el alma. Ya nada había para solucionar en su vida. Todo el camino recorrido perdía sentido, se había detenido en la peor pausa de su existencia, esa que le gritaba que no tenía motivos para seguir.

Se alojó en el Hilton, en una habitación en el octavo piso. La soledad era más inmensa que el vacío que encerraba dentro de su corazón. Se recostó y pensó en todo lo ocurrido. Sintió que la traición le había arrebatado a su vida las ganas de continuar con sus proyectos y la capacidad de confiar.

* * *

Solana arribó al aeropuerto de Barcelona triste, todo lo triste y devastada que una persona podía estar. No lograba aceptar la traición de Gonzalo. Lo recordaba diciéndole lo que era el amor para él, esas palabras que la habían enamorado más aún durante su luna de miel en México: "Sería bueno que aprendas de una vez, que amar es también hacer por el otro lo que sabemos que no será capaz de hacer o enfrentar sin ayuda. Eso que sabemos que necesita". Era increíble su osadía. ¿Cómo podía alguien capaz de lo que él había hecho, haber hablado de lo que era el amor? No podía evitar que el llanto se precipitara en su rostro. Lamentó su embarazo por un instante y de inmediato se arrepintió. Su bebé era inocente, ajeno a las atrocidades de su padre.

Quería olvidar y su memoria le envenenaba cada paso, arrojando sobre ella el recuerdo de palabras de Gonzalo que habían llegado a su alma: "Amor, yo te amo. Te amo tanto que me duele el cuerpo si estás a más de unos centímetros de mi corazón. No puedo imaginar una vida si no estás en ella. Esto nunca se terminará". Pensó con odio que nada le dolía mientras Alondra se mecía sobre él. Estaba destruida. Mentiras, todo era una fenomenal mentira que cubría de negro su futuro. ¿Cómo haría para salir adelante? Se preguntaba si tenía sentido intentarlo. ¿Para qué, para quién? Siempre Wen era su razón y ahora, ese hijo, que se anunciaba en las puertas del espanto.

Recogió su equipaje de la cinta y vio algunas personas agrupadas. Joaquín Sabina estaba allí, firmando autógrafos.

Al pasar delante de él, sintió que estaba cantando a capela a sus seguidoras y se detuvo a escucharlo:

> *"De sobra sabes que eres la primera,*
> *que no miento si juro que daría*
> *por ti la vida entera,*
> *por ti la vida entera;*
> *y sin embargo un rato cada día,*
> *ya ves, te engañaría*
> *con cualquiera,*
> *te cambiaría por cualquiera.*
> *Ni tan arrepentido ni encantado*
> *de haberte conocido, lo confieso...".*

Le encantaba Sabina, era un poeta. En otro momento se hubiera sentido feliz de verlo y escucharlo cantar tan cerca. Le gustaba mucho esa canción, pero en esa oportunidad cobró un sentido patético oírla. No era poesía, se había convertido en el sonido de la traición.

Otra vez, las lágrimas escondidas detrás de los lentes oscuros la enfrentaron con la realidad. Salió del aeropuerto, tomó un taxi y fue directo al Hilton. Se alojó en una habitación ubicada en el tercer piso. Había decidido que no asistiría al congreso, se registraría para poder acreditar en la clínica su presencia allí, pero no tenía voluntad de escuchar a nadie disertar. En verdad no tenía fuerzas para enfrentar el futuro. Se recostó en la cama y se quedó dormida sin darse cuenta, vencida por el cansancio y la angustia.

Al despertar, no reconoció la habitación que la había ahogado de espacios vacíos al llegar. Pensó que debía cenar por el bebé. Todo era un gran esfuerzo. Le costaba mover su cuerpo. Era como si su mente no pudiera dar órdenes porque estaba ocupada en proyectar, una y otra vez, la escena de Gonzalo y Alondra en su cama. Imágenes que transcurrían en cámara lenta y al finalizar, comenzaban nuevamente de manera automática. Una realidad más tenebrosa que cualquier pesadilla.

Juntó valor y se levantó. Todavía tenía puesta la ropa con la que había viajado. Observó folletería de Barcelona que había en la habitación sobre lugares turísticos que visitar. Le llamó la atención una imagen de un parque. No estaba de ánimo para pensar en visitar lugares en ese momento. Se dio una ducha, se cambió y bajó al restaurante. Después de cenar, el miedo a la soledad de su dormitorio la llevó a tomar un café en la confitería. Se sentó a una mesa al lado de un ventanal. Podía ver la belleza de Barcelona. Los movimientos ajenos de un mundo que, con o sin su voluntad, recorría el mapa de un destino dueño de la verdad concentraron su mirada perdida. La noche era tan triste. La música sonaba suave y llenaba de melancolía el lugar.

Mirando la nada las lágrimas empezaron a emigrar del lugar donde habían quedado enterrados sus sueños. Un cementerio de ilusiones sangraba traición y sus ojos se nublaron. Sentía que tenía el rostro deformado, aunque solo estaban hinchados sus párpados. Su llanto era intenso pero silencioso.

No hipaba, no hacía ruido, no había sollozos. Solo lágrimas, millones, infinitas de ellas. Un manantial inagotable de desdicha. Volvió la mirada hacia el pocillo de café vacío y vio una mano que le alcanzaba un pañuelo blanco. Era una mano segura de sí misma que le transmitió un gesto franco. Tomó el pañuelo y secó sus ojos para poder ver con claridad. Aspiró un perfume que en otro momento la hubiera excitado.

–Gracias –dijo.

–Por nada. Creo que lo necesitas más que yo –respondió una voz firme. Solana elevó sus ojos y creyó que iba a desmayarse. Pensó que la vida se estaba divirtiendo con ella. Las piernas le temblaron y sus manos sudaron vergüenza. Allí, frente a ella, testigo de su pena y de sus lágrimas, Octavio Madison Lynch, el hombre con el que había soñado durante toda su vida, el más lindo que ella había visto jamás, le dedicaba una sonrisa–. Me llamo Octavio –agregó él.

Ella sabía muy bien cómo se llamaba, quién era, dónde había nacido. Toda su historia personal estaba escrita en el libro de sus deseos imposibles, ese que llevaba en la memoria desde niña. Era su "príncipe azul", ese que nunca llegó. En su lugar y cansada de esperar, un sapo, que sería siempre sapo, se había convertido en su esposo. Lamentó no haber continuado la espera. Pensó que lo último que había visto al irse de San Rafael era a Octavio conduciendo un automóvil nuevo. Ella huía de los golpes de Lucio y él estrenaba un cero kilómetro. Ahora, ella había huido de la traición y él… ¿qué hacía él allí socorriéndola con un pañuelo?

–¿Estás bien? –preguntó él, dado que se había quedado muda observándolo.

–Si dijera que sí supongo que no me creerías –respondió con ironía haciendo alusión a sus lágrimas.

–No. La verdad que no.

–Gracias, lo lavaré y… –empezó a decir. *Y nada, dónde se supone que se lo devuelva*, pensó.

–No, no. Quédatelo. Me lo devuelves cuando sientas que ya no hay razones para que llores –respondió.

Un silencio se interpuso. La situación no era incómoda pero ninguno sabía qué decir. Ella, porque de tan solo pensar cómo se vería y el momento que estaba atravesando, sintió que definitivamente el encuentro que había imaginado miles de noches y que nunca había ocurrido estaba sucediendo en la etapa más desafortunada de su vida; y él, porque ni siquiera sabía por qué se había acercado, solo tenía claro que no pretendía seducirla.

–Yo… –dijo él.

–Yo… –dijo ella.

Ambos sonrieron por haber hablado al mismo tiempo sin decir nada.

–Mira, no te sientas invadida. Espero que lo que te sucede tenga solución. No pretendo seducirte ni me acerqué a ti porque estás sola y eres linda. Solo lo hice sin pensar.

Solana creía que además de hermoso, era sincero. Mientras miró sus ojos turquesas olvidó su dolor. Él era el mejor recuerdo de su pasado. *¿Dijo que soy linda?*, pensó.

–Te agradezco la honestidad. Es un valor que no se ha cruzado conmigo durante este último tiempo.

–Veo que tenemos algo en común.

–¿Quieres sentarte? –preguntó Solana. Sus palabras no llevaban la menor intención de seducirlo. La actitud de él tampoco.

–Bueno –respondió y se sentó a la mesa. El camarero se acercó–. ¿Quieres otro? –dijo refiriéndose al café.

–Sí, gracias.

–Dos cafés, por favor –pidió Octavio.

–¿Por qué tenemos algo en común? –preguntó Solana.

–Porque la honestidad no ha estado presente en mi vida últimamente tampoco.

–No voy a preguntarte qué te pasó. Ni quiero que me preguntes a mí –dijo.

Solana hablaba a la defensiva. No podía abrir su corazón, ni siquiera si se trataba de su amor imposible. Las imágenes de su hermana y su esposo se le vinieron encima y no pudo contener otro arrebato de lágrimas. Octavio la observaba y sentía que esa mujer lloraba como a él le hubiera gustado ser capaz de desahogarse, pero no había podido. Tenía el llanto encerrado en el dolor de la traición. Pensó que debía hacer algo para contenerla pero no sabía qué. Era una extraña llorando en un lujoso hotel de Barcelona, sola en medio de la noche y él, un hombre sumido en la desilusión que había salido de su habitación intentando borrar de su mente los sonidos de la traición.

–No llores. No sé cuáles sean tus razones y dejaste claro que no quieres que te pregunte. No hace falta que preguntes por las mías porque voy a contártelas. Solo para demostrarte que no puedes estar peor que yo –le dijo inventando una sonrisa.

El turquesa de su mirada acarició las viejas fantasías de Solana, que comenzaron a despertar ante sus ojos, trayendo a la mesa el recuerdo de una adolescente que deseaba besarlo aunque fuera solo una vez.

–Mis padres adoptaron un hijo de mi edad cuando apenas éramos bebés. Hace unos años, evité que muriera donándole un riñón –comenzó a contar. *Lo sé. Beltrán, el amigo de mi hermano*, pensaba ella pero no podía decirlo sin poner en evidencia su identidad–. Hace dos noches descubrí que se acuesta con mi novia, con la que pensaba planear mi casamiento cuando regresara de este viaje –pronunció. Su verdad sonó con un tono tan firme y amargo que parecía convertirlo en el único dueño del dolor–. Así que, no creo que haya nada peor que eso. No llores más, por favor –pidió.

Solana quedó muda ante la confesión. Pudo pensar que él estaba tan mal como ella o al menos, tenía causas para estarlo. ¿Beltrán, quien los había ayudado a conocer a Cáseres y conseguir trabajo, podía ser capaz de algo así?

–Podemos suicidarnos, si quieres –respondió ella.

–No. No quiero –agregó convencido.

–¿Por qué me cuentas todo eso a mí? –preguntó interesada en saber las razones de una confesión tan íntima a una extraña.

—No lo sé desde la razón. Solo te vi llorar y me acerqué sin pensarlo. Supongo que necesito hablar con alguien que no me juzgue, que no se sienta con derecho a decirme qué hacer. Alguien que pueda saber que el dolor manda, a veces, y tan solo escuchar —Solana sonrió frente a la burla del destino—. ¿Quieres que me vaya? —agregó él.

—No. Creo que podemos hacernos compañía. Soy "esa extraña sin autoridad para opinar" que puede escucharte y hasta entenderte. Mi mochila no es mucho mejor —agregó.

El aire comenzó a alivianarse para ellos. Solana dejó de llorar y pudo no pensar en su drama. Quizá estaba sucumbiendo ante otro embate de su destino pero no le importaba. Solo quería vivir cada minuto del mejor modo que fuera capaz. La presencia de Octavio trayendo a su mente la parte inocente de su vida era un antídoto contra la decepción definitiva de los tramos crueles a los que esa misma vida la había arrojado.

Octavio sintió una corriente de aire puro frente a él. Creyó que hablar con ella, una mujer ajena a todo su tormento, le daría una tregua a su desilusión. De pronto, un impulso lo hizo hablar y darle un giro a la conversación.

—¿Qué harías en este momento si pudieras elegir cómo ser feliz?

—Volvería a ser adolescente —respondió ella sin meditar.

—¿Por qué? —preguntó sorprendido. No esperaba esa respuesta tan inmediata. Tuvo la sensación de que ella sabía la pregunta antes de que la hiciera.

–No te rías… –advirtió–. Porque podría seguir esperando a mi "príncipe azul" y tal vez él llegara y entonces… –imaginó que la besaba pero agregó–: no tendría el presente que hoy tengo.

–No voy a preguntarte sobre tu presente. Ya dijiste que es una mochila no mucho mejor que la mía, pero ¿qué te gustaría hacer? Déjame ocupar el lugar de ese príncipe por un rato y entre los dos, olvidemos nuestras realidades. Eso es lo que yo elijo hacer por ahora –sugirió.

Solana se sintió como a los diecisiete años cuando lo cruzaba por la calle y no podía dejar de mirarlo. Él nunca la veía, pero ella estaba prendada de su imagen. Le dolía el estómago y se ruborizó. Había dicho que lo dejara ocupar el lugar de ese príncipe. ¡Qué ironía!, si ese lugar era suyo. ¡Él era su príncipe! ¿Qué debía hacer una mujer adulta en esa situación? De pronto, tuvo ganas de olvidar las reglas que había seguido durante toda su vida, de nada le había servido hacer siempre lo correcto. Estaba lejos de su casa, en una ciudad de ensueño y su príncipe, aunque tarde e inoportuno y sin saber que era él, había llegado. Dejó volar su imaginación. Después de todo, mientras duró esa conversación había logrado separarse de su problema y el film de terror en su mente se había detenido.

–¿Me hablas en serio? –preguntó. Necesitaba confirmar que él quería hacer esa locura que proponía.

–Sí, muy en serio. Si estoy a la altura de las circunstancias. Te ofrezco solo estar bien, que no importen las reglas. No me

malinterpretes. Soy un caballero –sonrió garantizando que no haría nada indebido–. ¿Sabes? Toda mi vida hice lo que estaba bien, lo que todos esperaban de mí, y de poco me sirvió.

–Acepto. El Parc Güell –dijo– respondiendo la pregunta sobre qué le gustaría hacer.

–¿Qué es eso? –preguntó interesado y hasta entusiasmado porque ella había accedido.

–Es uno de los lugares más emblemáticos de Barcelona. Vi un folleto en mi habitación. Es en la zona alta de la ciudad. Memoricé eso sin voluntad de hacerlo. Quiero ir allí, caminar, conversar y no tener más preocupaciones que sentirme adolescente y estar con mi príncipe en un lugar soñado –dijo sonriendo.

–¡Perfecto! Tu príncipe suplente organizará todo para mañana. "El príncipe y la extraña" se darán una oportunidad de no pensar recorriendo Parc Güell –respondió.

–Gracias –respondió ella, embelesada por el romanticismo del momento.

–¿Puedo preguntar cómo te llamas?

Ella dudó. No quería romper el hechizo y descubrir su origen. Juzgó que su nombre de pila no significaba un riesgo

–Solana –respondió y él no preguntó más.

Capítulo 32

Ninguna persona merece tus lágrimas,
y quien se las merezca no te hará llorar.
Gabriel García Márquez

San Rafael, Mendoza, año 2008

Vivian estaba sumida en una muda desesperación. En la misma medida en que había descubierto lo atractivo que seguía siendo su esposo, ella se sentía un espanto. Se miraba en el espejo y todo lo que podía observar le daba asco o bronca. Ella solía ser una mujer divertida, tenía iniciativas para salir y arreglarse. Le gustaba seducir a Martín. Había adorado la vida que había logrado en familia. ¿En qué momento se había olvidado de cuidar lo suyo? ¿Cuál había sido la tenebrosa noche en que se había dormido sin estar consciente del hombre con quien compartía su cama? Se preguntaba cuándo había dejado de importarle su cuerpo o su rostro. ¿Por qué había dejado de comprar cremas y perfumes?

¿Qué inoportuna y falsa certeza le había hecho pensar que él siempre estaría para ella? ¿Por qué había ignorado todas las señales que pasaron delante de sus ojos antes de ver esas fotos?

No tenía respuestas que pudieran arrojarle al alma verdades que no la mataran de impotencia y fracaso. Todo era su culpa. La relación estaba rota. Sin embargo, él guardaba las formas y las apariencias, hasta le había hecho el amor al regresar y le había preguntado en qué podía ayudarla. En el mar de dudas en el que estaba sumergida, una luz muy tenue le dejaba pensar, solo por unos segundos, que quizá no todo estaba perdido.

Ella estaba ahogada de odio hacia Alondra, pero no había querido enfrentar a su esposo y descubrir que sabía de su engaño. Cuidadosamente había dejado las fotos en su lugar, como si con ello hubiera escondido también el hecho de que Martín tenía una amante de la edad de su hija.

Necesitaba pensar y decidir qué hacer. No tenía dinero, no tenía habilidades, no tenía trabajo y no le gustaba la idea de pasar de ser "la Señora", dueña de una casa, a ser "la doméstica" de otra señora, dueña de otra casa, que no era la suya. Además, amaba a su esposo. Claramente su vida estaba rodando cuesta abajo. ¿Qué hacer? Si hablaba con él, le facilitaría las cosas y él la dejaría. Si callaba, estaría arrojando a la basura su dignidad y aceptando que las mismas manos que tocaban a una amante la rozaran como un premio consuelo alguna vez. Eso hasta que el tiempo concluyera su trabajo y él cambiara a Alondra por otra. Después, solo esperar que llegara el día en que la otra fuera lo suficientemente hábil para que él la dejara a ella. Un circuito repetido por estadística en los hombres afines al engaño. Suponía que el camino de la infidelidad era solo de ida.

¿Cómo podría soportar eso sintiéndose todo lo fea que una mujer podía sentirse? Pensó que tal vez debía darse la oportunidad de una dieta, de comprarse cosas, de atenderse. No podía derrochar sin límites, pero tampoco le estaba prohibido darse algunos gustos.

Decidió que no entregaría tan fácilmente lo que era suyo. No estaba muy segura de si lo principal en su batalla era el amor, el orgullo o la conveniencia. Quizá lo haría un poco por todas esas razones en diferente proporción. Supo que callaría y miraría para otro lado. Al menos por un tiempo. Vivian era inteligente, decidió atacar ferozmente las razones. Muertas las causas, quizá, agonizaría también la consecuencia. Tenía que asumir ese riesgo.

Se miró por dentro y se sintió capaz. Su familia valía el esfuerzo. Debía ser metódica y constante. Tenía una ventaja sobre Alondra, ella era cerebral y conocía muy bien al enemigo. Podía derrotarla y lo haría.

Martín llegó a su casa en el momento en que ella salía.

—Hola, Vivian. ¿Adónde vas?

—Estuve pensando que quiero un cambio y tienes razón al decir que solo depende de mí. Así que voy a comprar indumentaria deportiva y voy a empezar alguna actividad. Además, voy a pagar una masajista en el spa —dijo.

–Estoy de acuerdo con que hagas algo para sentirte bien –respondió.

–¿Quieres acompañarme? –propuso. Martín no supo qué contestar. Hacía muchísimo tiempo que no salían de compras juntos.

–Yo, no sé. ¿Tú quieres que vaya? –preguntó.

–Me gustaría.

–Bueno, vamos entonces –accedió.

Vivian había dado el primer paso. Se sintió bien al hacerlo. Esa tarde la acompañó al centro comercial, compraron ropa nueva, algo de lencería y atuendo deportivo. Luego fueron al gimnasio para que Vivian se inscribiera en alguna actividad. Había optado por aerobox, un modo de reducir medidas, acumular fuerza y descargar bronca.

Pasaron varias horas juntos y Vivian, lejos de reprocharle actitudes o dudas, había iniciado un plan de pérdida de peso y recuperación de esposo. En el camino de regreso le pidió que la dejara en la peluquería. Se tiñó el cabello color chocolate y se hizo un corte carré que enmarcaba su rostro y estilizaba sus facciones. Al llegar al hogar, Martín y Clara la esperaban con la cena.

–¡Mamá! ¡Qué cambio!

–¿Te gusta, hija?

–Sí, mucho. Te queda bien, ¿no, papá? –preguntó a Martín que todavía no daba crédito al cambio en la actitud de su mujer ocurrido en tan poco tiempo.

–Sí, le queda muy bien.

Esa noche la cena sucedió entre risas poco frecuentes en los últimos tiempos y recuerdos de la familia. Cuando Martín llegó a su cama halló a Vivian dormida, estrenando un camisón azul que habían elegido juntos por la tarde.

Algo había motivado un giro a la actitud de su esposa frente a la vida y le gustaba eso. Lo sentía como un modo de deseo y de amor. Martín trataba de ser sincero con su conciencia. No estaba enamorado de Alondra, esa relación estaba destinada al fracaso. Había gozado mucho con ella pero no quería cambiar su familia solo por un cuerpo joven. Además, la inesperada actitud de Vivian le gustaba.

Esa misma noche, Clara llamó a Alondra para contarle lo feliz que estaba por los cambios en el ánimo de su madre.

–¿Tan cambiada está? ¿Qué pasó? –preguntó inquieta.

–No sé. Empezará el gimnasio, se compró ropa y estuvieron todo el día juntos con mi papá. Al dejarlo se quedó en la peluquería y cambió su look.

Alondra volaba de ira. *Seguro sospecha de algo y no lo quiere perder. Maldita sea*, pensó.

–¿Será que tu papá tiene una amante y lo descubrió? –preguntó incisiva y sin escrúpulos.

–¡Alondra! No. Papá jamás la engañaría. Quizá solo quiso verse más linda.

–Hombres son hombres, aunque se trate de tu papá. ¿No le preguntaste? –insistió.

–No. No voy a hacerla sentir mal. Las razones que haya tenido son bienvenidas, se los ve contentos y eso es suficiente.

—Está bien. Bueno, en cuanto pueda paso a ver el gran cambio —dijo con una ironía que su amiga no percibió.

Cortó furiosa la comunicación, y llamó a Martín. Él no la atendió. Alondra ya estaba de regreso en San Rafael, seguía sin tener noticias de su período y la cuestión de que él se estuviera acostando con la esposa la enfureció. Arrojó su teléfono contra la pared al llamarlo por cuarta vez y recibir por respuesta solo la grabación del contestador.

La vibración del teléfono de Martín en la mesa de noche despertó a Vivian. Miró la pantalla. Era ese empleado otra vez. Pero… ¿cerca de medianoche? Entonces, memorizó los tres números finales, 313. Era evidente que Alondra estaba agendada con otro nombre para evitar sospechas. Luego chequearía ese dato.

—Martín, ¿un empleado a esta hora? No lo atiendas por desubicado —susurró.

—No, no voy a atender —respondió.

Agradeció que su esposa estuviera somnolienta y que confiara en él. Sintió deseos de ella. La abrazó por detrás y ella se dejó acariciar. El raso de su camisón provocó sus sentidos. Vivian fingía un descanso en el que escondía las expectativas por ver los resultados de sus primeros pasos. Satisfecha, sintió las manos de Martín recorrer su contorno y detenerse en el lugar exacto del placer. En seguida una relación algo más intensa que las de los últimos tiempos los alcanzó. Ella se durmió convencida de que callar era la decisión correcta. Él pensó en Alondra y en Vivian, alternadamente.

Capítulo 33

El deporte no forja el carácter,
lo pone de manifiesto.
Heywood Hale Broun

Sara había recibido el golpe más duro que la vida podía darle a sus dieciséis años: seis largos meses sin jugar al hockey, sin entrenar, sin respirar la adrenalina de la competencia, sin alentar al equipo del cual era capitana, perdiendo la oportunidad de integrar la Selección y todos los viajes deportivos previstos para ese año. Para ella todo se había reducido a nada en el exacto momento en que sus ligamentos se cortaron. No había consuelo posible ni cariño suficiente, ni palabras útiles, ni opciones para manejar la angustia. Había caído del abismo de la impunidad que le daban sus años, había aprendido de una manera estrepitosa que no era invencible, que nadie lo es. Sus piernas le habían gritado que el destino mandaba y que la vida decidía el ritmo de su andar. Solo le quedaba la voluntad y el estilo propio para enfrentar la adversidad, mas no había disponibles soluciones mágicas que pudieran adelantar el tiempo ni evitar sus efectos tristes en el alma. Esperar volver se convertía en lo único valioso.

Exactamente seis días después de ocurrida la lesión, Sara ingresaba en el quirófano a las seis de la tarde. El tiempo transcurrido era récord para todo lo que ese tipo de intervenciones lleva aparejado desde que son decididas. Utilizando todos los recursos y contactos, la prótesis importada que el médico había solicitado estuvo a disposición para la operación.

Se internó al mediodía, acompañada por Victoria y por Esteban. Su hermano Octavio estaba ya en Barcelona y Beltrán iría algo más tarde. Ella, en verdad, sumaba esa preocupación a su herida abierta. No podía perdonar a Beltrán la traición, no entendía esa acción. Ella era leal por naturaleza, entonces no entraba en sus hipótesis semejante atrocidad. La abuela Susana llamaba por teléfono a cada rato, iría más tarde. Estaba asustada, muy asustada. Le tenía miedo a la anestesia total y a los mitos de las cirugías. Le dieron la habitación 323 en el tercer piso.

—Mira, papá, 323... el número, el veintitrés, como mi camiseta —dijo.

—Veo. Ese número te persigue —respondió sonriendo.

Era cierto. Todo cuanto observaban parecía siempre terminar en ese número. Hasta la matrícula de la camioneta que habían comprado ese año finalizaba en veintitrés. Sara estaba tranquila y de buen humor, solo tenía hambre por el ayuno que mantenía desde la noche anterior. Había estado en reposo y con la férula hasta entonces. Sin ella, su rodilla parecía suelta dentro de la pierna al estar el ligamento roto. Era realmente impresionante.

La llevaron a quirófano y la clínica se convirtió en el laberinto que suelen ser. Perdieron contacto con Sara, tuvieron que abandonar la habitación y esperar en la puerta general del quirófano. El mismo pasillo que fue testigo de la espera del trasplante de sus hijos varones volvía a reunirlos. Esteban sentía el peso del mundo sobre su espalda. No soportaba el lugar ni las causas que lo habían llevado allí otra vez. Sara, su pequeña gigante, tenía que pasar por algo que no le podía evitar, ni en su dolor físico ni en su lapidaria consecuencia emocional.

La espera les erosionaba la fe. Era una operación que debía durar una hora. Le extraerían el ligamento y lo reconstruirían fuera de su pierna. Utilizarían el autoinjerto. A Victoria la descomponía el solo hecho de pensar en la mecánica de la intervención. Si tan solo hubiera podido darle su rodilla. Si hubiera servido no hubiera dudado en renunciar a caminar para hacerlo. Pero no era posible. Los hijos debían pasar por situaciones cada vez más difíciles a medida que iban creciendo y los padres solo podían limitarse a acompañar, a no soltarles la mano y a sufrir en silencio un dolor que no era posible traducir en palabras. No existían términos que con alcance exacto pudieran evidenciar lo que como madre sentía mientras su hija estaba expuesta a un sufrimiento y a un riesgo a la vez. El médico era el mejor, pero una operación seguía siendo aleatoria.

—Ya pasó una hora y media. ¿Por qué no sale? —preguntó Esteban que estaba consternado.

—No lo sé. Estoy asustada —contestó Victoria.

—Todo estará bien… —respondió Esteban autoconvenciéndose. Ambos observaban la misma puerta del quirófano sin cambiar la mirada de lugar. Esperar era una agonía. Nadie salía, nadie les avisaba nada. De pronto, Victoria miró a su esposo y él se quebró. Estaba solo, sentado en una de esas horribles bancas plurales, con la mirada baja. Se acercó y lo vio llorar. Las lágrimas enredaban sus ojos. Lo abrazó. Estaba mareada por los nervios—. No puedo soportar que le pase algo.

—No le pasará nada. Quédate tranquilo —lo calmó. Ignoró sus propios límites para poder consolar al hombre que amaba. Él no sabía cómo actuar en circunstancias adversas, pero la verdad es que no era su culpa. Así había sido de gentil la vida con él. Siempre sol, nunca tempestades sin abrigo.

A las nueve de la noche habían transcurrido casi tres horas de operación y los empleados de la clínica comenzaron a cerrar los espacios comunes. Les pidieron que salieran a la recepción, que ellos les iban avisar. La resistencia de ambos fue rotunda. Cumplidas casi tres horas y media, una enfermera les dijo que el doctor ya iría a darles el parte. Todo había salido bien, pero una complicación con los meniscos había demorado la intervención.

La camilla que trasladó a Sara pasó delante de ellos, ella todavía estaba saliendo de la anestesia y reía sin sentido. Ya en la habitación, la pierna tiesa completamente vendada era la muestra de su lesión, la marca física. La otra, la del alma, comenzaba a crecer sin que nada pudiera detenerla.

Victoria pasó dos noches durmiendo sentada al lado de la cama de su hija. No hubo manera de la que sacaran de allí. Sara salió de la clínica con muletas. Unas muletas azules, de las que implican hacer más fuerza con los brazos. Calzaban a la altura del codo. Eran importadas y vistosas pero no por eso, menos tristes.

Ya de regreso en su casa, Victoria se entregó a sus cuidados, postergándolo todo. Sara estaba mal. Encerrada en la actitud del silencio que mata por dentro. Victoria la curaba dos veces por día, la esperaba al lado de la ducha y la ayudaba a ir al baño. Debía hacer una rutina simple de ejercicios que eran muy dolorosos y era su madre quien contaba las repeticiones y era guardián de su esfuerzo.

En cada hecho mínimo de la vida cotidiana que debía asistirla sentía que el dolor era corrosivo. Su hija estaba incapacitada para hacer cualquier cosa sola. Su Sara había pasado de correr como el viento a no poder sostenerse de pie. La amargura era letal.

Una noche, Victoria dormía a su lado y se despertó con los sollozos de su pequeña. Para ella siempre sería su pequeña.

Se levantó y fue a abrazarla.

–¿Qué pasa, hija?

—Mamá, soñé otra vez lo mismo —su angustia era tremenda.

—¿Qué soñaste, hija?

—Soñé que estaba en la cancha, corriendo, jugando y entonces me desperté... Miré las muletas y me di cuenta que no soy capaz de llegar sola al baño, mamá —estalló en un llanto desgarrador. Su madre solo pudo abrazarla. Era cierto. Nada que dijera alcanzaría para evitarle ese dolor.

Fue un momento que dejó una cicatriz en el corazón de Victoria. Se mezclaron sus propias penas, las que en ese momento no le importaban, con la congoja de su hija. Solo podía pensar en Sara. La abrazó contra su pecho y contuvo su infinito llanto hasta que vencida por la severidad temprana del destino, logró un sueño sin descanso. Victoria sentía el dolor de su hija en todo su ser, era una agonía continua en su corazón. Horas después, Sara despertó y su madre estaba todavía allí sosteniéndola sin haber dormido.

* * *

Victoria no pudo volver a llamar a su madre y no regresó a terapia. Por supuesto le había hablado a la licenciada para explicarle lo que sucedía.

Esteban estaba triste, sin fuerzas. Derrotado. No podía soportar la adversidad; por momentos estaba extremadamente ausente. Se había intensificado en él una actitud

"Victoria dependiente", la necesitaba para todo. Le repetía en la intimidad que no podía vivir sin ella. Verla sufrir, sumado a eso el dolor de Sara, más la angustia que le provocaba saber que tendría que decirle que Gisel había vuelto y enfrentar a sus hijos con la verdad, le daban ganas de morirse.

Victoria sumaba otra carga emocional a las propias. Sostener a su hija, a su esposo y su pasado, más la confesión de su madre. Había momentos en los que realmente sentía que no podía más. Enfrentar la vida era muy difícil a veces.

Estaba devastada. No dejaba de pensar en Eularia y Lupita le recordaba que los sucesos se estaban dando como había presagiado su amiga. Ambas temían en silencio. Si era cierto que la mujer adivinaba, entonces todavía faltaba más pena en la familia.

Capítulo 34

Las palabras nunca alcanzan
cuando lo que hay que decir desborda el alma.

Julio Cortázar

Cuando Victoria sintió que podía desprenderse un poco de su hija, volvió al consultorio de la licenciada Diana Salem decidida a afrontar su realidad que, no por postergada, había dejado de dolerle y de quitarle el sueño.

—Hola, Victoria. ¿Cómo está?

—Mal. Estoy rota por dentro. Siento que no puedo más, pero debo juntar fuerzas de donde sea. Mi hija y mi esposo dependen de mí. Si yo me caigo, ellos lo harán también.

—Victoria, quiero saber cómo está usted, no por quienes decide no caer —afirmó. Otra vez la psicóloga con su sabiduría hiriente. Se preguntaba si había necesidad de separar las aguas así. Ella era por los suyos, lo demás era otra cosa.

—Entiendo, pero mi hija y mi esposo son mis razones en este momento. Sé que debo ocuparme de mi pasado, pero si ellos no están bien, nada me importa.

—Debemos ordenar un poco las ideas. Si usted no está bien, nada podrá ofrecerles a ellos y mucho menos podrá tomar decisiones acertadas respecto de su pasado. Así que le propongo que empecemos por usted que es mi paciente y dejemos a su hija y a su esposo para después. Además, por lo que me dice, eso está controlado.

La odiaba, literalmente odiaba a la terapeuta y a su perfección. Ese orden preestablecido de soluciones lo dirigía desde un sillón cómodo, sin tener idea de cuánto le dolía a ella el padecimiento de los suyos. Sin embargo, era su consultorio y sus reglas. O se iba o las acataba. Optó por lo segundo. En el fondo sabía que tenía razón.

—Está bien. Seguí su consejo y hablé con mi madre, como le dije por teléfono. ¿Recuerda?

—Sí, recuerdo bien. Cuénteme lo que cree más importante de todo lo que su madre le contó.

—Mi madre ha sido distante para protegerme de su esposo y se mantiene distante de mi familia para proteger a mis hijos. Como ya le conté, a los siete años el esposo de ella se había metido en el baño mientras me bañaba, me había mirado desnuda con ojos horribles y me había querido tocar y yo había salido corriendo… —empezó a relatar con más detalle lo que ya le anticipara por teléfono.

—¿Y qué hizo ella entonces?

—Me golpeó y me provocó el corte en el mentón, este —dijo. Tocó su cicatriz—. No me creyó al principio, pero luego consideró que yo era muy pequeña para mentir y su esposo no le negó el episodio, solo cambió la versión. Le dijo que entró sin saber que yo estaba ahí justo en el momento en que salía del agua. Ella estaba enamorada, no quería perderlo y fue egoísta.

—¿Por qué egoísta?

—Porque pensó en ella, en el modo de no alejarlo de su vida y optó por alejarme a mí.

—¿Y usted cómo se siente con eso?

—Mal… pero al menos siento que, a su manera, se ocupó de cuidarme. Nunca me dejó sola con Igor.

—Digamos que esa explicación conformó el dolor.

—Nunca estaré conforme pero al menos pienso que habló conmigo, me dijo la verdad. Se animó a decirme algo terrible, como fue el hecho de que nací con una melliza que su amiga abandonó en un orfanato.

—Sí, recuerdo eso. Me lo dijo en la llamada de ese día. ¿Y qué piensa del hecho de tener una hermana?

—Es horrible pensar que alguien con mi sangre vive en algún lugar. Me entristece por mi padre, pudo tenernos a las dos durante siete años si mi madre no hubiera sido tan mezquina. Me duele no saber y me da miedo averiguar.

—¿Recuerda que le hablé de las leyes de Bert Hellinger?

—Sí. Pero no puedo asociarlas con todo lo que me pasa. El pasado de mi madre ha sido horrible y pude lograr que me explique las razones de su distancia. Solo eso.

—Recuerde que él las define como "Órdenes del amor". Un supuesto, que creo que es el que en su caso nos da la llave a un análisis correcto, se da cuando alguien fue excluido de la familia o se le negó la pertenencia a la misma. Usted compartió una gestación de nueve meses con una hermana, de la que fue brutalmente separada al nacer sin saberlo. Tiempo más tarde fue separada de su padre por la muerte y luego absolutamente excluida de la vida de su madre por causas que hasta hoy no sabía.

—Sí, ¿y entonces? —la ansiedad no la dejaba comprender el análisis. Quería que la licenciada fuera clara.

—Entonces, piense. Usted me dijo: "Odio las separaciones. Me dan frío. Me dan miedo. No las entiendo. Cuando hay vínculos no debería haber separaciones. Desmembrar lo que está destinado a estar unido es un horror. Un acto inhumano. Separar es como amputar una parte del destino. Separar es mutilar el alma" —leyó textual de sus apuntes.

Victoria se sorprendió al escuchar esas afirmaciones. Las había olvidado. En ese momento comprendió y pudo ponerle palabras a su dolor.

—¿Es posible que la separación de mi hermana haya sido la razón de mi angustia desmedida y sin explicación, esa que atribuí a la conducta distante de mi madre?

—Sí. Creo que la separación en cualquiera de sus formas ha sido de una implicancia extrema en su vida, porque siempre su inconsciente la sumó a la de su origen. Me parece que debe buscar a esa hermana para intentar sanar por completo

las causas de su dolor. El dolor estará allí, pero usted sabrá las
causas. Ya no habrá incertidumbre ni miedos sin causa aparente. Usted es el resultado de su historia, ahora la conoce. Le queda decidir qué hacer con eso.

—No entiendo.

—Usted decide si perdona o no. Si busca o no. Si acepta o no. Pero ya no hay enigmas. No hay interrogantes. Su madre respondió a lo más básico de la maternidad respecto de usted al protegerla de su segundo esposo. No le dio nada más que eso, comida y abrigo, lo que a ella le faltó según usted me relatara.

—Sí, es cierto.

—Piénselo, Victoria. Piense qué desea hacer con lo que ahora sabe. Terminamos por hoy.

Victoria detestaba ese reloj insertado en la lengua de la terapeuta que le cortaba la sesión justo cuando ella sentía que deseaba quedarse. Se despidieron. Victoria se sentía liviana de alma, la mochila de angustia pesaba mucho menos. Por un rato, cuarenta y cinco minutos exactamente, no había pensado ni en Sara ni en Esteban ni en sus hijos. Había logrado un espacio mínimo de menos de una hora para ella y le había hecho bien. Quizá la licenciada Salem fuera un genio después de todo. Su prestigio no debía ser de regalo.

En medio de la acera, guiada por un impulso tomó su teléfono celular.

—Hola, mamá. Soy Victoria.

—Hola hija, pensé que nunca más llamarías —sonaba sincera.

354 –Han ocurrido cosas. Sara está operada y yo debía acomodar mis ideas –intentó explicar.

–¿Qué le pasó a Sara?

–Se cortó los ligamentos.

–¡Pobre! ¿Puedo ir a verla? –preguntó.

–Sí, claro. Sola –agregó. El límite salió de su boca sin pensarlo siquiera. Una alegría incipiente ilusionó su corazón. ¿Se estaba acercando?–. Necesito la dirección del orfanato y el nombre con que tu amiga Erika abandonó a la bebé.

–Está bien. ¿Anotas? –respondió sin cuestionamientos.

–Sí –respondió. Victoria tomó nota y guardó el papel en su bolso.

Cortó la comunicación y volvió a sumergir sus pensamientos en Sara y Esteban y en sus hijos varones. Regresó a casa. Una nueva etapa se iniciaba en su camino emocional y ella podía sentir que sería para bien.

Capítulo 35

Si amas a dos personas al mismo tiempo, elige la segunda.
Porque si realmente amaras a la primera,
no te habrías enamorado de la segunda.

Johnny Deep

Barcelona, España, año 2008

A la madrugada Solana y Octavio se despidieron, intercambiaron los números de habitación y quedaron en encontrarse para el desayuno a las diez. Antes de eso ambos, por separado, se acreditaron en el congreso pero en vez de ingresar al acto de apertura, regresaron a sus habitaciones a cambiarse de ropa y bajaron a desayunar.

Cuando Solana ingresó en la confitería del hotel, él, que estaba sentado a una mesa, la vio, se puso de pie, esperó que se acercara y acomodó su silla para que ella se sentara.

–¿Cómo descansó "la extraña"? –preguntó con ternura.

–Bastante bien. ¿Y "el príncipe"? –interrogó ella. Se sumó con gusto al juego inocente.

–Muy bien. Eso significa que vamos mejorando entonces. A las once nos pasan a buscar para ir a Parc Güell.

–¡Qué bueno! Todavía no puedo creer lo que estamos haciendo –aventuró.

–No estamos haciendo nada malo. Si le tuviera que poner un nombre, diría que estamos sobreviviendo –respondió.

–Tienes razón, Octavio –dijo ella con una confianza lograda sin que se dieran cuenta de en qué momento había ocurrido.

–¡Recuerdas el nombre del príncipe! Eso me hace sentir no tan suplente.

Ambos sonrieron. Claro que lo recordaba, jamás lo había olvidado, simplemente porque no era suplente.

–Me dijo el conserje que el parque tiene una magnífica vista de Barcelona y que destaca por su estética. Combina obras y naturaleza. Suena tentador.

–Creo que para lo triste que estaba ayer no elegí tan mal, lo más probable es que el lugar me haya elegido a mí... –reflexionó.

–No hablemos de ayer. Nuestra estadía en Barcelona comenzó en la madrugada, cuando te di el pañuelo.

–Tengo que devolvértelo –respondió recordando el gesto.

–Ya te dije cuándo –respondió. Se refería a que se lo devolviera cuando ya no tuviera razones para llorar–. ¿Crees que podrías cumplir una promesa entre nosotros?

–Sí, creo que sí –respondió ella con curiosidad.

Además de hermoso era tan sensible que apenas podía asimilar que lo estaba conociendo en sus facetas más privadas.

—Prometamos traernos a Barcelona si nuestra mente se va donde dejamos el dolor y responder solo aquello que tengamos ganas. Necesitamos estar bien para enfrentar el regreso y todo lo que eso implica.

—Prometido —respondió Solana. Era una promesa muy conveniente en su situación.

El desayuno transcurrió en un clima cálido. No había dobles intenciones. En verdad lo que deseaban era sobrellevar sus difíciles momentos. Octavio quería regalarse la posibilidad de vivir momentos que no estuvieran planeados con anticipación, que salieran del código de estructuras al que se había sometido siempre.

Un vehículo los fue a buscar y observaron Barcelona durante el trayecto. Iban con un grupo organizado por un guía oficial de turismo. Eran los únicos habilitados para ingresar al parque.

—¿Trajiste cámara de fotos? —preguntó él.

—No. No me gustan mucho las fotografías. Me llevo todo en la memoria. Hasta lo que no quisiera —agregó. La traición se filtró en su mente pero logró espantarla.

—Todo el mundo tomaría fotografías, pero si a ti no te gustan, no tomemos ninguna —dijo él.

—Exacto. "El príncipe y la extraña" están fuera del protocolo —respondió.

Cuando llegaron a Park Güell, un suspiro se escapó del alma de Solana y chocó contra la mirada de Octavio, que lo acarició y lo guardó en su corazón. Esa mujer calmaba, sin saberlo, el ardor de sus heridas. El lugar era, como decían, un recinto monumental. Ella que solo había viajado a México de luna de miel, apenas podía creer que a tan poco tiempo de aquel viaje, estaba saboreando la belleza de Barcelona junto a Octavio Madison Lynch. La vida guiñaba el ojo a veces.

Comenzaron a caminar. Iniciaron el recorrido por el acceso y los pabellones de portería, desde allí vislumbraron una escenografía espectacular.

–¡Esto es gigante! –dijo Solana.

Parada en lo que se llamaba la Escalinata del Dragón, realmente parecía una modelo perdida en una postal. El guía explicaba que bajo las terrazas que formaba la doble escalinata, flanqueada por dos muros, se abrían dos grutas.

Octavio se quedó observando el paisaje que enfrentaba, pero sus ojos turquesas se habían ido de su mirada. Estaba ausente y Solana se dio cuenta. Sintió que era el momento de demostrarle que podía ser su sostén, aunque no le diera un pañuelo y aunque no hubiera lágrimas en su rostro.

–Octavio, la realidad no va a modificarse por el hecho de que dejes en ella más pena que la que merece. Yo no quiero ser invasiva, no tengo derecho a serlo pero te recuerdo: "Prometamos traernos a Barcelona si nuestra mente se va donde dejamos el dolor y responder solo aquello que tengamos ganas. Necesitamos estar bien para enfrentar el regreso y todo lo que eso implica" –repitió textual la promesa y algo ocurrió en él, la descubrió. La miró y vio que, además de una aliada de su dolor, había en ella una hermosa mujer que escondía

detrás de un rostro suave el secreto de su desdicha. Sintió deseos de saber más sobre ella. El guía continuaba con su explicación.

–La escalera está organizada en tres tramos, por los que discurre el agua de una fuente que se alimentaba de la cisterna ubicada bajo la sala Hipóstila. En el primer rellano hay unas formas caprichosas, a modo de grotescos, a media escalera está el escudo de Cataluña y más arriba está el dragón o salamandra con recubrimiento de mosaico, que se ha convertido en la imagen más popular del parque. En el último tramo de la escalinata, resguardado bajo la sala Hipóstila, hay una banca en forma de odeón –la información se perdía entre sus pensamientos. Ellos la escuchaban a lo lejos.

Llegaron a la banca y se sentaron.

–¿De qué escapaste, Solana? ¿Por qué llorabas así anoche? –preguntó. Realmente quería que le contara.

Ella lo observó sorprendida. No quería arruinar la salida, quería olvidar pero a la vez necesitaba ser sincera con él, darle lo que de él había recibido, confianza y honestidad. Sin embargo, no se sentía capaz de hablarle del hijo que esperaba.

–Yo, me casé hace muy poco –comenzó a decir.

A Octavio no le gustó pensar que estaba casada. ¿Acaso le interesaba como mujer? ¿Podía haber olvidado a Nadia en dos días? Supo que no la olvidaría nunca, pero sí la había eliminado de su vida. Otra vez había hecho lo correcto. Solana era la luz que lo había rescatado, aun estando ella sumergida en su propia oscuridad. Todo era diferente, él no se había acercado para seducirla. Solo había sido un gesto de humanidad hacia alguien que lloraba lágrimas que él no podía llorar. Una suerte de empatía en el dolor.

—No pensaba hacer este viaje, porque implicaba una semana afuera, pero hace dos noches llegué a mi casa y mi… Y él —no podía llamarlo esposo, tampoco pronunciar su nombre— estaba acostado en mi cama con mi hermana.

Octavio sintió un golpe fuerte en su rostro. Tampoco soportaba el impacto de la traición ajena. No la conocía, pero estaba seguro de que ella no merecía eso, así como tampoco él merecía lo que Beltrán le había hecho.

—Podría decirte que es un hijo de puta y ella otra, pero no lo haré. No lo valen. Como tampoco lo vale mi hermano y la que fue mi novia —le dijo Octavio.

—Es verdad pero duele.

—Claro que duele. ¿Quieres volver con él a pesar de lo ocurrido?

Necesitaba escuchar la respuesta. Evaluar si ella actuaría eliminándolo de su vida como él había hecho con Nadia. No la juzgaría pero tuvo la urgencia de conocer la respuesta. ¿Acaso se parecían también en la rigurosidad con que asumían el deber ser?

—Lo único que tengo decidido es que no puedo perdonarlo. No sé cómo voy a enfrentarlo, no sé qué haré con todo lo que nos une… —pensó en el bebé— pero sé que no puedo volver a entregarme a él.

—Yo estoy igual. No quiero a Nadia en mi vida. No puedo

perdonarla. Pero la traición de mi hermano es todavía peor. Me destruyó –confesó.

–No quiero hablar más de esto.

Sus palabras fueron una orden para él. Habían prometido responder solo lo que tuvieran ganas.

–¡Vamos, "extraña"! –dijo.

Se puso de pie y la tomó de la mano para correr hasta el guía que estaba varios metros más adelante. Solana sintió un temblor en todo el cuerpo. Una sensación de adolescente la atravesó. Recorrieron la Sala Hipóstila, el teatro griego o Plaza de la Naturaleza, el Pórtico de la Lavandera, los Jardines de Austria y todos los caminos y calles del gran parque. Cuando la visita concluyó, el vehículo los llevó otra vez al hotel. Los carteles del congreso llamaron la atención de ambos.

–Yo debería estar allí –dijo él.

–También yo –agregó Solana–. Solo me acredité, no soy capaz de escuchar a ningún disertante.

Octavio no podía creerlo. Además compartían la misma profesión.

–¿Eres médica obstetra? –preguntó. Estaba contento. Por un momento había vuelto a sonreír sin pensar.

–Sí, lo soy. Es lo que quise ser toda mi vida –respondió.

–Parece que tenemos mucho más en común que las traiciones que nos unieron, señora extraña que ya no lo es tanto. ¿Te repito la promesa? Creo que es momento –dijo él recuperando el juego y la promesa de rescatarse, ya que ella había quedado prendada de algún recuerdo.

–Sí, querido príncipe, por favor. –Quiso saber si la sabía tan de memoria como ella.

–"Prometamos traernos a Barcelona si nuestra mente se va donde dejamos el dolor y responder solo aquello que tengamos ganas. Necesitamos estar bien para enfrentar el regreso y todo lo que eso implica".

–Ya estoy aquí otra vez. Gracias, Octavio.

Sonó tan sincera que le llegó directo al corazón. Ambos atraídos por lo que estaban compartiendo se hubieran besado pero no lo hicieron. Algo comenzaba a nacer en el fondo del abismo que escalaban y los cimientos eran fuertes.

Los días siguientes los sorprendieron eligiendo lugares para conocer. Vivieron un turismo por Barcelona que aparejaba un recorrido profundo por sus emociones, por sus límites, por sus resistencias, por sus debilidades.

Fueron al Café Tiburón, con una excelente cocina asiática oriental y francesa, situado en el centro del puerto de Aiguadolç. Visitaron lugares tan atractivos y concurridos como las Ramblas, la Plaza de Cataluña, el Liceo, Montjuic y el Tibidabo. Luego de Parc Güell, elegían entre los dos adónde irían. Habían creado un equipo de auxilio afectivo que había logrado devolverles la sonrisa. Era cierto que lograban sonreír porque no pensaban, pero no era menos verdad, que no pensaban porque estaban juntos.

Como todo lo soñado, como cada hora que se desea no concluya, la estadía en Barcelona llegaba a su fin. Octavio regresaría a Buenos Aires un día después que Solana. Ambos por

las mismas aerolíneas en que habían llegado. La semana en esa ciudad se terminaría. Cierta nostalgia los recorría en silencio, quizá porque sabían que tendrían que enfrentar momentos muy difíciles y ya no estarían ni "el príncipe" ni "la extraña", ni la promesa ni la mágica Barcelona para contenerlos. Solo ellos, impares, extremadamente solos frente a la traición y dentro del abismo del que no sabían si eran capaces de regresar.

–Solana, estoy cansado de salidas. Me gustaría solo caminar por las playas del Mediterráneo. ¿Quieres? Es el último día –propuso.

–Sí, está bien. La verdad es que quiero tener todo listo y tratar de disfrutar este último día. La proximidad con la realidad empieza a asustarme –sin querer, una lágrima se escapó de sus ojos. Se acomodó el cabello con ese gesto que solía hacer y la secó.

Sentía un nudo en el estómago. ¿Cómo sería vivir con el recuerdo de un Octavio perfecto al que no podría tener nunca y con la traición de Gonzalo? Se preguntaba a qué mundo llegaría su hijo. Su embarazo aún no se notaba pero estaba allí, ella lo sabía y alcanzaba para iluminar o para oscurecer sus sensaciones de acuerdo con su estado de ánimo.

Caminar por la playa fue reparador y triste a la vez. Tomados de la mano aspiraron el aire del mar y escucharon el lenguaje de las olas. Ambos querían sentir que todo tenía solución. Octavio había logrado reponer más fuerzas que ella. Era lógico considerando que él no esperaba ningún hijo, eso le daba una ventaja física y otra emocional más enorme aún.

–Gracias… –dijo por fin él, rompiendo el silencio que los unía en pensamientos que los llevaban por donde la promesa ya no podía funcionar–. Supongo que nuestra promesa ha perdido vigencia. El inminente regreso tiene la culpa –continuó.

Ella se detuvo, le soltó la mano y se sentó sobre la arena. Él la siguió. Estaban unidos por esos días en Barcelona, por todo lo que se habían contado y por lo que habían decidido no decir. Los dos compartían el deseo mudo de quedarse allí.

–No tienes nada que agradecerme. Nos rescatamos del dolor de sabernos traicionados. Nos dimos permiso para vivir una ilusión. Pero se terminó –dicho esto, comenzó a llorar, pero no había consuelo posible, ni pañuelo blanco, ni extraña, ni príncipe. Había verdades y era necesario atravesarlas. Octavio sintió la desesperación que le provocaba pensar en no verla más, metiéndose por su piel. Pasó su brazo por el hombro de ella y la acercó a su pecho. Vibró su alma abierta, y ese beso que había postergado le suplicaba que lo dejara ser.

–No tiene por qué terminar. No vivimos una ilusión. Estuvimos juntos, nos conocimos. ¡Barcelona entera nos vio! –exclamó defendiendo la suerte que habían compartido.

–Barcelona fue testigo de un cuento adolescente. Ni tú ni yo somos eso. "La extraña" no es un misterio, es una mujer de carne y hueso que está rota por dentro. "El príncipe" no es un sueño cumplido, es un hombre que volverá a una vida llena de soluciones –algo de lo que sabía de él se había precipitado desde sus labios. La realidad Madison, su opuesta, esa que siempre revelaba el lado bueno de las cosas.

–¿De verdad te parece que voy a regresar a una vida llena de soluciones? ¿Pensaste en mis padres, en el enfrentamiento inevitable con mi hermano, en mi hermanita?

–Sí... pero la vida te ha sonreído siempre, no dejará de hacerlo. Esto también pasará. En cambio a mí, la vida me ha golpeado duro desde que me acuerdo, esto no será la excepción –agregó.

Él prefirió no responder, en cierta forma tenía razón. No conocía la realidad de ella, pero a él la vida siempre le había sonreído. Y si bien era la primera vez que lo había golpeado tan duramente, también le había dado la posibilidad de conocer a "la extraña". Ella continuaba llorando, podía sentirla sollozar sobre su pecho. La brisa marina dibujaba suspiros en la arena con su pelo rubio, ya era de noche. La playa estaba iluminada por las luces de la Rambla y la luna. Levantó el mentón de Solana y sus ojos turquesas se cayeron dentro de ella. No pudo evitar besarla. Fue un beso dulce que alcanzó a juntar lo único que no habían unido por timidez, por miedo, por culpa, por dudas. Fue como una pausa en el aire que detuvo la luna y demoró la reacción. Colgados de ese beso supieron que tenían otro problema: separarse.

–Quiero bañarme, cenar y ver una película en mi habitación –pidió Octavio. Estaba sintiendo la manera en que un beso inocente le recorría la vida y le pedía que le regalara todos los besos que su boca era capaz de dar. *¿Qué tiene en su boca que quedó su sabor pegado a mi necesidad de no dejarla ir?*, se preguntó él.

—Está bien —respondió Solana. No hizo referencia al beso, dejó de llorar y volvieron abrazados y sin hablar al hotel. *Sus labios son un paraíso. Podría morir y no me importaría si fuera mientras me besa*, pensó. Solana recuperó el aliento y se sintió terrible por tener deseos de él—. Te dejo. Voy a preparar mi equipaje. Entiendo que quieras estar solo y ver una película.

—Quiero estar solo del mundo pero no sin ti. ¿Nos encontramos en una hora en el restaurante? La idea es ver la película juntos —agregó.

—Ah… Bueno, allí estaré —respondió. Sintió alivio, quería estar a su lado.

Solana bajó del ascensor con el eco de esas palabras abrazándola: "Quiero estar solo del mundo pero no sin ti". Llamó a Wen y le dijo que estaba mejor de lo que imaginaba pero no le habló de Octavio. Le recordó la hora y el día de su llegada, él lo tenía presente pues había organizado el viaje.

No podía dejar de preguntarse qué estaba haciendo. Estaba embarazada de Gonzalo, traicionada por su hermana, lo cual le importaba por haber sido tan idiota, pero si lo meditaba, no la sorprendía. Lo que le dolía era él, su esposo, su confianza rota. ¿Cómo iba a enfrentarlo? ¿Cómo iba a decirle que un hijo de los dos se gestaba en sus entrañas? No podía imaginar sus manos tocándola nunca más. No había camino de regreso para la brutalidad de su engaño. No se sentía capaz de perdonarlo.

¿Qué le pasaba con Octavio? ¿Cómo podía ser tan perfecta su ternura y tan segura su contención? ¿Sería real la

traición de Beltrán? ¿Era ella también una traidora por no confesarle cuánto sabía de él? ¿Era ella otra estafadora en su vida por no decirle que no era un príncipe suplente y que era, probablemente, el único hombre con quien hubiera aceptado hablar aquella madrugada? ¿Era cierto que los sueños, cuando se creen con fuerza y convicción de realidad durante mucho tiempo, un día ocurren? ¿Estaba viviendo el otro lado de la pesadilla, la concesión de su deseo de niña? ¿Qué haría con ese beso que le había robado para siempre las sensaciones de su boca? Preguntas y más preguntas que no dejaban su cabeza en paz.

Octavio, por su parte, ingresó en su habitación y se observó en el espejo. ¿Quién era el hombre que le devolvía? ¿Era posible que se hubiera hallado en ese simple beso mientras se había perdido? Llegó a Barcelona herido de certezas, víctima de la traición más extrema que había podido imaginar. Convencido de que no tenía razones para volver a empezar. Allí, había encontrado sin buscarla a una mujer que lloraba su propia historia. Habían pasado pocos días de eso y se sentía completamente diferente. Había hallado un motivo, ella era un ángel que lo había rescatado de él mismo. Una mujer que podía entender su presente, porque vivía uno parecido. Una mujer hermosa que además era médica como él. ¿Qué debía hacer si volvía a sentir deseos de besarla? No quería arruinarlo todo pero solo se sentía bien si estaba con ella. En ese instante, la hora que lo separaba de volver a verla comenzó a hacerse interminable. ¿Y si se arrepentía y se iba? No había rechazado el beso, pero había sido tan puro y espontáneo que quizá no había sentido nada. Ya no tuvo deseos de cenar pero no se animó a pedirle que fuera directamente a ver la película. La llamó por el interno a su habitación, pero ella no respondió. Bajó y golpeó su puerta agitado por el temor de que hubiera partido.

–¿Qué pasa, Octavio? –preguntó sin abrir–. Me estoy vistiendo.

–No atendiste el teléfono y me preocupé.

–Estoy bien, acomodo mis cosas y bajo.

–Está bien. Te espero.

Durante la cena, Octavio sentía que la perdía sin haberla tenido nunca. No sabía ni siquiera su apellido.

–En recepción dejaron los certificados del congreso, pero no sabía tu apellido para retirar el tuyo. Es la primera vez que tendré un certificado mentiroso.

–También yo –respondió–. Mañana lo pido, no te preocupes. Gracias.

–Solana, quiero volver a verte. No sé dónde vives, ni tu nombre completo, ni nada que me permita buscarte.

–No debes buscarme, Octavio –las lágrimas apretaban sus resistencias.

–¿Por qué?

–Porque tengo mucho que enfrentar. Porque hay cosas de mí que no sabes, porque vivimos una fantasía sin cimientos reales.

–No lo siento así. Déjame elegir qué hacer. Te juro que

si decides volver con tu esposo, nunca más sabrás de mí. Ni nadie nunca sabrá lo que compartimos en este viaje.

Él era perfecto. Por cualquier lugar que observara sus sentimientos, sus propuestas, sus reacciones. Pero estaba embarazada, no podía avanzar. No debía hacerlo. Si le decía la verdad, se convertiría en otra mentirosa para él. Ocultar era una forma de mentir. Estaba enredada en la trampa de su destino.

–Vivo en Luján de Cuyo. Pero no quiero que me busques. Por favor –suplicó.

La respuesta lo alegró. Era en su provincia.

–Dime tu apellido y prometo no buscarte hasta que me hagas saber que puedo acercarme –pidió.

–Solana Noriega es mi nombre –respondió vencida. Ya nada le quedaba por perder. Él le anotó la dirección de su casa y el teléfono fijo en una servilleta de papel y se lo dio.

–Quiero creer en ti, prométeme que no lo harás –pidió.

–Lo prometo. Pero tú prométeme que vas a buscarme para decirme qué decisión tomaste. Sea cual sea.

–Lo haré –respondió no muy segura.

Solana guardó la servilleta. Sabía perfectamente dónde encontrarlo, pero decírselo era terminar de romper el hechizo.

Fueron a la habitación de él y buscaron en la televisión una película. Cambiando de un canal a otro, apareció *Rocky V*. El personaje hablaba con su hijo en la puerta del restaurante.

–Presta atención a este diálogo, mi hermana lo sabe de memoria –dijo Octavio.

Conocía esa parte, era una de las favoritas de Sara para enfrentar los momentos difíciles, y la dejó:

Déjame decirte algo que ya sabes. El mundo no es arco iris y amaneceres. En realidad es un lugar malo y asqueroso. Y no le importa lo duro que seas, te golpeará y te pondrá de rodillas, y ahí te dejará si se lo permites. Ni tú ni nadie golpeará tan fuerte como la vida. Pero no importa lo fuerte que puedas golpear, importa lo fuerte que pueda golpearte y seguir avanzando, lo mucho que puedas resistir, y seguir adelante.

¡Eso es lo que hacen los ganadores!

Ahora, si sabes lo que vales, ve y consigue lo que vales. Pero debes ser capaz de recibir los golpes y no apuntar con el dedo y decir que eres lo que eres por culpa de ese o el otro. ¡Eso lo hacen los cobardes! ¡Y tú no eres un cobarde! ¡Tú eres mejor que eso!

La escena se les vino encima y las imágenes de las traiciones vividas les arrebataron lágrimas, las primeras de él, otras de las miles en ella. Estaban abrazados en el sofá, él tomó su mentón y la miró. Hay momentos en la vida, en los que todas las palabras del mundo no hacen falta, porque una mirada expresa las razones del silencio que atraviesa el alma, a fuerza de sentir.

Entonces la besó. Pero ya no fue un beso que acarició su pudor o desperezó su inocencia. Fue un beso cargado de emociones intensas. Sus lenguas no encontraban el modo de serenarse, todo precipitaba la necesidad de avanzar. Y lo hicieron.

Los besos en el sofá fueron el preludio de caricias que, abrazados, y sin separar los labios, los llevaron a la cama. Él la desnudó lentamente, disfrutando cada poro de su piel que descubría la suavidad de una mujer que parecía no ser de verdad. Solo en sueños podía tocar la excitación del alma de una mujer tan transparente como las lágrimas que habían provocado su atención. Solo en delirios podía sentir que le hacía el amor a la vida entera de una mujer que se entregaba como si siempre hubiera sido suya, pero que acaba de conocer. Sin embargo, no la estaba imaginando. Era real, había entrado en ella y su calor enloquecía la necesidad de no dejarla ir.

Solana creía que iba a desfallecer de placer, era una agonía lenta y deliciosa percibir el recorrido de las manos del hombre soñado por todo su ser. Los labios que de adolescente había imaginado suaves, eran tibios y atrevidos sin alejarse de una dulzura salvaje. Entre gemidos y susurros se dejaba poseer en un mundo reducido a una mirada turquesa que la había besado en la boca convirtiéndose en dueña de su futuro. Cuando Octavio estuvo dentro de ella perdió la noción de la realidad. Solo podía pensar que había derribado las resistencias de su intimidad. Octavio Madison la había elegido. No estaban teniendo sexo, había más. Los agitaba saber que eran la inevitable porción de cielo que el otro necesitaba para vivir. El amor más intenso había tomado esa noche en Barcelona, sus nombres y sus cuerpos para escribir la definición de una oportunidad para ser felices.

El amor podía ser extemporáneo pero era su vehemencia

la que confundía al tiempo. ¿Era demasiado tarde o acaso era exactamente cuando debía ser? ¿Quién había puesto en hora el reloj del destino?

A media luz las formas de sus cuerpos desafiaban la oscuridad iluminando con sus latidos el infinito que cabía en sus miradas. Se sentían como si supieran que no había un mañana para ellos. Cada caricia pretendía detener el tiempo y cada beso tenía el sabor de la eternidad.

Luego de una entrega inexplicable desde la razón, pues encerraba mucho más que el placer de dos cuerpos que se amoldaban al éxtasis, los dos alcanzaron el límite en el mismo momento y sus jadeos incendiaron de sonidos únicos las paredes de la habitación.

Se abrazaron de inmediato, todavía temblando. Luego de un instante, se observaron directo a los ojos y había lágrimas en los de ambos.

–No llores, Solana, esto es lo mejor que me pasó nunca –aseguró él.

–¿Y por qué tus lágrimas? –preguntó mientras las de ella caían al precipicio de la desolación.

–Porque me emociona darme cuenta que lo quiero para siempre –respondió–. No llores –insistió.

–Para siempre no sabe de obstáculos… –le creía y le dolía más la situación por saberlo sincero–. No lloro de pena. Lloro porque quisiera que todo fuera diferente.

–¿Quisieras que esto no hubiera pasado?

–No. Desearía no estar casada y haberte conocido antes.

—No importa el antes si no es tarde todavía.

Ella prefirió no responder que sí lo era. Se durmieron abrazados. Unidos por el mismo pensamiento: *Ojalá esta noche borrara el dolor de la traición, ojalá no fuera necesario regresar.*

* * *

Solana despertó primero, observó a Octavio detenidamente. Su cuerpo desnudo dejaba ver un torso perfecto que apenas parecía latir al ritmo de los recuerdos de una noche inolvidable. Se avergonzó al recordar el hijo que crecía en sus entrañas y el episodio de su esposo acostado con su hermana se repitió una vez más en su memoria. Lo sintió en ese momento como una justificación. Al rememorar la sonrisa sarcástica de Alondra, sintió un puñal que se clavaba en su espalda. Se sentó en la cama y se inclinó instintivamente hacia adelante, víctima de una náusea.

Tenía que irse de allí antes que él despertara. Si no lo hacía, no podría controlar sus emociones. Ella ya no era dueña de su suerte, esperaba un hijo por haber confiado en el hombre equivocado y eso conllevaba tener que dejar atrás al verdadero. Al que había descubierto a los seis años cuando su corazón lo había mirado a los ojos, pensando si era un ángel o una visión. Entonces, lo había elegido para siempre. De adulta había renunciado a esa elección por no creerla posible.

Era justo que pagara con dolor y distancia las consecuencias de haber desistido de su espera.

Como pudo, se levantó sigilosamente, se vistió muda de angustia en la oscuridad y con lágrimas pesadas y un dolor intenso en el alma, escapó de allí no sin mirar atrás antes de cerrar la puerta y confirmar que Octavio era el hombre más hermoso y seductor que hubiera imaginado jamás. Había inundado su existencia de sentimientos que no conocía.

La noche con él había superado sus fantasías de toda la vida. Lo había sentido parte de su cuerpo y de su corazón. Sus manos parecían haber sido hechas a la medida de su placer. Se había sentido segura y feliz. Había olvidado su verdad y eso le daba una tremenda culpa. Sentía un remordimiento feroz respecto de ese hijo que no había respetado sumergida en su instinto.

Definitivamente, Octavio era el amor de su vida, pero ya nada podía hacer con eso, ni con ese viaje, ni con nada. No existía oportunidad para redimir los errores cuando lo que se había soñado siempre llegaba tarde. Debía regresar, enfrentar sus temores y disponer toda su energía para esperar ese hijo.

Volvió sobre la imagen de su príncipe, ese hombre maravilloso que dormía sin saber cuánto lo extrañaría, y lloró. No quería irse. No deseaba abandonar sus brazos ni sus gemidos. Necesitaba su dulzura y su honestidad. No sabría vivir sin su pasión. Había terminado de caer al abismo. Estaba en el fondo, sola y sin posibilidad alguna de revertir eso. Aunque hubiera sentido, esa noche, que comenzaba a regresar del infierno que la había llevado allí.

Cerró la puerta y con esa acción, puso fin al hechizo. Era Cenicienta y había pasado la medianoche.

* * *

Una hora después Octavio despertó y descubrió que Solana había partido. La habitación se sentía fría y demasiado grande sin su presencia. Al recorrerla, vio que no estaba su ropa en el suelo ni su bolso en el sofá. Sintió la soledad y una puntada filosa en el centro de su ausencia provocó sangre fresca en sus heridas.

El placer de la noche anterior estremeció su cuerpo. Su cama vacía de Solana le arrojó en el rostro el recuerdo de los sonidos y las palabras de Nadia y de Beltrán teniendo sexo. La dura realidad llevaba el nombre de la traición, pero Solana había destruido sin saberlo, los deseos de venganza. Ella había cambiado los ejes de su destino. Lo había salvado. Había convertido el deseo de no continuar en la ilusión de volver a encontrarla.

¿Por qué no estaba a su lado? Cerró los ojos y pudo verla mientras le hacía el amor. Su mirada, más hermosa que sus ojos que eran una beldad; sus besos, su ternura y su entrega lo habían cautivado. No había pensado en Nadia. Había sentido cada poro de su sensible piel estremecerse con sus caricias. Pero no estaba allí, solo reconoció su alma lastimada otra vez, enredada entre su recuerdo y su perfume.

Su cuerpo repetía las sensaciones que las manos de esa misteriosa mujer le habían provocado, ella había penetrado los rincones de su ser, había descubierto el hombre que era en verdad. Le había mostrado su alma frente al espejo de una irremediable realidad donde los dos se hallaban perdidos y se habían encontrado sin buscarse.

Sin prejuicios, se habían descubierto los secretos porque se habían mirado en el otro, débiles y sin necesidad de más confesiones. Octavio no podía olvidar eso. Esa mujer era el ángel que lo sacaría para siempre del abismo. Ella era un ángel en Barcelona, que lo había rescatado de la peor desilusión de su vida. Solana Noriega era el motivo para volver a empezar. No importaba qué tuviera que enfrentar para tenerla, lo haría.

Pero ¿podía ir a buscarla después de haberle prometido no hacerlo hasta que ella misma le avisara que podía acercarse?

Sabía de memoria su cuerpo y tenía en la boca su sabor, pero no sabía qué historia la unía a ese esposo que podía perdonar. Tan solo pensar esa posibilidad le aniquiló los sentidos.

Absorto en sus cavilaciones, la presencia de una cadena de oro que destelló un brillo elocuente detrás de la lámpara cercana a la pared, sobre la que se habían devorado a besos antes de ir a la cama, lo impulsó a ir a tomarla entre sus manos. Recordó que, al recorrer su cuello con los labios, la había visto. Llevaba una medalla de san Expedito que había llamado su atención. La tomó y la dio vuelta buscando

un grabado. Lo halló "SN 28-09". Solo eso, sus iniciales y una fecha. Se preguntó si sería su cumpleaños. La acercó a su nariz, guardaba su olor y su tibieza. *Volverás a ser mía, aunque por ahora solo seas el milagro que encontré en Barcelona. No voy a perderte,* pensó. Se vistió rápidamente y bajó a la recepción, pero Solana Noriega ya había abandonado el hotel.

* * *

Afuera, la mañana sin él cerca era fría. La brisa le azotaba como un viento helado el rostro y la memoria. Acababa de hacer el amor con Octavio Madison Lynch, el hombre con el que había soñado por años y no había sido capaz de decírselo. Sentía que como una prostituta vip se había entregado a sus instintos como un permiso espurio de placer. Una licencia dada por el dolor, una luz verde ante el negro lapidario de su realidad. Se había entregado sin límites ni pudores sintiéndose protegida por la fuerza de los días compartidos.

Se preguntaba qué pensaría él. No podía ser cierto que la quisiera para siempre cuando no la había visto en toda su vida, a pesar de haberla tenido muchas veces delante de sus ojos. ¿Qué haría ahora con las ganas de más que su cuerpo le pedía a gritos contra toda lógica? Quería volver y decirle que lo conocía, que sabía todo de él y contarle el gran secreto que crecía dentro su vientre. Quería repetirle entre besos y susurros que estaba en Barcelona escapando de una traición letal como le había contado, pero que él era su príncipe y la había rescatado. Quería decirle que no era suplente, era el único titular de sus fantasías y además, las había hecho realidad, más y mejor que en su imaginación. Entre ellos, ella era todo lo malo.

Todavía escuchaba una y otra vez en su piel a Octavio murmurándole al oído: "Eres un ángel. Mi ángel…". Revivía el momento con tanta vehemencia que se humedecía su intimidad y latía cada rincón de su cuerpo. La había hecho estallar en un orgasmo tan intenso y exclusivo que volvió a agitarse. Una lágrima marcó una línea en su rostro. Luego pensó en Gonzalo, en su hijo y en lo que debía afrontar. Esa era su verdad.

Octavio Madison Lynch seguía siendo lo que siempre había sido: un delirio inalcanzable, un sabor prohibido, la perfección negada. Aunque fuera también, el hombre más apasionado y fuerte que había conocido en la intimidad. Él no sabía que le había ocultado lo más importante, la odiaría por eso. No era tan distinta de Nadia. Debía olvidar su paso por Barcelona. Era mejor así. Esa noche mágica no cambiaba el curso de la realidad.

Octavio era el hombre inolvidable que debía dejar atrás.

Tomó su avión sangrando remordimiento y separación. Le dolía el mundo sin él. Estaba herida de amor terrenal y muriendo de amor de sueños.

Capítulo 36

El pasado es un prólogo.
William Shakespeare

De San Rafael a Tunuyán, Mendoza, año 2008

Para Salvadora, pensar se había convertido en una actitud ininterrumpida. Al regresar a San Rafael, no había sido interrogada por Lucio respecto de la supuesta labor de caridad que la había motivado ir a Luján de Cuyo. Era evidente que él no dudaba de ella. Sabía muy bien el poder que tenía sobre su esposa y, por eso, estaba seguro de que era incapaz de traicionarlo, mentirle o tan siquiera ocultarle algo. Lo que no podía saber era que ella estaba siendo asfixiada por la duda que las razones de esa lealtad le arrojaban al vacío de su corazón. ¿Actuaba por amor, por costumbre, por miedo? Necesitaba desesperadamente una respuesta. Quería volver del abismo al que esa vida chata la había empujado. Siempre lo mismo, siempre más de lo mismo. Salvadora acatando decisiones, Salvadora sumisa. Salvadora ubicando a Lucio por encima de todo incluso de sus propios hijos. ¿Quién era Salvadora en realidad? Todos interrogantes que le quemaban las ideas. Solo cuando hallara las respuestas, podría definir su futuro. Mientras no lo hiciera, continuaría siendo rehén y víctima de su cobardía.

Ver a Solana casada y a Wen con un buen trabajo, ambos viviendo sin necesitar de nadie, más que de ellos mismos, le había causado una sensación de victoria. No era su triunfo pero de algún extraño modo se sentía parte. Al menos los había dejado partir y les había dado algún dinero, todo el que tenía. No habían tenido su apoyo en la pelea, jamás se perdonaría eso, pero habían partido con su bendición.

La presencia de Cáseres desde la distancia le había generado algo diferente en que detener su insomnio. Recordaba la calidez de la conversación que habían compartido, sentía la extrañeza con que había podido contarle su verdad sin miedo a ser juzgada. La protección que él irradiaba aún latía alrededor de ella como una ilusión adolescente.

Al otro lado de esa sensación prohibida, la comparación con Lucio amedrentaba la decisión de continuar a su lado. Había llegado a ese momento de inflexión al que suelen llegar algunas personas, cuando los interrogantes vuelven filosofía las pocas respuestas, la razón engaña la voluntad y las ganas quieren justificar desesperadamente los cambios que por miedo se postergan.

Salvadora no sabía ni siquiera el porqué de su inapropiado nombre. ¿A quién salvaba una persona solitaria? Una paria de origen que no sumaba a su vida ni un recuerdo certero. Solía pensar que su nombre debió ser Olvido o Soledad o Dolores o, en síntesis, María, como una sumatoria de todos esos sentimientos. María era el nombre de todas y de ninguna. Siempre existía para acompañar a otro, como ella, como la Virgen nacida para sufrir. María de la Caridad, ese era el nombre que sentía le correspondía y sin apellido, ya que no era hija de nadie.

Alondra no parecía haber cambiado. A su regreso de Cuyo, Salvadora le había preguntado si había hablado con su hermana y le había dicho que no, que ya no deseaba pedirle perdón.

Sola en la casa con su esposo se había dedicado a mirarlo por dentro y a mirarse ella misma en los defectos que le aceptaba. Necesitaba descubrir qué era lo que la mantenía unida a ese hombre y a los diarios que escribía como un desahogo. ¿Era una atracción fatalmente física? ¿Podía serlo a su edad? ¿Era amor? Lucio era un hombre fuerte, de rasgos duros, cabello rubio y piel mate. Un hombre común. No podía compararlo con otros porque no había conocido a nadie más. Ya no era cariñoso con ella, era demandante. Podía darse cuenta de que recibía de ella mucho más que lo que él le daba. Una vez más, era la única dueña de la culpa, nunca había tomado una posición firme frente a su esposo. No recordaba desde que estaba casada, haber tenido con él una charla que hubiera disfrutado como la que había compartido con Cáseres.

Abruptamente los deseos de una vida distinta cobraron vigor en ella. Sentía que tal vez podía ser capaz de plantearle cambios y al instante, pensaba: *¿A quién quiero engañar? Si deseo cambios, tendré que cambiarlo a él.*

Desde que se habían conocido a la salida de la iglesia, Cáseres la llamaba a media mañana dos o tres veces por semana. Hablaban de Solana y de Wen un rato, y después le preguntaba cómo estaba ella. Comentaban las variables del clima y alguna noticia del momento. Esa llamada se había convertido en la ilusión de sus despertares. Alguien lejano, que no la conocía del todo y amaba a sus hijos, se interesaba por ella. Alguien, quizá, tan solo como su alma. Alguien que había comenzado a despertar su conciencia.

Guiada por un impulso, una mañana que pudo ser cualquiera pero que coincidió con un amanecer lleno de cuestionamientos internos, había ido a Tunuyán, al orfanato Casa del Niño. Todavía funcionaba. Quería recuperar su historia. Ya no estaba dirigido por la misma monja, suponía que no estarían las que la habían cuidado de chica.

—¡Buen día! —saludó al llegar.

—Buen día. ¿En qué puedo ayudarla? —le respondió la voz suave y tranquilizadora de una hermana muy joven.

—¿Puedo pasar? He crecido en este lugar y necesito hablar con alguien que haya estado aquí en la época en que me trajeron al nacer. Hace muchos años de eso.

—Pase, por favor —indicó.

Caminaron por la galería. El lugar parecía no haber sido

objeto de ningún cambio. Las paredes blancas y pulcras; los salones llenos de niños con el murmullo infantil propio de quienes juegan y acatan reglas; una pequeña mirando por la ventana imaginando que afuera existía un mundo más justo y la sensación de que allí Dios le daba abrigo y comida a los huérfanos del destino. Observar el escenario la hizo rememorar inevitablemente su infancia. Llegaron a la secretaría. Salvadora tenía un nudo en el estómago, una mezcla de nostalgia y pena le arrebataba las lágrimas que no dejaba caer. A la distancia se daba cuenta de que había sido muy bien cuidada en ese lugar. Nunca lo podría comparar con el abrazo de una madre ni con su amor, simplemente porque no conocía eso. Solo sabía lo que ella amaba a sus hijos. Pero no tenía heridas abiertas ni cicatrices del tiempo en el orfanato. Una monja distinguida, con un rostro algo arrugado de unos setenta y cinco años, la recibió. Reconoció esas facciones. Permaneció en silencio. Las sensaciones encontradas en su corazón no la dejaban emitir palabra.

–Hermana Milagros, la señora desea averiguar datos de hace muchos años –anunció la joven religiosa. La otra la miró y sonrió–. Pase –Salvadora ingresó y quedó a solas con ella.

–Buen día, soy la hermana Milagros, directora a cargo de este hogar de niños. ¿En qué puedo ayudarla? –preguntó. No dejaba de observarla.

–¿No me recuerda, hermana? Soy Salvadora. Me crie aquí.

–Esperaba que lo dijeras. Hace muchos años que no sabemos de ti. Desde que te casaste –respondió.

–Sí, debí volver por gratitud, al menos a saludar, pero asociaba este lugar con mi abandono. Con el hecho de no saber quién soy en verdad –se justificó.

–Sé que has llamado algunas veces y has hablado con Ema pero nunca dejaste tu dirección o tu teléfono. Eso ha sido una pena.

–Perdón, hermana. He sentido culpa por eso. Pero mi esposo tampoco quería que regresara. Me han tratado muy bien acá, lo sé, pero nunca pude aceptar no conocer mi origen. Por eso volví –sus palabras estaban imbuidas de sinceridad y sentimiento–. ¿Puede contarme otra vez lo sucedido la mañana que me trajeron?

–Sí, lo recuerdo bien. Si es bueno para que logres estar en paz, te lo contaré.

–Gracias –respondió dispuesta a escuchar una vez más el mismo relato.

–Esa mañana estábamos Amparo, Ema y yo. Una mujer joven, que dijo llamarse María, tocó a nuestra puerta. Te traía en brazos. Dijo ser tu tía. Estaba nerviosa y apresurada. Manifestó que no podía cuidarte, que vivía en un prostíbulo y que tu madre había dado a luz allí el día anterior y había muerto en el parto. Fue un 6 de agosto.

–¿Mi madre era prostituta también?

–No lo sé. Tu tía dijo que tu madre había ido a buscarla a punto de dar a luz, que habías nacido en ese lugar y que al morir ella, el dueño la había obligado a sacarte de ahí o a que se fuera con contigo.

–Sí, Ema me lo dijo.

–Ema desconfiaba. Nunca le creyó. Amparo y yo, más crédulas, te tomamos en brazos. Eras preciosa. Nos dio mucha pena que no tuvieras a tu madre. La joven nunca volvió. Nosotras, como es nuestra obligación, hicimos los trámites legales.

–Y mi nombre… ¿cómo fue que supieron mi nombre?

–Ema le preguntó mientras te acariciaba. "Salvadora Quinteros. Debe llevar el apellido de mi hermana fallecida. No sé quién es su padre", esas fueron sus palabras. Milagros le preguntó dónde vivía y respondió que en el prostíbulo. Amparo le ofreció que se mudara al orfanato y cambiara de vida pero se negó y se fue para nunca volver. El juez de la causa hizo averiguaciones pero no halló respuestas. Todavía tenías el cordón umbilical. Lamento no poder agregar nada nuevo a lo que tantas veces te contamos. Naciste un 5 de agosto, lo sabes –agregó–. Sin embargo, algo que puede interesarte ocurrió hace unos días. Una mujer vino a preguntar por ti.

Salvadora sintió que una corriente helada le recorría el cuerpo. Nunca nadie la había visitado.

–¿Alguien preguntó por mí? ¿Preguntaron por Salvadora Quinteros?

–Sí.

–¿Quién?

–No lo sé. Yo no estaba en el orfanato. Amparo y Ema murieron. No había nadie de aquellos años para saber quién era o qué deseaba. Cuando volví, la hermana que la atendió me dijo que era una mujer de unos cincuenta años y que había preguntado por una beba que una mujer había dejado aquí la mañana del 6 de agosto de 1952.

Salvadora lloraba. Si no hubiera sido tan ingrata, si se hubiera mantenido en contacto con el orfanato, quizá otra habría sido su historia. Otra vez su culpa y la influencia de Lucio. Es que todos sus errores terminaban y comenzaban en el mismo lugar.

—No hacía falta la precisión del día. Nunca nos dejaron una niña de esa manera. Lamenté no saber cómo ubicarte para avisarte. Indudablemente Dios atiende mis plegarias y aquí estás.

—¿Y en qué cambia eso las cosas? La mujer se fue, no sabemos quién era, ni cómo sabía el día en que me dejaron acá —se lamentó en sollozos.

—Es cierto, pero tenemos su nombre y su teléfono. En realidad lo dejó para que cuando yo regresara me comunicara con ella.

—¿Usted la conoce? —interrogó confundida.

—¡No, querida mía! Sucede que cuando dio la fecha, la hermana Luz, quien te recibió hoy, le dijo que de aquella época solo quedaba yo en el orfanato. Le aconsejó que hablara conmigo, pues quizá podría ayudarla.

El corazón de Salvadora latía tan fuerte que creyó que iba a explotar de esperanza. Estaba cerca, podía sentirlo. No quería seguir sumando equivocaciones. Se puso de pie y abrazó a la hermana Milagros quien respondió al gesto con mucho cariño.

–Te hemos querido mucho pero no pudimos ocupar el
espacio de tu madre. Entiendo que necesites recuperar tu
historia, pero no olvides a quien ha sido bueno contigo. No
siempre hay segundas oportunidades.

–Hermana, perdón. Lamento que Ema y Amparo ya no
estén para disculparme –sollozó.

–Las verás en la eternidad, mientras tanto, Dios, que todo
lo ve, les hará saber tu arrepentimiento.

–¿Puede darme el nombre y el teléfono de la señora que
vino a buscarme?

–Por supuesto –respondió. Abrió una gaveta, tomó una
libreta y copió de allí en un papel lo que Salvadora le pidió.
Luego se lo entregó.

Salvadora estaba conmocionada. Le costaba creer lo que
estaba sucediendo. Las palabras de la monja habían quedado
grabadas como un eco en sus oídos que de fondo se repetía
mientras los hechos avanzaban: "Te hemos querido mucho
pero no pudimos ocupar el espacio de tu madre. Entiendo
que necesites recuperar tu historia pero no olvides a quien
ha sido bueno contigo. No siempre hay segundas oportunidades". Solo Cáseres había sido bueno con ella sin obligación
alguna de serlo. Lo recordó y la asombró que sintió ganas de
contarle a él lo que estaba viviendo y no a Lucio.

Se despidió de la hermana pero antes le dejó su teléfono
y su dirección en San Rafael. Salió de allí sonriendo. Había
una posibilidad de doblegar las versiones imaginadas por su
desesperación. Finalmente podría, quizá, encontrarse con la

388   única verdad que había sido testigo de su nacimiento y de su abandono. Intentó normalizar su respiración, se sentó en una banca en la plaza de enfrente y juntó valor para leer lo que estaba escrito en el papel. Allí estaba el mapa del camino que debía recorrer. Entonces leyó: *Victoria Lynch. Celular (02627) 156437289 - San Rafael*, también había una dirección.

Capítulo 37

El amor nace del deseo repentino
de hacer eterno lo pasajero.
Ramón Gómez de la Serna

De Barcelona a Luján de Cuyo, año 2008

Solana llegó en un taxi al aeropuerto El Prat de Llobregat en Barcelona. Durante todo el trayecto miró por la ventanilla sin poder contener las lágrimas. Su imagen parecía la de una película donde la adversidad separa al amor. Solo que en el cine el amor ya estaría corriendo detrás de ese taxi que la llevaba a su destino, la alcanzaría y la besaría por siempre jamás como en los cuentos de princesas. La vida era otra cosa, más dura, más cruel, más sin sentido y negaba las soluciones mágicas. Nadie la seguía, nadie la esperaba. Un hijo, que hubiera preferido no concebir, crecía en sus entrañas y se había dado cuenta de que amaba al hombre de sus sueños, de que ya formaba parte de su realidad tanto como de su pasado. El revés de la angustia la acercaba a un esposo, que por mucho que dijera, nada tenía para explicar que a ella pudiera conformarla y así perdonarlo.

Comenzó a pensar en ese bebé que había engendrado convencida de un error. Era el hijo de la confianza depositada en la persona equivocada, era el pequeño resultado de la unión con un ser mentiroso que le había mostrado una parte del amor que no conocía y había creído. La del amor espejismo, el que parece algo que no es. El que le había hecho ver lo que no estaba allí. Un amor impune. El que convence de cosas que no es capaz de sentir en profundidad. El que traiciona, el que apuñala por la espalda en estado de indefensión total. Un amor para el que no hay un castigo que sea justo para el dolor que provoca. El que no resiste explicaciones y no merece oportunidades. Sin embargo, su bebé, aunque emparentado con ese amor, llevaba la mitad de su sangre también y era ajeno a las injusticias del mundo que lo vería nacer. Sintió la necesidad de proteger ese ser y se acarició el vientre. La maternidad alzó su bandera de poder y su instinto hizo el resto. *Perdón, hijo, perdón. Voy a cuidarte y amarte siempre*, pensó. No quería ser una mala madre. No iba a estar ausente para él. Lo sintió y lo amó. Necesitó a su madre, le hubiera gustado que Salvadora la abrazara como cuando era chica y algo la entristecía.

Todo se mezclaba dentro de ella. Esa semana en Barcelona con Octavio había cambiado su vida interior, pero no alcanzaba para modificar su vida real, esa en la que debía tomar

decisiones y convivir con los otros. Empezó a imaginar cómo sería para su hijo crecer sin padre y sintió más culpa todavía. Si pensaba en darle la oportunidad, imaginaba perdonar a Gonzalo y regresar con él. Entonces de inmediato la noche con Octavio latía en su piel y le gritaba que no soportaría otras manos sobre ella que no fueran las del único hombre que amaba, que además era, también, el único que merecía que le entregara cuanto era capaz de dar.

Sentía tanto dolor que era insoportable. De pronto la sorprendió una línea imaginaria en el alma que había detenido sus latidos de angustia. Había dejado de sentir. Había atravesado las fronteras del desgarro emocional y ya no le dolía. Una suerte de Ecuador entre la vida y la muerte la había partido en dos. Vivía porque respiraba, pero el resto había muerto en ese instante en que la brutalidad de su sufrimiento había conocido los umbrales del suplicio que la atormentaba. Su cuerpo no le respondía, quería dejar de llorar, pero no era capaz de contener la congoja. Secaba sus lágrimas con el pañuelo blanco que le acariciaba la memoria con las manos y los recuerdos de su príncipe. Observaba el pañuelo como en un ritual que la llevaba a rememorar el modo en que había llegado a ella. El recuerdo de sus ojos turquesas le arrancaba suspiros de melancolía.

Bajó del taxi como si estuviera en trance. Como si otra persona gobernara su cuerpo. Faltaban algunas horas para embarcar y su estómago le indicaba malestar. Se dirigió a una confitería y pidió un café con leche y un sándwich tostado que se obligó a comer. El tiempo transcurrió allí sin que pudiera tomar contacto real con el entorno. La actividad del aeropuerto era ajena y distante.

Cuando fue el momento, se dirigió a la aerolínea Lufthansa y embarcó. Las horas de vuelo apagaron las estrellas que habían iluminado su cuerpo la noche anterior. Durmió de a ratos y el resto del tiempo resistió el imposible olvido. Octavio se había metido dentro de ella y no lo podía quitar. Llegó al aeropuerto internacional de Buenos Aires y desde allí se dirigió en combi y sin demoras, al aeropuerto de cabotaje Jorge Newbery, donde tomó un vuelo directo a Luján de Cuyo.

Al llegar, completamente extenuada, se abrazó a Wen que la había ido a buscar. Sosegada en sus sentimientos y con el peso de Octavio en su cuerpo, que se sumaba al embarazo, no percibió el nuevo fulgor que destellaba la mirada de su hermano.

* * *

Octavio llegó al aeropuerto El Prat de Llobregat, mientras Solana estaba en viaje. Fue directo al sector de Aerolíneas Argentinas. Bebió un refresco y esperó la hora de su embarque. No dejaba de pensar en Solana. Las sensaciones de placer se agitaban en su cuerpo y le robaban una sonrisa que pasaba inadvertida para el mundo pero que a él le intensificaba el deseo de volver pronto para verla otra vez. Todavía no había decidido qué hacer, sabía que había prometido esperar que ella se comunicara pero aun así, la urgencia de saberla cerca era un grito constante en su corazón.

Hubiera evitado pensar en lo demás pero la proximidad del regreso a los suyos lo enfrentaba inevitablemente a Nadia, a Beltrán, a la traición, a sus padres. No había llamado a Nadia durante toda la semana. El último contacto había sido el mensaje en su contestador al partir. Como ya no tenía teléfono celular por razones obvias, ella no lo había podido contactar. Como nadie sabía dónde se había alojado, tampoco había tenido forma de ubicarlo. Él solo se había comunicado con sus padres para estar informado sobre la operación de su hermana. Les había contado que estaba muy bien. Cuando Victoria le había pedido el número del hotel, él se lo había dado, no sin ciertas advertencias.

—Mamá, no se lo des a Nadia. Si te lo pide, dile que no lo sabes. Tampoco a Beltrán o a papá, porque ella sabrá cómo hacer para que se lo digan. Viste como es. Si me necesitas, llámame.

Victoria, que conocía a su hijo muy bien, supo que algo había ocurrido entre ellos y que él había puesto distancia para pensar sin discutir. Internamente se alegró. Ojalá la dejara.

Octavio tenía que decidir qué hacer de la mejor manera posible. Lo que más lo preocupaba era su familia, no quería herir a sus padres y colocarlos en la situación de tener que tomar partido por uno de sus hijos. Él sabía bien que amaban a los dos por igual. Lamentaba eso. Ojalá hubieran hecho diferencias, después de todo Beltrán no era un Madison de verdad, sus hechos lo habían demostrado con más vehemencia que su sangre. Pensaba con rencor. No podía perdonarlo. Respecto de Nadia, no tenía dudas, la dejaría al regresar sin darle muchas explicaciones. Ella no le importaba. Le dolía pero no le importaba. Suponía que lo único que podía herir era su orgullo y por eso, le diría que había conocido a alguien, lo cual además era cierto. Quizá le había hecho un favor, de la peor manera pero un favor al fin.

De pronto, una vez más, todos esos años en que su madre le había dicho que Nadia no era para él, se le vinieron encima y deseó haberla escuchado, pero era tarde ya. Solo podía decirle, sin vergüenza de hacerlo "Mamá, siempre tuviste razón". Y lo haría. Su madre no preguntaría más y se sentiría bien de recibir esas palabras. De pronto, el valor de Victoria en su vida cobró dimensiones extraordinarias. Era como si su corazón repasara cada vínculo y lo ratificara con un valor inestimable o lo desechara con la peor indiferencia, consecuencia del daño que le habían causado.

Hablaría con su padre para que despidiera a Nadia de la empresa. No iba a permitir que Esteban fuera el tonto que le pagara el sueldo y le facilitara los encuentros con Beltrán. Seguro se verían de todos modos pero la quería fuera de su vida y de la vida de los suyos.

A su padre le diría que una nueva mujer había alterado

sus planes de casamiento. No olvidaba la charla que habían tenido. Esteban merecía una explicación. No le gustaba mentirle, pero lo haría para evitarle un dolor tremendo.

No sabía cómo haría para dirigirle la palabra a Beltrán. Después de mucho pensar decidió que eso no podría controlarlo, que fuera lo que tuviera que ser. Se sorprendía. Seguía siendo el Octavio de siempre, ordenado, cuidadoso, respetuoso de las reglas. Continuaba evitando el mal mayor y haciendo lo correcto.

Cuando pudo ordenar en su mente los pasos a seguir y dispuso las prioridades, se sintió aliviado y libre. Aliviado por haber sido capaz de organizar el futuro inmediato. Libre para pensar en Solana y entregarse al placer de revivir los momentos compartidos. Sintió que la memoria era una aliada a la hora de volver a disfrutar lo inolvidable. La memoria era un ángel con su otro lado demoníaco y algunos sectores inexplicables. La memoria, la suya era Solana y era, también, Nadia. Era Beltrán. La memoria era para él, en ese momento, un territorio dominado. Elegía recordar a su ángel, a su "extraña", a su rubia de una belleza poética por dentro y por fuera.

Embarcó y el viaje se le hizo eterno. Una inmensa angustia lo abatía cuando imaginaba que Solana podía perdonar al esposo, era una posibilidad desechada en Barcelona, poco probable si pensaba lo que habían compartido, pero era posible si se basaba en estadísticas. Las mujeres solían perdonar a los hombres infieles, darles otra oportunidad. Lo alentaba soñar que Solana no era como todas las demás. Ella sentía distinto, la lealtad llevaba su nombre y por eso la había devastado la traición, porque tampoco manejaba esas opciones.

¿Cómo podía alguien estar casado con una mujer como ella y acostarse, en su propia cama, con su hermana? No entendía la naturaleza de la infidelidad. Nadie obligaba a nadie a asumir compromisos afectivos, la vida era una sumatoria de elecciones. ¿Por qué elegir ataduras emocionales, si se deseaba la anarquía del placer sin rostro estable? ¿A quién le importaba si un tipo metía una o mil mujeres en su cama? ¿Qué diferencia establecía la necesidad de hacerle creer, a una, que era la elegida para mentirle después? ¿Por qué arrastrar mediante engaños a una mujer, a formar parte del desorden de una lujuria que, una vez descubierta, la hundirá en el caos de la angustia? ¿Por qué no vivir entre sábanas variadas sin molestar a los demás? No podía entender y, mucho menos, compartir eso. Él era leal, era noble. Estaba donde quería estar. No le gustaba discutir. Disfrutaba de la vida de una manera honesta. Era Madison. ¿Era menos hombre por ser fiel? Había tenido varias mujeres, pero no le había prometido a ninguna nada que no fuera a cumplir, no era su esencia.

Seguía pensando y las preguntas cambiaban su forma pero no su fondo. ¿Por qué Beltrán había elegido a Nadia habiendo miles de mujeres disponibles que no implicaban hacer pedazos la confianza y la familia? ¿Por qué Beltrán era un real hijo de puta, además de un desagradecido? Vivía por el riñón que él le había dado. Recordó la conversación en la que le había dicho que le donaría el riñón y él no quería aceptarlo.

Recordaba de memoria sus palabras para no aceptar: "Porque esta familia me ha dado todo lo que tiene para dar. Solo tengo respecto de ella amor y gratitud. Me recibieron cuando quedé huérfano, me criaron. Pude estudiar por ustedes. Me quieren y me han querido siempre como si la sangre Madison corriera por la mía... pero no es así. Jamás permitiré que algo pueda sucederle a ninguno de ustedes por mi causa. Los amo demasiado". Se preguntó qué había pasado con esa convicción mientras se acostaba con Nadia.

Se sentía un imbécil al recordar su insistencia: "Si accedes, toda esta pesadilla pasará pronto. Los Madison no sabemos de pérdidas y no deseamos aprenderlo ahora. Por favor, eres uno de nosotros, te mueres y nos moriremos todos. Es tu decisión". Finalmente lo había persuadido y la conversación había terminado entre lágrimas. Beltrán había dicho "Gracias, toda mi vida estaré en deuda contigo". Y había salido bien. Ese diálogo le provocaba un dolor insoportable, seguía siendo su hermano. *¿Por qué Beltrán? ¿Por qué?*, se preguntaba. No tenía respuesta para esa traición.

* * *

Solana durmió muchas horas al llegar al apartamento y al levantarse, merendó con su hermano y hablaron. Le contó a Wen que había encontrado a Octavio en Barcelona pero omitió decirle todo lo compartido. No quería preocuparlo. Su hermano le explicó que Gonzalo la había ido a buscar varias veces y que la última vez le había dado un puñetazo para que se fuera.

–Es posible que en la clínica le hayan dicho cuándo volvías. Por acá no vino más. ¿Qué vas a hacer? Imagino que tendrás claro que no puedes volver con él –preguntó.

–No quiero hacerlo. No tiene perdón, pero pienso en mi bebé y no quiero que crezca sin padre.

–Nadie dice que lo prives de su padre, pero no puedes darle tu vida a alguien que hizo lo que Gonzalo. Aléjate, vas a ser una infeliz toda tu vida. Se va a encamar con una y con otra. No cambió –afirmó.

–¿No cambió? Yo no sabía que fuera así.

–Yo sabía que tenía el vicio. Le gustaban mucho las mujeres, es débil en ese sentido. Mientras estaban de novio me enteré de algunos coqueteos pero nunca los pude verificar. Veía que te quería y me callé. Me equivoqué. Pensé que casados sería distinto. Hubiera jurado que te adoraba.

–Yo también. Voy a tener que enfrentarlo, hablar con él –dijo ignorando la cuestión que su hermano le revelaba. Ya no importaba.

En ese momento, sonó el timbre y era Gonzalo.

–Déjame hablar con él, es mejor que lo enfrente.

Wen le abrió y su cuñado no lo miró a los ojos.

–Solana, estoy en el café de enfrente. Me llamas si me necesitas –dijo y se retiró sin saludar.

Ver a Gonzalo le provocó náuseas, no podía mirarlo sin que las imágenes de él acostado con Alondra se repitieran en su mente y luego, su noche con Octavio. No le salían las palabras y la verdad no quería hablar. Él tomó la iniciativa, intentó acercarse y ella se corrió.

–Perdóname, Solana. Te amo con locura. Lo que pasó no significa nada para mí –comenzó a justificar.

Estaba más delgado y tenía ojeras. Parecía sincero pero ¿quién podía creerle?

–No te atrevas a hablar de amor, eres un hijo de puta. ¡Mi hermana, mi cama! –le gritó.

Las lágrimas que no podía detener eran de bronca, de impotencia, de injusticia.

–Sé que no tengo justificación. Ella me provocó y yo me dejé seducir por su juego. No quería engañarte pero fue más fuerte que yo. Me arrepiento. Sentí morir estos días de tu viaje, quise ir a buscarte y mis padres me aconsejaron que no lo hiciera. Que respetara tus espacios. Pero te juro que en nada cambió mi amor por ti. Fue sexo aislado de mi vida.

–¿Sexo aislado de tu vida? Eres un caradura –respondió indignada.

Imaginó qué hubiera sucedido si la hubiera ido a buscar y agradeció que sus suegros lo hubieran detenido. En otro caso, le hubiera arruinado también la dicha inesperada de compartir con Octavio.

–Te lo digo en serio. Haré terapia si quieres. Yo siento que acostarme con ella no significó nada, como nada significarían otras. Yo te amo desde siempre –insistió–. Mi vida es a tu lado. Todo nos une.

Solana no podía creer la explicación. Él podía acostarse con cualquiera, total no significaba nada y ella tenía que perdonar y entender. Una locura.

–Mira, Gonzalo, hiciste pedazos nuestra historia. Yo no puedo perdonarte. Ni siquiera te mataría si fuera capaz, no quiero ensuciar mis manos. Ojalá sufras lo que yo pasé, te lo deseo de corazón. A mí me importa un carajo que seas débil y no sepas decir que no al sexo fácil. Eso no es compatible con el sí al matrimonio en serio –una Solana agresiva asomaba por un rostro angelical que no era acorde a la seguridad y la fuerza con que las palabras salían de sus labios.

–Te lo suplico, vuelve a casa. Dame otra oportunidad. Me estoy muriendo sin ti –se lo veía consternado. Intentó acercarse y abrazarla y ella sintió un rechazo letal.

–Ni se te ocurra tocarme. Todavía siento el olor de tus orgasmos con Alondra.

–Solana, por favor… –dijo y se puso a llorar como un niño.

–No lamento que llores –hablaba en serio–. Quiero decirte algo porque no puedo ocultarlo, no estaría bien y yo no sé hacer las cosas mal –buscó coraje en su hijo. No podía negarle el derecho a ser un buen padre, aunque hubiera sido el peor esposo–. Yo volví antes a casa esa noche porque tenía que contarte algo, iba a decirte que estoy embarazada.

Gonzalo la abrazó sin importarle que ella estuviera tiesa y no respondiera al gesto. Continuaba llorando.

–Yo… los amo, Solana. Es la mejor noticia. Voy a cambiar por ustedes que son mi familia.

–No tienes nada que hacer por mí –lo apartó. A una prudente distancia continuó– espero que seas mejor padre que esposo. Nuestro bebé no tiene culpa alguna. Mañana temprano voy a ir a buscar mis cosas. Por favor te pido que no estés ahí. Voy a ir con mi hermano.

–Te amo. Por favor, Solana, no me niegues la posibilidad de estar contigo y con nuestro hijo –suplicó.

–No entendemos lo mismo por amar. Todo esto es tu entera culpa. Para ti el amor es un concepto que estudiaste de memoria y que en los hechos pisoteas y desconoces –había odio en su tono–. Te pido que te vayas –remató.

Ella estaba firme. No lloraba delante de él, pero no podía no sentir tristeza por el modo en que las cosas ocurrían. Suponía que su fortaleza le llegaba de la impotencia y de la humillación y desde los recuerdos de los días con Octavio. Había descubierto que era el amor de su vida y por eso podía controlar los golpes de ese presente. Sabía que no tenía chance con su príncipe, le había ocultado algo muy serio como su embarazo y que lo conocía desde siempre. La mentira no era lo que Octavio merecía. Ella debía olvidarlo y concentrarse en su hijo. Al ver a Gonzalo supo que no era capaz de estar con él otra vez. Ya no tenía dudas.

Todavía consternada por lo sucedido, atendió una llamada. Era la secretaria del laboratorio, la conocía y la contactaba porque no había ido a retirar el análisis de embarazo.

–Hola, Solana. Te aviso que el análisis que pediste dio positivo, porque veo que no vinieron a retirar el estudio. ¿Todo está bien?

–Sí, gracias por avisar –recordó que hasta eso había hecho por Alondra aquella tarde. Todos los hechos se habían precipitado y había olvidado que tenía un retraso en su período.

Sintió pena por ese ser que tendría la desdicha de una madre desalmada. Al menos no era hijo de Gonzalo, fue lo único que pudo pensar.

Gonzalo sentía que jamás había sido tan mala persona. Él no era lo que su acción había demostrado. Era cierto que la amaba como a nadie. Sentía el dolor de la pérdida clavado en su alma. La culpa le devoraba la voluntad. Sabía que no podría lograr que Solana confiara en él otra vez. Se odió por haberse acostado con la hermana y por ser así, débil a la hora de ser fiel. Detestó que las mujeres le gustaran. Se arrepintió por estar perdiéndolo todo a causa de una excitación sin sentido. Además había sido parte de un plan de venganza, ni siquiera había sido una real atracción física por parte de Alondra. Nada más podía hacer. Iba a ser padre. Eso mantenía en él una luz de esperanza. Si había perdón, su bebé lo traería. Sintió que la vida sin ella había perdido sentido. Se fue derrotado, con la cruz de su culpa metida en el cuerpo y un nudo en la garganta que no lo dejaba respirar.

* * *

Octavio llegó a su casa. Lo primero que hizo fue ir a ver a su hermana. Estaba en su habitación haciendo los ejercicios.

–¡Hola, divina! ¿Cómo estás?

–He tenido épocas mejores pero supongo que podré soportarlo. A ti ¿cómo te fue?

–Me fui sin ganas de seguir viviendo, lo sabes. Pero allá ocurrieron cosas…

–¿Conociste a alguien? –adivinó.

–Sí. Eso y la distancia me permitieron pensar. Voy a dejar a Nadia pero no voy a decir nada por ahora. No quiero que mamá y papá sufran. No sé cómo voy a hacer para tratar a Beltrán pero por ahora me callaré. ¿Cuento contigo?

–Siempre. ¿Cómo se llama?

–Solana.

–Me gusta el nombre.

Adoraba a su hermana. La abrazó y le dijo que luego le daría algunos regalos que le había comprado. Beltrán no estaba, afortunadamente. Compartió un rato con sus padres. Victoria sabía que algo había cambiado en él, no sabía qué. Tenía que esperar que su hijo se sincerara. Sabía que lo haría.

Enseguida, Octavio se fue a buscar a Nadia. La encontró enojada, como si tuviera algún derecho. La miraba y veía una desconocida. No podía evitar compararla con Solana.

–Bueno, veo que al final te acordaste de mí –reprochó.

Su descaro le era muy oportuno.

–Me fui al congreso, adelanté el vuelo para viajar con un compañero de la clínica –mintió.

—Estoy cansada de ser tu última opción —dijo reclamante.

—Mira, Nadia, no quiero dar vueltas con esto. Las cosas no están bien entre nosotros.

Ella no podía creer lo que escuchaba.

—Tú haces que estén mal —respondió.

No le gustaba que él pudiera manejar la relación. Ella deseaba a Beltrán pero quería que Octavio muriera por ella como siempre.

—No. No creo que sea así —no iba a aceptar hacerse cargo de eso—. Yo conocí a otra mujer y me doy cuenta de que no quiero que sigamos —su voz era la de siempre.

La estaba dejando con la naturalidad con que hubiera pedido un café a un camarero. Supo que era cierto que la venganza se sirve fría.

—¿Qué? —gritó enfurecida—. ¿Me engañaste? ¿Te fuiste con otra? ¿Me estás dejando? —vociferó. Sus ojos irradiaban ira y desenfreno.

—Míralo del modo que quieras. No voy a darte detalles. Yo sé lo que fui contigo y tú sabes lo que fuiste conmigo. Las razones por las que no funcionó, ya no importan.

—¡No puedo creerlo, me dejes por otra! —estaba indignada.

—Es simple Nadia, se terminó —agregó provocándola.

Ella se dio cuenta de que él hablaba en pasado y que no podía doblegarlo. Había dicho "se terminó" sin ni siquiera inmutarse.

Octavio la miraba y no entendía su actitud. Era una actriz. Una farsa viviente. ¿Cómo no se había dado cuenta antes?

—Te dejo, porque me doy cuenta de que siento cosas fuertes por alguien que conocí y creo que es honesto de mi parte decírtelo —entre líneas le recordaba lo que ella no había hecho.

—¿Quién es? ¿Cosas fuertes? ¿La conoces de antes? —estaba fuera de sí. A ella no la dejaba nadie. ¿Qué pasaba con Octavio?

—No es tu tema nada de lo que preguntas. Pero puedo decirte que no la conozco de antes. Ella me deslumbró durante este viaje. Nunca me había ocurrido algo así en mi vida —buscó adrede las palabras que aniquilarían su orgullo.

—¿Vienes y me dejas por alguien que conociste en una semana? ¿Te atreves a decirme que te deslumbró y que eso no te había pasado nunca en tu vida? ¡Después de todo el tiempo que llevamos juntos!

—Sí —su respuesta llana sacó lo peor de ella, y le dio una bofetada cargada de bronca. Él ni se inmutó, era su pequeña venganza, silenciosa y helada—. Me voy —agregó.

—¡Te vas a arrepentir toda tu vida!

—No. No seré yo quien se arrepienta de nada.

Salió de allí, más liviano. Tranquilo. Agradeció a Solana la fuerza que sin saberlo le había dado. Acarició la medalla de san Expedito que se había colgado al cuello en Barcelona como un modo de llevarla con él. Quedaba un largo camino. Pero para llegar al final había que dar el primer paso. Eso estaba hecho ya.

Capítulo 38

No ser amado es una simple desventura.
La verdadera desgracia es no saber amar.

Albert Camus

San Rafael, Mendoza, año 2008

Los días se sucedieron unos a otros y la euforia de su llegada daba lugar a veces al dolor y al vacío. Octavio había sido fuerte para dejar a Nadia, pero asumir la traición de Beltrán era otra batalla. Una más difícil, un ataque sorpresivo sin defensas ni escuadrón ni armas para evitar la herida casi letal, que le había provocado en el centro de su corazón. Ese lugar donde habitan la confianza y la lealtad.

El mismo día de su llegada, le había explicado a Esteban que quería que la sacara de la empresa diplomáticamente porque se había enamorado de otra mujer y no deseaba que Nadia, despechada como estaría luego de haberla dejado, siguiera vinculada a la familia.

—Sé todo lo que hablamos, papá. Creí que era el amor de mi vida pero me equivoqué.

—Hijo, me sorprende, es cierto. Pero es mejor que estas cosas pasen antes y no después de casado. Le darás una alegría a tu madre —agregó.

—Lo sé...

—Te recuerdo que dijiste que era parte de tu vida y que no querías otra mujer en tu cama. Que amabas verla después de una jornada de trabajo y amabas más todavía que entendiera tu carrera y...

—Sé todo lo que dije, papá —recordaba los términos exactos de esa conversación con su padre—. Pero me equivoqué. Alguien en Barcelona me hizo dar cuenta de muchas cosas —lo interrumpió.

—¿Es española? —preguntó.

—No. Vive en Luján de Cuyo. Es médica.

—¿Quién vive en Cuyo y es médica? —preguntó Victoria que alcanzó a oírlo.

—Mamá, dejé a Nadia. Me di cuenta de que tenías razón cuando me decías que no era para mí.

El corazón de Victoria dio un vuelco. Había intuido con acierto que algo se había subvertido en él. Una buena noticia entre tantas jornadas difíciles. Ese hijo era su vida. Lo amaba más, si eso era posible, por su honestidad. ¿Qué hijo volvía para decir "tenías razón" sometiéndose a un nunca deseado "te lo dije"? Solo el suyo. Sonrió y decidió que no le diría nada ni preguntaría nada.

–Solo quiero verte feliz. Creo que estás en el camino. ¿Quién vive en Cuyo? –insistió imaginando la respuesta.

–La mujer de mi vida, mamá. No preguntes. Dame espacio y tiempo –pidió.

–El que necesites –respondió. Se acercó y le dio un beso.

Miró a Esteban y al pasar por su lado le dijo:

–Te lo dije. No iban a casarse ni pronto ni nunca –se retiró con su porte de reina y la imagen de la sonrisa de su esposo en su corazón. Amaba tener razón.

–Hijo, no puedo quitarle el trabajo, así nada más. Déjame ver cómo puedo manejarlo –había dicho su padre.

–Está bien, entiendo. Pero, por favor, que sea cuanto antes. Tengo razones para estar seguro de que no será bueno que continúe. Ya en su momento vas a saber por qué –dijo y, sin más detalles, la conversación había concluido. Los hombres no se pedían explicaciones ni profundizaban en detalles. No ellos.

* * *

A los pocos días, le quitaron los puntos a Sara y comenzó la rehabilitación física. Complementaba con sesiones de rehabilitación en piscina. Sus compañeras promediaban los ochenta años. Sara era especial, lejos de renegar por no estar con grupos de su edad, quería a esas viejitas que, operadas de cadera o rodilla, admiraban sus años jóvenes, su lindo cuerpo y su actitud. Una tarde salió de natación riendo.

–¿Qué pasa, hija? ¿De qué te ríes? –preguntó Victoria. Le gustaba verla sonreír entre tantas lágrimas que no podía evitarle.

–Es que Dora, mi nueva amiga de ochenta y siete años, me pidió que caminara alrededor de la piscina y después me dijo: "Mira, Sarita, yo no sé lo que te dicen acá, pero para mí el sábado ya puedes jugar" –se refería a lo que le decían el médico y el kinesiólogo que trabajaban en un solo consultorio integrado para estar en contacto directo.

–¡Te dio el alta! –sonrió Victoria.

–¡Sí! Son divinas las viejitas, me caen re bien. ¿Podemos llevar a Delia a su casa? La hija no puede venir a buscarla.

–Claro, hija, sí –respondió. Adoraba esa virtud de Sara.

–Buenísimo, ma. Yo las quiero mucho a mis amigas de natación –respondió–. Espera que voy a decirle que no tome un taxi –agregó.

Así llevaron a la señora hasta su casa y sumaron un recuerdo que jamás se borraría de la vida de ninguna de las tres por diferentes razones. La madre por orgullo; la hija, por cariño y Delia por el sentimiento de saberse respetada y valorada por una joven de dieciséis años que era su amiga.

Los días agregaron sinsabores y en su rol de capitana fue con muletas a acompañar a su equipo el fin de semana siguiente al de su operación. Victoria, Esteban y Octavio la llevaron. Fue muy duro para los cuatro ver el escenario de siempre: palos, paleras, jugadoras, gritos, entrenadores. Todo

410 igual, menos ella. Sus compañeras le dedicaron los goles y se tomaron fotos, que cuando Victoria vio quiso romper. La expresión de tristeza de Sara era demoledora. En una de ellas estaba el equipo formado con todos los palos adelante y, además, las muletas azules. Sara se sostenía entre dos jugadoras. Todo en ella era actitud. Al regresar, lloró todo lo que fue capaz de llorar.

El torneo continuó sin ella. Victoria y Esteban no querían que fuera a ver los partidos pero no hubo manera de persuadirla. "Es mi responsabilidad", decía.

Las compañeras la llamaban y al principio la visitaban. Fueron al Torneo Regional sin ella y salieron cuartas. La Selección continuó sin su presencia y el ritmo deportivo siguió su curso. Para Victoria nada era justo.

El equipo de su división llegó a la final local y fue en ese partido que Sara llegó al final del abismo. Todas las jugadoras se lo dedicaron pero no era suficiente. Ella necesitaba correr. Aguantó el partido, la reunión posterior y los festejos. Regresó a su casa, rota. Literalmente rota por fuera y por dentro. La profundidad de una pena que parecía indeleble se había dibujado en su rostro. La expresión de su mirada mostraba una angustia sin límites.

Los días se sucedieron con altibajos. El humor variaba y a veces, respondía mal a todo el mundo. Otras, pedía perdón. Victoria sentía que todo era poco para esa hija que había entregado el corazón en aquel partido que la obligaba a pasar por una etapa tan difícil.

Las amenazas de Gisel eran continuas. Esteban sabía que debía hablar de manera urgente con Victoria. Esa mañana había sonado su teléfono.

–¡Hola!

–¡Hola, querido mío! Comienzo a impacientarme. Omar sigue preso y no recibí dinero así que, si no cambias eso hoy mismo, voy a ir a buscar a nuestro hijo. ¿Cómo crees que se sienta cuando sepa el maltrato que le diste a su pobre madre para quitarle el bebé? Sigo en el hotel. Tienes dos horas para traerme dinero, el doble de lo que te pedí. Y una semana para liberar a Omar.

Esteban no respondió nada y cortó la comunicación. Fue directamente a su dormitorio, allí estaba Victoria.

–Tenemos que hablar y es muy serio –dijo. Su rostro evidenciaba la preocupación. Sus fuerzas estaban al límite de su capacidad de tolerar. Los ojos le brillaban. Parecía un chico que había roto algo y estaba por confesar.

–¡Por Dios! ¿Qué pasa? No me asustes. Te conozco y es grave –adivinó.

El corazón de Esteban estaba casi detenido por el miedo. Sabía que su esposa iba a enloquecer de dolor y era probable que se enojara con él.

–Mi amor, Gisel regresó… –no quería nombrarla como la madre de Octavio porque para él, Victoria era la madre.

–Te lo dije, te lo dije –repetía. Comenzó a llorar sin consuelo aun sin saber lo que estaba pasando.

–Lo sé, quizá tenías razón una vez más, tal vez debimos decirle. Pero yo quise evitarle la amargura. ¿De qué servía decirle que su madre nunca lo quiso, que quería dinero o un aborto? –él también lloraba.

–¡Servía porque era la verdad! –reclamó.

–No me atreví y la verdad es que sigo pensando que no era mejor hacerlo. Estoy confundido. Hablé con Humberto, él me aconseja que hablemos con Octavio ahora. Gisel amenaza con hablar ella misma y decirle que lo amaba y que yo se lo quité aprovechándome de mi condición. Además, quiere decirle a Beltrán que yo defendí al asesino de su padre y negar que fue un accidente. Dice que dirá que lo mató a sangre fría.

–¡No, por Dios! ¿Qué vamos a hacer? Es una maldita hija de puta. Resentida. ¿Cómo pudiste mezclarte con gente así? –vociferó–. ¿Quiere más dinero? –preguntó. En el fondo estaba convencida de que los chantajes eran infinitos. Había que detener eso de una vez y soportar las consecuencias del error.

–Sí, muchísimo más y, además, que utilice influencias para que liberen a un tipo que está preso por homicidio en un robo. Perdóname, Victoria, no supe manejar esto. Pensé en matarla pero Humberto tiene razón: es una locura. Yo no soy un asesino –reflexionó. Estaba devastado.

–¡Claro que no! Hay que hacer lo que debimos haber hecho antes. Dios mío, Octavio no será capaz de perdonarnos. Yo me voy a morir sin él.

Lloró desconsoladamente el miedo a perderlo. Esteban
también. Luego, se abrazaron. Con la verdad en la expresión
y en el alma, abanderados del deber ser, fueron a la habitación de su hijo que estaba por salir.

–Tenemos que hablar, hijo –dijo Victoria–. ¿Puedes quedarte un rato más? –interrogó, dado que ya tenía el abrigo
puesto y las llaves en la mano para partir.

Los dos tenían los ojos llorosos y Octavio temió que se
hubieran enterado de lo de Beltrán y Nadia. Sintió la incertidumbre de saber expuesta la traición ante dos de las pocas
personas que adoraba. No aventuró palabra alguna. Se sentó
en la cama, dejó las llaves sobre la mesa de noche y esperó.
Ellos se ubicaron en los sillones.

–Hijo… sabes cuánto te amamos –empezó a decir Victoria.

–Sí, mamá, lo sé –respondió.

La sensación de que iba a escuchar algo que no iba a gustarle lo dominó como la intuición certera de momentos oscuros.

–Hijo, la culpa de que no te hayamos dicho antes lo que
vamos a contarte ahora es absolutamente mía. Tu mamá
siempre quiso decirte y yo me opuse –adelantó.

Quería proteger a Victoria de la indiferencia, de la ira o el
enojo o de cualquier sentimiento adverso que pudiera sentir
su hijo.

–¿Qué es lo que pasa? No entiendo nada.

–Victoria, por favor, no soy capaz… –pidió auxilio para
confesar.

414

—Octavio, antes de conocer a tu padre, él y sus amigos frecuentaban un lugar poco moral. Una especie de casa de mujeres de lujo. Se enredaban con ellas por placer —agregó.

—¿Y? Les gustaban las putas, ¿eso quieres decir? ¿Qué problema hay con eso? Ya pasó. ¡No tendrás celos ahora! —dijo. Trataba de desdramatizar el ambiente.

—Bueno, algo así. No son celos pero sí hay problemas con eso ahora —respondió—. Después nos conocimos y nos casamos muy pronto —continuó—. Tu papá abandonó esa vida. Estábamos recién casados cuando una mujer de allí, con la que se acostaba, apareció diciendo que estaba embarazada y que el hijo era de Esteban. Ella no lo quería, quería dinero o abortar. Tu padre quería que ese hijo naciera y hacerse cargo si era suyo. Me propuso simular un embarazo. Al principio estaba confundida pero después acepté. Anunciamos que estaba embarazada y viajamos a Barcelona para que nadie fuera testigo de la farsa. La mujer viajó también como parte del trato y cuando el bebé nació un análisis de ADN determinó la paternidad de Esteban.

—¿Qué dices, mamá? Yo nací mientras estaban de viaje en Barcelona visitando a la familia de la abuela Susana, ¿o no? —preguntó sorprendido.

En ese instante de silencio entendió lo que intentaban decirle. Fue un shock en su alma. No podía agregar a su realidad el hecho de no ser hijo de su madre. No podía perder a Victoria. ¿Quién era en realidad? ¿Hijo de quién? Era el hijo de una puta. Se le nubló la vista y las piernas se le aflojaron.

Las palabras recorrían un sentido inverso y se caían dentro de su alma sin poder salir a pedir explicaciones.

–Hijo, eres nuestro hijo. Siempre lo serás. No hay en el mundo mejor madre que Victoria para ti. Pero hay una madre biológica que regresó a continuar su chantaje económico para no hablar. Pude pagar su silencio, pero tu mamá y yo pensamos que era justo decirte la verdad. Hay que poner fin a las equivocaciones en algún momento. No decirte la verdad desde que pudiste entenderla fue mi responsabilidad –agregó Esteban.

–Mamá... –su mirada turquesa reclamaba palabras que se desdijeran de lo que acababa de oír–. ¿Cómo pudieron engañarme así? ¿Qué carajo pasa con todo el mundo que decide mentirme? ¿Qué les hice? Toda mi vida hice lo correcto y resulta que ustedes me educaron sobre la mentira. ¿Por qué? –estaba dolido, triste. Se sentía desvalorizado. Quería estar con Solana, contarle. Pedirle que lo abrazara, que lo rescatara una vez más.

–Hijo, ¿de qué servía decirte que tu madre biológica no te quería cuando nosotros te amábamos sin conocerte? Eres mi hijo, tenía todo el derecho a decidir lo mejor para ti. Elegí tu vida. Ella quería abortar –dijo Esteban sin poder contener las lágrimas. Había juntado fuerzas de algún lugar para enfrentar la situación. A Octavio lo conmovió verlo llorar por primera vez en su vida.

–¡Papá, era la verdad! ¡Carajo, era la puta verdad! Me robaste mi derecho a conocer mi origen. A quererlos sin ocultamientos. Ocultar es mentir.

—Octavio, hijo… —Victoria intentaba llegar a ese lugar de su alma solo reservado para ella. Ese donde se entendían siempre.

—No soy tu hijo… —respondió su ira. En verdad adoraba a Victoria pero acababa de darle una puñalada al vínculo exclusivo que los unía.

—No soy quien te trajo al mundo, es cierto, pero soy la que ha vivido pendiente de tus días y de tus noches, desde que llegaste a mi vida. Soy la que decidió arriesgar tu amor por mí a cambio de que puedas saber la verdad. Solo quiero tu felicidad. Este es el camino. No me importa el precio que debamos pagar. Hacemos lo correcto. Te pedimos perdón por ocultarte lo ocurrido —respondió.

—Ya pagaron un precio en dinero cuando nací, espero haya sido alto al menos. Espero haber valido algo, todo lo que no valgo hoy —respondió con ironía—. Me destrozan con un ocultamiento de años y se supone que debo perdonar y seguir como si nada. Las cosas no funcionan así para mí —afirmó indignado.

—Mira, Octavio. Eres un hombre. Sabes perfectamente los padres que hemos sido y somos. Nada cambiará los hechos. Ni los buenos ni los malos. Puedes juzgarnos pero no olvides que tú también puedes equivocarte. Somos humanos y procuramos lo mejor aunque a veces pase lo peor. Solo quisimos evitar que sufrieras.

Octavio necesitaba irse de allí. Solo los brazos de Solana podían sostenerlo. Era otro duro golpe cuando ni siquiera había superado el anterior. Siempre podía ser más profundo el abismo. ¿La vida lo había olvidado?

—Toma —dijo Esteban y le entregó un papel con el nombre de Gisel, el teléfono y la dirección del hotel Avalón—. Puedes buscarla o puedes esperar que ella se acerque para dañarte con mentiras. Pretende dinero y que utilice influencias para liberar de la cárcel a un tipo. No haré ninguna de las dos cosas. También amenaza con contarle mentiras a Beltrán sobre la muerte de su padre. Ella estuvo ahí esa noche.

Octavio tomó el papel y se fue. Necesitaba aire y a su Solana. No le importaba que algo pudiera causarle un dolor a Beltrán. No preguntó.

Victoria y Esteban se abrazaron y lloraron.

—Es mejor así, mi amor —dijo ella. Estoica soportaba un golpe más de la vida. Otro duro golpe pero intentaba mantenerse entera para sostener a su familia.

—Victoria… te amo. Quédate tranquila. Volverá, es Madison. Está enojado pero no hay maldad en él. No le gusta discutir. Se fue para pensar. Siempre se va para evitar peleas, no le gustan. Él es simple y esto es mucho para una sola charla. Necesita tiempo.

—No sé lo qué hará, Octavio. Algo más le sucede. Él dijo: "¿Qué carajo pasa con todo el mundo que decide mentirme? ¿Qué les hice?". Seguro ha sido Nadia pero siente que le pasa todo junto. Ojalá Gisel no se acerque. Pobre hijo mío. ¡Me desgarra el corazón el dolor que no puedo evitarle! —agregó.

Capítulo 39

La verdad es lo que es, y sigue siendo verdad
aunque se piense al revés.

Antonio Machado

Beltrán estaba trabajando en la oficina de la bodega cuando la secretaria le dijo que alguien lo buscaba. Hizo pasar a una mujer que se anunció como Gisel Gamada.

–¿En qué puedo ayudarla, señora? –preguntó.

–¿Es usted el contador Beltrán Uribe?

–Sí.

–¿Puedo tutearte? –pidió.

–Sí –respondió–. ¿Qué puedo hacer por usted? –insistió.

La situación era incómoda. Era una mujer sin estilo que no pertenecía al negocio y no creía que estuviera allí por nada bueno.

–Nada. Estoy acá porque conocí a tu padre, Roberto Uribe, y estuve presente la noche que murió. Creo que hay cosas que debes saber –dijo con saña.

Beltrán sintió curiosidad y a la vez miedo. La mujer no le gustaba. Algo en ella era mal intencionado. Dañino. Él sabía que su padre había muerto en una discusión en un bar, pero nunca había querido preguntar. Se había quedado con que su madre había muerto al nacer él. Su padre se había dado a la bebida y había encontrado la muerte en una noche.de copas. Esteban muchas veces le había dicho que podía contarle lo que él necesitara saber de su familia, pero él había preferido cerrar allí su pasado.

–¿Qué quiere? –preguntó. Fue respetuoso pero cortante.

–Quiero que sepas que Humberto Cáseres mató a tu padre a sangre fría y Esteban me dio dinero para que declare lo contrario. Mi vida no era fácil entonces y tampoco lo es ahora. Por eso acepté. Las influencias de Esteban hicieron el resto y el homicida quedó libre porque todo lo arreglaban entre amigos –dijo. Esperaba sorprender a su interlocutor. Sembrar en él maldad, venganza y dudas.

Beltrán era muy observador, podía distinguir un problema real de una acción que buscaba crear conflictos. Esa mujer no le cerraba desde ningún lugar. Esteban no era capaz de una cosa así, de eso estaba seguro. Lo único que le llamó la atención fue que nombrara a Humberto en la escena de la muerte. Eso no lo sabía. Tampoco había preguntado nunca quién había estado allí.

–¿Por qué me dice todo esto? –preguntó reacio a creerle.

–Porque Esteban Madison es una mala persona y no deseo que todo el mundo siga pensando lo contrario. Él arruinó mi vida hace muchos años, quitándome lo único que me importaba y yo volví para vengarme.

–Esteban no es capaz de arruinar la vida de nadie. Es una persona generosa y de valores. No le permito que se refiera a mi familia en esos términos –lo defendió–. Nada tengo que hablar con usted, le pido que se retire. Debo seguir trabajando –agregó.

La actitud de Beltrán sacó de ella su peor faceta.

–Mira, niño, eres muy engreído, te hicieron creer que eres uno más pero no es así. Nada es verdad en esa familia. Tampoco en la tuya. Tu madre, Gina, estaba tibia cuando tu padre fue a El Templo para encamarse con cuanta puta encontrara que le dijera que sí y tu "buen Esteban" me dio dinero, muchísimo dinero, para que yo desapareciera y le dejara al hijo que tuve con él. Tu hermano Octavio es mi hijo –vociferó. Omitió decir que ella había pedido dinero o abortaría. Gisel nunca había dudado sobre la paternidad de Esteban porque solo se acostaba con él en ese breve tiempo.

–¿Qué está diciendo? –le dijo con tono fuerte y ya de pie. Descubrió el turquesa de sus ojos, era igual al de Octavio pero no podía ser cierto lo que decía.

–Lo que oíste. En tu familia nadie es quien dice ser. Los amigos tampoco. Cáseres es un asesino y estuvo preso por eso, por matar a tu padre. Eres huérfano gracias a él –dijo con todo el odio y resentimiento del que fue capaz–. Pregúntale a tu Esteban y vas a ver que lo que digo es cierto.

–¡Váyase! –ordenó.

Gisel se retiró. No se llevaba una victoria, pero la venganza le dejaba el sabor de haber hecho el tipo de justicia que le gustaba, la justicia baja y perversa que era paradójicamente injusta. Habían condenado a Omar a prisión, lo que evidenciaba que Esteban no haría nada de lo que ella le había exigido. No había hallado a Octavio en la clínica, por eso había empezado por Beltrán.

Cuando la mujer se fue, Beltrán ordenó a su secretaria que no la dejaran ingresar nunca más. Sintió que era una mujer envenenada por la vida que había elegido. No podía dar crédito a nada de lo que le había dicho. Aunque no podía negar que le había generado dudas respecto a la presencia de Humberto aquella noche en la que su padre había muerto. Sus ojos turquesas le hacían dudar acerca de si podía ser la madre de Octavio. Solo Esteban tenía las respuestas, hablaría con él. Nada tenía para reprocharle, ya que muchas veces le había ofrecido hablar del tema y él se había negado.

Nadia llegó a la oficina y cerró la puerta. Se acercó a él y lo besó en la boca.

–¿Estás loca? Detente –dijo él. Todavía afectado por la conversación con Gisel Gamada y pronto a irse a hablar con Octavio y con su padre.

–No. Hago lo que tengo todo el derecho a hacer. Tu hermanito, el honorable Octavio, me dejó por otra mujer que

conoció en Barcelona. ¿Qué tal? –dijo con ironía–. Tenemos libre el camino, tesoro –lo seducía con su escote y su actitud.

–No tenemos camino, Nadia. Lo que pasó no debió pasar. Lo sabemos los dos –le respondió inseguro de lo que decía.

Nadia ardía de furia, no se quedaría sin Beltrán a menos que ella misma deseara no tenerlo.

–Estás muy equivocado. Lo que pasó nos desbordó de placer a los dos y volverá a suceder, desde ahora, sin limitaciones de ningún tipo –exigió.

Beltrán la miró y era realmente deseable, pero su mente estaba sumergida en los problemas que se avecinaban a su familia si esa mujer, Gisel, avanzaba. Quería adelantarse, si era posible. La cuestión de Nadia significaba fuerza y voluntad. No tenía ninguna de las dos cosas en ese momento. No le era indiferente. La razón no ganaba sobre su cuerpo que la devoraba con la mirada.

–Nadia, ahora no. No es momento ni lugar. Tengo que irme.

Ella lo besó en la boca impetuosamente y lo empujó contra la pared, él respondió al impulso. Luego, se apartó.

–Dije que ahora no. Que no es momento ni lugar –repitió.

Salió de la oficina sin mirar atrás. Ella quedó perpleja, el cuasi Madison le había puesto un límite. ¿Qué estaba pasando con sus recursos de seducción? Beltrán no era Octavio, eso estaba claro desde el principio, pero después de esa actitud le gustó más todavía.

En el camino de regreso a su casa, Beltrán pensaba si hablar con Esteban primero o si anticiparse a Octavio. La

mujer iría directo a su hermano y le rompería el corazón. Los Madison genuinos no sabían de golpes bajos, mucho menos sobre el modo de manejarlos. Meditó que con Esteban le quedaba hablar para aclarar la presencia de Cáseres esa noche, nada más. Él no dudaba de ninguno de los dos. Humberto era un buen hombre. Lo había demostrado de mil maneras y la más importante para él era el modo desinteresado en que había ayudado a Wen y a su hermana durante años. Fue directo a buscar a Octavio a su consultorio.

Cuando Octavio lo vio allí, imaginó lo peor. Creyó que venía a confesar su relación con Nadia.

—Estoy muy ocupado, Beltrán. Llegué tarde y tengo muchas pacientes —pretendió evadir la charla.

—Es importante. Por favor, un café de media hora —pidió.

Lo miraba y le dolía. Lo escuchaba y la traición perforaba todavía más su dolor. Lo quería y odiaba darse cuenta de eso.

—No tengo media hora. Habla acá, si quieres —respondió como pudo sin sostener la mirada frente a sus ojos. Beltrán era fuerte, era su opuesto.

—Hermano… —comenzó. Esa palabra y su dimensión le tocaron la sangre y la empujó a chorros fuera de su herida abierta—. Voy a ser directo. Una mujer vino a verme. Dijo cosas tremendas de Esteban y pretendió ensuciar la memoria de mi padre y el honor de mi madre de un solo tirón. Dijo que Humberto mató a mi padre a sangre fría y…

—Beltrán perdóname pero podemos hablar de eso en otro momento.

–No. Dijo también que era tu madre, que Esteban le pagó para quedarse contigo y...

–Ya lo sé –respondió dolido, trasegado de pena, casi vencido.

–¿Vino? ¿La viste? –preguntó.

–No. Mamá y papá me lo confesaron, porque sabían que ella lo haría en cualquier momento. Tengo su dirección pero no decidí qué hacer todavía –respondió. Por un minuto había olvidado la cuestión de Nadia, pero en un instante los sonidos de ambos gozando el engaño estallaron en su cabeza–. Perdóname, pero quiero seguir trabajando –pidió.

–Está bien. Me voy. Pero antes te pido que no creas lo que te diga. Puede que sea tu madre biológica pero sabemos lo que es mamá y lo que es papá. No hagas algo de lo que te puedas arrepentir.

–Yo nunca hago nada de lo que me pueda llegar a arrepentir –agregó con ironía. Le hubiera dicho: "¿Puedes decir lo mismo?", pero no lo hizo.

Estaba consternado por el hecho de que le hubieran ocultado una verdad semejante. La mujer no lo inmutaba. Para él, su madre era Victoria, nadie cambiaría eso. No sentía ni siquiera curiosidad, así de leal era él. Si la madre que lo había parido había sido capaz de dejarlo por dinero, nada tenía que hablar con ella tantos años después. Si lo buscaba era para hacer daño, si le hubieran pagado y hubieran accedido a sus pretensiones, no se hubiera molestado en verlo. Eso no le dolía, no la conocía, no era nadie para él. Lo que le dolía era que no hubieran confiado en él la verdad. ¿No lo conocían acaso?

Sumar ese golpe lo había afectado, solo quería terminar con las consultas médicas y llamaría a Solana, esperaba que ella lo atendiera. Necesita oírla y contarle. Había conseguido su teléfono.

Capítulo 40

*La belleza que atrae rara vez coincide
con la belleza que enamora.*

José Ortega y Gasset

La decisión tomada por Vivian había cambiado los ejes de la realidad para todos los involucrados. Clara estaba feliz, la relación con su madre, siempre buena, estaba todavía mejor. Compartían más espacio y hasta habían conversado acerca de un empleado del hotel, que le gustaba. Era tímido como ella. Vivian buscaba debilitar la amistad con Alondra sin decirlo directamente. Al acompañarla más e instarla a relacionarse con otras personas quebraba también las posibilidades de intromisión. Le gustaba cocinar, de modo que la había impulsado a hacer un curso y después de averiguar juntas, se había inscripto en una escuela de cocina: estudiaría para ser chef. Eso y el trabajo en el hotel le habían dejado poco espacio para verse con Alondra y había incorporado nuevas amigas a su vida.

Vivian no subestimaba a su rival, pero sentía que le cercaba los caminos. Había chequeado en el teléfono de Clara el número de Alondra y efectivamente terminaba en 313. Confirmó que los mensajes y la llamada de casi medianoche eran de ella y, con eso, la intención de ocultar su identidad por parte de Martín que la había agendado con el nombre de un empleado del hotel.

Una mañana sonó el timbre. Fue a abrir. Allí estaba frente a ella, su fatal opuesto. Una mujer joven, rubia, de cuerpo esbelto y rostro perfecto. De moral reprochable y actitud perversa. Sintió deseos de matarla, por un instante la imagen de pegarle un tiro la encontró perpleja. Luego, tomó el control de las riendas. *No olvides, Vivian, que tienes todo lo que a ella le falta*, pensó.

–¡Hola, Vivian! Bueno, bueno, qué cambio –dijo refiriéndose al corte de pelo y a su atuendo.

–¡Hola, querida! Es cierto ha pasado tiempo sin verte. ¿Te gusta? –la provocó con la pregunta. La obligó a decir lo que la enfurecía. Sacarla de sus cabales era hasta divertido dentro de la verdad que la atravesaba.

–Sí. Yo no hubiera elegido tonos oscuros pero te queda bien –respondió contra su voluntad.

–Yo no lo elegí, Martín me pidió que usara este color porque le gusta –respondió.

A Alondra le costaba disimular la furia.

–Ah… No sé mucho de los gustos de Martín evidentemente –respondió irónica–. Estás más delgada. Me dijo Clara que empezaste a ir al gimnasio… ¿A qué se debe tanto cambio?

Maldita atrevida, lo que faltaba era que ella le tuviera que dar explicaciones. La conversación era de esas en las que los interlocutores piensan en el mismo asunto pero hablan entre líneas de otro. La falsedad a flor de piel se llamaba "preservar los planes" para Vivian y "no tengo otra posibilidad" para Alondra.

–Se debe a que tiene razón Martín. Debo dejar de ocuparme tanto de la casa y hacer cosas que me gusten. Como él dijo: "Estamos para disfrutar lo que logramos en tantos años". Así que empecé a darme gustos. Siempre disfruté de ir al gimnasio pero lo tenía postergado –respondió. Mintió con una impunidad que la hizo sonreír, ella odiaba la actividad física pero su rival no lo sabía. Era otra ventaja, no sabía mucho de ella–. Pasa. Clara no está pero te sirvo un café si quieres. Tengo media hora antes de ir al hotel y a la masajista.

–¿Al hotel? ¿A qué? –preguntó al ingresar en la casa.

–La verdad no sé. Martín me pidió que pasara por allí –respondió. Vivian le agregaba misterio y romance al tono de sus palabras.

Era cierto. También él respondía a los cambios de su esposa y estaba más atento, quería seducirla y la iba a invitar a almorzar.

Preparó café para las dos y Alondra vio que le ponía edulcorante. Miró la heladera y vio distintos horarios: gimnasio, nutricionista, masajista. Las cosas se estaban complicando. Suponía que Vivian sabía que Martín tenía una amante, pero no sabía quién era. No podía saberlo porque la trataba con el cariño de siempre y ninguna mujer podría hacerlo si supiera la verdad. Ninguna, era cierto, excepto Vivian.

—¿Estás bien, tesoro? Te veo pálida.

—Estoy bien. Solo que los extraño —respondió.

—No seas tonta, puedes venir cuando quieras. Solo que ahora Clara está muy ocupada todo el día y Martín y yo hemos cambiado la rutina —respondió.

La abrazó eludiendo las náuseas que tanta hipocresía le causaba. Se sintió la discípula de Maquiavelo: "El fin justifica los medios". Haría lo que fuera por su familia, incluso abrazar a Alondra. La joven se sintió desconcertada y respondió al gesto de cariño. Tomaron el café y Vivian se levantó. Estaba dispuesta a arruinarle el día.

—Pongo esta ropa a lavar antes de salir —dijo. Tomó el camisón que había dejado junto con otras prendas sobre la silla cuando había ido a abrirle la puerta, ocupándose de que la seda azul se destacara.

—¡Qué lindo color! —dijo la joven mordiendo el anzuelo.

—Sí, ¿viste qué lindo? Es un camisón que me regaló Martín —respondió. Desplegó la prenda ante sus ojos y se dirigió al lavadero. Luego regresó—. Tengo que irme. ¿Quieres que te lleve a tu casa? —preguntó.

—No. Mejor te acompaño al hotel, así saludo a Clara y a Martín —Alondra era una pila de ira que le costaba controlar.

Vivian estaba al límite de sus resistencias pero accedió con su mejor sonrisa. Cuando llegaron, el rostro de Martín fue atravesado por una expresión de horror al verlas juntas. De inmediato disimuló.

—¡Hola, Martín! —dijo ella con tono angelical—. Vine a saludarlos. Acabo de tomar un café con Vivian.

—Hola. ¿Cómo estás?

—Bien, extrañándolos.

A él se le hizo un nudo entre la culpa, el futuro y el deseo. Vivian se alejó adrede para observar desde la distancia.

—No atiendes mis llamadas. Estoy embarazada, así que se lo dices tú o se lo digo yo —dijo en voz baja.

—Acá no, Alondra. No puede ser —respondió Martín con discreción.

—¡Es! Ella sabe que tienes una amante, por eso actúa así. Solo falta que sepa quién es. Te espero en el apartamento en una hora o la llamo y se lo digo.

Hablaban manteniendo una expresión natural en sus caras, a la vista de todos era una conversación amena, pero los ojos de Alondra irradiaban odio e impotencia. Era cierto su embarazo y veía que él se le estaba escapando. Ella no tenía ningún interés en ser madre pero debía utilizar eso.

Vivian los vio conversar y advirtió que él estaba incómodo. La joven le dio un beso en la mejilla y se dirigió a donde estaba Clara.

—¿Qué querías, Martín? Me pediste que viniera —le preguntó su esposa casi inocentemente.

–Iba a invitarte a almorzar –estaba ausente. Había perdido las ganas de comer y de estar con Vivian. Necesitaba aclarar las cosas con Alondra. No podía creer que estuviera embarazada.

Vivian se dio cuenta de que algo había sucedido y era lógico, la había provocado hasta hacerla estallar. Sabía que era momento de correrse para que ellos pelearan.

–No puedo, ¡qué pena! Hoy voy a la masajista –respondió.

–Descuida, si quieres, salimos a cenar afuera –Martín sintió alivio.

–Está bien. Nos vamos llamando más tarde.

Se despidieron. Vivian saludó a su hija y partió. Ya en su automóvil, lloró los nervios devorados. No estaba acostumbrada a hacer nada de lo que estaba haciendo. Sabía que ellos iban a verse. Pensó en quedarse y seguirlos para ver dónde se encontrarían pero después se arrepintió. Ella sabía todo lo que tenía que saber. Los detalles iban a debilitarla. Fue a la masajista robando fuerzas de donde pudo.

* * *

Martín llegó preocupado al apartamento. La distancia de Alondra y los cambios de Vivian le habían hecho replantearse su presente. Ya no quería continuar. Ese embarazo era realmente un problema.

Sin preludio, ni besos, ni nada, luego de los días transcurridos sin verse, la vio enojada en la sala. No yacía en la cama deseosa como otras veces.

–¡Hijo de puta! ¡Le regalas un camisón azul! Le dices qué color de pelo te gusta. ¿Crees que soy tonta? ¡Te estás acostando con ella!

–Alondra, es mi esposa…

–¿Tu esposa? ¿Y yo? –preguntó enceguecida por sentir que estaba perdiendo–. ¡Estoy embarazada! Y tú, que me pediste tiempo y prometiste dejarla, estás jugando al novio. ¿Qué piensas hacer? –exigió una respuesta.

Él se acercó. La situación lo llevaba al límite. Se sentía responsable pero no deseaba dejar a su familia y no la amaba. Ni siquiera la había extrañado. Había estado tranquilo y se sentía bien así. La abrazó. La joven se puso a llorar. Estaba fuera de sí. Vivian, sin saberlo, había usado sus armas, pocas pero contundentes de la manera más efectiva.

–Alondra, no podemos tener ese hijo –empezó a decir.

–¿Por qué no?

–Porque no podemos continuar. Yo no quiero lastimarte, te quiero muchísimo pero soy un viejo para ti. Tarde o temprano vas a conocer a alguien de tu edad. Fue bueno mientras duró, pero ya no lo puedo sostener.

Ella no podía dar crédito a lo que escuchaba. Lo quería, más allá de sus planes. Fue víctima de sus propias maldades. La vida le devolvía uno de los tantos favores hechos en aras de la destrucción afectiva de muchos y procuraba romperle el corazón. Pero ella no tenía corazón, tenía planes.

—Si me dejas voy a decirle a Vivian la verdad —amenazó llorando.

—No. No vas a hacerlo. Vamos a hacer un aborto y vas a seguir con tu vida —hablaba calmo aunque tenía miedo—. Voy a darte dinero para que te entretengas hasta que acomodes tu vida.

—No me hagas esto, por favor. Me hago el aborto, está bien, pero no me dejes —suplicó. Ella no quería ser madre. Más allá de su esencia decía lo que sentía—. Si me dejas se lo digo.

Martín sacó lo peor de él. No quería llegar a ese extremo, pero era ella o él y su familia. Le dolía pero no había salida. La idea se le vino encima con forma de solución dañina pero solución al fin.

—Si te acercas a Vivian voy a hablar con Lucio Noriega. Le voy a decir que Clara me contó que tienes un amante casado y que estás embarazada. Que hablo con él porque te quiero como a una hija. Diré que Clara me contó porque hallé las fotos en su habitación y no tuvo más opción que decir la verdad. Le daré las fotos.

—¡Eres una mierda! —dijo.

Le pegó una bofetada que giró su rostro por el impacto. Martín sabía que era una felonía lo que acababa de hacer. Se sintió un ruin, un ser bajo y deplorable pero era el modo, el único que había hallado para detenerla y no perderlo todo. Si Vivian se enteraba, lo dejaría con razón y ya no quería tenerla lejos. Quería recuperar la paz de su vida en familia

434 con la mujer que había elegido para siempre. Se había casado enamorado y la rutina lo había confundido. En ese momento las cosas eran diferentes.

Alondra lo puteó, lloró, intentó seducirlo pero todo fue en vano. Había perdido y le dolía.

–Acá está el dinero –dijo. Dejó una pila de billetes con una suma importante–. Ocúpate de hacer el aborto. Tendrás el dinero que necesites, pero se terminó, Alondra. Perdóname –agregó y se fue.

Se sentía un miserable pero él no podía acompañarla.

Capítulo 41

¿Se pueden inventar verbos?
quiero decirte uno; Yo te cielo.
Así, mis alas se encienden enormes
para amarte sin medida.

Frida Kahlo

Luján de Cuyo, Mendoza, año 2008

Después de haber echado a Gonzalo, Solana lloró sin consuelo. Estaba sensible. El mundo era muy pesado para cargarlo sobre su espalda. ¿Por qué toda su dicha de México había muerto en minutos sobre su cama? ¿Por qué Octavio había aparecido en Barcelona como una visión que le ofrecía contenerla y la enfrentaba al fracaso de su matrimonio? ¿Por qué su entrega y la de él, le habían hecho sentir que no había otro hombre para ella? ¿Por qué Gonzalo la había traicionado empujándola al precipicio del destino? ¿Por qué sentía que estaba enamorada perdidamente de Octavio? Se acariciaba el vientre y amaba a su bebé, pero no podía imaginar un escenario en el que ella pudiera sonreír. Debía juntar fuerzas en algún lugar profano de su ser y convertirse en alguien tan duro como la piedra gigante que la vida le había arrojado al centro del corazón.

El amor era tan ingobernable. No podía decidirse sobre él. No podía reconocerse a tiempo su autenticidad. No se lo podía encontrar cuando se lo buscaba y tampoco se lo podía evitar cuando imponía su inesperada presencia. El amor era rebelde y fuerte. Mandaba al destino o, quizá, ambos tenían una comunión dirigida a poner a prueba la capacidad de resistir de las personas sometidas a su arbitrio.

El amor dolía siempre. Si faltaba, erosionaba los sentidos de ausencia y ahogaba la necesidad del contacto entre la rutina y el desapego de los recuerdos. Así le había ocurrido con su madre. Si estaba presente, dolía también, sangraba la dificultad de saberlo allí imposible como la inmensidad que comprendía y no se podía vencer. Amar a quien no podía tenerse, aunque fuera recíproco el sentimiento, era un juego perverso. Creer amar y descubrir el error obligaba a replantearse la capacidad de volver a comenzar. ¿Para qué? ¿Para quién? ¿Qué haría con todas las caricias dibujadas en su cuerpo y ese sudor de culpa que se mezclaba entre su realidad y su sueño cumplido?

Wen la calmó todo lo que pudo y decidió esperar para contarle lo que estaba ocurriendo con Delfina, no era el momento apropiado.

Al día siguiente fueron a buscar las cosas al que fuera el hogar de Solana y de Gonzalo. Él no estaba allí. Sobre la mesa

de la sala había un oso panda enorme con un corazón rojo de peluche que rezaba "Perdón" bordado en letras blancas. Al lado una nota sin sobre. Solana la leyó:

Solana, mi amor:

Es cierto que no merezco otra oportunidad pero no dejaré de pedírtela mientras viva. Saber que un hijo nuestro concebido en México, en el mejor momento de nuestra vida, crece dentro de ti, ajeno a mis errores, me alienta a cambiar y a revertir el dolor que te causé. Voy a ser lo que él y tú merecen. Soy el padre, soy quien te ama y soy también quien te pide perdón. No hagas lo que yo hice, no rompas las posibilidades de esta familia una vez más.

Una vez te dije que amar es también hacer por el otro lo que sabemos que no será capaz de hacer o enfrentar sin ayuda. Eso que sabemos que necesita. En nombre del amor que sientes por mí, te pido que ahora me ayudes tú.

Acá voy a estar esperándolos.

Tuyo,

Gonzalo.

Las lágrimas rodaron por sus mejillas. Era lo que le había dicho en el viaje de luna de miel pero ¿qué podía hacer ella por él ahora? Nada. El problema no era solo la traición por demás grave sino el hecho de haber vaciado el amor que creyó sentir por él, en algún rincón de Barcelona. La ciudad se había devorado sus oportunidades cuando la había ubicado en brazos de Octavio. No podía pensar en Gonzalo como hombre desde que Octavio había entrado en su alma y en su cuerpo a fuerza de compartir momentos tan intensos como el dolor que intentaban sanar. Sintió lástima por él, pero no podía perdonarlo, no podía sentir nada más.

Wen esperaba a corta distancia.

–Vamos, Wen, quiero juntar todo lo antes posible.

Su hermano accedió sin preguntar y sin leer la carta. Solana dejó el oso y la nota en el mismo lugar. Cuando todo estaba listo, se fueron de allí. Dos maletas grandes transportaban su fracaso. Ella fue a trabajar y su hermano, a llevar las cosas al apartamento.

En la clínica recibió un llamado. Le pasaron al interno de su consultorio y se cortó. Supuso que era una paciente que volvería a intentarlo.

Continuó con sus tareas y al llegar al apartamento Wen había salido. Se dio un baño. Mientras miraba pasar su vida y se observaba, recostada en su cama, el abdomen todavía plano, sonó su teléfono. Era un número desconocido.

–Hola –atendió.

–¿Solana? –dijo una voz. Esa voz.

Sintió que las piernas no le hubieran respondido si hubiera estado de pie. Afortunadamente estaba acostada. Era él. Hubiera podido reconocerlo entre millones de voces. Octavio acariciaba sus oídos con el sonido de su ternura. Por un instante quedó muda.

–Sí, soy yo –no preguntó quién hablaba, ya lo sabía y no tenía el menor interés en coquetear o hacerse la interesante.

–Soy Octavio. Perdón, conseguí tu número. Sé que prometí no buscarte hasta que me hicieras saber que podía hacerlo, pero algo me pasó. No puedo explicarlo, te necesito. Siento que solo tú puedes ayudarme.

–¿En qué puedo ayudarte, Octavio? Mi vida es un caos. No soy buena consejera para nadie. Todo se desmorona sobre mí.

–Te necesito. Quiero verte –dijo, guiado por un impulso que lo sorprendió–. ¿Puedes? Viajo ya mismo –deseó saber si había abandonado a su esposo pero no se atrevió a preguntar.

Podía, claro que podía y quería además. Él la elegía entre todas las personas del mundo para confiarle algo. La necesitaba. Nada diferente le ocurría a ella.

–¿Qué pasó? –quería preguntarle si había dejado a Nadia pero no lo hizo. Omitió responder si podía verlo. Él lo advirtió y le dio una tregua.

–Pasó algo inesperado. Todos mienten, Solana. Todos ocultan. Resulta que mis padres me confesaron que no soy hijo de mi madre. Otra mujer es mi madre biológica –dijo. Trató de contarle algo, aun por teléfono, porque pensó que eso le daría la importancia necesaria al tema para que ella accediera a verlo.

Ella sintió la estocada final: "Todos mienten. Todos ocultan". Esas palabras le aseguraban que ella no era distinta. Ella también lo lastimaría con su verdad. No podía decirle que sí, que viajara, que se había dado cuenta de que lo amaba. Era rehén de su error. Sin embargo, no lo dejaría solo. Lo que contaba era serio. Parecía serlo.

–¿Tu mamá no es tu mamá? No entiendo, cuéntame –no comprendía lo que le decía. Ella sabía que Victoria había tenido ese hijo en Europa, su madre se lo había contado.

–Así como te lo digo. Soy hijo de mi papá con otra mujer que me cambió por dinero al nacer. Mi mamá me crio como propio.

–Yo no sé qué decir.

–No digas nada. Me alcanza con que me escuches. No deseo hablar con nadie que no seas tú. No me importa quién sea mi madre biológica, me duele que me hayan ocultado la verdad.

Otra vez le demostraba que lo lastimaba que le ocultasen cosas. Se sintió fatal por eso.

–Entiendo... –pudo responder.

–¿Sabes, Solana? Yo puedo aceptar cualquier cosa pero de frente, con la verdad. No soy un hombre jodido. No escondo, no tengo reveses. Eso me duele. Me pregunto por qué es tan difícil para los que quiero ser simples y decir la verdad. Soy lo que conociste.

–Yo solo puedo decirte que no juzgues a tus padres. No puedes olvidar el amor que te dieron hasta ahora, cualquiera puede cometer un error.

–Puede ser... –la escuchaba pero el dolor no cedía–. Quiero verte, te necesito.

–Octavio, no estoy preparada para verte. Mi vida sigue un rumbo incierto y acá nada es como en Barcelona. Lo siento –respondió.

—Está bien, supongo que cumplir mi palabra implica no insistir. Pero quiero que sepas que lo único que deseo es estar contigo. Tu príncipe suplente está herido una vez más. Creo que solo tú puedes hacerme sentir bien. Te extraño con desesperación desde que desperté en Barcelona y no estabas a mi lado —hizo una pausa. No estaba conforme, pero si para tenerla debía esperarla, lo haría. Solo lo carcomía pensar que pudiera estar con el esposo.

El corazón de Solana dio un vuelco. No tenía manera de verlo sin volver a lastimarlo y eso era lo último que deseaba. Lamentó que siguiera sumando dolor. No lo merecía. Ojalá le hubiera dicho que sabía quién era y que esperaba un hijo. Ojalá no hubiera escondido nada.

Todos ojalás caídos en la nada que la obligaban a mantener distancia. Ojalás perdidos en el todo que determinaba su dolor físico por no poder abrazarlo cuando él la necesitaba y se lo pedía. Decidió postergar la situación. No era su príncipe suplente, por Dios. Era el único príncipe.

—Por favor, Octavio... tenemos un pacto. Dame tiempo —pidió con un hilo de voz casi al borde del llanto. Él percibió su angustia y olvidó la propia pero no pudo evitar preguntar.

—¿Es por él? ¿Volviste con tu esposo?

—No. No lo hice... —sollozó. Las lágrimas no la dejaron continuar.

Octavio sintió que con su llanto todas sus angustias pasaban a segundo término. Quería que ella estuviera bien. Decidió no insistir.

–No llores, por favor. ¿Tienes mi pañuelo? –le dijo con una dulzura que le acarició la piel y llegó hasta su sangre. Octavio le provocaba sensaciones que no podía describir con solo escucharlo.

–Sí –respondió, la congoja avanzaba en su voz.

Él sonrió. No lo había olvidado.

–No te separes de él. Yo te doy el tiempo que necesites, tengo toda mi vida para esperarte, pero no llores –suplicó–. Empecemos otra vez. ¿Puedes hablar? –preguntó.

–Sí. Estoy sola. Acabo de darme una ducha.

–Daría lo que soy por estar ahí contigo… –dijo.

–Yo también pero no puedo, por favor, entiéndeme –pidió.

–Está bien, pero no cortes. Déjame al menos oírte. Tu voz te trae más cerca y eso me gusta y me hace bien.

–No voy a cortar, pero ya no hablemos de vernos por ahora. Cuéntame, ¿qué pasó cuando llegaste? ¿Hablaste con tu hermano? –quería saber y cambiar de tema además.

–Me encanta ese "por ahora" –dijo, no esperó respuesta y continuó–. No. Cuando llegué fui directo a dejar a Nadia. Le dije que había conocido a alguien y que no quería continuar.

–Preferiste usar una excusa –replicó.

–No. No es una excusa. Conocerte cambió el rumbo de mis decisiones y de mis sentimientos. Me duele su traición pero no quiero estar con ella, nunca sentí a su lado lo que me pasó contigo. Además, no soy el tipo de hombre que puede estar con alguien en quien no confía.

El ritmo de los latidos del corazón de Solana se aceleró.

–Yo… ¿Hablas en serio? –preguntó instintivamente.

–Muy en serio. ¿Crees que soy capaz de mentirte?

–No –era tan noble, tan sincero. Tan Octavio. Lamentó haberle mentido.

–En casa dije lo mismo, no quise lastimar a mis padres. Después de dejarla, recibí otra sorpresa no deseada, como te dije. Ellos vinieron a contarme una verdad que jamás hubiera sospechado.

–Explícame lo de tu mamá, no termino de comprenderlo –pidió.

–Mi padre se acostaba con una mujer de un prostíbulo caro al que solía ir antes de casarse con mi mamá. Luego ellos se conocieron y se casaron muy pronto. Él no la frecuentó más pero al poco tiempo ella apareció y dijo que estaba embarazada, que el hijo era de él y que no lo quería. Pidió dinero para continuar con el embarazo o abortaría. Papá accedió a darle plata. Cuando nací, me hicieron un ADN que confirmó que era Madison y la mujer me entregó por más dinero. Para todos nací en Barcelona y soy hijo de Victoria. ¡Qué ironía, en nuestra Barcelona! Ahora regresó por más y amenazó con contarme la verdad si no le daban lo que pedía. Mis padres decidieron que era un error al que había que ponerle fin. Me siento un imbécil, Solana –su voz se quebraba.

–¿Por qué un imbécil?

–Porque yo confiaba en mis padres. Jamás los creí capaces de ocultarme algo. Me dolió. Sobre todo ahora que la traición me duele por todos lados –respondió.

–¿Por qué lo hicieron? ¿Por qué no te contaron la verdad?
–preguntó. Era precisa en su pregunta y sabía por qué.

–Mi padre dijo que de nada servía decirme que mi verdadera madre me había entregado por dinero y que nunca
me había querido. Que quisieron evitar que sufriera. Pero la
verdad siempre sirve, Solana, ¿o no?

–Supongo que sí, que la verdad siempre sirve, pero no por
eso borra de plano situaciones en las que es mejor callarla.
Insisto en que no debes juzgarlos ni olvidar lo que han sido
contigo –pensaba en ella. También en los Madison. Ella sabía
que eran buenos y que Octavio los amaba.

–¿Crees que hicieron bien? Yo hubiera entendido, sé lo
que han sido conmigo, les debo lo que soy. Nadie puede cambiar eso.

–No sé si hicieron bien, pero sé que hicieron lo mismo que
tú estás haciendo.

–¿Qué? –preguntó sorprendido.

–Tú decidiste callar lo de tu hermano para que no sufran.
También ocultaste. Si pasaran muchos años, la situación sería
bastante parecida. Piénsalo –pidió.

Ella tenía razón. Él no lo había analizado de esa manera.
Su ángel de Barcelona parecía tener las respuestas también en
Cuyo. Su voz era dulce. Sentía el cariño a través del sonido
de sus palabras que se le metían en el rincón más privado de
su deseo.

–Yo no lo pensé así. Pero esto es más grave.

–¿Lo es?

—Sí, creo que sí.

—¿Por qué? ¿Quieres conocer a tu madre biológica? Dijiste que no te importaba. ¿Ya fue a verte?

—No. Todavía no. Fue a destilar veneno contra Beltrán. Parece que también sabe cosas sobre la muerte de su padre, porque estaba la noche en que sucedió. Él vino a alertarme sobre ella. No quiero conocerla, yo adoro a mi madre. Nada me une a esa mujer. Me sentí mal al ver a Beltrán. No soy capaz de odiarlo. Siento que soy un estúpido.

—No, Octavio. Eres bueno. Es tu hermano. Fue un buen hermano hasta este error. No creo que sea mala persona —ella sabía que no lo era. Por eso lo defendió—. Ninguna mujer puede romper ese vínculo como tampoco nadie debe hacerte dudar sobre lo que son tus padres. Eso pienso —era sincera. Mientras hablaba con él, el peso de su cruz era más liviano, sentía que quería besarlo y decirle que todo se iba a solucionar. Tenía en sus manos el pañuelo y olía a él.

—No dudo de ellos, pero me duele. Todo me duele, creo que es porque no estás conmigo. Te extraño.

—También te extraño, pero no podemos estar juntos, Octavio. No soy lo que piensas. Vivimos una semana inolvidable, pero no fue real.

—Sí lo fue. Y sí podemos estar juntos. Solo tienes que hacer lo correcto.

—No es fácil —la sensibilidad del momento potenciada por su estado la hicieron llorar.

—No llores, no llores o salgo para allá a secarte las lágrimas.

—No lo hagas —sonrió sin ganas. Era tan dulce. Un príncipe—. Tengo que cortar, llega mi hermano.

—Gracias… Me haces bien. No olvides que te necesito y te extraño —dijo vencido por el sentimiento.

—Piensa lo que te dije.

—Pienso en ti, todo el tiempo, desde que te fuiste sin despedirte. Todo lleva tu nombre y tu cara se dibuja en todas las caras —ella se desarmó de amor—. ¿Puedo volver a llamarte?

—No. Yo lo haré la próxima vez —respondió.

—Solana… —dijo. Quería retenerla en la conversación para no desgarrar su alma con el silencio que dejaría cortar ese llamada—. No me olvides, yo no puedo hacerlo.

—No hay riesgo de olvido —respondió.

Los dos sintieron lo mismo al cortar. La necesidad de estar en los brazos del otro, la imperiosa necesidad de estar juntos para siempre. Esa era la solución, el antídoto contra cualquier traición. Quizá los engaños habían sido un designio en los planes del destino para unirlos en España.

Octavio pensó que ella sanaba sus heridas y le hacía comprender lo que en soledad podía derrotarlo.

Ella lo amaba, tan simple como eso, pero amaba también al hijo que en sus entrañas crecía. Pensó que Octavio había dejado marcadas las primeras caricias de su vida sobre ese bebé. ¡Qué tristeza le daba que esos dos amores no fueran compatibles!

Sus caminos no tenían chance de volver a cruzarse.

La verdad no dicha enterraba en la separación lo que quedaba de los sueños.

Capítulo 42

Aprendí que no se puede dar marcha atrás,
que la esencia de la vida es ir hacia adelante.
La vida, en realidad, es una calle de sentido único.

Agatha Christie

La noche en que Delfina fue a buscar a Wen después de haber terminado su reciente relación con Adrián, las paredes del apartamento y la tormenta fueron testigos del modo en que se amaron. Hicieron el amor repetidas veces. No podían detenerse porque la necesidad del otro los atravesaba de urgencia. Habían descubierto que el amor mandaba no solo el cuerpo sino las palabras. El fuego que les quemaba sobre la piel había incendiado la conversación que se debían. Creían que lo apagaban con caricias pero al recorrerse los cuerpos con las manos avivaban la llama. La premura de saciarse el tiempo de ausencia imponía su rigor. Estar juntos era lo único que deseaban. La oportunidad que estaban viviendo los sumergía en las ganas infinitas de devorarse a besos entre suspiros y sensaciones únicas.

Cuando exhaustos y vencidos habían podido ganarle al vigor de la pasión, se quedaron en silencio, enredados en el precioso momento. El eco del placer latió hechizado mirándolos fundirse en un abrazo embriagador.

Habían vivido la agitación y los temblores en su máxima expresión. Habían estrenado juntos el misterio indescriptible de sentir lo que era amar.

Después de eso, todo lo demás tenía un valor menor. El mundo entero podía esperar, las palabras no hacían falta y no precisaban explicaciones. Todo estaba dicho con la entrega impostergable de saberse uno.

Wen la había besado hipnotizado. Había dejado besos por todo su cuerpo como si marcara un territorio que le pertenecía. Con cada roce de sus labios borraba su pasado y escribía el futuro que los esperaba. Delfina se había sumido en el desconocido sentimiento de ser el otro y haber dejado en él lo que ella era.

Lo había mirado sonriendo la dicha de su plenitud y lo había besado en la boca. Él había respondido a ambas cosas abrazándola una vez más con sus ojos negros y la intensidad de su mirada.

La cama en la que habían sellado el destino que esperaba por ellos había guardado entre las sábanas tibias una conversación que ninguno de los dos olvidaría jamás:

—Wen… perdóname —había dicho por fin—. Quise escapar de todo lo que siento pero no pude. Tenía miedo. Tengo miedo.

Él acostado boca arriba, le había acariciado el cabello y lo había corrido de su rostro con su mano derecha, para verla mejor. Ella estaba apoyada sobre su pecho.

—Shhh, no quiero que me pidas perdón. Te perdoné todo lo que harías el día que salí de la ducha y te vi.

—¿Qué dices? —había preguntado sonriendo. No podía creer que fuera tan dulce.

—Digo que te perdoné por adelantado tus dudas en el mismo momento en que supe que eras mi destino.

—Wen… —lo había nombrado mientras lo besaba.

—Volví a perdonarte los errores que ibas a cometer la noche del casamiento de Solana porque ya era tarde, ya me había enamorado y sabía que ibas a resistir lo que sentías. Esa mañana cuando me dijiste muchas incoherencias sufrí, pero te perdoné.

—¿Por qué me dices eso? Hablas como si siempre hubieras sabido lo que yo iba a hacer.

—No lo sabía con exactitud. Tardaste mucho más de lo que yo esperaba en volver. Lo digo porque es verdad. Porque yo te sentí dentro de mí, porque cuando estuvimos juntos no fue placer únicamente, fue otra cosa.

—¿Amor?

—Sí, amor. Hoy estoy seguro de que nunca amé antes y sé que tampoco lo haré después de ti.

Delfina no había podido evitar llorar. Era tan profundo lo que él decía, era tan sincero y tan igual a lo que le sucedía a ella, que no había podido contener la emoción.

–Yo... te amo, Wen, con locura. Descubrí que soy capaz de amar cuando el dolor de no estar contigo me destrozaba noche y día imaginándote. Cuando te vi en el restaurante y tus ojos estaban tristes, creí morir por dentro.

–Yo no quiero explicaciones. Eso es pasado. Quiero tu tiempo y tus pensamientos. Quiero lo que me diste al llorar en el pasillo. Quiero lo que me diste en esta cama. ¿Sabes qué es?

–¿Qué es?

–Es la seguridad de que te jugaste por mí. Nadie lo hizo antes y tuve miedo de que no lo hicieras tú tampoco.

–Wen... tengo miedo, no voy a negártelo. Es muy posible que discutamos mucho y que quiera dejarte y que tú te canses. No será fácil. No soy fácil. Pero si hay algo de lo que estoy segura es que soy capaz de todo por ti y voy a hacerlo siempre. Siempre voy a jugarme por ti.

–Te amo más por eso.

–Te amo. Te amo. Te amo. Estoy loca por ti, así que por favor no dejes de amarme –dijo ella sonriendo.

–Nunca.

Desde ese día no se habían vuelto a separar. Wen le había contado todo lo sucedido entre Gonzalo y Solana. Habían decidido esperar el momento para hablar con ella y hacerle saber que estaban juntos. Estuvieron de acuerdo en que fuera Wen quien se lo dijera.

Llegó al apartamento justo cuando Solana dejaba de hablar por su teléfono celular. Estaba recostada en su cama, recién se había bañado.

–¿Cómo estás?

–Más o menos, Wen. Me pregunto por qué todo es tan difícil.

–Quizá porque vale la pena lo que vendrá –respondió convencido.

–Estás muy optimista –observó.

–Puede ser –pensó en decirle que estaba feliz por primera vez en su vida pero le pareció egoísta hacerlo en medio de lo que ella estaba pasando–. Necesito que hablemos. Tengo que contarte algo –agregó.

–Dime. ¿Qué pasa?

–Me enamoré. Estoy perdidamente enamorado de una mujer que es perfecta.

–¡Guau! En tantos años nunca te escuché hablar de ninguna mujer. Jamás me presentaste a ninguna. Supongo que llegó el momento –los ojos se le llenaron de lágrimas, sabía que ya no tendría a Wen para ella sola. Se alegró por él pero sintió una profunda pena por ella. Iba a extrañarlo. Había sido el mejor hermano del mundo.

–No llores. Alégrate por mí –pidió.

–No lloro de pena. Es que estoy sensible y no esperaba que este momento llegara ahora. Antes de que me cuentes sobre ella necesito saber algo.

–¿Qué?

–¿Ella te ama?

–Tanto como yo a ella. Se jugó por mí. Está dispuesta a todo por estar conmigo.

–Hablas como si fuera a tener que enfrentar una guerra –dijo riendo.

–No una guerra pero sí, quizá, algunos prejuicios.

–¿Por qué? ¿Tiene hijos? –preguntó. Fue lo primero que se le cruzó.

–No.

–¿Y entonces? No entiendo.

–Solana… espero que no la juzgues. Delfina y yo estamos saliendo –dijo. Fue directo al centro del asunto.

Solana sintió que una flecha de sorpresa le atravesaba la respuesta. No podía reaccionar. Lo veía enfrente de ella esperando que dijera algo y no le salía nada.

–¿Delfina Soler?

–Sí.

–Wen… te lleva muchos años. Yo… tus sueños…

–Antes de que sigas hablando quiero que sepas que es la mujer que elegí. Que no voy a renunciar a ella, digas lo que digas. Que ya no quiero ser piloto, hace mucho tiempo desistí de esa aventura, mucho antes de que te recibieras supe que era imposible. No lo lamento. Voy a continuar en la inmobiliaria con Humberto y voy a vivir con Delfina pronto.

Solana lo miró, se adentró en sus ojos negros, recorrió su corazón y abrazó su alma. Él era feliz y estaba pensando en él, algo que por su culpa no había ocurrido antes. Siempre estaba ocupado cuidándola. Era un hombre. Sabía lo que quería y, para mal o para bien, ella debía apoyarlo y guardarse sus preocupaciones.

–"Siempre juntos antes que nada" –fueron sus palabras.

La promesa, el pacto de hermanos volvía a ser verdad, pero esta vez a él le tocaba la felicidad y no solo la responsabilidad y las lágrimas. Sus pómulos marcados sonrieron junto con su boca y su gesto de hombre. Entonces ocurrió lo que jamás había visto Solana y despejó toda duda acerca de la honestidad de sus sentimientos. Los ojos negros de su hermano comenzaron a brillar, se llenaron de un fulgor húmedo y transparente, estaba llorando. Supo lo importante que era su aprobación y fue feliz por él. La gratitud tenía raras formas de manifestarse a veces. Era capaz de todo por Wen. Se abrazaron. El momento era tan profundo que no admitía mirar alrededor. La vida los unía más, si eso era posible. Solana se apartó para observarlo. Le pasó la mano suave por su rostro y secó las lágrimas. Él estaba sorprendido. El alivio de dejar salir la emoción era algo nuevo, tan nuevo como amar y sentirse amado por una mujer.

–"Siempre juntos antes que nada" –repitió. Era completamente feliz. Estaba dispuesto a enfrentar a su hermana, pero ella se sumaba a su dicha, ella también se jugaba por él. Le devolvía lo que había recibido, la entrega total a cambio de su sueño.

Solana tomó su teléfono mientras Wen la observaba sin comprender. No sabía con quién hablaba.

–Hola, ¿podrías venir para el apartamento? Quisiera abrazarte y decirte que el hombre más preciado de mi vida te ama y está seguro de que tú también lo amas. Eso es suficiente para

454 que yo esté contenta y los apoye. Sin preguntas. Sin planteos. Solo ustedes, el amor que sienten, mi bebé y yo, para celebrar que el destino le dio a mi hermano la oportunidad de ser feliz.

Al otro lado del llamado, no hubo palabras. Las lágrimas de emoción fueron el "ya voy para allá" más decidido que Delfina pronunció jamás.

Capítulo 43

Ahora, cuesta abajo en mi rodada,
las ilusiones pasadas
ya no las puedo arrancar.
Sueño, con el pasado que añoro,
el tiempo viejo que hoy lloro
y que nunca volverá.

Alfredo Lepera

San Rafael, Mendoza, año 2008

Victoria estaba destrozada. Todo le costaba. Hasta respirar se había vuelto una tarea compleja. Ella vivía por su familia. Dos de sus hijos estaban sufriendo sin que pudiera evitarlo y desconocía qué le sucedía al tercero.

Su esposo enfrentaba el dolor anunciado de una equivocación que había prolongado en el tiempo. Intentaba contenerla, pero estaba roto de miedo y angustia. Convencido de haber hecho por fin lo correcto, pero no menos vencido por eso.

Sara sangraba su furia, mientras la rehabilitación la llevaba por el camino de una espera que parecía no llegar nunca a su fin.

Beltrán no manifestaba ninguna preocupación, pero estaba distante y ausente. Ella lo conocía y sabía bien que algo lo atormentaba.

Octavio estaba herido y se sentía defraudado porque le habían ocultado algo tan serio. Sentía que no habían confiado en él y en su lealtad. Tal vez tenía razón. Quizá por miedo no se habían arriesgado a hablar. Ella lo había intentado, pero reconocía que no con suficiente vehemencia. La negativa de Esteban había amparado sus inseguridades sin que se sintiera del todo responsable. Pero siendo honesta con ella misma, si hubiera querido decirle la verdad, hubiera actuado de otro modo. Se habría puesto firme frente a su esposo. Sabía que el miedo a compartir a Octavio con otra madre había callado su boca.

Gisel era una amenaza latente que podía estallar en cualquier momento y lastimar a Octavio con mentiras. Esperaba que él no le creyera. Deseaba que nunca se encontrara con ella. Además, sospechaba que Nadia lo había defraudado, no sabía de qué manera pero el Demonio Bianchi no era ninguna santa y por más que Octavio se hubiera deslumbrado en el viaje con otra mujer, situación que celebraba, ella estaba segura de que había más. La había dejado por algo que todavía no sabía, pero había una razón. No tenía dudas sobre eso.

Su pasado se le venía encima en los breves espacios en que la angustia por la realidad de su familia disparaba los pensamientos hacia su madre. Le hubiera gustado tanto sentir el abrazo sincero de una madre de verdad. En lugar de eso tenía pendiente la búsqueda de una hermana. Si bien había ido al orfanato y allí había crecido una niña llamada Salvadora Quinteros, solo le dijeron que se había casado y mudado a San Rafael. La monja ignoraba si todavía vivía en esa ciudad. Siendo adulta, nunca había regresado. Victoria había dejado su nombre, dirección y teléfono por si alguna vez volvía. No había dicho por qué la buscaba.

En cuanto a Oriana, su madre, debía ordenar sus sentimientos. Quería perdonarla porque sabía que el camino de hacerlo era mejor para sanar rencores, pero era más fuerte la cicatriz de la indiferencia de tantos años. No podía entender que para cuidarla se hubiera alejado solo por permanecer con un hombre que era una basura.

Agobiada por la presión de sus angustias, intentó disimular. Llevó a Sara al gimnasio ya que Esteban no iría esa tarde. Estaba demasiado triste. Su hija tenía un día fatal, estaba enojada con la vida y por supuesto, como no podía aporrear al destino, se desquitaba con ella.

—Odio mi pierna, mira, no tengo masa muscular —le había dicho antes de salir. Victoria la miró y no vio una pierna horrible, tampoco tuvo el tino de callar.

—Hija, no es así. Estás en un proceso.

—¿Qué dices? No tienes idea de lo que se siente, ni de lo que es un músculo —agredió.

Victoria ya no habló más. Tragó sus lágrimas hasta que su hija bajó de la camioneta. Era cierto que ella nada sabía de lesiones o músculos, pero sabía lo que era ser madre. Conocía exactamente la dimensión de la rabia y del dolor de su hija, porque ella lo sentía en sus entrañas. Le hubiera dado su rodilla y su alma si hubiera sido posible. ¿Qué importaba cuánta idea tenía de un músculo si ella estaba soportando su tormento en el corazón desde el mismo momento en que su hija había caído en la cancha? Quizá Sara lo comprendiera cuando tuviera su propia hija. Dicen que se aprende a ser hija cuando se es madre. Tal vez fuera verdad. Victoria no había tenido oportunidad de comprobarlo.

Octavio no había vuelto a hablar con ella desde la confesión y lo extrañaba hasta el dolor físico. Llamó a Beltrán y no atendió el teléfono.

Regresó a la casa, fue directo a su habitación y lloró. Estaba devastada, lloraba sin consuelo. Estaba sola, se sentía sola. Su padecimiento la había empujado hacia el borde de un precipicio. Quería avanzar, caer y morir para no tener que enfrentar la inmensidad de un sufrimiento que no sabía controlar. Pero no podía hacerlo. Tenía hijos y era esa la línea que marcaba un antes y un después en su vida. Antes de ellos era dueña de cuanto le ocurría. Después, todo había dejado de pertenecerle. Hasta el simple hecho de reservar un espacio de tiempo para ella misma se había extinguido. Estaban ellos primero. Ellos y lo que fuera que les ocurriera. Lo único que trascendía el todo era su obligación de estar para lo que pudieran necesitar. Prevenir, contener, abrazar, aconsejar, siempre surcos nuevos en el camino del amor infinito de la maternidad. Sus hijos la justificaban y eran la razón

de una capacidad desmesurada de replegar el propio pesar.
Esos seres que la justificaban le daban la chance cotidiana
de sembrar lo bueno para obtener lo mejor. Eran además, la
máxima expresión de su orgullo o de su agonía, según como
la vida los tratara.

Lupita escuchó su llanto y entró en la habitación.

–No llores. No pregunto qué pasa, porque ya sé que no
debo… –dijo.

–Lupita… pasa todo. Todo está mal, los chicos sufren, yo
no sirvo para nada porque no soy capaz de evitarlo. Esteban
está mal, pasan cosas que no sabes pero no son buenas y yo
no puedo más… –lloraba con angustia irremediable.

–Victoria, no te enojes pero Eularia anunció todo esto. Yo
tengo a mis santos trabajando pero sería bueno que regreses
a verla. Ella quizá pueda hacer algo más, yo le pido pero no
es lo mismo.

–Basta con eso, Lupita. Me da náuseas el lugar y me asustan muchísimo sus presagios. Ella no puede evitar que suce-
dan cosas, nadie puede.

–Sí los santos y las fuerzas buenas, las blancas. Victoria,
hay ángeles y demonios. Eularia trabaja con ángeles.

–¿Y qué pasa? ¿Están de franco? ¿Me olvidaron? ¿Hay orden de hacer sufrir a Victoria? –preguntó con ironía.

–¡No hables así, a ver si se enojan, por Dios! –respondió
persignándose.

–No seas tonta, Lupita. Yo te agradezco y sabes que te
adoro, pero nada de eso es cierto.

—Y sigues negada, como dijo Eularia. ¿Qué más tiene que pasar para que le creas? —recriminó—. Ella puede ayudar pero tienes que ir tú. Piensa, todo lo que dijo está pasando —agregó.

—No voy a volver allí.

—Ella dice que sí —murmuró.

—¡Basta o me voy a enojar! Te dije que no hables con ella de nosotros —pidió.

—Está bien… —respondió y se fue murmurando cosas que Victoria no escuchó.

Lupita estaba convencida de que la solución era volver con la adivina. Estaba muy preocupada por todos. Creía ciegamente en las cartas y veía que todo se venía encima de los Madison. No dejaba de prender velas y pedir por ellos que constituían todo su patrimonio afectivo.

Victoria pasó un largo rato sola en su habitación. Esteban fue a buscar a Sara al gimnasio y regresaron juntos. Fueron al dormitorio y la vieron con los ojos hinchados.

—¿Qué pasa, mamá? —preguntó. Ya había olvidado seguramente su mal comportamiento.

—Estoy triste, hija.

—¿Por qué, por lo de Octavio? —preguntó.

Victoria fulminó a Esteban con la mirada. No podía creer que su esposo le hubiera contado la verdad sin consultarle.

—¿Qué cosa de Octavio? —preguntó.

—Papá me contó. Mira mamá, la verdad, estuvieron muy mal en ocultar semejante cosa. Pero para Octavio no hay más madre que tú.

–¿Te lo dijo?

–No. No hablé de esto con él todavía. Pero es Madison, él hace lo correcto y es leal. Lo cuidaste toda la vida, la otra lo vendió. Fin. No hay duda alguna sobre dónde debe quedarse su sentimiento –Sara era tan práctica que asustaba su lógica. Indudablemente los genes Madison eran algo para analizar–. No te enojes con papá por habermelo contado. Iba a enterarme por mi hermano de todas maneras. Y además, no iban a repetir el error ocultándomelo a mí, ¿no?

Había adivinado su intención de reprocharle a Esteban que hubiera hablado y le había cerrado la opción de decir nada. Tenía razón. Sus dieciséis años evidenciaban una madurez deseada por muchos adultos.

–No, debió preguntarme. Dejarme estar presente cuando hablaran, pero no voy a enojarme. No quiero que en esta familia se oculten cosas –dijo Victoria.

Sara sintió una puntada en su honestidad, había dado su palabra a Octavio de que no hablaría sobre Nadia y Beltrán pero dudaba acerca de si no era mejor que sus padres supieran para que la sacaran del trabajo cuanto antes.

–¿Y qué más te pasa?

–Me pasa que Beltrán está raro. Que esa mujer amenaza con mentirle también a él. Me pasa tu rodilla, me pasa mi pasado… –empezó a llorar otra vez.

–Mamá, la abuela Oriana siempre fue rara y nunca nos quiso mucho.

–¿También te contó tu padre? –interrogó.

–Sí, sé todo.

–¿Qué piensas? –preguntó con miedo a la respuesta.

–Algunas cosas no entiendo, porque viste cómo es papá para explicar. Pero creo que en algún momento tendrías que buscar a esa hermana. Por ahí, no sea tan mierda como la abuela. Perdón por la honestidad. Es tu mamá pero es lo que creo. Tú nunca me hubieras dejado por un tipo –Victoria sonrió.

–No, hija, jamás. Ni por un hombre ni por nadie –respondió.

–No llores, mamá –la abrazó–. Perdón, hoy te contesté medio mal –agregó.

Lo de "medio mal" le causó gracia a Victoria, pero ese gesto había borrado la pena que le había provocado.

* * *

Cuando estuvo sola con Esteban, decidió no reprocharle que le hubiera contado todo a Sara. Él ya tenía bastante con su angustia.

Por la noche, durante la cena, Lupita les dijo que Octavio había avisado que estaría de guardia. Era evidente que prefería trabajar antes que enfrentar el tema. Todavía necesitaba tiempo.

Sara, Victoria, Esteban y Beltrán estaban sentados a la mesa. Nadie hablaba.

–¿Qué pasa, hijo? –preguntó Esteban.

–Después hablamos.

Todos supieron que Gisel había ido a verlo. Sara además sabía lo de Nadia. Decidió poner fin al misterio.

–Miren, la verdad es que estoy cansada de las cosas descubiertas a destiempo y de que todos estén hechos mierda por los errores. Hay una sola manera de enfrentar los problemas y es la correcta. Haciéndose cargo –los tres la miraron sorprendidos. ¿Qué iba a hacer?–. Beltrán, puedes hablar tranquilo. Los tres sabemos lo de la verdadera madre de Octavio que amenaza con revelar mentiras sobre la muerte de tu papá. Y yo además, sé el resto –Beltrán la miró desconcertado. *¿Qué sabía? ¿Cómo sabía? ¿Podía Nadia haber sido capaz de contárselo?*–. Así que será mejor que hablemos. ¿Fue a verte esa mujer? –agregó Sara, incisiva, pero con ternura.

Esteban y Victoria pensaron que Sara era un pequeño monstruo, una versión de brutalidad verbal sin filtro a la hora de hablar verdades. Era pura actitud.

–Sí, me sorprende que todos sepan. Iba a hablar contigo, papá.

–¿Qué te dijo? –preguntó Esteban.

–Me dijo que Humberto mató a mi papá a sangre fría y que tú le pagaste para que declarara otra cosa y que hiciste que quedara libre enseguida.

Victoria sentía que se estaba descomponiendo. Sara observaba y Esteban muy serio asumió su rol.

–¿Le creíste?

—No. Por supuesto que no. La eché de la oficina. Pero yo no sabía que Humberto había estado esa noche ahí. Sé que nunca pregunté qué había pasado y que cuando quisiste hablar de eso siempre te pedí que no lo hicieras. Solo quiero saber qué pasó.

—Yo no estaba ahí esa noche. Ya me había casado con mamá. Humberto estaba enloquecido con una mujer, se llamaba Liz. Roberto, tu padre, no podía soportar la muerte de Gina, tu mamá. Se había dado a la bebida, estaba deprimido y no lográbamos que se sintiera mejor. Esa noche fue a El Templo, un lugar que frecuentábamos los tres antes de que yo conociera a mamá. Ellos iban cada tanto. Humberto estaba con Liz y fue por un trago. Cuando regresó, Roberto estaba algo bebido y la seducía. Le dijo que se alejara, que buscara otra mujer, pero se enfrentaron. Roberto tomó un arma, forcejearon y Humberto logró quitársela. Le pidió que se fuera. La pelea continuó y Roberto quiso recuperar la pistola que tenía en la mano. Después, un tiro al aire, un forcejeo otra vez y el disparo con el que sucedió lo peor. Gisel estaba ahí mirando todo. Liz se había ido por ayuda.

—Te creo. Sé que Humberto es un gran hombre, incapaz de hacer otra cosa que no sea el bien.

—Humberto estuvo preso, lo pasó mal por su culpa. Eran amigos. Tú, un bebé recién nacido. Él sentía que te había dejado huérfano. Todavía lo siente. Después, puse abogados y Gisel declaró la verdad. Entonces quedó libre.

—Pobre Humberto, yo lamento lo que ocurrió. Lo aprecio mucho. Él ayudó mucho a mis dos amigos. ¿Recuerdas?

–Sí, claro. Esos chicos han sido como hijos para él. Los adora.

–¿Qué chicos? –preguntó Sara.

–Hace unos años Humberto les dio trabajo en la inmobiliaria en Cuyo a Wenceslao, un amigo mío y a su hermana Solana. Wen todavía trabaja con él, es su mano derecha.

–¿Solana? –preguntó Sara. Era el mismo nombre que Octavio había mencionado.

–Sí, Solana. ¿Por qué?

–Nada, raro el nombre. Me llamó la atención –calló, igual sería mucha casualidad. Entonces decidió avanzar en la búsqueda de sinceridad–. Eso no es lo único que te pasa... ¿o sí?

Beltrán no podía entender nada. Miró a Sara directo a los ojos. Ella lo sabía pero ¿cómo? Era imposible. La culpa avanzó sobre él como una infección mortal. Tenía ganas de llorar su arrepentimiento. Esa era su familia. Había arriesgado todo por una mujer que no lo valía. Hermosa, pero no lo valía. Tenía que haber sido ella la que hubiera hablado. Era una hija de puta, contarle a su hermana. No tenía perdón. Trató de evadir a Sara.

–No. Fui a ver a Octavio para alertarlo. Ya sabía todo. La mujer no había hablado con él y él no tenía tiempo para hablar conmigo. Me preocupa cómo pueda actuar.

En esa casa las cuestiones familiares se hablaban alrededor de la mesa o se buscaba el momento. La traición empezó a hacer estragos en su persona. Recordó el consejo de Wen y supuso que un modo de hacerse cargo era también confesar lo ocurrido ante su familia. Que lo juzgaran, lo echaran o lo que fuera, pero la verdad era el único camino.

Victoria y Esteban lo miraban perplejos. Estaba pálido. Nadie comía. Sara esperaba una señal de la poca sangre Madison que corría por su cuerpo. Solo así podía ser capaz de perdonarlo, si asumía su culpa.

–Tengo que decirles algo. Algo que me convierte en el tipo más hijo de puta y desagradecido del mundo. Me arrepiento –las lágrimas brotaron de sus ojos.

–¿Qué pasa, hijo? –preguntó Victoria que ya no tenía más fuerza para nuevos problemas. Su corazón intuía que era grave.

–Hijo, dinos, no será para tanto –agregó Esteban. Sara observaba todo sin hablar.

–Me acosté con Nadia.

–Zorra, hija de puta. Yo ya dije que era un demonio. Una basura. ¡No la quiero más en esta casa! –gritó Victoria como un estruendo. Era evidente que la culpaba de todo–. ¿Por eso Octavio la dejó?

–No. Octavio no lo sabe. Pero yo mismo voy a decírselo antes de irme de esta casa –respondió.

–Octavio sí lo sabe –dijo Sara lapidaria.

–¿Irte a dónde? –Victoria estaba fuera de sí–. ¿Cómo que Octavio ya lo sabe? ¿Qué está pasando?

–A mí me dijo que la dejó porque conoció a alguien en Barcelona –intentó aportar Esteban. Estaba confundido. ¿Cómo Beltrán había podido hacer algo así? Respecto de Nadia sin duda tenía razón Victoria, una vez más.

Los tres miraron a Sara esperando que se explicara.

–Octavio lo sabe desde antes de irse a España. Solo que

decidió no hablar para no generarles un dolor mayor. Me lo contó y prometí callar. La verdad Beltrán, muy hijo de puta de tu parte. Vives porque él te dio su riñón.

—No hay nada que me justifique. Me hago cargo, fui débil. Ella hizo el resto. Octavio me pidió que la llevara a un casamiento y bueno… Con razón él no quería hablarme, ella se lo dijo y me lo ocultó a mí. Nadie más lo sabe.

—No. Nadie se lo dijo. Tu celular se activó mientras estabas con ella. Él escuchó todo.

—¿¡Qué!?

—Lo que oyes. Así se enteró.

Victoria estaba por desmayarse, recordó a Eularia y sus palabras: "Se salvará, pero regrese cuando la culpa lo esté matando y verá que tengo razón, hay más…", todo cobraba sentido. Estaba paralizada. ¿Cuánto dolor quedaba todavía?

Esteban no podía reaccionar y Sara seguía controlando el diálogo implacable.

Beltrán se levantó de la mesa, estaba fuera de control. Lloraba.

—Perdón. Perdón a todos. Juro que me quiero morir antes que vivir con la culpa de haber traicionado a una persona como Octavio.

Tomó las llaves de su automóvil y se fue sin que nadie pudiera retenerlo.

Victoria añoró, desesperada, los tiempos en que sus hijos eran felices y su familia un refugio.

Capítulo 44

*El pasado es una confusión fugitiva
de recuerdos peligrosos y dolorosos.*

John Katzenbach

De San Rafael a Luján de Cuyo, año 2008

Salvadora viajó de Tunuyán a San Rafael sumida en un solo pensamiento: *¿Por qué Victoria Lynch la había ido a buscar? ¿Qué podían tener en común?* Solo alguien que hubiera leído sus diarios o que hubiera formado parte de su historia podía saber sobre su infancia allí. Los diarios estaban escondidos del mundo, de manera que la única opción era que Victoria Lynch supiera algo, ya que por su edad no era ni su tía ni su madre.

Acercarse a los Madison con una pregunta como bandera no era algo que ella pudiera hacer así sin más. Lucio podía matarla si se enteraba. Contarle a él la verdad no tenía sentido. Ni de joven se había interesado por su historia. Cuando ella se la había contado, él solo había dicho: "No vuelvas más al orfanato, tu historia empieza ahora que te casaste conmigo". Estaba en una encrucijada. Los deseos de cambiar su vida eran tan intensos como los de saber de dónde venía. Solo conociendo su origen se sentiría fuerte para enfrentar su destino.

Llegó a su casa y seguía sin hallar salida. Si llamaba a Victoria era lo mismo; si las cosas salían mal, Lucio la mataría. Además no podía imaginar cómo iniciar esa conversación. Volvió a fijarse y sus diarios fenecían en el mismo fantasmagórico lugar. La información no había llegado a Victoria por esa vía. La dirección era la de la casa de los Madison, o sea que tampoco era alguien que se llamaba igual. Era ella. ¿Para qué le servían esos inútiles diarios? Furiosa por no ser capaz de tomar una decisión, los juntó a todos y los prendió fuego. Mientras los miraba deshacerse entre las llamas que los consumían, lloró. Era como incendiar sus recuerdos. De pronto, volvió a mirar y supo por fin que allí estaba la respuesta. Escribir había sido su única manera de enlazar sus sentimientos con el mundo. Su alivio. Aunque nadie hubiera leído todas esas palabras acumuladas durante años, ella no se había muerto de soledad gracias a que escribía. Imaginando lo que no sabía o soñando lo que deseaba que hubiera sido. Le escribiría entonces una carta a Victoria Lynch, sin remitente. Haría que ella la buscara. Tomó una hoja y escribió. Lloró su ilusión y alguna lágrima cayó sobre las palabras que se empujaban unas a otras en la carta por acelerar las preguntas y las respuestas. Luego, tomó un sobre, la guardó celosamente y fue al correo a enviarla.

No hablaría con nadie del tema. Se moría por contarle a Cáseres pero no lo hizo. Lo llamó. Necesitaba escucharlo y quería por fin enfrentar a sus hijos.

–Hola, Humberto –saludó.

–Hola, Salvadora, ¡qué gusto oírte! –respondió gentil.

–Quiero saber si puedo ir a la inmobiliaria hoy. Estoy decidida a ver a Wen. No sé si me anime a enfrentar a Solana pero deseo al menos empezar por pedirle perdón a mi hijo. Si te parece, y él está, viajo.

–Me parece que está muy bien. Wen estará acá en la inmobiliaria o en el apartamento.

Pactaron que la buscaría en la terminal. Dejó sobre la mesa una nota para Lucio que decía que debía ir a Cuyo a acompañar a las monjas por la obra de caridad que apoyaba, igual que la vez anterior. Sin pensarlo, partió.

* * *

Al bajar del autobús vio a Humberto. Lo miró deliberadamente, quería ver más que lo que había grabado su recuerdo.

Se saludaron. Ella estaba muy nerviosa.

–Te llevo al apartamento de los chicos. Wen está ahí ahora.

–No sé si soy capaz –le temblaba la voz.

–Sí, lo eres. Tienes que hacerlo –dijo con tono cálido–. Yo voy a esperarte abajo, en el auto.

–¿Cómo empiezo? –preguntó.

Humberto la miró y vio a una mujer asustada de ella misma. Era linda, tenía el cabello oscuro y ojos verdes. Sus facciones eran angulosas como las de sus hijos. La hubiera abrazado para darle valor pero no tenía esa confianza.

–Con la verdad, Salvadora. Todo perdón basado en la verdad es sincero. Eso es lo que debes hacer.

Ella lo miró y dijo:

–Gracias.

Le abrieron la puerta de abajo unas personas y entonces ingresó. Iría directamente al suelo. Golpeó la puerta. Wen estaba cambiándose para ir a buscar a Delfina. Pensó que era ella, así que fue a abrir.

Se quedó sin palabras. Habían pasado muchos años. Su madre tenía más arrugas. El paso del tiempo y de la vida que había elegido al lado de su padre y de Alondra, habían tallado cicatrices en su expresión. Se preguntó cómo habría conseguido la dirección, dudó de Gonzalo. Era capaz de todo para lograr el perdón de su hermana.

–Hola, Wen… ¿Puedo pasar?

–Sí –dijo–. Supongo que ha muerto alguien si decidiste venir. La verdad de las dos personas que pueden ser, no me importa ninguna, así que lamento desilusionarte pero no iré a ningún funeral –agregó. Su tono era sarcástico.

–Hijo, por Dios. ¡No! Nadie ha muerto –respondió.

—Parece que Dios viene postergando a los malos.

—Hijo… vine a pedirte perdón.

—Yo no tengo que perdonarte. Tú abandonaste a Solana a su suerte, no a mí. Deberías pedirle perdón a ella.

—Lo haré también pero…

—Quisiste empezar por el más fácil, ¿no? —la castigaba y tenía derecho a hacerlo.

—No creo que seas más fácil, quizá menos hiriente. Sé que sufrieron, que han hecho un gran esfuerzo para logar lo que hoy tienen. Yo debí venir con ustedes, defenderlos, pero la verdad es que siempre le tuve miedo a tu padre. No fui capaz de hacer nada. Miraba mis pies como si en ellos hubiera indicaciones, porque no era capaz de sostener la vista en lo que estaba ocurriendo. Fui cobarde. Me arrepiento.

—¿Lo dejaste?

—No.

—¿Entonces?

—Estoy tratando de ordenar mi vida. Tu hermana Alondra… quizá se arrepienta. Estuvo a punto de pedirle perdón a Solana y luego no lo hizo —eso fue como echar sal en su herida abierta. Wen reaccionó mal.

—¿Perdón? ¿Pero acaso eres idiota, mamá? ¿Tienes idea de lo que hizo la hija de puta de tu hija? ¿Tú le dijiste donde encontrarnos? ¿Cómo lo sabías?

La sorprendió la violencia en sus palabras.

—Yo… Hijo… ¿Qué hizo? Gonzalo me dijo donde vivirían. Yo vine al casamiento pero no me atreví a acercarme a ustedes.

Él trajo el dinero que me devolvieron y durante todos estos años me ha llamado cada tanto. Él me avisó de la boda.

–¿Y no te avisó nada más? ¿No te dijo que se acostó con la puta de Alondra en la cama de mi hermana y que Solana los encontró? ¿No te llamó para decirte que destruyó en una noche la vida de Solana? –le gritaba.

–¿Qué haces acá? –dijo Solana de manera cortante. Había entrado y había escuchado parte del diálogo.

–Hija. ¡Perdón! Vine a pedirles perdón. Yo no puedo creer lo que hizo Alondra, no puedo entender su maldad.

–Alondra es un insulto en esta casa. Acá su nombre es maldecido. Tampoco quiero verte a ti, ni escuchar tu perdón. ¡Vete!

Salvadora lloraba desconsoladamente. Solana ni se inmutaba. Su corazón estaba duro como una piedra. El tiempo lo había clausurado para su madre. Era tarde. Su capacidad de perdonarla estaba encerrada con candado y las llaves se habían perdido entre la crueldad de aquella injusta partida desde San Rafael y el esfuerzo por lograr sus sueños en Cuyo.

Wen pensó en el embarazo de su hermana y tuvo miedo de que le hiciera mal el disgusto.

–Por favor, vete. Es demasiado tarde para algunas cosas mamá. Solana me tiene a mí, como siempre ha sido y será. Creo que perdiste tu oportunidad.

–En lo que a mí respecta, perdiste toda posibilidad de generar en mí algún sentimiento –Solana era lapidaria. Quería lastimarla y lo había conseguido.

474   Salvadora los miró y se fue corriendo. Lloraba estruendos de arrepentimiento. No podía pensar. Salió y vio a Humberto en la esquina. Subió al automóvil desesperada.

–Corrí el auto para que Solana no me viera –explicó.

–Fue un error, llévame a la terminal. ¿Sabías lo que hizo Alondra?

–Sí. No fui capaz de decírtelo. ¿Qué pasó? –agregó.

–Lo que merezco.

Capítulo 45

Como son largas las semanas
cuando no estás cerca de mí
no sé qué fuerzas sobrehumanas
me dan valor lejos de ti.
Mario Battistella

Solana estaba consternada. Cuando Salvadora cerró la puerta, se puso a llorar. Wen la abrazó. Él quería estar con Delfina, pero no podía dejar a su hermana en ese estado.

Ver a su madre le había hecho darse cuenta de que estaba muy enojado. Nunca había sido consciente del rencor que había crecido dentro de sí, la presencia de Salvadora lo había empujado hacia afuera. Ella era para él una herida silenciosa, sin síntomas. Pero estaba allí, arraigada a sus entrañas esperando para salir en forma de reproche.

–Tranquila, Solana. Esto podía pasar.

–Sí, lo sé, pero justo ahora. No soporto más. Estoy al límite de mis fuerzas –hipaba.

–Lo sé.

–No. No lo sabes todo –dijo.

–¿Qué es lo que no sé? –preguntó asombrado.

–En Barcelona, descubrí que Octavio Madison es el único amor de mi vida –confesó entre sollozos. Se sintió triste pero aliviada, no le gustaba ocultarle nada a su hermano.

–¿Qué dices, Solana? Esperas un hijo de Gonzalo y sabemos que Octavio jamás supo que existías –respondió asombrado.

–Es cierto. No sabía que existía hasta que me descubrió mirando por un ventanal del hotel en Barcelona. Yo lloraba. No te conté, porque tuve culpa por el bebé y vergüenza de que me juzgaras.

–¿Qué pasó en ese viaje, Solana? ¿Eso es lo que le contaste a Delfina cuando me mandaste a comprar el postre la otra noche?

–Sí. ¿Te lo dijo? Le pedí que guardara mi secreto.

–No. Ni una palabra. Dijo que ustedes eran amigas antes que nosotros pareja, que te preguntara a ti.

–Toda esa semana en Barcelona… estuvimos juntos.

–¿Cómo juntos? Sé más clara, por favor –la duda empezó a recorrer sus ideas.

–Sí, conociéndonos. Él llegó allá ahogado por una traición igual que yo. Beltrán, aunque no lo creas, se acostó con Nadia, su novia. Él los descubrió. Huyó a Barcelona como yo, para escapar de una realidad que no sabía cómo enfrentar.

Wen sabía que lo que decía era cierto, lo que lo sobresaltó fue que Octavio lo supiera. Tenía que avisarle a Beltrán. Todo era una gran confusión.

—Por favor, no digas nada de lo que te cuento a Beltrán. Ellos deberán resolverlo.

—Beltrán ya habló conmigo y le dirá la verdad. Está muy arrepentido. Fue algo de momento —defendió.

—Bueno, igual fue horrible lo que hizo. Las causas que nos llevaron allá eran similares. Una conversación que nos unió por la empatía que sienten los que sufren nos acercó. Él me dio un pañuelo. Yo no podía parar de llorar. No pretendíamos seducirnos. Confieso que cuando lo vi, mi corazón dio un vuelco. Todo mi presente se puso de cabeza. Era mi príncipe, Wen, el hombre de mis sueños.

¿Solana se había acostado con Octavio embarazada? ¿Eso quería decir con otras palabras? No podía pensar. Decidió ir directo a la cuestión.

—Solana, ¿te acostaste con él? —necesitaba confirmar. Todos los detalles de cuentos de princesas a él no le interesaban.

—Sí, la última noche… No me arrepiento. Jamás me sentí como con él —dijo convencida.

—¿Le dijiste del bebé?

—No. Tampoco le dije que a los seis años, cuando lo miré a los ojos por primera vez, mi corazón no pudo descubrir si era un ángel o una visión. Que lo soñé desde entonces. Que lo conozco, que lo vi crecer. Que su hermano nos ayudó. Oculté tanto o más que Nadia. Nunca me perdonará eso.

—Yo no sé lo que sienta Octavio. Es probable que ya nunca más te llame. Esos congresos son así a veces.

—No fuimos al congreso, solo nos acreditamos. Y ya me

478 llamó. Al regresar, su vida siguió complicándose. Su madre no es su madre biológica –quiso contarle pero Wen la interrumpió.

–Basta, Solana. Los problemas de Madison no me importan. No estás en situación de seguir cometiendo errores. Ellos no son nosotros. Olvídalo.

Solana sabía que su hermano tenía razón, pero le dolía. En ese momento sonó su teléfono celular, era un prefijo de San Rafael. Era él. Pudo ser cualquiera pero ella sabía que era él. El corazón comenzó a latirle con fuerza y a una velocidad que no podía detener. Como si con la aceleración de su ritmo pudiera acercar la distancia que se interponía.

–¿Qué dice él? ¿Qué siente?

–Dejó a Nadia y dice que lo hizo por lo que pasó pero además, quiere verme. No me olvidó. Me elige para contarme lo que pasa.

–Todo esto es una locura, Solana. Sabes que yo te apoyo siempre, pero desconfío de esto. ¿Quién va a juntar tus piezas si él no es lo que parece? ¿Y si eres la suplente casual de otra titular? ¿Si eres una de muchas? Además y primero que nada ¿realmente crees que te acepte embarazada de tu ex?

El teléfono seguía sonando. Era la segunda llamada desde el mismo número.

–Es él, Wen, y voy a atenderlo.

–Piensa en tu hijo. No puedes ocultárselo si te importa en serio. Me voy a buscar a Delfina –dijo. Le dio un beso y partió para dejar que hablara. También salió en busca del oxígeno que le faltaba.

Ella atendió. Su voz evidenciaba que estaba llorando.

—Hola, ¿Solana?

—Hola…

—¿Puedes hablar? No pude soportar más tiempo sin escuchar tu voz.

—Sí, puedo hablar.

—¿Qué hacías? ¿Cómo estás? —preguntó.

—Mal. Lloraba. Parece que últimamente es lo único que hago.

—No llores. Sabes que no lo soporto y que si lo haces, salgo para allá —dijo con ternura.

Ella sonrió.

—Estoy cansada, Octavio. Entre las cosas que no hablamos en Barcelona, no te conté que cuando decidí ser médica, mi padre que era y es un retrógrado, me golpeó. Se opuso rotundamente. Mientras me pegaba en el suelo, mi mamá no hizo nada, nunca me defendió. Solo mi hermano se ha jugado por mí. Entonces mi papá nos echó, a mí por querer estudiar y a él por apoyarme.

—¿Y qué pasó después?

—Alguien nos ayudó a instalarnos en Luján de Cuyo. Un amigo de mi hermano, una gran persona —lamentó no poder decirle que era Beltrán.

—¿Y qué pasó ahora para que esos recuerdos vuelvan?

—A mi madre se le ocurrió venir a pedirnos perdón. Imagínate. Verla, ahora, no lo toleré. No puedo perdonarla. Me condenó a su ausencia por años y ahora regresa como si nada.

–Parece que el pasado también nos atraviesa señalándonos que compartimos eso.

–Así parece. Traicionados y víctimas del pasado que vuelve –respondió.

–Me gustaría abrazarte, hacerte el amor, ahora, para que olvides todo lo que te hace mal.

Ella sintió avanzar el deseo de manera irremediable por su cuerpo. Lo deseaba con desmesura.

–Octavio, no me hagas esto, por favor.

–¿Que no te haga qué? ¿Desearte, cuidarte o quererte? –preguntó.

Las piernas de Solana se aflojaron, quería tenerlo dentro de sí, pero le había mentido, le había ocultado su verdad y eso no admitía vuelta atrás sin convertirse en alguien en quien él ya no podría confiar. Además, quizá Wen tenía razón. No iba a aceptar el bebé. No pudo evitar que el eco de sus palabras la conmoviera, había dicho que la deseaba, la cuidaba y la quería. Le costaba creer que eso estuviera sucediendo.

–Yo no puedo ser ahora como en Barcelona. Solo podemos hablar pero no puedo verte.

–¿Por qué?

–Porque todavía mi vida es un desastre.

–Puedo esperar el tiempo que necesites para ordenarla. Pero no puedo callar lo que siento por ti. ¿Te molesta?

¿Molestarla? Era lo mejor que le había pasado en su vida, que él sintiera por ella cosas que no era capaz de callar.

–No, para nada. ¿Cómo estás? –preguntó. Evitó expresar

sus sentimientos, si lo hacía, terminaría aceptando verlo y no podría resistir la entrega.

—Estoy igual. Aferrado al trabajo y a tu recuerdo. Contando los minutos que me separan de un beso de tu boca.

—Yo… también —pensó en voz alta.

—¿Voy, así dejas de contar? —preguntó con humor.

—¡Octavio! —lo recriminó riendo. Jugaban en medio de la adversidad.

—Bueno, lo supuse. Te cuento las novedades entonces. Mi madre biológica vino a verme, me dijo atrocidades sobre mi padre.

—¿Qué hiciste?

—No le creí. Le pedí que se fuera, es una desconocida para mí. Te hice caso, no juzgo a mis padres, aunque todavía no hablé con ellos.

—¿Y Beltrán?

—Evito cruzarlo. Me hace mal, me lastima muchísimo. Lo miro y me parece mentira lo que hizo. Si me lo hubieran contado no lo hubiera creído, pero lo escuché.

—Tal vez también él tenga una explicación. Dale una oportunidad —dijo.

Ella quería abogar por él, aunque no pudiera decirle que lo conocía, que era un ser leal y generoso. Hubiera deseado contarle sobre toda su ayuda.

—¿Por qué defiendes a los míos cuando tú repeles a los tuyos?

—Porque "los tuyos", como dices, han estado siempre a tu

lado. Mi madre y mi hermana no hicieron lo mismo. Hay personas que se autocondenan a no ser perdonados porque repiten ausencias o actitudes nefastas. Esos son "los míos". Otros pueden convalidar una equivocación respaldados en la honestidad y el amor de toda una vida. Esos son "los tuyos".

—Amo escucharte... —fue todo lo que pudo responder.

¿Amo? ¿Dijo amo?, pensó Solana mientras sentía que el amor podía quitarle la respiración en cualquier momento.

—Mi hermano está saliendo con una amiga mía, esa fue otra novedad —le contó.

—¡Qué bien! Eso no es malo ¿o sí?

—No. No es malo pero tampoco es tan fácil. Ella le lleva catorce años. Tuve que aceptarlo. Le debo a Wen todo lo que soy, no podía no apoyarlo pero me cuesta aceptar esa relación. Internamente quería una pareja normal para él, que tuviera hijos, no sé...

—Voy a usar tus palabras: no lo juzgues. Él tiene toda una vida de amor y honestidad a tu lado que respaldan las decisiones que tome y que debes aceptar.

—Amo escucharte...

—¿Será que nos estamos amando porque creemos en lo mismo y tenemos una semana en Barcelona que respalda la honestidad de lo que sentimos?

—¿Por qué no viniste antes a mi vida?

—Puedo recuperar el tiempo perdido cuando me dejes llegar a ti otra vez. Pero te advierto, no voy a dejarte ir. Mi necesidad de ti es para siempre.

–Tengo que cortar…

–Solana… No voy a renunciar a tenerte. Quiero que lo sepas.

–No podemos estar juntos –dijo. Luego, cortó la comunicación. Lloró sosteniendo su vientre todavía plano. Lamentó que su madre no estuviera para aconsejarla. Lamentó el pasado que las separaba para siempre.

Capítulo 46

Es extraña la ligereza con que los malvados creen
que todo les saldrá bien.

Víctor Hugo

San Rafael, Mendoza, año 2008

Todos los intentos de Alondra por recuperar a Martín Dubra fueron vanos. No podía entender cómo había logrado Vivian que la eligiera. Se preguntaba en qué momento había dejado de tenerlo en un puño. Supo cómo se sentía la traición, tragó el odio que la justicia le había dejado en el cuerpo. Bebió su propia medicina y no le gustó. Además, odiaba el embarazo, los vómitos y el malestar general que sentía. Le costaba disimularlo en su casa. Lucio, parco y oscuro como siempre, podría matarla si Martín abría la boca. Era previsible que su padre iba a creerle a él y no a ella. No tenía demasiadas opciones, su ambición hizo el resto.

El dinero que tenía era suficiente para un aborto y un largo tiempo de vida fácil pero ella quería más, siempre quería más. Así que optó por no ir a una clínica y se sometió a un aborto clandestino para tener más dinero que gastar después. Había un lugar que todos conocían en San Rafael, lo atendía un médico. Guardaba las formas de consultorio pero era un centro de abortos clandestino. Fue sola. En la sala de espera había algunas adolescentes con expresión compungida por el pecado. Habló con la secretaria, pagó la suma pactada y esperó. Al rato la llamaron. Por primera vez en su vida le hubiera gustado que alguien la quisiera, pero esa sensación no alcanzó para arrepentirse de sus errores.

La atendieron. Cuando todo terminó y se lo indicaron, salió de allí algo descompuesta. No sintió nada, ni en el cuerpo ni en el alma. Llegó a su casa y se acostó. Durmió. Despertó vencida por el dolor. No sabía bien qué método habían utilizado, le habían dado un sedante intravenoso. Le habían dicho que no podía tener relaciones por dos semanas y que iba a tener pérdidas que eran normales.

Tenía fiebre y dolor. Estaba sola, fatalmente sola. No tenía fuerzas para llamar a nadie y antes de ir a acostarse le había dicho a Salvadora que no la molestara que quería dormir.

De todos modos la llamó, pero nadie respondió. Habían salido. Intentó levantarse y vio que las sábanas estaban manchadas de sangre. Como pudo llegó al baño, tenía una hemorragia que no cesaba. Sentía que le ardía el cuerpo, se sintió mareada y se desmayó.

Cuando Salvadora llegó a la casa halló la tremenda escena: el resultado de los errores de su hija menor. La fatalidad, la sangre, su cuerpo en el suelo. Gritó el nombre de Lucio, pero nadie venía.

Agitada por el desgarro emocional y la desolación, intentaba reavivar a su hija, sin éxito. Tenía pulso pero apenas podía percibirlo en su cuello. Estaba transpirada y volaba de fiebre. Vio la sangre en su pijama y en la cama. Presintió el horror en sus entrañas.

Llamó por teléfono a emergencias y una ambulancia estuvo allí enseguida, aunque pareció una eternidad. Los camilleros la cargaron de inmediato, le pusieron oxígeno y la joven seguía sumida en un letargo y sin abrir los ojos. Salvadora la acompañó en la ambulancia donde le tomó la mano fuerte para retenerla, para redimirla. Era su hija, la amaba.

–Hija, por Dios, ¿qué hiciste? –susurraba. Mientras le acomodaba el cabello empapado por el sudor de la fiebre. Los médicos le tomaban el pulso y hacían maniobras. De pronto, Alondra abrió los ojos y dirigió la mirada a Salvadora–. Hija, hija… –lloraba desesperada.

El último suspiro sonó tenue frente a la sirena de la ambulancia que taladraba los sentidos urbanos para llegar a buen fin, pero se hizo mudo, insuficiente y lento. La muerte había llegado primero que los auxilios. La mirada celeste de la joven quedó clavada en la nada. No hubo recuerdos, no hubo imágenes, no hubo ángeles. Solo muerte y un silencio sepultado por los alaridos de Salvadora que la vio partir.

Quizá la vida le devolvía lo que le había dado. Tal vez, había arrojado sobre ella la frialdad con que se había dirigido a todos siempre. Por eso tenía a su lado al único ser que había roto las reglas del abandono, su madre.

Salvadora llegó a la clínica desesperada. Su hija había muerto en sus brazos sin que hubiera llegado a conocerla. Los médicos le informaron que había tenido un aborto reciente, que la infección y la hemorragia habían sido la causa de su fallecimiento. La interrogaron, pero ella no sabía nada. Ni siquiera de quién podía ser ese hijo.

Lucio se despidió del cuerpo y lloró para adentro el fracaso de haber sospechado que algo no era como debía ser y haber decidido no averiguar.

Salvadora llamó a la casa de los Dubra. Eran los únicos que querían a su hija. Atendió Vivian.

—Hola, Salvadora. ¿Qué sucede? —preguntó porque sintió que la mujer sollozaba.

—Alondra murió —dijo sin rodeos.

Vivian sintió ganas de vomitar. La quería fuera de su vida pero no le había deseado la muerte.

—¿Qué pasó, por Dios? —preguntó. Pensó en un accidente.

—Hizo un aborto en algún lugar, regresó a casa y sufrió una infección acompañada por una hemorragia. No pudieron salvarla… —la mujer lloraba desconsolada. Para Vivian fueron sensaciones encontradas. El bebé era de Martín. No había duda de eso. ¿Lo sabría él? No pudo lamentar que no naciera. Sin embargo, sintió el dolor de la madre y se solidarizó.

–¿Qué puedo hacer para ayudarla, Salvadora?

–Nada. Ella… mi hija no tenía más afectos que ustedes. Avísele a Clara por favor –pidió.

–Por supuesto –respondió.

Salvadora le dio los datos del servicio fúnebre y cortó.

Cuando Martín llegó, Vivian le dio la noticia. Él se sentó y comenzó a llorar. Por un momento tuvo miedo de que él confesara, prefería que Alondra se llevara con ella el secreto. No quería saberlo de boca de él. Ella había decidido callar.

–Es tremendo –dijo Martín conmovido–. Era muy joven para morir así. No puedo evitar pensar en Clara, tienen la misma edad –agregó.

Vivian se sentía mal pero debía salvar lo propio.

–También me provocó mucha angustia la noticia pero, aunque tengan la misma edad, Clara no es como Alondra. Nunca podría pasarle algo así –respondió segura de su afirmación.

–Es cierto –dijo Martín dejando de lado las lágrimas.

La culpa lo carcomía. Se abrazó a su esposa y selló el silencio. Clara sufrió la pérdida y lloró desconsolada. Los tres fueron al funeral. No había nadie a excepción de sus padres. Al final del camino la vida era helada y justa.

Los Dubra regresaron del cementerio juntos, pensando en ella de diferentes formas. La muerte dejaba un sabor extraño en la boca y muchos interrogantes. En este caso, había posibilitado que una familia continuara su camino sobre los cimientos de una verdad que acaban de enterrar.

Salvadora llamó a Cáseres, pero no lo encontró. No tuvo fuerzas para insistir y no se atrevió a llamar a sus hijos.

Recordaba cómo Wen y Solana la habían echado de sus vidas. Todavía podía sentir su desolación y el abrazo que Humberto le había dado en el interior del auto. No le había preguntado nada. Solo había estado allí, para ella, en silencio. Con una actitud que le aseguraba que no estaba sola.

Ahora su hija menor ya no estaba. Sus hijos mayores nada querían saber de ella y sospechaba que por mucho que insistiera, suponiendo que hallara fuerzas para hacerlo, ellos seguirían rechazándola. ¿A quién podía convencer de su arrepentimiento? Tenía razón Wen, ella no había dejado a Lucio.

Estando en Luján de Cuyo, las palabras de Humberto habían abierto una posibilidad que nunca había considerado.

—Salvadora, yo soy un hombre grande. No sé muy bien que me sucede cuando estamos juntos pero me gusta. Si quisieras venir a vivir acá, dejar tu matrimonio, podríamos intentarlo. Haría todo para ayudarte a recuperar a los chicos.

Ella no había sabido qué responder. Estaba muy angustiada por lo ocurrido y no podía pensar con claridad. Solo le había dicho:

—Gracias…

Él la había besado en los labios de una manera prudente y medida pero no por eso menos suave y profunda.

—Necesito volver a mi casa, por favor —había dicho.

—¿Lo vas a pensar? Sé que no te soy indiferente —había agregado.

490   —Lo voy a pensar.

Así, callados habían llegado a la terminal, sumidos en diferentes pensamientos. Al bajar, ella siguiendo un impulso, había devuelto el beso sobre los labios de un hombre que sintió la esperanza de volver a ser feliz en la piel y en el corazón.

Capítulo 47

Lo que dicen las palabras no dura. Duran
las palabras. Porque las palabras
son siempre las mismas y lo que dicen
no es nunca lo mismo.
Antonio Porchia

Esteban y Victoria quedaron consternados en los restos de la que había sido una mesa familiar.

–Todo es una real cagada, pero si Beltrán se hace cargo hay posibilidades de que Octavio lo perdone. Es un error jodidísimo pero ya está. Papá, mañana mismo echa a la hija de puta esa del trabajo en la empresa –dijo Sara con su forma tan directa como vehemente.

–Hija, sí. No lo hago hoy, porque ya es tarde –respondió.

Victoria se admiraba del poder que su hija tenía sobre el padre. Era cierto que habían cambiado las cosas, pero ella se lo había suplicado mil veces sin suerte. Estaba destrozada. Era evidente que debía juntar coraje y volver a ver a Eularia.

Fue a hablar con Lupita. Ingresó en su habitación. Parecía un santuario lleno de velas ardiendo y fotos de los chicos y la familia. Sintió escalofrío por el modo en que, desde su lugar parecido a un altar profano, esa mujer los adoraba.

–Lupita, las cosas están aún peor. Mañana iré a ver a Eularia –le dijo–. No es que crea absolutamente en esas cosas, pero si es cierto que puede ayudar, voy. Soy capaz de todo por mis hijos. Incluso de eso.

Luego le contó todo lo acontecido. La leal mujer solo agradecía que por fin accediera a pedir ayuda a los santos. Le hizo saber que ella iría muy temprano para adelantarle lo ocurrido.

Ya en su habitación esperó a Esteban. No podían descansar. Llamaron a Octavio a la clínica pero estaba en quirófano. Beltrán no atendía. Finalmente vencidos por las suposiciones y la tensión amarga de saber lo sucedido, se quedaron dormidos.

Por la mañana, se levantaron y ninguno de los varones había dormido en la casa. Esteban ordenó despedir a Nadia por carta documento. Pidió que pusieran a su disposición la liquidación correspondiente y que no la dejaran entrar en la oficina. Colgó y el teléfono volvió a sonar.

–¡Hola! –atendió Victoria.

–Mamá… –escuchar la voz de Octavio diciéndole mamá le devolvió parte de su alma al cuerpo.

–Hijo, querido. ¿Cómo estás? ¿A qué hora vienes? –preguntó. Estaba desesperada por abrazarlo.

–No puedo ir… Quisiera evitar lo que voy a decirte, pero deben venir para el hospital –su voz sonaba mal.

–¿Qué pasó? –preguntó aterrada.

–Ayer me vine de la clínica para acá a cubrir una guardia. Beltrán tuvo un accidente. Lo trajeron a la madrugada. Está grave. En coma inducido por ahora.

–Nooo. ¡Basta, por Dios! Vamos para allá –respondió y colgó–. Beltrán tuvo un accidente. Está en coma inducido. Vamos rápido para el hospital. Era Octavio –dijo.

Le avisaron a Sara, se cambiaron rápidamente y los tres salieron juntos. Lupita rezaba más que nunca. Cuando iba a ir a visitar a Eularia, el cartero la interrumpió. Le dejó tres sobres de los bancos y una carta sin remitente para Victoria. Se volvió y la llevó al dormitorio para que la hallara al volver. La colocó sobre la mesa de noche, esperaba que no fueran más malas noticias.

Llevaba ropa de Beltrán, de Octavio y de Sara más una foto de la familia. Todo lo que la seudoadivina le había indicado por teléfono. La había llamado de madrugada sin poder controlar la ansiedad. Le había dicho que si llevaba esos objetos no era necesario que Victoria regresara.

* * *

Al llegar al hospital Victoria abrazó a su hijo Octavio tan fuerte como fue capaz. Él la abrazó también. Al separarse lo miró. Tenía ojeras y la expresión agotada.

–¿Qué pasó? –preguntó. Estaba cansada de preguntar lo mismo. Es que en el último tiempo todo era mala noticia.

–Beltrán tuvo un accidente, iba a mucha velocidad dicen. Chocó de frente contra otro auto que venía por la mano contraria. No lo sé muy bien. Está grave. Tiene lesiones internas. Está en coma farmacológico –abrazó a Victoria contra su pecho conteniendo sus lágrimas.

–Hijo, ¿tú cómo estás? –preguntó Esteban. Su voz y su mirada eran diferentes. No era Gisel la cuestión. Octavio miró a Sara buscando alguna señal.

–Anoche Beltrán se hizo cargo de todo. Habló con nosotros. Dijo que iba a decirte la verdad. Entonces me pareció que era mejor adelantarle que ya lo sabías. Lo hice. Creyó que Nadia te lo había contado. Le dije que no fue así y cómo te habías enterado. Salió como un loco. Imagínate el resto –le explicó Sara sintiéndose un poco responsable.

–Yo estoy hecho mierda por su traición, no por Nadia. No hablé porque quise evitarles el dolor.

–Perdónanos, hijo –suplicó Victoria llorando, parada a corta distancia en ese momento. Esteban lo abrazó, lloraba también.

Padre e hijo se fundieron en un abrazo que podía prescindir de las palabras. El amor que sostenía ese vínculo hizo lo demás.

–Yo... Está bien. No tengo nada que perdonar. Alguien me hizo ver que al ocultar lo de Beltrán yo actué igual que ustedes pensando en evitar un mal mayor –se dirigió a Victoria y la abrazó–. Perdóname tú, mamá. Eres la única madre para mí.

–Te lo dije, mamá –agregó Sara–. ¿Cuánto tenemos que esperar para saber si Beltrán está fuera de peligro? –preguntó. La joven quería todo rápido, el perdón entre los suyos ya estaba, así que ya iba un paso más adelante.

–Cuarenta y ocho horas –respondió–. Necesitaba sangre... yo la doné.

–Hijo mío, eres tan bueno. Estoy orgullosa. Debes perdonarlo, la culpa es de esa zorra de Nadia.

–Mamá, no quiero que muera pero no puedo pensar en perdonarlo. No me pidas eso.

–Déjalo, Victoria. Necesita tiempo –agregó Esteban.

–¿Y si Beltrán no tiene ese tiempo? –pensó en voz alta. Ella no quería que su hijo se quedara con la culpa de no haberlo perdonado. Tuvo miedo.

Ninguno respondió.

* * *

Las horas en el hospital se hicieron eternas. No había mejoría, seguía dentro de un episodio de agudo riesgo de vida. Sara y Esteban iban y venían. Octavio también, pero Victoria estaba inmolada en la puerta de la unidad de cuidados intensivos. Las cuarenta y ocho horas se convirtieron en setenta y dos. Luego en noventa y seis. Beltrán no mejoraba. Ella se cambiaba en el hospital con la ropa que le traía Sara y por Octavio tenía una habitación donde dormir y poder higienizarse. No había modo de persuadirla de salir de allí.

Sentada, sola, en la sala de espera lloraba su desolación cuando la vio llegar. Lujuriosa, con expresión de poder y derecho. Su perfume costoso la invadió antes que su presencia. Nadia caminaba hacia la puerta de terapia. Victoria se paró de golpe, la alcanzó a mitad de camino y le dio una bofetada feroz. Sus dedos le quedaron marcados en el rostro. Y, antes de que pudiera reaccionar, le pegó otra bofetada de revés que hizo girar su cabeza en sentido contrario.

—Si vuelves a acercarte a mis hijos o a mi casa, juro que voy a matarte. Ahora te vas de acá. ¡Ya! —gritó.

—Yo no me voy a ningún lado. No le pego porque es una vieja nada más —respondió cuando pudo reaccionar.

Justo cuando Victoria iba a actuar, Sara se interpuso y con ayuda de Esteban la sacaron a empujones de allí. Habían regresado a tiempo para ver todo y no podían creer la ferocidad de Victoria.

—Sabemos todo. No vuelvas a acercarte. Ya sabrás que tampoco te queremos en la empresa. Desaparece si te queda algo de dignidad —indicó Esteban.

—Eres una mierda. Y como lo que eres, terminas —sentenció Sara antes de regresar a felicitar a su madre.

Nadia se supo vencida. Juraba vengarse, pero lo cierto era que su presente no era cuestión de suerte. Era el resultado de sus acciones. La justicia era divina a veces. Seguía pensando que, si Beltrán se salvaba, ella lograría quedarse con él.

Lo apartaría de esa familia que funcionaba como un clan de cavernarios.

Mientras, Sara abrazaba a Victoria.

—Ma, ¡qué bofetadas le pusiste! —decía sonriendo. Intentaba hacerla olvidar de su dolor. Victoria estaba más delgada y demacrada. Sonrió todavía sumergida en la furia que la embargaba.

—Créeme, hija, que me quedé con ganas de matarla.

—Me imagino —respondió Sara. Su madre continuaba enredada en la adrenalina que vivía.

—Perdonen, yo no quiero molestar pero me gustaría saber cómo está Beltrán —dijo una voz insegura.

Las dos levantaron la mirada para ver de quién se trataba. La sorpresa le ganó al asombro. El corazón de Victoria, consternado y débil, dio un vuelco. No podía sentir, solo ver. Oriana Nizza, sola, estaba parada allí. Buscó en el pasillo esperando ver a Vanhawer pero no lo halló.

—Vine sola —dijo su madre quien adivinó sus pensamientos.

—Mi hermano todavía no salió de peligro. Sigue en coma inducido —dijo Sara para remediar el silencio de su madre. Le dio pena todo lo que pasaba. De pronto tuvo miedo de que tantos disgustos pudieran enfermar a Victoria.

—¿Quieres que te acompañe un rato? —preguntó Oriana temerosa. Miró a su hija.

Todo era tan raro qué ella no supo qué responder.

—No sé. Como quieras.

Oriana se sentó a su lado y permaneció allí en silencio dos largas horas. Victoria no estaba incómoda. Solo dejaba que fuera lo que debiera ser. La prioridad era su hijo.

Mientras estaban allí, llegó Wen con Humberto Cáseres. El joven estaba desesperado. Saludó a los Madison, estaban los abuelos, Victoria, Sara y Esteban. Se ofreció para lo que precisaran y pasó horas acompañando a la familia. Cuando fue horario de visita, Victoria lo dejó pasar primero. Beltrán estaba entubado, respiraba con dificultad.

—Amigo, por favor, no me dejes ahora —fue todo lo que pudo susurrar mientras tocaba su mano.

Afuera Esteban le contaba a Humberto todo lo acontecido.

Octavio ingresaba a verlo en horarios en que nadie más podía. El dolor de su traición seguía erosionando su alma pero no era suficiente para convertirlo en un ser indiferente a la vida de su hermano. Sentimientos encontrados lo atravesaban, no era capaz de dejar de quererlo. La idea de que muriera le provocaba una interminable tristeza que superaba la del daño que le había provocado.

Extrañaba a Solana. Solo ella podía rescatarlo una vez más del abismo al que el destino lo empujaba.

Capítulo 48

En el fondo, pienso que nunca he elegido nada
por mí mismo, que todo me ha venido dado,
que simplemente he interpretado los papeles
que me han caído en las manos.
Cuando pienso en eso, me entra pánico.
¿Quién soy? ¿Cómo soy en esencia?
¿Quién lleva las riendas de mi vida?
Haruki Murakami

Al llegar a la casa, luego del cementerio, Lucio no hablaba. Salvadora tampoco. Los unía un dolor intenso por la misma causa y los separaba una vida de distancia, el desencuentro que existía entre la necesidad de ella de ser comprendida y el egoísmo de él al imponer su voluntad. Jamás se habían conocido, solo se habían unido como se juntan los débiles y los que mandan. Salvadora, accediendo a la excesiva autoridad de quién se presentó como un remedio para su soledad y Lucio, hallando una mujer que podía doblegar en cuerpo y alma.

—¿Quieres un té? —ofreció ella.

La asombraba no sentir nada por él. Un gran vacío se había

instalado en el lugar número uno de su corazón, ese que por temor o dependencia siempre había sido ocupado por Lucio Noriega. En ese momento no había nada allí, solo un abismo latiendo el eco de un silencio ensordecedor que acumulaba reproches y preguntas sin respuestas.

—Bueno —respondió. No lloraba. Solo su expresión denotaba el dolor que lo atravesaba.

Sirvió la infusión y lo miró directo al fondo de su alma. Quiso descubrir por fin qué la unía a ese hombre. ¿Quién era Lucio? ¿Por qué era como era? Mientras lo observaba se decía que si era amor, ahora que Alondra no estaba, continuaría sintiendo la necesidad de él. Sin embargo, no era así. Veía a un extraño a quien le había dado su intimidad sin límites.

El dolor por la muerte de su hija no dejaba de apretar su corazón, pero en el fondo siempre había sabido que Alondra no iba a terminar bien. Jamás sospechó ese final pero nada bueno había construido y pagaría las consecuencias tarde o temprano. Era ley de vida. Ese odio con el que había ido a arruinar la vida de su hermana adrede, planeando cada hecho, le congelaba los sentidos. Era maldad, eso era pura maldad. Le pedía a Dios que la perdonara.

—¿Quién era el padre? —preguntó Lucio de pronto. Era evidente que se refería al embarazo de Alondra.

—No lo sé. Ella no hablaba conmigo.

La furia empezó a crecer en la mirada de ese hombre hostil que necesitaba encontrar responsables para alejar los fantasmas de una culpa propia.

–No fuiste una buena madre, Salvadora, ignoraste todo de ella y eso fue lo que la mató –recriminó con crueldad. No gritaba pero el peso del reproche era más intenso que cualquier grito.

–¿Qué estás diciendo? Tú tampoco sabías nada de ella. Después de todo, nuestros hijos quisieron alertarnos y los echaste –se había animado a responder. Muchas veces se había preguntado quién era en realidad, él ponía en alerta sus dudas. No obstante, no se lo diría. Había decidido confrontarlo, ser ella. Quería por fin matar o morir en esa charla–. Yo no maté a nuestra hija. Su maldad la enredó y recibió lo que daba, crueldad. Yo la amaba y la amaré siempre, pero esa es la verdad. Ella buscó este desenlace.

–¡Cállate! –dijo ofuscado. Lucio no soportaba escuchar verdades que no elegía.

–¡No! Ya no voy a callarme. ¿Por qué? ¿Por qué dejaste que nuestros hijos se fueran? ¿Por qué me convenciste de no volver al orfanato?

Ambos se echaban culpas. Era uno de esos momentos en los que la memoria solo parece servir para destilar bronca por lo que no se supo enfrentar oportunamente, como si reconvenir en una discusión o ponerle un nombre ajeno a los errores alivianara el sermón interno de la conciencia. Si lograban que el otro aceptara la responsabilidad, la cruz propia se volvía más liviana pero ¿a quién engañaban? Ambos sabían, más allá de las palabras, lo que habían hecho mal y cargarían con ese peso hasta la eternidad.

—Yo no te convencí de nada. Tú elegiste qué hacer, pudiste ir detrás de ellos el mismo día que se fueron. Te quedaste para cuidar a Alondra y mira lo que hiciste —volvió a reprocharle—. No querías volver a ver a las monjas, decías que te angustiaba no saber quién eras —agregó.

—No es verdad. Siempre tuviste poder sobre mí y me manipulaste —gritaba y lloraba.

—Yo no te manipulé. Nunca fuiste nadie. Siempre fuiste mi sombra —la humilló.

Salvadora no podía creer la mala intención de su discurso. Sintió que abría el telón que había tapado sus ojos durante toda la vida. Entonces lo vio, desnuda su alma al fin delante de su mirada. No sabía de dónde estaba sacando fuerzas, pero allí estaba implacable su necesidad de decir basta y de ser escuchada. Recordó a Humberto y sus palabras. "Salvadora, yo soy un hombre grande. No sé muy bien qué me sucede cuando estamos juntos pero me gusta. Si quisieras venir a vivir acá, dejar tu matrimonio, podríamos intentarlo. Haría todo para ayudarte a recuperar a los chicos".

—Te quedaste porque era más cómodo vivir de mí y tener con quien acostarte de noche. ¿Te crees que no sé eso? —remató.

—Eres una mierda. Es bueno que sepas que fingí. Muchísimas veces, fingí —le dijo colmada de rencor. No era cierto del todo, pero tuvo vergüenza de reconocer que en algún momento su dependencia sexual la había confundido.

Él le dio una bofetada. Estaba enojado. Nadie, menos ella, atacaba su hombría con semejante felonía.

Ella se tocó el rostro y recordó la pelea en que nada había hecho por sus hijos, la memoria le trajo el momento en que le había pegado una vez más después de eso. Toda su vida transcurrió en un segundo por su mente. Tunuyán, el orfanato, su casamiento. Las noches de pasión y las de sexo en que se sintió una miserable. Las palabras de la monja: "Te hemos querido mucho pero no pudimos ocupar el espacio de tu madre. Entiendo que necesites recuperar tu historia pero no olvides a quien ha sido bueno contigo. No siempre hay segundas oportunidades". El casamiento de Solana, Humberto Cáseres y su bondad; sus diarios como única compañía, esas páginas crepitando su impotencia; el misterio de Victoria Lynch y la carta que le había escrito; sus hijos echándola de sus vidas heridos por un dolor de ausencia que había sido su responsabilidad; el beso de Humberto; las sábanas rojas de sangre, su hija agonizando, el infinito padecer, el féretro de Alondra y Lucio humillándola y culpándola de esa muerte. Entonces, no pudo más.

—Me voy —gritó. Dos palabras liberadoras. Solo cinco letras marcaban el futuro que elegía y habían salido de su boca. Se iría. Elegía el cariño de Humberto y la cercanía de sus buenos hijos. Por fin abandonaría el maltrato, las recriminaciones falsas y la continua descalificación de ese hombre que ya no conocía.

Lucio se levantó de su silla, la sujetó de los brazos y la sacudió.

—¿Qué dices? Ahora no te vas a ningún lado.

—Ya me fui. Me fui el mismo día que empecé a verte como lo que eres, solo me faltaba valor para hacerlo. Me fui cada vez que me obligabas a darte más placer que el que yo recibía. Me fui cuando por fin supe que merezco más que esto. Mi cuerpo estaba en esta casa pero mi alma te abandonó hace mucho tiempo —otra bofetada golpeó contra su atrevimiento inusual. No la sintió—. Vi a nuestros hijos y voy a lograr que me perdonen. ¡Me voy! —repitió. Le lanzó esas palabras en el rostro como un dardo.

—Hija de puta, tú no puedes vivir sin un tipo. ¿Ya tienes otro? —la amedrentó sin soltarla. No le importaban sus hijos, ni saber dónde estaban, su machismo estaba en juego.

Ella se debatió entre mentir o finalmente hacerse cargo de sus decisiones y terminar de enfurecerlo. Eligió lo que menos le convenía en esa situación.

—Sí —quería vengarse del tiempo en que había vivido sometida.

—¡Puta! —exclamó.

La llevó a empujones hasta el dormitorio y doblegó sus resistencias. Ella le pegaba y lo arañaba pero él dejó sus marcas de poder dentro de ella. La penetró sin piedad, como si con ese acto brutal la castigara o borrara la presencia de alguien más. Salvadora lloraba toda esa vida desperdiciada al lado de alguien que no valía ni cinco minutos de su tiempo.

—Puedes violarme, pero no voy a dejar de pensar en él, hagas lo que hagas. Voy a recuperar a mis hijos y voy a rezar por el alma de la pobre Alondra que tiene tus genes —esgrimió.

Sentía dolor entre sus piernas y en todo el cuerpo. El alma le dolía más todavía. ¿Quién era? ¿Qué estaba haciendo? ¿Qué había hecho de su vida?

—¡Déjame! —pedía.

—Eres una puta. No te quiero en mi casa. Eres igual que mi madre. ¡Vete ya! —respondió.

—Si tu padre era como tú, ella hizo más que bien en dejarlos —esa fue su estocada final.

La madre de Lucio había abandonado a su padre por otro hombre que había conocido en la casa donde trabajaba como doméstica. Era el chofer. Quizá por eso él detestaba que las mujeres salieran de sus casas y nunca había permitido que Salvadora lo hiciera. Ese había sido un tema prohibido en su hogar, se lo había contado cuando recién se casaron indicándole que jamás preguntara por su suegra otra vez.

Él salió de ella, se acomodó la ropa, la miró con odio y la escupió. Se fue dando un portazo. Salvadora, tendida sobre la cama, lloró. Por primera vez en su vida, se sintió libre.

Quiso bañarse pero temió que volviera. Quería quitarse del cuerpo los restos de él, pero el miedo pudo más. Acomodó su vestimenta. Colocó en un bolso sus pocas pertenencias y algo de ropa. Se llevó una foto de sus tres hijos pequeños que estaba en su cómoda y otra de Alondra, ya grande, junto a Clara. Tomó sus ahorros, era dinero que separaba del que recibía para los gastos del hogar, mientras lágrimas mudas de respuestas rodaban por su rostro. Cerró la puerta y sin mirar atrás, decidió que era momento de enfrentar la vida pensando en ella.

Desde la terminal de San Rafael llamó a Humberto.

–Hola, Humberto. Soy yo, Salvadora.

–Hola… ¿Estás bien? –preguntó. Notó quebrada su voz.

–No. Necesito tu ayuda.

–Claro, ¿qué pasa? –preguntó. Intuía que era grave, de otro modo ella no se habría atrevido a pedirle algo.

–Acabo de enterrar a mi hija Alondra y de dejar a mi esposo. ¿Crees que podrás conseguirme dónde dormir hasta que alquile un lugar? Estoy viajando para Cuyo.

A Humberto se le aflojaron las piernas. Se sentó frente a su escritorio. Claro que podía ayudarla pero… ¿enterrar a Alondra? No podía entender lo que decía. ¿Había dejado a su esposo? Todo daba vueltas a su alrededor. Aunque le pareció una eternidad, solo en segundos respondió:

–¿Qué le pasó a tu hija? ¿Por qué no me llamaste antes? –interrogó.

No era que no le interesara que había dejado al esposo. Tampoco que sintiera afecto alguno por Alondra. Muy por el contrario, pero todo eso frente a la muerte de una hija pasaba a segundo término, al menos en su orden de prioridades.

–Te llamé pero no te encontré. Se hizo un aborto clandestino. No sabemos dónde, ni de quién era su hijo. Al regresar a mi casa la encontré desvanecida consecuencia de una hemorragia. Llamé la ambulancia pero ya era tarde. Había perdido mucha sangre y la infección era muy severa –comenzó a llorar al recordar la secuencia de imágenes. Era una persona víctima de su maldad y de su egoísmo, pero era su hija también. La pena no cesaba por pensar en las atrocidades de las que había sido capaz.

—Yo lo siento. No me dijeron que me llamaste… —se justificó.

—No dejé mensaje. Luego, enfrenté a Lucio y decidí irme. Nada me retiene en San Rafael. Lo que queda de mi vida está en Cuyo. ¿Puedes ayudarme?

—Desde luego que sí. Voy a buscarte a la terminal.

Capítulo 49

Lo que nunca debió ser y fue,
desbordó su alma de arrepentimiento y dolor.
Deseó que la muerte pusiera fin a la agonía de su traición.

Beltrán había salido de peligro hacía unos días y ya se encontraba en una habitación. Victoria pasaba la mayor parte del tiempo con él, pero por las noches regresaba a su casa. Octavio había vuelto a ser con ella casi el de siempre, salvo por lo taciturno y ausente que se encontraba a veces. No sabía si era por Beltrán o por Gisel, o por qué razón, pero solía estar abstraído, como si su cuerpo siguiera con su vida pero su alma se hubiera alejado de él. Había llamado a Solana varias veces, pero ella no lo había atendido. Pensaba que tal vez podría haber regresado con su esposo y eso lo hería de muerte.

Esa mañana había ido a ver a su hermano pensando que

dormía en la habitación del hospital. Generalmente entraba en la madrugaba a verlo para evitar hablar con él. No podía dejar de preocuparse, pero guardaba en su interior el dolor de la traición. Lo vio con los ojos cerrados. El torso desnudo asomando entre las sábanas blancas. Los cortes del rostro ya cicatrizando y los hematomas evolucionando. Tenía vendado el brazo derecho. Miró la planilla colgada al pie de la cama para controlar la medicación que le estaban suministrando. Por la evolución, al día siguiente le darían el alta. Al levantar la vista se encontró con la mirada de Beltrán. Justo cuando iba a irse, sus palabras lo retuvieron.

—No te vayas. Escúchame y después de hacerlo, si quieres no me hables nunca más —Octavio permaneció en silencio—. No tengo perdón para lo que hice. Sé que sabes todo lo que pasó y que te enteraste de la peor manera. Quiero pedirte perdón. No debí ceder ante Nadia. Ella es hábil y yo fui un estúpido. Lo siento de verdad. No intento justificarme. Solo quiero que sepas que prefiero morir a seguir viviendo con la culpa de haberte traicionado —caían lágrimas de sus ojos—. Ojalá hubiera algo que pudiera hacer para que me creas.

—¿Por qué? ¿Por qué lo hiciste? ¿Cómo pudiste pensar en ella y olvidarte que soy tu hermano, que te di un riñón?

—No lo sé. No sé cómo fui capaz pero te juro que me arrepiento. Perdóname —insistió.

—No sé si soy capaz de hacerlo. No por ella, sino por la confianza que rompiste.

—Vi el auto que venía de frente. Pude evitar el accidente,

510 sabes que manejo muy bien, pero quería morirme. Ya ves…
No soy un Madison, fallé también en eso.

–Me voy, Beltrán. Estás en buenas manos y yo necesito
tiempo.

Había salido de la habitación con un latido agitado. Al
menos su hermano se hacía cargo de su error y quizá fuera
cierto que hasta había preferido morir. Lamentaba eso. Él no
lo quería muerto. Necesitaba a Solana con desesperación. Así
que como ella no respondía a sus llamados, decidió viajar a
buscarla.

Beltrán permaneció en la habitación pensando qué hacer.
Si su hermano lo perdonaba se quedaría en casa de los Madison, si no se iría para siempre.

Capítulo 50

El futuro tiene muchos nombres.
Para los débiles es lo inalcanzable.
Para los temerosos, lo desconocido.
Para los valientes es la oportunidad.

Víctor Hugo

Luján de Cuyo, Mendoza, año 2008

Cuando Humberto vio bajar del micro a Salvadora, el corazón se le arrugó de miedo y de angustia. Miedo a no ser lo que ella esperaba, angustia por ver su semblante agotado y triste.

Había pensado muchas veces que no estaba en la edad promocional del amor. Su deseo no era primavera ni sus oportunidades veranos intensos, pero sentía. Sus ganas de vencer la soledad lo provocaban intactas cada mañana al despertar. Estaba vivo y latía en él su sueño de compartir una vida de a dos. Salvadora se presentaba como alguien especial que necesitaba mucho de lo que él tenía para dar. Nada estaba dicho, era una latente posibilidad que ella viera en él un buen hombre, un amigo, solo eso, pero estaba decidido a intentar ganar su batalla contra un destino impar. La vida no ofrecía demasiadas oportunidades para ser feliz. Él, a pesar de toda la adversidad que rodeaba a Salvadora, lo intentaría.

* * *

La había recibido entre temblores del alma y temor por los años que sumaban, más de los deseados para hacer proyectos de pareja. Más allá de sus intenciones, estaba inmerso en la necesidad como ser humano de darle el trato y el lugar que merecía.

La llevó a su apartamento. Le había preparado una habitación.

—No quiero dejarte sola esta noche. Te preparé una habitación. Tienes toallas sobre la cama. Mientras te das un baño, preparo café, así hablamos.

Ella sintió que él adivinaba sus necesidades. Sonrió sin ganas.

—Gracias —fue cuanto pudo responder.

Luego del baño, Salvadora se sintió cambiada y renovada. El dolor seguía en su expresión como una señal del duelo que la atravesaba. El inicio de una conversación sin intenciones profundas dio lugar a un espacio que convirtió las palabras en confesiones recíprocas que los acercaron.

—¿Estás mejor? —preguntó él.

—Mucho mejor dentro de lo que vivo. Te agradezco mucho tu hospitalidad.

—Puedes quedarte el tiempo que desees o puedes también ocupar uno de los apartamentos de mi propiedad que están desocupados. No tienes que pagar nada.

—Me gustaría trabajar.

—Cuando te repongas emocionalmente te ayudaré a conseguir un empleo. Si fuera por mí quisiera que te sumaras a la inmobiliaria pero debemos aguardar a que las cosas con Wen estén bien para eso. Mientras, yo me hago cargo de todo.

—¿Por qué haces esto por mí? —sintió la imperiosa necesidad de saber.

—Por muchas razones. Porque eres la madre de los chicos, porque creo que sufriste lo suficiente y en eso te siento cercana. Porque me gusta tenerte cerca. Porque pensé mucho en ti desde que te conocí. No tomes estas palabras como un atrevimiento. Quiero ser todo lo sincero de que soy capaz —respondió él.

—Humberto… Yo no puedo prometerte nada. Estoy intentando encontrarme. Me perdí hace muchos años cuando acepté vivir sometida a un hombre. La muerte de mi hija… Sé que era una persona mala pero era víctima de su maldad y así murió. Su duelo me posterga. No sé si tengo derecho a darme oportunidades. El padre me culpó de su fallecimiento, eso, sumado a otras cosas, hizo que tomara la decisión más importante de mi vida: dejarlo.

—Entiendo. Yo no pretendo presionarte a nada. Tengo miedo también. Quiero estar para ti y que el tiempo vaya diciendo de qué modo podemos compartir las horas juntos. Arrastro una historia de soledad y sacrificio. Fui hijo único de familia humilde, estudié de grande y forjé mi negocio a fuerza de tenacidad y entrega. Estuve preso...

–¿Preso? –preguntó algo desorientada por la revelación.

–Sí, algunos meses. En un forcejeo en mis tiempos jóvenes, un amigo intentaba seducir a una mujer que me gustaba. Él había enviudado. Su esposa había fallecido en el parto de su hijo Beltrán, un muy amigo de Wen. Cualquiera le daba igual en su depresión pero quiso la mía. Peleamos. Tomó un arma, se la quité y luego volvió a recuperarla. En un intento por impedir lo peor, el arma se disparó. Fue un error tremendo. No existe mujer que valga una amistad pero así fueron las cosas. Luego se probó que había sido un accidente y salí, pero mis recuerdos de aquel tiempo todavía me despiertan por la noche. Se llamaba Roberto Uribe. Era mi amigo, él y Esteban Madison. Los tres éramos inseparables. Para ese entonces Esteban se había casado con Victoria. Ellos adoptaron y criaron a Beltrán.

Salvadora supo que hablaban de la misma Victoria. Dudó si contarle su historia o esperar. Se moría de ganas de hacerlo. Estar con Humberto la convertía en una persona cálida y tranquila. ¿Qué podía perder si hablaba? En ese instante se dio cuenta de un nuevo problema. En la carta le había dado la dirección y el teléfono de su casa en San Rafael, y ella ya no estaba allí. ¿Cómo se enteraría de las razones por las que Victoria Lynch la había ido a buscar al orfanato?

—Me encanta escucharte... —le dijo ella en ese momento. La intensidad de las revelaciones que le había confiado sobre su pasado la animaron a despojarse de todos sus prejuicios y se decidió a hablar. Una vez más, Cáseres sería su auxilio emocional—. También arrastro una historia triste. Crecí en un orfanato en Tunuyán. Una tía me dejó allí una mañana, diciendo que mi madre había muerto en el parto y que ella no podía cuidarme. Prometió regresar a verme, pero nunca lo hizo. Las monjas hicieron los trámites para darme el nombre que ella les dio. No sé quién es mi padre tampoco. Jamás nadie se interesó por mí. Imaginé toda mi vida distintas historias para escapar de la realidad de abandono que me azotaba. Escribí diarios que hace poco quemé. Me casé muy joven, cuando conocí a Lucio en mi primer trabajo en la bodega Madison y dejé el empleo. Él me quería en la casa y yo creí que eso era amor. Nunca regresé al orfanato.

Humberto la había escuchado embelesado. Era una bella mujer, no estaba maquillada pero era linda de la manera más natural posible. Tenía algunas arrugas en el rostro, sus ojos eran verdes y su cabello oscuro, casi negro. Lo llevaba a la altura de los hombros, ondulado. Era más bien delgada. Cuando sonreía, se veían las líneas del sacrificio marcado en su recuerdo.

—También me gusta escucharte —dijo él.

—Hace poco regresé al orfanato guiada por un impulso. Buscaba mi origen, algún dato más. Y allí la única monja de entonces, todavía viva, me reconoció. Me habló con mucho cariño y me repitió la misma historia que ya me habían contado en el pasado, pero agregó que alguien había preguntado por mí hacía poco. Imagínate mi sorpresa. Quizá puedas ayudarme. Me llevé sus datos y le escribí una carta pero ahora ella tiene la dirección de San Rafael y si me busca allá, yo ya no estaré. Lucio no sabe dónde estoy.

–¿Qué puedo hacer yo para ayudarte?

–La persona que me buscó, no logró entender por qué, es Victoria Lynch.

Humberto quedó perplejo. No comprendía absolutamente nada. No se le ocurrió qué decir. Entonces no dijo nada para no causar expectativas o dar datos que no fueran oportunos.

–Yo no comprendo para qué te buscó pero no te preocupes, puedo hacerle saber dónde encontrarte.

Luego de esa primera noche de conversación, ella se retiró a descansar pensando en él que dormía tan cerca de su dormitorio y que había logrado tocar su alma vacía con la suavidad de la protección que su presencia le brindaba. Él no durmió. Pensaba en ella y un gran deseo de abrazarla había vencido el descanso nocturno. Además, tenía muchos interrogantes que solo Esteban y Victoria podrían disipar.

Al día siguiente ella decidió con criterio irse al apartamento que le había ofrecido. Le dijo que tenía algo de dinero y que para recuperar a sus hijos sería mejor que estuviera viviendo sola. "Ellos no entenderán el modo en que nuestras soledades se acompañan", le había dicho. Humberto estuvo de acuerdo.

Capítulo 51

Vivir es desviarnos incesantemente.
De tal manera nos desviamos, que la confusión
nos impide saber de qué nos estamos desviando.

Franz Kafka

De San Rafael a Luján de Cuyo, año 2008

La última conversación con Solana lo mantenía vivo pero la esperanza se iba apagando al ritmo de un silencio infinito que no recuperaba su voz otra vez. La había llamado varias veces, quería contarle sobre el accidente de Beltrán; hablar con ella, decirle que él le había pedido perdón; que había recuperado el vínculo con su familia, que Gisel ya no lo había molestado. Pero ella no estaba. Más allá de desear hablar sobre su presente precisaba saber todo de ella, cómo había seguido su vida, qué había pasado con su ex. ¿Sería el ex? ¿Y si habían vuelto a unirse? Octavio la extrañaba con locura. ¿Solana lo extrañaba? ¿Le pedía el cuerpo de ella que lo encontrara como a él le sucedía? Al otro lado de su imperiosa necesidad de saber de ella solo había vacío. Solana le había dicho que también contaba el tiempo que la separaba del próximo beso, que amaba escucharlo pero luego había cortado con un "No podemos estar juntos". Él quería una respuesta, sentía que podía todo por ella menos el silencio de saberla lejos de su lado.

En el último tiempo su vida había dado tropiezos. Su alma se había caído, su corazón se había roto pero había algo que crecía dentro con la fuerza invencible de lo inevitable. Era el sentimiento hacia ella. Estaba enamorado, perdidamente enamorado. Por eso fue que decidió ir a hallar las respuestas que no venían a él.

Llegó a Cuyo y fue directamente a la clínica donde Solana trabajaba. Era horario laboral. Había averiguado todo de ella, sabía dónde vivía con su esposo y dónde era el apartamento de su hermano. Sin embargo, decidió no invadir esos espacios.

Subió al segundo piso donde estaba su consultorio y la vio. De lejos la observó con su delantal desprendido. Pensó que era todavía más linda vestida de médica, aunque deseó ver la piel de ella entre sus brazos y besarla. Dedicó unos minutos a mirarla. Ella habló con su secretaria y entró en el consultorio. Cuando se dispuso a anunciarse, vio que otro médico abría la puerta e ingresaba allí. No había pacientes esperando.

—Perdón señorita, necesito hablar con la doctora Noriega. ¿Sabe si tiene para mucho?

—No lo sé. Está con el esposo en este momento y tiene una

cesárea en media hora –respondió la secretaria–. ¿Por qué asunto es? ¿Es usted el esposo de alguna paciente? –agregó.

–Yo, sí. Pero no es importante. Regreso más tarde. No sabía que el esposo de la doctora era doctor, alcancé a verlo ingresar –dijo buscando obtener información.

–Sí, sí, es el doctor Gonzalo Navarro, pero él es traumatólogo. Atiende también aquí en la clínica –respondió.

–Gracias.

Octavio sintió ganas de llorar allí, de llorar como un chico al que le robaron los sueños. Había regresado con su esposo, por eso no lo atendía. ¿Cómo había podido hacerlo? Ella había dicho que no podía perdonarlo. Ella era distinta. ¿Por qué? ¿Había podido olvidar los días en Barcelona y el sentimiento que había nacido? ¿Y la noche juntos? Permaneció en el suelo. Lejos de la vista de la secretaria, pero atento a la puerta del consultorio. Sentía que estaba espiando su futuro.

Mientras, adentro del consultorio, Solana enfrentaba al padre de su hijo.

–¿Qué haces acá, Gonzalo? No me gusta que entres a mi consultorio sin llamar.

–Sabía que estabas sola. Necesito que hablemos.

–No tenemos nada que hablar –respondió. Estaba nerviosa. Su corazón agitado no encontraba explicación a la sensación de angustia que la atravesaba.

–Sí, tenemos. Esperamos un hijo y somos una familia.

–Dejamos de ser una familia cuando te acostaste con mi hermana –reprochó.

—Fue la peor equivocación de mi vida, te pedí perdón y voy a seguir haciéndolo hasta que vuelvas conmigo. Sé que me amas y yo te amo también.

—Ya no, Gonzalo. Ya no te amo. Es cierto que tendremos un hijo pero no vamos a criarlo juntos.

—Dices eso porque estás herida y lo entiendo pero lo que sentimos sigue acá —dijo señalando su corazón— y está esperando que volvamos a empezar. Amar es darse oportunidades, Solana, no me niegues la mía, ni le niegues a nuestro hijo la suya.

Ella lo miró, ni siquiera forzando su voluntad podía volver a sentir. Octavio Madison Lynch era lo único que veía, sentía y anhelaba.

—Por favor, deja de hablar del amor como si fueran frases hechas para un póster. Se terminó. Vas a ver a nuestro hijo, no puedo negarte ese derecho, pero no volveremos a estar juntos —respondió con firmeza—. Te acompaño —agregó y se puso de pie. No quería hablar más. Al abrir la puerta, ambos salieron.

Gonzalo la miró y antes de que ella pudiera evitarlo, tomó su rostro con ambas manos y le dio un beso en la boca.

—Voy a recuperarte. Te amo —susurró. Ella no respondió.

La secretaria los observó con una sonrisa. A la distancia, Octavio tembló. Ese beso significaba la muerte de su única ilusión. Sus ojos no pudieron evitar que una lágrima herida como su alma rodara por su rostro. No podía creer que ella lo hubiera olvidado, que eligiera regresar con alguien capaz de traicionarla. Él no era capaz de volver con Nadia, aunque nunca la hubiera conocido.

Con su único sueño desgarrado de impotencia, se fue de la clínica sumergido en una pena que llevaba el nombre del desconsuelo. Sintió que una vez más la vida lo había olvidado. ¿Por qué? Él estaba convencido de que ella podía rescatarlo de todo, le había devuelto las ganas de vivir en Barcelona. Le había enseñado que al otro lado de los golpes existían caricias, que él podía ser un príncipe para una extraña que lloraba y que gracias a él había vuelto a sonreír. ¿Dónde iba la magia cuando la verdad la destrozaba? ¿Dónde iban los sueños y los planes cortados por un puñal de sucesos que no debían ocurrir? ¿Qué pasaba con las personas que vivían por el amor hacia alguien que les arrebataba la sonrisa a fuerza de olvido?

No tenía ni una sola respuesta. Para él, Solana era diferente. Se había vuelto a equivocar. Condujo hasta San Rafael como un autómata. No podía sentir nada a excepción de una tristeza que le hacía doler el cuerpo. El vacío de saber que ella no lo había elegido le taladraba las posibilidades de ser feliz. La imagen del esposo de ella tomando el rostro entre sus manos y besándola en la boca le provocaba una sensación de asfixia que le costaba controlar. Solana era suya, era su ángel. ¿Cómo haría para continuar sin ella? Nada tenía sentido. Sería un hombre solo toda su vida. No había habido amor antes de ella, tampoco lo habría después.

¿Por qué ella no le había dicho la verdad? ¿Por qué nadie consideraba que él era merecedor de honestidad?

Tuvo ganas de morir.

* * *

Solana ingresó en su consultorio, cerró la puerta y lloró. Tomó de su bolsillo el pañuelo de Octavio. No lo había lavado para que su olor perviviera en él y así pudiera sentirlo más cerca. Se secó las lágrimas. No había hecho nada frente al beso de Gonzalo, porque no quiso evidenciar lo que ocurría delante de la secretaria. La había tomado por sorpresa. No sintió nada con el beso. Solo había posado los labios sobre su boca pero ella no había sentido nada. Quería a Octavio y nada cambiaría esa realidad. Sabía que la insistencia de Gonzalo sería algo que terminaría agotándola pero esperaba un hijo de él. Debía pensar cómo iba a continuar. Se acarició el vientre que comenzaba a asomar, bajo la ropa no se notaba pero allí estaba el testimonio de una pareja condenada al fracaso y la razón de un amor perfecto que jamás sería. Todo eso era ese hijo que amaba con toda su alma. *Solo tú y yo, hijo, para enfrentar al mundo*, pensó.

Debatida entre la vida que crecía en sus entrañas y la muerte de su único sueño, salió de allí rumbo al quirófano.

Capítulo 52

Borra el pasado para no repetirlo, para no tratarte
como te trataron ellos; pero no los culpes,
porque nadie puede enseñar lo que no sabe,
perdónalos y te liberarás de esas cadenas.

Facundo Cabral

Dos días después, Salvadora regresó al apartamento de sus hijos. Se vistió con la actitud definitiva que había adoptado, ya no sería sumisa ni víctima. Ella era Salvadora Quinteros, alguien que había mirado de frente al destino y había decidido cambiarlo. Humberto la apoyaba y eso le daba fuerzas para cualquier cosa. Por primera vez sentía que la vida la respaldaba. Eso alcanzaba para plantarse al otro lado de cualquier puerta, pedir perdón y ser implacable al momento de repetir ese hecho las veces que fuera necesario. Por sus hijos, todo. Pondría la otra mejilla, si era necesario, pero lo haría con dignidad.

Los dos estaban desayunando. Wen abrió la puerta y allí

estaba en el pasillo su madre, con un fulgor diferente en la intención.

—¡Hola, hijos! —dijo.

Solana se puso de pie y tomó una actitud defensiva en silencio. Wen la hubiera abrazado. Estaba cansado de la distancia, pero los hechos se lo impedían. Pensaba que era más de lo mismo, pero esta vez se equivocaba.

—Sé que no quieren verme, pero solo les pido que me escuchen.

—¿Qué pasa? —preguntó Wen, dado que Solana no hablaba.

—Perdón, lo siento. Siento en el alma mis errores y no quiero perderlos. Los amo, siempre los he amado, aunque no supe cómo hacerlo. No me justifico pero quizá sea porque nadie me ha amado tampoco y mi pasado vacío poco me enseñó en ese sentido —los dos la miraban—. Dejé a su padre. Estoy viviendo en Luján de Cuyo, en un apartamento para estar cerca de ustedes. Quiero volver a empezar —agregó.

—¿Y qué vas a hacer cuando tu hijita consentida venga a verte? —interrogó Solana con ironía.

Las lágrimas llegaron antes que la respuesta. Ambos la observaban atentamente.

—Ella no vendrá.

—No la conoces —alegó Wen—. Vendrá a destilar su veneno y su maldad. No necesitamos nada de eso por acá.

—Es cierto. Si viviera, es posible que eso ocurriera, pero Alondra murió. Se hizo un aborto clandestino. No sé de quién era el hijo que esperaba. Una infección y una gran hemorragia terminaron con ella. Solo los Dubra fueron a su sepelio. Murió inmersa en la misma soledad que generó durante toda su vida.

Solana se sentó. El hijo era de Martín Dubra. Ella lo sabía. ¿Tenía sentido revelarlo y arruinar, tal vez, una buena familia? ¿Muerta? No sentía dolor sino lástima. Pensó que cada uno era el responsable de lo que decidía. Tocó su vientre instintivamente y se compadeció de ese bebé inocente que no llegó a la vida. Quizá fuera mejor así. Miraba a su madre y la veía distinta. La necesitaba, pero su orgullo la paralizaba.

Wen, por su parte, solo se sintió sorprendido. Para él, muerta o viva, era lo mismo porque no pensaba verla nunca más. Quizá muerta era mejor, porque estaba asegurado que ya no haría más maldades.

—Yo no lo siento, mamá. Perdóname —dijo Wen.

—Yo… lamento lo del bebé inocente —agregó Solana. Prefirió callar lo que sabía.

Salvadora pudo darse cuenta que sus hijos necesitaban tiempo para procesar lo que les decía.

—Quiero decirles que Humberto me ha ayudado a encontrar vivienda. Es un gran hombre que los quiere como un padre. Lo conocí en la iglesia el día de tu casamiento, Solana, cuando escapé llorando de allí. Les pido que no lo juzguen. Ustedes son lo que más quiere en su vida. Además, alguien me ha buscado en el orfanato. Intento reconstruir mi pasado —adelantó.

Les entregó una dirección escrita en un papel.

—Acá les dejo mi nueva dirección. Estaré ahí esperándolos siempre —dijo y se dispuso a irse, cuando uno mano firme y segura la detuvo al apoyarse sobre su hombro. Un escalofrío la recorrió entera.

–Mamá… –se dio vuelta y no pudo evitar abrazar a su hijo con desesperación. Abrazó el tiempo en que no lo vio convertirse en un hombre y la distancia que acababa de romper. Lloró. Lloraron. Cuando se separaron, Solana no estaba. Fueron a la habitación y la vieron sentada en la cama llorando en silencio.

–¿Me dejas abrazarte, hija?

No respondió. Miraba para abajo. Salvadora buscó a Wen con la mirada, él le hizo un gesto para que avanzara, conocía bien a su hermana. Se acercó, se paró delante de ella y la atrajo hacia su vientre. Le acarició el cabello rubio y la sintió sollozar.

–Shhh… no estás sola. Mamá volvió para quedarse y ayudarte en todo lo que necesites. Te amo, hija. Siempre fuiste mi orgullo. Tú hiciste lo que yo soñé.

Los brazos de su hija se abrieron a la oportunidad de volver a creer y la rodearon con temblor.

–Fue difícil, mamá… nos hiciste falta… –alcanzó a decir.

Afuera se desencadenó una tormenta, como si la lluvia hubiera llegado de improviso a lavar las heridas para que cerraran por fin. Solana se puso de pie y lloró, lloró tanto que sus ojos estaban agotados. Todo ese tiempo Wen estaba allí, custodio de su corazón. Sabía que su madre era la única persona a la que podía confiar el cuidado de su Solana.

–Lo sé, hija, y te prometo que voy a recuperar el tiempo perdido y haré que estén orgullosos de mí.

Capítulo 53

El día que una mujer pueda no amar
con su debilidad sino con su fuerza,
no escapar de sí misma sino encontrarse,
no humillarse sino afirmarse, ese día el amor
será para ella, como para el hombre,
fuente de vida y no un peligro mortal.

Simone De Beauvoir

Humberto no se separaba de Salvadora mientras podía evitarlo. Ir a trabajar se había convertido en un esfuerzo que lo aislaba de su compañía. Desde que había llegado, hacía apenas varios días atrás, habían logrado una confianza y una necesidad de estar juntos que llevaría años construir en circunstancias normales pero que se había dado así, de manera espontánea entre ellos. Los unía una empatía inexplicable desde la razón pero muy clara desde las explicaciones del alma y los sentimientos. Hablaban mucho, de diversos temas. El perdón de los hijos le había devuelto a Salvadora una frágil sonrisa a su expresión que se borraba por el recuerdo de su hija fallecida. Rezaba por ella.

Salvadora cocinaba muy bien, de manera que con un gesto de cariño lo invitaba a almorzar y a cenar. Él no podía creer que alguien lo estuviera esperando con la cena lista. Tomó real conciencia de la soledad de toda su vida cuando le confesó que nunca había convivido con nadie que no fueran sus padres.

–Nunca una mujer me esperó en ningún lugar –dijo una noche.

–Nunca hasta ahora. Yo te estaba esperando y te confieso que si no hubiera sabido que me ayudarías, no sé si hubiera tenido fuerzas para enfrentar el cambio de mi vida –respondió con honestidad. Sentía mucho por él, pero a la vez pensaba que no se imaginaba desnuda delante de sus ojos con su piel arrugada por el tiempo y con la gravedad vencedora de su cuerpo. No era fea y lo sabía, pero su autoestima estaba por el suelo. Sus hijos habían aceptado sin decir nada que frecuentara a Cáseres y eso les daba tranquilidad a los dos. Él la quería y consecuentemente la deseaba, pero los prejuicios, parecidos a los de ella, detenían su contacto físico. Sus emociones estaban enlazadas y latían a una misma intensidad. Luego de la cena, miraron una película abrazados en el sillón y él se animó a besarla. Ella respondió temerosa.

–Quiero quedarme, Salvadora. Esta noche no deseo estar solo en mi casa. Tampoco las noches que vendrán.

–Tengo miedo.

–Lo sé. Yo también, pero creo que nada tenemos que temer. Hemos pasado muchas cosas, demasiadas, solos. ¿No crees que si nos encontramos no podemos mirar hacia otro lado? ¿Cuántas oportunidades de ser felices te parece que la vida nos dará, si perdemos esta por miedo?

Lo que decía era absolutamente cierto.

—Quizá ninguna —respondió.

—¿Entonces?

—Entonces quiero que te quedes a dormir conmigo y que me tengas toda la paciencia de la que seas capaz.

Un beso apasionado unió la decisión de disfrutar la oportunidad que la vida les lanzaba como un premio único. La noche había devorado los silencios y se descubrieron capaces de sentir todo lo que habían soñado. El amor los hizo a ellos y el placer se tiñó de sus nombres dibujándoles felicidad en los latidos del corazón. Las sábanas fueron leales testigos de que no existe edad que pueda obstaculizar la entrega. Probablemente, la dura vida de ambos significó la recompensa del abrazo que los encontró sonriendo como adolescentes en aquel dormitorio tibio por la pasión.

—¿Estás bien? —preguntó él. Ella descansaba su rostro sobre el pecho masculino mientras saboreaba en su memoria reciente el modo en que ese hombre la había tratado.

—¿Bien? Creo que por primera vez en mi vida, sé lo que eso significa. Estoy segura en tus brazos, en tu cama. Claro que estoy bien. Sospecho que estoy bien enamorada —respondió.

Él no pudo hablar, solo la besó intensamente.

Capítulo 54

*Todo santo tiene un pasado
y todo pecador tiene un futuro.*

Oscar Wilde

San Rafael, Mendoza, año 2008

Sara avanzaba en su rehabilitación, iba al gimnasio con Esteban y, si bien tenía altibajos en su estado de ánimo, continuaba su camino con la misma actitud de siempre. Había descargado una aplicación con un reloj en cuenta regresiva que llegaría a la hora cero el mismo día en que se cumplieran seis meses transcurridos desde su operación. Mientras el cronómetro avanzaba hacia atrás en el tiempo más difícil de sus dieciséis años, ella iba hacia adelante, persiguiendo con tenacidad la felicidad que por derecho se había ganado. Poco faltaba para el gran partido de su regreso.

Sara era mucho más que sus ligamentos rotos. Era la convicción de que nunca sentiría lástima de sí misma y de que regresaría a la cancha, más fuerte. Solía decir "Lo que no te mata te fortalece" y lo creía.

Beltrán estaba casi recuperado del accidente. Había anunciado que realizaría un viaje. Necesitaba poner distancia, quería que las cosas se modificaran, pero sabía que el gran cambio debía nacer en su interior. No había recetas mágicas. Había cometido un gran error y estaba pagando las consecuencias. Octavio necesitaba tiempo y era justo. Esteban y Victoria pensaban lo mismo. Beltrán procuraba cruzarlo lo menos posible y no se sentaban juntos a la mesa familiar. Cuando Octavio estaba, él se iba. Con su hermana mantenía una relación buena. Ingresó en su habitación a verla y hablaron de lo ocurrido.

–Déjalo, Beltrán, dale tiempo. Ya hiciste todo lo que podías hacer. Ahora solo te queda esperar.

–Es cierto, Sarita, pero será más fácil que esto madure si me voy. Decidí irme a Oriente. Estaré casi dos meses viajando.

–¿Oriente? ¿Por qué Oriente? –preguntó con sorpresa.

–Porque estoy cansado de Occidente. La gente, sus bajezas, las traiciones. Yo mismo me mimeticé con costumbres que no me gustan. ¡Me voy a impregnar de buenos hábitos! Lo voy a intentar al menos. Un poco de espiritualidad y de vida interior me hará bien.

–Solo eso nos falta a los Madison, que traigas una oriental a casa –dijo sonriendo–. Pobre mamá –agregó. Los dos rieron con la ocurrencia.

–¿Cuándo te vas?

—En dos días. Ya les dije a mamá y papá.

—¿Adónde vas exactamente a buscar tu yo? —preguntó jocosa haciendo alusión a la espiritualidad.

—Lejos, preciosa. A Japón, India y China. Quiero darle a Octavio espacio y tiempo. También resolver cuestiones mías.

—Las orientales no podrán resistir tus encantos, vas a ver —agregó sonriendo.

—Tranquila. Créeme que no me quedan ganas de mujeres.

—Lo sé —respondió seria.

—Hoy me voy a Cuyo a visitar a mi amigo y a despedirme, pero antes quise que tuvieras esto —dijo. Se quitó la cruz de oro que colgaba de su pecho—. Era de Gina, mi madre. Fíjate que atrás dice "23 años". Se supone que mis abuelos se la regalaron cuando cumplió esa edad. Es el número de tu camiseta y es muy importante para mí. Quiero que tú la tengas desde ahora. Es para cuando regreses a jugar, porque yo no estaré, pero mi madre y toda mi energía estarán cuidándote. Te quiero, nena. Te quiero muchísimo.

—Gracias... —agregó observando con cariño el regalo. Tomó el objeto, lo examinó y al ver el grabado en oro, se emocionó. Ella no era muy fácil de conmover pero pensó que era lo único que él conservaba de su madre y se le hizo un nudo en el estómago—. ¿Estás seguro de que quieres dejármela?

—Completamente. Quiero regalártela —un abrazo hizo el resto. Los dos sabían que el tiempo sin verse sería largo y que Sara enfrentaría su destino—. Vas a brillar, hermanita. No dudes de eso jamás. Estaré pensando en ti.

–Te quiero –respondió. Luego él le colgó la cruz que ya nunca quitaría de su cuello.

＊ ＊ ＊

Luján de Cuyo, año 2008

Beltrán llegó a casa de Wen justo cuando Solana acaba de salir.

–¿Café? –preguntó el dueño de casa que lo estaba esperando.

–Sí, dale.

–¿Qué pasó que decidiste venir?

–Vine para saber cómo estaban, para hablar con Humberto y para despedirme.

–¿Ya lo viste?

–Sí. Le dije que nunca creí nada de todo lo que dijo esa mujer, Gisel, y que le agradecía todo lo que había hecho por ustedes. Estoy tratando de dar a mis afectos todo el valor que merecen y de decir las cosas que siento y he guardado siempre.

–¿Qué dijo?

–Se sorprendió y dijo que no tengo nada que agradecer. Que el agradecido es él. Que ustedes le cambiaron la vida. Es un gran tipo.

–Sí, que lo es. Un padre para mí.

–¿Cómo va tu relación con Delfina?

–Estamos bien. Cada tanto vuelven sus miedos pero podemos manejarlo. Estoy loco por ella y trato de que esté segura de eso. Me ama, lo demás, la vida irá diciendo.

–¡Qué bueno! Me alegro sinceramente por ti.

–Lo sé.

–¿Qué te preocupa entonces? Te conozco y no estás bien del todo.

–Mi hermana.

–¿Sigue viviendo acá?

–Sí. Pero no es eso. ¿Puedo contarte algo y pedirte que no se lo digas a nadie?

–Por supuesto.

–Ella está perdidamente enamorada de Octavio, toda la vida lo estuvo. Él nunca supo que ella existía. A veces pienso que no debió casarse con Gonzalo.

–¿Qué Octavio? ¿Mi hermano?

–Sí.

–Es un chiste… –dijo incrédulo.

–No. Para nada. Ella creció mirándolo. Era su ideal, "su príncipe" según sus propias palabras, pero como te dije, él nunca la vio. Cuando se fue a Barcelona huyendo de la traición del esposo, lo encontró allá. Él llegó a ese lugar escapando de lo que había descubierto entre tú y Nadia, no sé cómo lo supo. La vio llorando, le dio un pañuelo, qué se yo qué carajo pasó. La cosa es que compartieron esa semana y la última noche estuvieron juntos. Mi hermana regresó, él la llamó, hablaron algunas veces y desde que Solana dejó de atenderlo es un alma en pena. Al principio, él insistía con sus llamados pero ya dejó de hacerlo.

–No entiendo nada. Jamás supe que se conocieran. Bueno en verdad poco sé de ese viaje. Mi accidente y la distancia entre él y yo hicieron que no hablemos de nada. Pero ¿tu hermana no esperaba un hijo del esposo?

–Lo espera y esa es mi preocupación. Casi no come. Trabaja de manera automática y no la vi sonreír nunca más.

–Sigo sin entender.

–Ella nunca le dijo que sabía quién era. Y tampoco le contó de su embarazo.

–Y entonces ¿tiene miedo de que él no la acepte?

–No quiere decirle. Dice que le ocultó la verdad y que a su modo también lo traicionó. Yo no sé si es mejor que no lo vea más o que le cuente. La verdad es que quiero ayudarla pero esta vez no sé cómo actuar. Por eso estoy preocupado.

–Mira, si fuera otra la relación con mi hermano podría hablar con él, pero dadas las circunstancias... Además, si él dejó de llamar... No sé. Me parece que debes dejar que sea lo deba ser. No meterte.

–Sí, supongo que tienes razón.

–Me voy de viaje. Vine a despedirme –dijo, dando un giro al tema aunque continuaba pensando en eso.

–¿Adónde?

–A Oriente. Dos meses, Japón, India y China.

–¿Por qué tan lejos?

–Quiero distancia y buscar la parte de mí que no se lleva bien conmigo.

–Amigo, no necesitas viajar para eso. Pero si crees que te hará bien, te deseo lo mejor. ¿Cuándo te vas?

–En dos días.

Conversaron un rato más y Beltrán se fue. Se dieron un profundo abrazo y Wen lo acompañó hasta el automóvil. Al volver al apartamento, Wen vio un avioncito de papel arriba de la barra de la cocina. Había una nota:

"Gracias por tu amistad de toda la vida y por haberme enseñado el valor de las cosas. Un abrazo, Beltrán".

La nostalgia le había ganado la partida a Beltrán a fuerza de sufrir. Era el avioncito que de pequeño, cuando nada tenía, él le había obsequiado. Beltrán lo tenía todo entonces, pero había elegido jugar con ese objeto que era producto de la imaginación de alguien que se aferraba a los sueños para disfrutar a pesar de la adversidad. Quizá ese viaje que su amigo haría estuviera marcando en su destino el modo de hallar aquello que le faltaba: paz interior.

La vida era absolutamente imprevisible a veces.

Capítulo 55

Lo que satisface el alma es la verdad.
Walt Whitman

De Luján de Cuyo a San Rafael, año 2008

Beltrán regresó a San Rafael sumergido en las palabras de Wen. Su memoria daba vueltas alrededor de su vida y una decisión que no se atrevía a tomar giraba en torno de él. Tenía la necesidad de hacer algo antes de irse. Deseaba ayudar si estaba a su alcance. Tenía un presentimiento.

Si era cierto que su hermano había estado con Solana en España y después de eso la había llamado insistentemente, entonces era probable que ella no hubiera sido algo de momento para él. Presumía que debía tener algún interés.

No obstante, le costaba comprender cómo habían podido entenderse. ¿De dónde habían encontrado voluntad para conocer a alguien? Se dijo que ella ya lo conocía pero igual estaba huyendo de una situación extrema como la de hallar a su hermana acostada con su esposo cuando iba a contarle que iban a tener un hijo. Y Octavio, después de haber escuchado cómo su hermano y su novia estallaban en un orgasmo. No tenía fuerzas para imaginar esa parte. Un real horror. Pensó que ningún perdón alcanzaría para llegar a las fibras de su corazón.

Tenía en la cabeza un millón de interrogantes. ¿Cómo una mujer como Solana se había acostado con alguien que no era el padre del hijo que esperaba? Sabía que ella no era ninguna zorra. Era seria, trabajadora, ideal. ¿Podía un amor de siempre derribar las barreras de un mundo adulto que la había azotado mostrándole el peor modo del dolor? Y él, ¿de dónde había encontrado ganas para seducir a alguien? La única que podía saber algo era Sara pero seguro le habría jurado no decir nada y en ese punto su hermanita era infranqueable.

Pensó qué pasaría si realmente su hermano tenía interés en buscar a Solana y no lo hacía creyendo que a ella no le importaba volver a encontrarlo.

Pensó que en verdad, Solana y Octavio tenían mucho en común. Sus pensamientos fueron víctimas de una ironía feroz, ambos habían sido traicionados en su relación de pareja y por sus hermanos. Luego, eran médicos, de la misma especialidad. Ella, dócil y buena, hasta donde sabía. Sufrida por la ausencia de su madre. Decidida. Él, un hombre sin vueltas ni reveses. Honesto y generoso.

Pensó si no estaría frente a la oportunidad de hacer algo por Octavio. No intentaba congraciarse con él, pero quizá debía enterarse de que Solana esperaba un hijo y que estaba triste por haberle ocultado su verdad. Que estaba enamorada. Luego, que él decidiera qué hacer. No era una situación fácil con un hijo de otro en medio. Él no se haría cargo de algo así pero su hermano no era él, eso estaba probado. Esteban Madison lo había criado y él no era su hijo. Victoria había criado a Octavio que tampoco era hijo suyo y lo había aceptado a él con igual amor. No sería extraño que Octavio repitiera esa historia.

Seguía conduciendo y pensaba que tal vez todo era un disparate, que no tenía que meterse donde no lo llamaban. Se impuso pensar en su viaje. Lo logró pero enseguida retomaba la misma idea.

Al llegar a su casa, Octavio no estaba. Fue directamente a buscar a Sara. No se hallaba en su dormitorio. Le preguntó a Victoria y le dijo que había ido al gimnasio con Esteban. Fue a buscarlos.

Los halló riendo entre mancuernas y máquinas. Su hermana se había convertido en una mujer hermosa. Se dio cuenta de que todos la miraban. Su cuerpo era casi perfecto y su sonrisa no tenía nada que envidiar a lo que mostraban sus calzas. Sintió celos. Ojalá tardara mucho en ponerse de novia.

Se acercó y la saludó. Se alegró de ver en torno a su cuello la cruz que le había regalado.

–¡Hola, bombón!

Ella se dio vuelta y al verlo sonrió.

–¿Qué haces acá? Dime que no hay problemas nuevos en casa.

–No. No hay problemas. Necesito que me digas algo si es que lo sabes.

–Hijo, ¿qué pasó? ¿Mamá está bien? –preguntó preocupado Esteban. Beltrán jamás iba a buscarlos al gimnasio.

–Sí, papá. Todo está muy bien. Tengo que hablar con Sara, nada más.

–¿Y no podías esperar a que vuelva? ¿Es grave?

–Basta, papá. Termina con la fatalidad –agregó Sara y siguió su rutina esperando que su hermano la siguiera.

–Tiene razón. Después de todo lo ocurrido, me asusto fácilmente –dijo Esteban a su hijo.

Beltrán dejó a su padre y fue en busca de Sara que ya se había ido a correr a la cinta. Estaba con los auriculares puestos. Era terrible esa chica. No paraba. Se los quitó. Ella sonrió sin dejar de correr.

–Sara, ¿te dijo Octavio si conoció a alguien en Barcelona?

–¿Por qué tendría yo que contarte eso? Sabes que guardo secretos como nadie.

–Mira, es muy largo de explicar. Yo solo necesito saber si mencionó a una mujer y si era importante para él.

–¿Por qué?

–Basta, Sara. Es en serio. Quizá sepa algo que pueda cambiar las cosas pero no estoy seguro. No pretendo relacionar esto con el perdón que le pedí. Solo quiero antes de irme hacer algo bien, si tiene sentido hacerlo.

Ella detuvo la cinta y lo miró fijo.

–No termino de entender por qué estás así de enroscado y misterioso, pero quiero seguir entrenando y supongo que no te vas a ir si no hablo.

–Exacto.

–Conoció una mujer, Solana. Me acuerdo el nombre porque me gustó. Es raro. Se enloqueció con ella. Dijo que estaba enamorado pero parece que es casada y que volvió con el esposo. Eso fue lo último que me dijo. Está hecho mierda por eso. Dijo que la fue a buscar y la vio besando al esposo. La verdad, pobre Octavio, necesita una brújula para buscar pareja. ¡Qué mala suerte!

La expresión de Beltrán se transformó. Sara hubiera jurado que estaba feliz.

–¡Gracias, nena! –dijo eufórico. La levantó en el aire y le dio un beso en la frente.

–¿Estás loco? ¿Qué pasa? –preguntó riendo.

–Puedo hacer algo por él. Lo sabía, Sara. Algo me decía que no era una locura.

–Bueno, me alegro por los dos. Ahora, déjame entrenar y después me cuentas. Te dije lo que sé solo porque él no me pidió expresamente que me calle.

–Lo sé, Sara Madison, lo sé.

–Chau, papá –gritó de lejos y se fue.

Condujo directamente al hospital. Victoria le había dicho

que Octavio estaba de guardia. Iba ansioso como un niño. Se sentía feliz de tener la oportunidad de hacer algo por él. Pocas veces en el último tiempo los hechos estaban de su lado. Bajó y preguntó por él, le indicaron en donde estaba.

Una enfermera salió de la sala de guardia.

–Disculpe... ¿El doctor Madison? Soy el hermano.

–Pase, no hay nadie con él.

Beltrán agradeció internamente esa tregua. Podría hablar sin interrupciones. Octavio le daría poco margen para hacerlo, estaba seguro de eso.

–Hola, Octavio.

Se dio vuelta y al verlo las palabras salieron de su boca como de memoria.

–Estoy trabajando, Beltrán.

–Sé que no quieres verme. Pero tienes que escucharme. Dame cinco minutos y me voy. Tal vez te importe lo que tengo para decir.

–Lo dudo.

–Sé que conociste una mujer en Barcelona. Que es médica también –Octavio estaba sorprendido. ¿Qué podía saber él sobre Solana o sobre ese viaje? Lo miró con interés y permaneció en silencio–. Se llama Solana Noriega. Vive en Cuyo.

–¿Cómo sabes eso? Si vas a mezclar las cosas con lo que pasó con Nadia, prefiero que te vayas.

–Nadia no tiene que ver en esto. Mi error es imperdonable. Solo trato de hacer lo que creo que es correcto. Ella llegó a Barcelona escapando de una traición. Encontró al esposo

acostado con la hermana. Ella no tenía trato con esa hermana
hasta ese día en que fue a buscarla para pedirle perdón por
cuestiones del pasado. En verdad la familia es de San Rafael.
El padre trabaja para papá.

–¿Qué?

–Eso. El padre, Lucio Noriega, es un hijo de puta. Cuando
ella dijo que quería estudiar casi la mata. El hermano, Wen,
mi amigo desde la infancia, la defendió y los dos se fueron de
la casa. Yo los ayudé.

–¿Tú? ¿¡Amigo de su hermano!? Explícate.

–De chico conocí a Wen. Tú no te tratabas con los trabaja-
dores pero yo sí. Nos hicimos amigos y mantuvimos por años
esa amistad. Yo le pedí a papá que ayudara a dos amigos sin
decirle, en ese momento, que eran hijos de un peón, porque
Wen me lo pidió. Papá habló con Humberto y él les dio casa
y trabajo. Yo los ayudé con dinero. Son buena gente ambos.
Ahora Wen es la mano derecha de Humberto.

–Sigo sin entender. Los conoces, bueno, te felicito. Tengo
que seguir trabajando.

–No. Pará. Ella está perdidamente enamorada de ti. Hablé
con Wen. Él mismo me lo dijo.

–Ella volvió con su esposo –por primera vez se involucraba
en la conversación. Dejaba salir sin desearlo su frustración.

–No. No sé lo que viste. Obligué a Sara a contarme para
saber si ella te importaba. Sé que fuiste a buscarla y te volviste. Pero tienes que saber que Solana está sola. No perdonó
al esposo, está viviendo con Wen otra vez.

–Entonces ¿por qué no me atiende? –preguntó. Le dio la chance de convencerlo por un instante. Todo era raro, casual o causal, pero no llegaba al fondo de tanta revelación.

–Porque está embarazada y no te lo dijo. Cuando encontró al esposo iba a decirle que esperaba un hijo –a Octavio se le revolvió el estómago–. Antes de que la juzgues debes saber algo más. Ella creció mirándote. Dice Wen que tú no sabías que ella existía pero que ella te soñó su vida entera. Dijo algo así como que eras su príncipe.

La palabra "príncipe" sonó en sus oídos con sublime claridad. Fue la revelación que hizo que todo cobrara sentido. Enlazó en segundos todo lo ocurrido desde que vio a Solana por primera vez con las palabras dichas y las sensaciones. La verdad estaba delante de sus ojos gritándole que había una oportunidad.

Recordó de memoria la conversación:

–*¿Qué harías en este momento si pudieras elegir cómo ser feliz?*

–*Volvería a ser adolescente.*

–*¿Por qué?*

–*No te rías. Porque podría seguir esperando a mi "príncipe azul" y tal vez él llegara y entonces… No tendría el presente que hoy tengo.*

–*No voy a preguntarte sobre tu presente. Ya dijiste. Es una mochila no mucho mejor que la mía, pero ¿qué te gustaría hacer? Déjame ocupar el lugar de ese príncipe por un rato y entre los dos, olvidemos nuestras realidades. Eso es lo que yo elijo hacer por ahora.*

Entonces lo supo, él era su príncipe. Ella había aceptado la propuesta y así habían comenzado a escribir la historia. Le había respondido rápido que quería volver el tiempo atrás para poder esperarlo. Un estremecimiento lo recorrió entero y se detuvo en las puertas de su corazón. No podía pensar en otra cosa, casi olvidó que era Beltrán el que le daba la llave para volver a verla.

—Mira, es muy honesta y siente que te ocultó su verdad y que eso no tiene perdón.

Era cierto, tenía que serlo. Él le había dicho muchas veces que todos mentían y todos ocultaban. Él la había obligado a encerrarse en el silencio de su secreto.

Octavio parecía en trance y su hermano aprovechaba para darle toda la información que tenía.

—Lo único que te pido, si tengo derecho a pedirte algo, es que si no estás dispuesto a estar con ella y con su hijo, no la busques. El esposo se hará cargo de su hijo, pero ella no lo quiere a su lado.

De pronto Octavio volvió a mirarlo. Vio la expectativa y la alegría en su rostro. Beltrán estaba feliz por él. Podía darse cuenta de eso. La noticia no modificaba en nada su traición pero al menos, no había vuelto a ver a Nadia, se iba de viaje y antes intentaba que lo que sabía por obra del azar o del destino llegara a su conocimiento. Se imponía decirle algo.

—Yo te agradezco. No sé cómo enlazaste toda esta historia para venir a contarme pero te lo agradezco, aunque eso no cambia tu traición.

–Lo sé. No pretendo eso. Me voy –dijo. No quería mezclar las cosas. Ya había hecho lo que había deseado hacer.

–Espera.

Beltrán se detuvo.

–Buen viaje si no te veo y hablaremos a tu regreso. Avisa cómo estás. Te vas demasiado lejos, según me dijo mamá.

Beltrán supo que iba a perdonarlo. Una sensación de infinita gratitud recorrió su cuerpo. Elevó su alma al cielo y si era cierto que había un Dios que escuchaba, a Él le dio las gracias.

Octavio se quedó sentado en la misma sala de guardia en la que descubrió la traición de Beltrán y Nadia. Allí, entre las mismas paredes que fueron testigo de su peor momento vio la luz de una posibilidad. Pensó en el embarazo. Ella se había entregado a él, porque lo conocía, lo había dejado entrar en su cuerpo a pesar de que allí crecía un bebé inocente que no era su hijo. Tenía que amarlo, ninguna mujer se hubiera dejado tocar por nadie en esa situación.

Se preguntó si ese embarazo era un límite. ¿Podía amarla, aunque su primer hijo no fuera de él? ¿Era capaz de entender y perdonar que ella no le hubiera dicho que lo conocía desde siempre y que estaba embarazada, habiendo tenido tantas oportunidades de ser sincera?

Tomó entre sus manos la medalla de san Expedito que todavía tenía en su cuello y meditó la respuesta.

Capítulo 56

*Dios no manda cosas imposibles, sino que,
al mandar lo que manda, te invita a hacer lo que puedas y pedir lo
que no puedas y te ayuda para que puedas.*

San Agustín

Esa tarde Victoria ingresó en su dormitorio. Observó el ambiente y sintió una sensación de alivio y bienestar. Era la misma habitación testigo de tantas de sus lágrimas que parecía en ese momento sonreírle y darle la bienvenida. Meditó un instante y sumida en sus pensamientos hizo mentalmente un balance emocional, el resultado le acariciaba la esperanza de volver por fin a su ansiada felicidad. Su hijo Octavio la había perdonado y solo veía a su madre biológica como una mujer que lo había entregado, no había compromiso afectivo alguno para él, eso le daba paz y sepultaba definitivamente sus miedos de tantos años. Sara se había rehabilitado y en días nada más volvería a jugar; si bien eso le causaba emociones encontradas, sabía que era el deseo de su hija y era feliz por ella. Beltrán había asumido su error y viajaría para poner distancia y darle espacio a Octavio; conocía muy bien a sus hijos varones y no tenía dudas acerca del perdón que los reuniría, ambos eran buenos. Como decía Esteban, solo había que dejar al tiempo hacer su trabajo y el amor fraternal haría el resto. La relación con su esposo le daba la seguridad que sueña toda mujer. La adversidad había vuelto infranqueable la fuerza del amor que los unía. Tenía ya las respuestas que había necesitado de su madre pero todavía quedaba pendiente la búsqueda de su hermana. Era esa una cuestión latente que opacaba su presente. Debía ocuparse pero no había decidido aún cómo continuar respecto de eso. *Ayúdame, Dios mío, indícame el camino, debo hallarla*, pensó.

Lupita le preparó el baño.

—Victoria, quédate tranquila. Dijo Eularia que todo se va a resolver. Que tengas paciencia. Dijo que alguien llega a la familia y que llenará de bondad a todos. Dijo también que el pasado empezará a ser favorable en tu vida.

—Lupita, me alegra oír eso y que te hayas ocupado de Eularia y los santos. Te daré dinero para compensarla, pero no puedo pensar ahora. Estoy muy cansada. Hablemos después —dijo. Siempre le quedaba la duda sobre la influencia de los poderes no terrenales, pero justamente por esas dudas no iba a mezquinar dinero en eso.

—Está bien. Es a voluntad. Ella no me pidió nada. Voy a prepararte algo de comer para cuando salgas del baño —dijo.

Luego de un baño de inmersión que renovó sus fuerzas, se puso la bata y fue directo a recostarse en su cama. La sorprendió ver, en el suelo, al costado de su mesa de noche, un sobre. Lo tomó, no tenía remitente. Al abrirlo vio una carta en letra cursiva clara.

Estimada Victoria:

No sé muy bien qué voy a escribirle en esta carta pero sé que no me atrevería nunca a ir a verla para decirle solo palabras encerradas en un montón de dudas sobre mi origen.

No conocí a mis padres. Me han contado que nací un 5 de agosto de 1952 y que, al día siguiente, mi tía me dejó en la Casa del Niño en Tunuyán diciendo que mi madre había muerto en el parto. Ella jamás volvió y yo he tenido que aferrarme a la historia que las monjas me contaron. Jamás nadie me buscó hasta que hace poco usted estuvo allí. ¿Por qué fue al orfanato a preguntar por mí? Volví, guiada por un impulso, tratando de encontrarme con mi pasado y la hermana Milagros me contó sobre su visita.

He vivido muy cerca de su familia, pero no creo que usted me haya visto alguna vez. Soy la esposa de un trabajador de la bodega, Lucio Noriega. Si él se enterara de estas líneas es probable que… Bueno, no importa eso. Si hay algo que usted sepa y yo deba saber, le pido que sea usted quien se acerque a mi casa. Yo no soy nadie para ir a la suya.

Mi dirección es calle Alvear 1124.

Disculpe si la he molestado,

Salvadora Quinteros.

Victoria no pudo evitar las lágrimas. Esteban ingresó en la habitación y la vio. Ella le entregó la carta.

—¡No puede ser! ¿Entonces tu hermana es la mujer de Lucio Noriega?

—¿Quién es Lucio Noriega?

—Un empleado de la bodega. El padre trabajó para mis padres hasta que murió. Los hijos de ese matrimonio son los chicos que ayudó Humberto en Cuyo porque Beltrán me lo pidió. Querían estudiar y el padre se oponía. Él les dio casa y trabajo y según sé la chica es médica y el hermano, su mano derecha. Me enteré por personal de la bodega que se les murió una hija, parece que en un aborto. Lo siento.

—¿Tengo sobrinos? ¡Dios mío! Tengo que ir a buscarla. ¿Una hija muerta? ¡Dios la libre de ese dolor!

—No sé mucho más que eso, pero es tarde ya. Vamos a descansar y mañana a primera hora te acompaño. No podemos llegar a medianoche.

—Es cierto.

Esa noche Victoria no pudo conciliar el sueño. Había hallado a su hermana. Toda la vida había estado cerca de ella y jamás le había visto el rostro. Se sintió emocionada, pero también tuvo miedo. Dio gracias a Dios por la inmediatez de la respuesta a su pedido y rezó, los hechos habían conmovido su alma y renovado su fe. Esteban la contuvo y la abrazó durante toda la noche. Amaba a su esposa más que a nada en el mundo.

Capítulo 57

No desfallezcas si no me encuentras pronto.
Si no estoy en un lugar, búscame en otro.
En algún lugar te estaré esperando.
Walt Whitman

San Rafael, Mendoza, año 2008

A las ocho sonó su despertador. Victoria se levantó bruscamente a pesar del cansancio, no solo físico sino también mental. Había logrado dormirse cerca de las seis de la mañana. Al mirar a su alrededor y ver la carta de Salvadora en su mesa de noche confirmó que no había soñado. Había una verdad esperando por ella, una hermana que imaginaba tímida y sometida, al menos eso había leído entre líneas en las miles de veces que había releído su carta, que esperaba su abrazo. Con seguridad anhelaba recuperar su historia, esa que injustamente el egoísmo de Oriana, su madre, le había dejado en el alma como una cicatriz indeleble de abandono.

Estaba contenta, después de mucho tiempo pudo volver a sonreír. Le quedaba en un rincón de su respiración la angustia del distanciamiento entre sus hijos. Eso le creaba un vacío intenso en el alma, pero sabía que el modo de que Octavio perdonara a Beltrán se escondía detrás del tiempo. Su hijo no discutía y necesitaba reconstruir su confianza rota. Lejos de Nadia, símbolo de maldad y tentación, ambos iban a recuperar su vínculo. Eran desafíos que debían atravesar. No obstante, Octavio estaba triste, sabía que algo andaba mal con la chica que había conocido en España pero él le había dicho que no deseaba hablar y ella respetaba su silencio. Cuando fuera el momento le contaría. Esteban le había dicho que dejara al tiempo hacer su trabajo y tenía razón.

Amaba a Esteban con toda su alma. Las dificultades que habían atravesado juntos, más en el último tiempo que durante toda la vida, habían fortalecido su unión. Él había madurado con la adversidad y a la hora de resolver los problemas había logrado controlar sus reacciones y pensar con tranquilidad, siempre apoyado por su fiel amigo Humberto, por ella y por los valores que sus padres le habían enseñado durante toda la vida.

Oriana Nizza, a su extraño modo, intentaba acercarse. Victoria no sabía si era porque tenía miedo al infierno o la movía un arrepentimiento sincero. Solo la había dejado formar parte silente de algunos momentos y por supuesto, sin Vanhawer.

Sara, su bella hija, se reponía de su lesión y ya faltaba muy poco para que pudiera volver a su actividad deportiva.

En ese escenario, recuperar una hermana era una suerte de bendición. Un regalo que la vida le daba como recompensa. Un beso en la boca del destino de esos que se saborean con la pasión que lo inolvidable deja en la piel del corazón.

Desayunó con Esteban y juntos fueron a la casa de Lucio Noriega. Era cerca. De hecho era propiedad de los Madison. Un sin fin de emociones contradictorias llenaban sus expectativas. ¿Cómo sería su hermana? ¿Serían parecidas? ¿Abriría ella la puerta? ¿Qué diría al saber la verdad? ¿Cómo haría para decirle que su madre la había regalado y había confesado su existencia solo tiempo atrás?

Esteban tocó timbre en la vivienda. Lucio Noriega abrió.

–Hola, Lucio.

–Hola, Esteban. ¿Qué pasó? ¿Me necesita para algún trabajo? –preguntó. Estaba absolutamente sorprendido. Esteban nunca había ido a su propiedad. Al mirar vio parada al lado a su hermosa mujer. Entendía menos todavía.

–No, Lucio, no. No vengo por trabajo. En realidad, primero quiero darte el pésame por lo de tu hija. Lo siento mucho.

–Está bien. No se preocupe. Prefiero no hablar de eso.

–Entiendo. No quiero molestarte pero necesito saber si tu esposa es Salvadora Quinteros.

–Sí –respondió perplejo. ¿Qué tenía que ver su mujer con esa visita? Solo la maldijo, pensó que podía haber sido capaz de ir a contarles lo sucedido.

El corazón de Victoria latía tan rápido que creyó que iba a explotar.

–¿Podemos verla? Mi esposa desea hablar con ella.

–Ella no está.

–¿A qué hora regresa?

–No va a regresar. Se fue –respondió. Lo preocupó tener problemas por eso.

–¿Se separaron? –preguntó Victoria.

–Sí, señora.

–¿Dónde puedo encontrarla? Necesito hablar con ella y es urgente –el tono de Victoria lindaba con la desesperación de haberla perdido antes de abrazarla. En un instante pensó que la carta databa de varios días cuando ella la vio.

–No lo sé. Disculpe, señora. Discutimos. No me dijo dónde iba, solo puedo asegurarle que no regresará.

Victoria no pudo evitar llorar. Lucio no entendía nada. Esteban se ocupó de la situación.

–Lucio, por favor, si regresa o se comunica, pídale un número o una dirección y me avisa de inmediato. No importa la hora. Venga a la casa y me lo hace saber.

–Sí, como mande. ¿Puedo saber por qué? –preguntó.

Victoria, que tenía una intuición feroz, respondió:

–No. No por ahora. Que sea ella misma quien le cuente, si tiene deseos de hacerlo.

Se despidieron y Esteban no podía contenerla en el interior del automóvil.

–Victoria, volverá. Quizá sea una pelea pasajera.

–No. No me gusta el tipo y fue claro. Dijo que podía asegurar que no regresaría. Algo le habrá hecho.

–Bueno, ella va a comunicarse. Sabe dónde encontrarte.

–No, no lo hará, Esteban. No se animaba, menos ahora, separada y atravesando el dolor de la muerte de una hija.

–Pensemos… ¿Adónde irías en su lugar?

–Estaría muerta en su lugar. No podría sobrevivir a uno de mis hijos y estar separada de ti.

–Humberto.

–¿Qué tiene que ver Humberto?

–Los hijos. Sus otros hijos viven en Cuyo. El varón es la mano derecha de Humberto, quizá ella haya ido para allá. Yo buscaría a mis otros hijos en un caso así.

–Llámalo.

* * *

Luján de Cuyo, año 2008

–¡Hola!

–Hola, Humberto querido. ¿Cómo estás?

–Bien. Yo estoy bien pero a ti ¿qué te pasa? ¡De mañana y al celular! –siempre lo llamaba a la oficina y por las tardes o de noche a su casa.

–Es cierto… Mira, es una larga historia que se relaciona con el pasado de Victoria. ¿Sigues tratando a los hermanos Noriega?

–Sí, claro. Wen trabaja en mi oficina y Solana, como te dije, se recibió de médica pero la veo.

–¿Y la madre?

–¿Qué madre? –preguntó absorto sin poder comprender lo que sucedía.

–La madre de los chicos Noriega, Salvadora Quinteros, ¿sabes dónde ubicarla?

–Sí, lo sé. No vas a creerme ni a entenderlo, pero tenía que llamar a Victoria para avisarle cómo podía encontrarla. Dejó al esposo y está viviendo en un apartamento de mi propiedad.

–¿Qué? –no podía comprender. Victoria lo miraba anhelante.

–Lo que oyes. Supongo que no es momento de decirte que además estoy enamorado de esa mujer. No lo repitas si está Victoria cerca. Me da vergüenza a mi edad.

–Amigo… lo siento. Estás en altavoz.

Humberto sintió que se ponía rojo su rostro y sonrió.

–Victoria, yo no sé qué te una a esa mujer pero puedo decirte que es muy buena. Ha sufrido mucho y está intentando recuperar a sus hijos.

–Vamos para allá –fue todo lo que Victoria pudo decir. Estaba llorando.

Capítulo 58

Vestime de amor que estoy desnuda.
Gioconda Belli

De San Rafael a Luján de Cuyo, año 2008

Las ideas iban y venían dentro de la cabeza de Octavio, tropezando con los recuerdos imborrables de la semana en Barcelona y de su necesidad física de tener a Solana con él. Era tan honesto que deseaba saber si en verdad podía aceptarla con ese hijo, si iba a poder amarlo, si iba a soportar la presencia de Gonzalo en el trato cotidiano, pues no ignoraba que el vínculo de Solana con él no podía interrumpirse, un hijo los uniría para siempre. No era eso lo que más le gustaba pero el amor que sentía por ella era más fuerte que cualquier obstáculo. Si Victoria lo había amado como una madre, entonces él repetiría esa historia amando a ese hijo que no era propio. El amor, la verdad y la sinceridad eran la llave para la confianza. A él le sobraba todo eso. Pensó en Beltrán. Su gesto le había calado hondo. Tocaba la medalla que colgaba de su cuello como una incesante caricia y se encomendó, sin creer demasiado, a san Expedito. Lupita estaba feliz desde que le había visto ese dije y le había explicado que el santo resolvía las cosas rápido. *Es oportuno su trabajo*, pensó.

Vio a Sara antes de partir.

—Me voy a buscarla, Sara. Ya sé por qué no me atendía.

—¿Hablaste con Beltrán? Estaba como loco, vino al gimnasio a indagarme y le dije lo que sabía porque no me pediste que lo callara.

—Te adoro, nena, pero tengo que irme ya a Luján de Cuyo.

—¿Qué pasa que todos se van a Cuyo? —dijo sonriendo, ella sabía bien todo—. Parece que volverán multiplicados. Tendré tía, cuñada… En fin, la semana que viene vuelvo a jugar, espero estén todos allí.

—¿Qué tía? No te entiendo.

—Es una larga y rara historia. Ya te enterarás, supongo. Ve a buscar a tu Solana que no aguantas más. Cualquier cosa yo te llamo.

—Estaré en la cancha. Te lo prometo y serás la mejor, como siempre. Te adoro —le dio un beso y se fue.

Sara pensaba en su propia travesía emocional, unos pasos la separaban de su objetivo, había empezado a latir el partido. Ya había comenzado a entrenar normalmente. Tenía el alta médica.

Durante todo el viaje a Cuyo, Octavio pensó de mil maneras cómo abordarla, qué decirle primero. ¿Podría postergar el beso que se le escaparía de la boca para hablar? ¿Cómo le diría "te amo con locura y tu embarazo en nada cambia eso"? ¿En qué momento le diría que entendía sus razones para haber callado y que ella no lo había traicionado? Intentaba recordar si ella le había dicho de qué modo había soñado con que su príncipe la fuera a buscar, pero solo había dicho eso, así de simple, que volvería a ser adolescente para que él fuera por ella.

Llegó al edificio. Llovía. No quiso que el portero eléctrico le diera tiempo a saber de su presencia ni que ella pudiera no atenderlo. Así que ingresó con una señora que volvía del supermercado llena de bolsas, la ayudó y le dijo que era amigo de los hermanos Noriega.

En la puerta del apartamento tembló. Se quedó unos minutos observando la nada. Ese pasillo encerraba las decisiones más importantes que los Noriega habían tomado, las paredes habían sido testigos de su llegada hacía muchos años, del esfuerzo, las lágrimas y la soledad, de la angustia con que Delfina había ido a buscar a Wen, y aún palpitaban el regreso de una madre arrepentida que les devolvería el amor que por derecho les correspondía. Él no sabía nada de todo eso, pero sintió que una energía vital lo envolvía. Golpeó. Nadie respondió. Insistió con más fuerza.

De pronto, la luz automática del pasillo se apagó pero el sol salió delante de él para iluminarlo todo. Solana, con su pijama, con el cabello suelto y los ojos hinchados de haber llorado, lo miró. El mundo dejó de existir y él se cayó dentro de su mirada. El corazón le latía a gran velocidad. Ella repitió el gesto de acomodar hacia atrás su cabello y no habló. Octavio estaba desbordado por el sentimiento de amar sin límites, tenía tanto para decir y sin embargo hasta las palabras habían perdido significado frente al poder de la presencia de la mujer que amaba, tan cerca de su boca. Entonces, la besó. Ella no pudo resistir sus labios y respondió a la impetuosa invasión. Abrazados y extraviados en ese beso entraron y él cerró la puerta detrás de sí.

Separado apenas unos centímetros de su rostro, volvió a mirarla. La vida le mostraba una foto del abismo que había dejado atrás y de la felicidad que esperaba por él.

—Creo que hubo un error, vine por lo que es mío. Soy tu príncipe titular y tú no eres una extraña. Eres la mujer que amo. Un ángel que me salvó de mí en Barcelona y que me dio todo lo que tenía para dar durante toda una vida. Te pido perdón por no haberte visto antes…

Ella no podía creer que allí, en la soledad de su hogar, él estaba diciéndole que la amaba, pero el bebé… Tenía que decírselo.

—Yo… Octavio, estoy embarazada. Espero un hijo de Gonzalo. Lo sabía en Barcelona y no te lo dije… —lágrimas que dibujaban el miedo a perderlo cayeron por su mejilla.

–Lo sé todo. Y te amo con ese hijo creciendo en tu interior. Nada cambia. No me traicionaste, entiendo por qué callaste. No te juzgo. No soy capaz de hacerlo. Te amo tanto que me duele el cuerpo de solo pensar que puedo perderte. Te quiero conmigo ahora y siempre.

Ella lo besó. Sentía el mundo a sus pies. Apretaba su nuca con las manos que querían tocarle las fibras del alma mientras su lengua buscaba enlazar la de él. Mezclaron deseo con emoción y empujados por las ganas de poseerse cayeron sobre la cama. Solana deslizó sus caricias por debajo de la camisa y él no pudo sostener un suspiro. No supieron cuándo ni de qué manera llegaron desnudos a las puertas de un paraíso que llevaba el nombre de los dos. La humedad desinhibida de ella lo enloquecía. La exploró con ímpetu, pero ya en su lugar en el mundo, comenzó a moverse con la suavidad y lentitud necesaria para que ella perdiera el control de sus sentidos. Solana se arqueó y estalló en un orgasmo que Octavio memorizó en su alma. Sus ojos no habían visto antes al amor y no querían que esa imagen se borrara jamás.

–¿Estás bien? –preguntó él. Ella sonrió agitada.

–Estoy enamorada de ti desde los seis años. ¿Cómo crees que me siento?

El detuvo sus seductoras embestidas para responder.

–Creo que estás como yo. Estoy seguro de que te amo desde que me miraste la primera vez, solo que no pude darme cuenta hasta que ese amor me empujó hacia ti en Barcelona –dentro de ella, sumergido en el más profano éxtasis, la vio gozar de sus palabras. Su humedad le decía a gritos que quería más. Apoyó sus brazos al costado de ella para observarla mejor–. Quiero todo contigo, desde ahora y para siempre.

Sin dejarla responder por sus caricias atrevidas que le quitaban la respiración, decidió besarla entera. Salió de ella y su boca dejó su sabor en cada tramo de su piel. Al llegar a su centro quiso que acabara una vez más. Su lengua la enloqueció hasta hacerla gritar de plenitud. Entonces, con su hombría firme volvió a su lugar por todo. Se hundió en ella nuevamente y sintió su intenso calor, lo rozaron sus pezones endurecidos y sintió que su tibio amor era inminente. La besó en la boca, pero la necesidad de jadear primero y explotar después lo obligaron a hundir sus labios en ese cuello sensual que lo provocaba.

–Yo siempre quise todo contigo, te amo –le susurró ella en el oído. Esas palabras acompañaron el estruendoso orgasmo que alcanzaron juntos. El placer los elevó, sus destinos se enlazaron y sus miedos se fundieron. Agitados y sin separarse, sentían que flotaban. El amor los elevaba. No entendieron hasta después de otro fogoso beso, que selló la unión de dos almas que se habían hecho el amor antes de tocarse, que se habían sublimado porque habían vuelto. Descubrieron que habían llegado, por fin, a salir del abismo de la traición. Todo había quedado atrás, en un pasado que había sido experiencia insoslayable para que vivieran lo que había llegado después. El destino tenía el poder sobre sus planes y había determinado que debían caer bien al fondo de la oscuridad para ser merecedores dueños de un amor recíproco, honesto e inolvidable. Un amor que trascendería la eternidad.

Cuando pudieron aquietar ese amor que se les salía de cada poro del cuerpo, ella tomó su pijama que estaba en el suelo y tomó algo del bolsillo.

—Tengo algo que darte, Octavio —tomó el pañuelo blanco que había secado sus lágrimas en Barcelona y durante todo ese tiempo, y se lo entregó—. Ya no lo necesito. No tengo razones para llorar. Si estamos juntos, nada en el mundo podrá hacerme derramar una lágrima que no puedas secar con un beso.

—Te amo.

—Siempre te amé.

Él quiso quitarse del cuello la medalla para devolvérsela y ella lo detuvo.

—Quiero que la conserves.

—¿Sabías que la tenía?

—No, hasta hace un rato. Creí que la había extraviado. Fue mi amuleto para rendir todos los exámenes de mi carrera. La novia de mi hermano, Delfina, me la regaló —se sorprendió de haberla nombrado así. Empezaba a acostumbrarse.

—¿Por qué veintiocho de septiembre?

—Porque es mi cumpleaños —lo miraba a los ojos con el amor de toda una vida—. ¿Qué piensas? —agregó.

—En nosotros, en Barcelona. "¿Qué harías en este momento si pudieras elegir como ser feliz?" —hizo la pregunta que había cambiado el curso de sus vidas en aquel viaje.

–Me gustaría que hagamos el amor hasta quedarnos dormidos. ¿Y tú?

–Me gustaría cumplir tu deseo.

Innumerables caricias soñadas durante el tiempo separados tomaron forma real. Nacieron besos que no sabían que eran capaces de dar. Él llenó de pasión el vientre abultado por la vida y de ternura la ilusión que lo llenaba. Ella estaba entregada a sentir.

Octavio la ubicó encima de sí y ella misma acomodó su hombría en el exacto lugar de su gozo. Lo miraba y sus ojos turquesas observaban embelesados sus senos, los tocaba con la mirada y ese tacto sensual la llevó al límite. Se movió con maestría para vaciarlo dentro y cuando eso ocurrió, no lo dejó recomponer energía pues comenzó a explorarlo con la boca y él no pudo ni quiso detener la respuesta. Si era posible enloquecer de placer, ese era el modo sin duda alguna.

Se adivinaron las ganas, saciaron sus fantasías y se llenaron del otro hasta que suspiros, jadeos, gemidos y gritos de entrega les vencieron la resistencia física y ya no pudieron volver a comenzar porque se quedaron dormidos, mezclados en cuerpo y alma sin poder saber dónde terminaba uno y comenzaba el otro.

Capítulo 59

No nos vimos nunca pero no importaba, mi hermano
despierto mientras yo dormía, mi hermano mostrándome
detrás de la noche su estrella elegida.

Julio Cortázar

Luego de la conversación con Esteban, Humberto se había ido de la inmobiliaria rumbo al apartamento para decirle a Salvadora que venían en camino los Madison porque Victoria quería hablar con ella.

—No puedo imaginar qué sabe de mí, por qué me busca. Me da cierta vergüenza que sepan que estamos viviendo una relación a tan poco tiempo de que abandoné a Lucio.

—Eso déjalo por mi cuenta. Vergüenza ninguna. Tampoco imagino por qué fue al orfanato pero ya lo sabremos, mi amor. No falta nada.

El timbre sonó. Salvadora se puso de pie. Estaba muy nerviosa. Humberto abrió la puerta, ella aguardó en la sala.

—Victoria, ella es Salvadora, es la persona que buscaste en el orfanato pero además es la mujer de la que me enamoré —anunció. Buscaba hacer público su sentimiento para darle seguridad y además se sentía orgulloso.

—Bueno, veo que tenemos que hablar algunas cosas, amigo mío. ¿Te parece que las dejemos conversar solas? —le dijo Esteban.

—Eh… vamos a la cocina —respondió. Humberto no quería alejarse, no sabía qué estaba sucediendo. No iba a dejarla sola.

—Bueno, pensé en salir pero entiendo. Vamos a tu cocina, entonces —accedió.

Victoria miró a Salvadora directo a los ojos y se reconoció en ese color verde claro tan particular. El tono del cabello era semejante, tenían un cuerpo de similares proporciones, pero no eran parecidas. Las facciones de Salvadora se parecían más a las de su querido padre Bautista, más suaves, más armónicas. Ella era como Oriana. Pudo ser medida en sus palabras e ir despacio, pero Salvadora la sorprendió.

—¿Por qué fue a buscarme al orfanato? ¿Qué sabe sobre ese 6 agosto de 1952 en que una tía me dejó allí?

—Lo sé todo. Por favor no me trates de usted —pidió—. Me enteré de la verdad hace muy poco tiempo.

–¿Qué verdad?

–Mi madre, Oriana Nizza, se casó con mi padre que era bastante mayor que ella, y quedó embarazada. Había planificado seducirlo para llevar una vida cómoda. No le gustaba trabajar ni esforzarse por nada. Tenía una amiga, Erika Bloon, tan egoísta como ella. El embarazo le garantizó el matrimonio y la unión, una vida en la que pudo tener amantes sin ocuparse de mí.

–¿Y yo qué tengo que ver con eso?

–Cuando llegó su momento de tener familia, ella sabía que estaba embarazada de mellizos. No quería ni siquiera un bebé, así que definitivamente no aceptaría dos. Viajó a Tunuyán, lugar donde Erika vivía y dio a luz en su casa a dos hijas mujeres. Al azar, tomó una con la que regresó a la casa de mi padre y le dio la otra a su amiga para que la entregara en un orfanato. Nacimos el 5 de agosto y somos hermanas…

Salvadora conocía por fin la verdad. Tiste, quizá más triste de lo que había sido capaz de imaginarla en sus días más grises. Las lágrimas caían de su rostro sin posibilidad de reaccionar.

–¿Me regaló sin mirarme?

–Tampoco me miró a mí. No me puso ni nombre. Me llamo Victoria porque nuestro padre, Bautista Lynch, lo eligió. Era el nombre de su madre. Él se ocupó de mí hasta los siete años. Luego murió. A partir de ahí, mi vida fue soledad, aburrimiento y aversión a mi padrastro. Oriana se casó con quien fuera su amante desde que nací. Jamás se acercaba a mí, no recuerdo un solo abrazo o gesto de cariño.

–¿Cómo es posible? –ambas lloraban.

–No lo sé. Cuando me casé y tuve mis hijos, entendía todavía menos su actitud. Empecé terapia y pude enfrentarla.

Salvadora la escuchaba atentamente, mientras las lágrimas se multiplicaban sin cesar. No era capaz de hablar.

–Erika murió y la culpa hizo su trabajo. Vanhawer, el esposo de mamá... Bueno creo que él quería abusar de mí. Ella no lo quiso dejar cuando le conté, pero se alejó definitivamente de mi vida. Me lo dijo hace poco, cuando logré preguntarle por qué era indiferente conmigo y con mis hijos. Allí confesó que había tenido mellizas y me dio la dirección del orfanato donde Erika te había dejado, la fecha y el nombre que había dicho que era el tuyo. Lo siento...

–Yo... no sé qué decir...

–No digas nada –Victoria la abrazó fuerte. Años de separación se fundieron en esa energía que volvía a unirlas. El destino las colocaba donde siempre debieron haber estado.

Victoria y Salvadora hablaron durante horas sin cesar. Se contaron sus vidas, mezclando temas y momentos para llegar a un presente en el que deseaban hablar de sus hijos. Lo hicieron, los describieron y se sintieron orgullosas.

–Quizá Alondra era como Oriana. Si lo de las constelaciones es así como lo cuentas, mi hija repitió ese patrón.

–Yo voy a llevarte al consultorio de la licenciada Diana Salem. Ella va a ayudarte, aunque sospecho que Humberto logrará más cosas en menos tiempo, a juzgar por lo que me dices –agregó con una sonrisa.

Existía entre ellas una confianza que indudablemente tenía cimientos en la sangre que compartían y en la necesidad de espantar para siempre esa soledad familiar de origen con la habían crecido y madurado.

—Él es todo lo que nunca tuve en un hombre. Me trata mejor de lo que supe soñar y tenerlo cerca me da seguridad. Me enamoré.

—Nosotros adoramos a Humberto, es parte de la familia.

En un momento Salvadora la miró directo a los ojos y se emocionó.

—Ojalá te hubiera tenido antes, hermana. Jamás podré perdonar mi abandono al olvido, pero peor es todavía la separación entre nosotras. No me hubiera servido que se quedara conmigo sin quererme pero al menos nos habríamos querido nosotras. Nos robó el derecho de ser hermanas.

—No lo veas así. Al menos no se llevó a la tumba el secreto. Tenemos mucho tiempo para recuperar y vamos a hacerlo. Seremos por fin la gran familia que nunca tuvimos.

Ambas estaban contentas en medio de un escenario triste.

Cuando saciaron sus charlas, los hombres las interrumpieron; ellos se habían puesto al día con las novedades en la cocina. Por supuesto esa noche cenaron juntos los cuatro.

Todavía no sabían que lo mejor estaba por suceder.

* * *

Esteban llamó a Sara y le contó todo. La joven estaba feliz y se lo avisó a Octavio, quien ya tenía un nuevo teléfono celular.

Cuando él cortó la comunicación, le contó todo a Solana. Ella lo miró seria.

–¿Qué pasa? ¿Te sientes mal, amor? –estaba pálida.

–No… Es que… ¿Qué día nació la hermana de tu mamá? –preguntó Solana.

–El mismo día que mamá, el 5 de agosto de 1952.

–¿Cómo dijiste que es su nombre, el que le dieron?

–Salvadora Quinteros y es además la pareja de Humberto, increíble ¿no?

Solana meditó un instante.

–Octavio, agradece que eres hijo de Gisel –fue cuanto pudo decir.

–¿Qué estás diciendo? –preguntó él sin comprender.

–Lo que digo, porque en otro caso serías mi primo. ¡Salvadora Quinteros es mi mamá!

–¿Eh? –exclamó atónito.

–Eso, te dije que se mudó a Cuyo y dejó a mi padre. Que la perdonamos.

–Sí –estaba tan enamorado que había escuchado todo, pero jamás había entrelazado la historia.

–Te conté que Humberto la estaba ayudando, que se conocieron en la iglesia cuando me casé. ¿Recuerdas?

–Sí, algo me acuerdo pero sigo sin entender –respondió Octavio.

—Bueno, la Salvadora Quinteros de la que estás hablando, la hermana que tu mamá encontró, es también mi madre. Yo no sabía que estaba en pareja con Humberto. Me alegra eso —agregó sinceramente feliz por esa relación.

—Ahora están cenando en el apartamento donde vive tu mamá. ¿Quieres que vayamos? —preguntó interesado en ir con ella.

—¿Cómo sabes?

—Me lo dijo mi hermana recién.

—Sí, vamos. ¡Conoceré a mi tía!

—No. Conocerás a tu futura suegra —la corrigió.

Capítulo 60

Todo lo que necesitas es amor.

John Lennon

San Rafael, año 2008

Sara se despertó sin necesidad de que Victoria la llame. Bajó a desayunar con su falda pantalón de hockey, su camiseta con el flamante 23 en la espalda y el cabello suelto. Tomó su café con leche con un pan tostado. Se colocó las canilleras y se ató el pelo en la sala. Había bajado su palera y estaba seria. ¿Tenía miedo? ¿Cómo atravesar la barrera de sus principios?

Victoria sabía que no debía preguntar. Era un día que marcaría la diferencia en su vida. Dejaría la huella del resultado de su implacable actitud frente a lo que había sido el fondo de su abismo.

Sara puso música. *Outta control* de Fifty Cent, un tema

que inmortalizaba su fuerza, su espíritu libre y luchador. La misma canción que había escuchado el día de su lesión. Ella era una guerrera, no creía en cábalas solo en su absoluta convicción de que los hechos serían el resultado de su empeño. Luego sonó *Nothing else matters* de Metallica.

Victoria fue hasta la cocina y Esteban la siguió.

–No se preocupen, todos mis santos la están protegiendo –dijo Lupita. La fe llevaba su nombre a veces.

–Lupita, no puedo respirar, estoy asfixiada de miedo. Si algo le pasara… Dios, no puedo volver a la cancha sin sentir en mi cuerpo el dolor y las imágenes de estos seis meses.

–Shhh. Es día de fiesta, Victoria. Sara está mejor que nunca –agregó Esteban. Tomó el azúcar y regresó a la sala.

–Lupita… tengo miedo –confesó.

–No te preocupes, llevo prendiendo velas muchos meses y Eularia, con el dinero que le mandaste ¡casi pone una santería! –dijo divertida–. Eularia dijo que todo estará bien, y ella no se equivoca.

–Gracias. Te quiero –la abrazó y regresó con su familia a desayunar. Lupita se quedó acongojada por la emoción. Amaba a los Madison.

–¿Estás bien, hija?

–Sí, papá, estoy concentrada.

–¿Tienes miedo? –preguntó Victoria.

–¿Miedo? No, mamá. Tengo una competencia, un equipo y una responsabilidad que espera por mí. Hice todo lo que había que hacer. Hoy es mi hora de la verdad.

–Hoy vuelve la magia, hija –alentó Esteban. Su hija le sonrió.

–Hola… –atendió el teléfono Sara–. Hola –repitió en tono más alto, haciendo un ademán con su mano para que sus padres se callaran.

–¡Hola, preciosa! Imagino que estás cambiada desayunando para salir. Veo una cruz de oro bajo tu camiseta veintitrés colgando de tu cuello –dijo una voz cariñosa.

–¡Hola, Beltrán! ¿Dónde estás?

–Mi cuerpo en Japón, en una isla llamada Okinawa. Un lugar paradisíaco. Mi corazón y mis ojos, por ir a ver brillar a la mejor jugadora de hockey que conocí jamás.

Sara no pudo evitar que los ojos se le llenaran de lágrimas. Él tampoco.

–Gracias… Te amo, hermano –respondió con la voz quebrada.

–Yo también. Escúchame, no importa el resultado, diviértete. Juega como sabes hacerlo y no te olvides de que tu actitud te define. Puede que te cueste al principio, no te caigas, piensa en mí y corre. Corre con todo lo que tu amor por el deporte te permita. Lo demás, ya no dependerá de ti. ¿Me lo prometes?

–Sí, te lo prometo. ¿Estás bien? –respondió asimilando cada palabra que acaba de oír.

–Sí, hermanita, muy bien. Te llamo en algunas horas para que me cuentes.

–Dale, te adoro.

Sara cortó la comunicación.

–¿Vamos? –dijo.

Llegaron a la cancha y la hermosa joven observó el escenario sin darse cuenta de que ella era la observada por todos. Escuchó la charla técnica, armaron el ritual de jugadoras abrazadas y el grito de "Vamos, Quilmes" determinó la proximidad del inicio del partido.

Capitanas y árbitros se unieron unos segundos.

Al otro lado de la línea, Victoria, Esteban, Salvadora, Humberto, Octavio y Solana observaban ansiosos sumergidos en diferentes sensaciones.

Para Victoria el mundo empezaba y terminaba en esa hija que era la razón de su orgullo. Salvadora, su hermana, le tomó la mano en el momento en que Ruth se acercó.

–Victoria. Tranquila. Todo estará muy bien.

–Gracias, Ruth –fue lo único que pudo responder.

Las emociones tenían al límite su resistencia a las lágrimas. El corazón le latía a la velocidad del miedo que fluía en su sangre. Esteban estaba nervioso, pero confiaba en su hija, sabía que lo lograría. Antes de que el silbato de inicio sonara, Sara miró a sus padres, sobraban las palabras y la distancia no fue suficiente para impedir que ellos descubrieran el abrazo que su expresión pedía. Se lo dieron con el alma en las manos. Le entregaron en una mirada la confianza y el amor de dos seres que eran capaces de dar la vida por ella siempre.

El eco del esfuerzo estalló contra un cielo azul que cubría la línea de llegada en el camino de su recuperación.

Comenzaron a correr, a los pocos minutos recuperó una bocha pero volvió a perderla. Estaba lenta en comparación con su desempeño habitual antes de lesionarse. Volvió a gambetear su suerte y, con la bocha controlada desde el arco de su equipo, salió de entre cinco jugadores. Victoria lloraba. Esteban apretaba los labios y gritaba su nombre en silencio. Corrió hasta la mitad de la cancha, hizo un pase y corrió más hasta ubicarse cerca del arco contrario. Recibió un pase y tiró. Golpeaba fuerte, el tiempo de gimnasio había fortalecido notablemente sus brazos. Pegó en el palo. Una jugadora contraria quiso quitar la bocha del área y hábilmente Sara generó un corto. Era ella, estaba volviendo. El sol apretaba el rendimiento de todas.

Se armaron. Esteban y Victoria no podían sostener el aliento, vieron por el modo en que se ubicaron que ella golpearía. Salvadora la miraba extasiada, era un placer tener esa sobrina, pero estaba muy nerviosa.

Octavio pensaba: *Dale, hermanita, tú puedes, tú puedes. Dios, ayúdala.* Solana le apretaba la mano.

Tiró y falló. Por unos minutos no corrió. Estaba ausente, miró a su alrededor y aunque muchos la alentaban, no podía escuchar nada. La presión de seis meses de ausencia le atravesó sus sentidos, la fuerza le anudó la responsabilidad con la capacidad de divertirse y estaba paralizada. El rostro de Beltrán se le dibujó delante. Recordó su voz: "No importa el resultado,

diviértete. Juega como sabes hacerlo y no te olvides de que tu actitud te define. Puede que te cueste al principio, no te caigas, piensa en mí y corre. Corre con todo lo que tu amor por el deporte te permita. Lo demás, ya no dependerá de ti". Tocó la cruz de oro, cerró los ojos un segundo, pero para sus padres fue una eternidad. *No termina hasta que termina*, pensó. Tomó su palo amarillo, apretó los labios en un gesto muy de ella que usaba para vencer el dolor y entonces sucedió.

Comenzó a armar el equipo dentro de la cancha, las compañeras, preocupadas al principio, se dieron cuenta de que lo había superado. Todas querían darle la oportunidad de gol, la merecía, era un código dentro del deporte. Un modo de decirle no olvidamos por lo que pasaste, acá está tu lugar esperándote.

Sara no corría, parecía volar sobre el sueño de haber vuelto a sus botines y a su amado hockey. Sabía que no era invencible, lo había aprendido, pero nada modificaría su implacable actitud. Recuperaba bochas y las pasaba. Estaba jugando de enganche pero en verdad abandonaba su puesto, si era necesario cubrir otro. Su estilo propio estaba allí. Victoria estaba sufriendo, literalmente era un agotamiento emocional. La veía y disfrutaba, pero también hubiera dado lo que fuera porque el partido terminara cuanto antes.

Victoria experta en sentir, pensaba lo de siempre: *Dale, hijita, sigue brillando, derrama tu magia*. Estaba desbordada de orgullo. El modo en que Sara había vuelto superaba lo imaginado. Iban cero a cero. De pronto, muchas jugadoras de ambos equipos quedaron enredadas entre palos, brazos y piernas, cerca del arco de Quilmes. Los espectadores no podían determinar quién saldría de allí con la bocha o si harían un gol. Esteban miró a Victoria.

–Ahí sale, mira el gol –predijo él. Solía saber las jugadas de Sara antes de que ocurrieran como si pensaran a la par.

Sara apareció como por arte de magia, corriendo por la línea lateral sola, ya en el área contraria levantó la cabeza y vio a su compañera lista para recibir y hacer el gol, en ese momento la entrenadora gritó:

–¡Anímate, Sara, hazlo tú!

–Dale, Sara –le dijo otra jugadora. Todo pasaba en milésimas de segundo. Golpe de derecha y ¡gol!

Todos los padres del equipo estallaron en gritos fervorosos de emoción. No era un gol, era una prueba de que al final del dolor una recompensa espera a quien la merece. El rostro de Sara se grabó en las memorias de todos, pero ella corrió con los ojos vidriosos hacia su padre. Se colgó de él como un koala y se lo dedicó al oído.

–Para ti, papá.

La emoción los alcanzó. Parecía que estaban en una final del mundo. No era así, pero la dimensión de los momentos guarda directa relación con la entrega que en ellos ocurre. Solana sostenía la mano de Octavio, cuando ambos miraron, sorprendidos, dos aves posarse en el alambrado. Eran una pareja, como ellos. Cercanos y libres. Su magia los envolvió en un sonido amarillo y verde oliva. El tiempo entre los dos se iluminó.

Cáseres sentía que por fin lo tenía todo. Era parte de una gran familia.

Detrás de ellos alguien hablaba.

–¿Por qué tanto festejo? –preguntó una voz masculina.

–Es por Sara Madison. Hace seis meses se cortó los ligamentos cruzados y hoy es su primer partido –respondió otra mamá.

–¿Cuál es?

–La veintitrés. La que hizo el gol –respondió Ruth.

–¡Menos mal que hace seis meses que no juega! –replicó el hombre.

Sara conducía la bocha y el palo Gryphon amarillo, regalo de Esteban, parecía compartir su emoción y se deslizaba hecho uno con su habilidad.

Ganaron el partido uno a cero. No bien sonó el silbato, sus compañeras la abrazaron. Luego, ella corrió a abrazar a sus entrenadores. Su familia la esperaba. Cuando se acercó, se abrazó a todos y, en último término, a Victoria, sabía que su mamá iba a retenerla. Solo que esta vez lloraron juntas.

–Lo lograste, hija. Estoy feliz por ti –le dijo al oído entre sollozos.

–No lo hice sola, mamá. Los amo –respondió.

Si hubiera sido posible morir de emoción, Sara habría quedado sin familia esa mañana. Pero eran Madison y ese clan no se rendía fácilmente.

La familia era el abrigo que todos necesitaban. Pasado el mediodía regresaron juntos a la casa y allí compartieron el

580 almuerzo. En un momento, mientras todos hablaban a la vez, Victoria observó su mesa. Extrañó a Beltrán pero supo que él estaba bien. Elevó la mirada y dio gracias por la oportunidad de recomenzar, por el valor de todos sus afectos y por la bendición de que fuera su sobrina quien se quedara junto a Octavio. Bendijo al bebé que crecía en sus entrañas. Estaba orgullosa de que su hijo la amara más allá de no ser el padre.

–¿Qué estás pensando? –la interrogó su hermana.

–"Que debo dar gracias a la vida que me sigue dando tanto" –respondió.

Era cierto. La vida demostraba, en las expresiones de todos, que las agonías tenían fecha de vencimiento, que los fracasos conllevaban una posibilidad nueva de triunfar y que el miedo moría justo al lado de las miradas que lo enfrentaban y se atrevían a más.

Epílogo

Los Dubra continuaron con su vida en familia. Pero el remordimiento erosionaba la conciencia de Martín y debilitaba los cimientos de su felicidad. Ocultar era un modo de traición. Había días en que deseaba confesarle todo a su esposa, pero no hallaba la valentía necesaria para hacerlo. Encontró el modo de recompensarla siendo el esposo más dadivoso que existiera. Vivian, por su parte, jamás habló con nadie sobre lo que había descubierto. Disfrutaba de su nueva realidad y, como un acto simbólico, había cambiado el juego de muebles de la sala dejando ir al malogrado sofá que había fundado su pasividad y la crítica de su esposo cuando ella advirtió la caída del matrimonio. Clara inició su carrera de chef.

Wen y Delfina se mudaron juntos. Disfrutaban el día a día de esa relación sin pensar en el futuro. Ella había aceptado que el destino se imponía sobre los planes. La felicidad no dependía de los años que los separaban sino de la intensidad del tiempo que los unía. Dos años después, fueron padres de un hermoso bebé.

Beltrán regresó cambiado de su viaje. Había logrado hallar lo que había buscado durante toda su vida: paz interior. Había conseguido perdonarse la traición. Esperaría que su hermano pudiera perdonarlo también.

Gisel nunca regresó.

Sara fue convocada por la Selección Nacional de Mendoza para jugar en primera división. Al año siguiente, fue elegida capitana, una vez más, en su categoría, y jugó todos los torneos regionales como titular. Decidió que estudiaría kinesiología. Iba a especializarse en el área deportiva, pero atendería también a personas mayores. Tenía legitimación y actitud para sanar lesiones.

Humberto y Salvadora lograron cuidarse el alma y resultaron ser, recíprocamente, el remedio que les sanó la soledad. Ella comenzó terapia con la licenciada Salem, pero no logró perdonar a su madre, a quien se negó a conocer. Victoria la comprendió y se avocó al vínculo que construían unidas por la sangre que daba batalla a la separación, en cualquiera de sus formas, a excepción de Oriana, la causa de sus angustias y debilidades.

Salvadora realizó los trámites judiciales para cambiar su apellido y una sentencia la convirtió en Salvadora Lynch.

Junto a su hermana, visitó el panteón de su padre para cerrar el ciclo de su anhelada identidad.

Oriana Nizza enviudó y enterada de que sus hijas estaban juntas y de que Salvadora jamás iba a perdonarla, se alejó definitivamente.

Lucio abandonó su trabajo y su vivienda cuando se enteró de todo. Nunca más supieron de él.

En el cementerio de San Rafael, una tumba clamaba arrepentida por una flor, que solo llegaba de la mano de Clara Dubra o de Salvadora Lynch, pocas veces al año.

Nadia no se acercó más a ningún Madison, pero planeaba sobre hilos de venganza recuperar a Beltrán.

Gonzalo terminó aceptando su derrota y buscó consuelo en diversas camas vacías de amor. Fue un buen padre y mantuvo un respetuoso trato con Octavio.

Solana y Octavio vivían cada día sumergidos en la magia de haberse encontrado. Solana dio a luz una hija y la llamó Mariana. Dos años después tuvieron su primer hijo. Octavio le pidió a Beltrán que fuera el padrino. Él aceptó feliz y ese momento determinó el perdón definitivo que necesitaba su corazón.

* * *

Los Madison y los Noriega fueron protagonistas de una historia que pudo ser de cualquiera. Una historia de personas comunes enlazadas a la vida por el deseo de ser felices. Seres que un día, ahogados de adversidad, sintieron que no tenían más fuerza para continuar. Todo lo bueno se había terminado, la fatalidad había arrasado como un tsunami sus vidas y proyectos, solo les había dejado dolor y problemas sin aparente solución, sumados a una angustia feroz en el cuerpo y en el alma. La desolación les había quebrado la voluntad de levantarse a enfrentar la vida. Los golpes amedrentaban sus destinos pero la actitud, que lo es todo, determinó el tiempo en que llegaron las respuestas.

Finalmente, ellos, como quienes siembran lo bueno, cosecharon lo mejor.

Siempre amanece y el cielo, como la realidad, decanta lo que enturbia la vista.

Las soluciones se les aparecieron en el alma de la certeza. Bajo sus manos, la felicidad brillaba su fuerza y era más fuerte que la desventura. Sobre esa felicidad caminaban hacia un destino cierto. La verdad los embriagaba de vida, de memoria y de placer. Comenzaron a elevarse en la plenitud que los acompañaría por mucho tiempo. Quizá los liberara el respeto con que la justicia se jactaba de ellos. Tal vez sus ojos iluminaran para siempre las imágenes de la pasión. Los brazos de la seguridad estaban abiertos. Se sentían afortunados y no podían soslayar la gratitud que había atravesado con su caricia el límite de sus corazones. Abandonaban la montaña rusa de la vida logrando saborear el ímpetu que les producía saber dónde terminaba el abismo. Habían sido capaces de volver de allí. Habían vencido al desafío. Aprendieron que podían enfrentar cualquier situación, pues todo era cuestión de actitud, amor, esfuerzo y honestidad.

Laura G. Miranda

Somos nuestro propio ángel
y hacemos de este mundo
nuestro propio paraíso.

Laura G. Miranda

AGRADECIMIENTOS

Dar gracias es una de las cosas que pretendo me definan. En esta oportunidad comparto con ustedes que en la primera edición de esta novela en el año 2015 (con el título *Volver del abismo*), lo hice respecto de quienes fueron parte. Sin embargo, cinco años después, en esta segunda edición, esa gratitud tiene otra perspectiva y nuevos nombres que significan mucho para mí.

A mi hija, por darme la posibilidad de crear a Sara Madison y con ella permitir que la ficción aliviara la realidad. Hoy, ya convertida en una mujer que es mi orgullo, le doy las gracias otra vez, por lo que somos juntas y por el recuerdo de aquel momento en el que se cortó los ligamentos cruzados de su rodilla, porque aprendimos a resistir y volvimos. Superó entonces su primer abismo, supo quedarse con lo mejor de lo peor, y de eso se trata siempre.

A mis padres, porque siguen presumiendo de mí y me permiten ver la felicidad en sus miradas cada día.

A mis amigas Hilda Barbieri, Andrea Vennera, Flor Trogu, Valeria Pensel y Alicia Franco por estar siempre.

A la licenciada en Psicología, Rochy Maneiro, quien me enseñó mucho sobre las constelaciones familiares. Fue la motivación para crear a la licenciada Salem y cuidó que las sesiones de Victoria Lynch se desarrollaran dentro de un marco que respetara los parámetros de la profesión.

A mi amiga, Fernanda Bergel, porque en aquel año 2015 puso su tiempo a disposición de mi preocupación. Porque entre realidad y ficción las soluciones llegaron por su intermedio y recuperé la tranquilidad necesaria para seguir escribiendo esta historia. Porque hoy sigue allí para mí, siempre pendiente de cuidar y sostener mis sentimientos cuando la vida no pide permiso y nos golpea.

A mi editora correctora, Jessica Gualco, por su capacidad única para realizar sugerencias invaluables para la historia. Porque siempre recordaré el tiempo de trabajo compartido. Por permanecer a mi lado, durante todos estos años.

A Fernando Peralta, por la generosidad de llamarme y aconsejarme para que esta historia regresara a las librerías. Lo valoro mucho.

A todo el equipo de V&R Editoras por creer en mí y en esta historia que tanto amé escribir. En especial a María Inés Redoni y Abel Moretti por darme la oportunidad. A Mariana González de Langarica, por sus ideas y por darle a su tarea de marketing ese maravilloso estilo personal. A Marianela Acuña, por la magia de su trabajo al momento de crear la portada. A Florencia Cardoso, por su lectura sensible y su opinión. Y a mi queridísima Natalia Yanina Vazquez, por ocuparse de todo para hacer posible este relanzamiento y la gran alegría que eso me provoca.

A mis lectoras y lectores, que hacen posible mi realidad de hoy, gracias por regalarme algo tan valioso como su tiempo de lectura.

A todos los Grupos de Lectura y de Facebook, por sumar eventos y comentarios continuamente, que honran las historias que escribo y me hacen feliz.

A los Abismos, por inspirar la necesidad de contar una historia que alentara a sentir que siempre es posible volver y que, el después de lo vivido, es también la vida misma en su otro lado, el que antes no supimos ver.

Elegí esta historia pensando en ti
y en todo lo que las mujeres románticas
guardamos en lo más profundo
de nuestro corazón y solo en contadas
ocasiones nos atrevemos a compartir.

Y hablando de compartir, me gustaría
saber qué te pareció el libro...

Escríbeme a
vera@vreditoras.com
con el título de esta novela
en el asunto.

VeRa

yo también
creo en el amor

f **⊙**
vera.romantica